山东省社会科学规划优势学科项目（19BYSJ62）

严粲《诗经》学研究

孔德凌／著

齊魯書社
·济南·

图书在版编目（CIP）数据

严粲《诗经》学研究 / 孔德凌著. -- 济南：齐鲁书社，2022.9
ISBN 978-7-5333-4619-5

Ⅰ. ①严… Ⅱ. ①孔… Ⅲ. ①《诗经》- 诗歌研究 Ⅳ. ①I207.222

中国版本图书馆 CIP 数据核字（2022）第 163329 号

责任编辑：张 超
装帧设计：赵萌萌
责任校对：王其宝 赵自环

严粲《诗经》学研究
YANCAN SHIJINGXUE YANJIU
孔德凌 著

主管单位 山东出版传媒股份有限公司
出版发行 齐鲁书社
社 址 济南市市中区舜耕路 517 号
邮 编 250003
网 址 www.qlss.com.cn
电子邮箱 qilupress@126.com
营销中心 （0531）82098521 82098519 82098517
印 刷 山东临沂新华印刷物流集团有限责任公司
开 本 880mm × 1230mm 1/32
印 张 12
插 页 2
字 数 302千
版 次 2022年9月第1版
印 次 2022年9月第1次印刷
标准书号 ISBN 978-7-5333-4619-5
定 价 54.00元

目　录

第一章　严粲《诗经》学研究概况[①]

第一节　南宋末至民国时期严粲《诗经》学研究概况

严粲《诗缉》成书以后，南宋末至民国时期的学者主要通过考证、评价、引用三种方式进行研究。其中的考证成果有助于考察《诗缉》的版本情况与作者生平；而评价与引用类研究成果有益于认识《诗缉》的学术价值，确立严粲的学术地位。

一、考证类研究成果

在严粲于淳祐四年（1244）著成《诗缉》后，由于“友朋

① 本章内容已经发表，见笔者《严粲〈诗缉〉研究综论》，《济宁学院学报》2020 年第 4 期。

训其子若弟者竞传写之，困于笔札”①，故自南宋淳祐戊申（1248）开始刊刻，“至少经过了四年以上”②。此书刻成之后盛行于世，惜其自刻本均已无存，目前有元、明、清及民国时期诸多刻本及数部抄本存世。元代勤有堂刻本、明嘉靖赵府味经堂刊本、日本天保十五年（1844）姬路藩仁寿馆刻本、清光绪三年（1877）岭南述古堂刻本、清光绪十六年（1890）虽园刻本、《摛藻堂四库全书荟要》抄本与近代复性书院刻本均附有校勘文字，极具校勘价值。

日本宫内厅书陵部所藏元代余志安勤有堂刻本是现存最早的版本，虽然有缺卷，但是卷一至卷八的天头、地脚与左右栏外皆有批注，“既有字义训诂，也有句义阐释，或出己意，或引证传笺，对于研读是书颇有裨益”③。

日本天保十五年姬路藩仁寿馆刻本随文附有校记，校正了书中一些重要的文字讹误，如赵府味经堂本《简兮》“笺曰：祭有畀辉胞翟阍者，惠下之道”，仁寿馆本校记曰：“‘笺’当作‘传’。”《载驰·序》“《载驰》，许穆夫人作也。闵其宗国颠覆，自伤不能救也。卫懿公为狄人所灭”所引“《谱》疏曰：懿公赤，惠公朔公子”，仁寿馆本校记曰：“‘朔’下‘公’，恐‘之’误。盖谓惠公朔之子也。”光绪三年岭南述古堂刻本据仁

---

① 〔宋〕严粲《诗缉》，《钦定四库全书荟要》第27册，吉林出版集团有限责任公司、海天出版社2005年版，第109页。

② 周东亮《〈诗缉〉的成书时间及其“以诗解〈诗〉”》，《西南交通大学学报》（社会科学版）2012年第1期。

③ 《诗缉》影印说明，“日本宫内厅书陵部藏宋元版汉籍影印丛书”第二辑，线装书局2003年版，第10页。

寿馆本重刻，版心上部镌刻“味经堂”，下部镌刻“仁寿馆藏梓”，无林戭《刻〈诗缉〉序》、源忠学《序》，所附校语与仁寿馆本大体相同，有少量条目残缺不全。

清王太岳、王燕绪等辑《钦定四库全书考证》一百卷，共三册，上册有《诗缉考证》，考证了《四库全书·经部·诗类》所收录的《诗缉》版本里面出现的49处讹误，下举两例以窥斑知豹。其一，《关雎》一诗“曰：关关，声也。雎鸠，鹗也，即郯子所谓‘雎鸠氏，司马’也”，《钦定四库全书考证》曰：“‘关关雎鸠’注‘即郯子所谓雎鸠氏司马也’，刊本‘氏’字讹在‘司马’下，又脱‘也’字，并据《左传》改增。”① 其二，《汉广》一诗“《说文》曰：马二岁曰驹”，《钦定四库全书考证》曰：“‘翘翘错薪’注‘《说文》曰：“马二岁曰驹。”’刊本‘说’讹‘释’，按《经典释文》无此句，今改。”②

《摛藻堂四库全书荟要·经部·诗类》收有《诗缉》，卷一、卷三、卷五、卷七、卷八、卷十、卷十二、卷十六、卷十九、卷二十一、卷二十二、卷二十四、卷二十五、卷二十七、卷三十、卷三十三及卷三十六卷后均附有校勘记。例如《关雎》“悠哉悠哉，辗转反侧”，笺曰：“卧而不周曰辗。”校记曰：“第十六页后三行‘卧而不周曰辗’，刊本‘而’讹‘以’，据《毛诗笺》改。”③ 又如《定

① 〔清〕王太岳、王燕绪等《钦定四库全书考证》，书目文献出版社1991年版，第151页。

② 〔清〕王太岳、王燕绪等《钦定四库全书考证》，书目文献出版社1991年版，第151页。

③ 〔宋〕严粲《诗缉》，《钦定四库全书荟要》第27册，吉林出版集团有限责任公司、海天出版社2005年版，第131页。

之方中·序》“文公徙居楚丘”，“疏曰：《郑志》答张逸问云：‘楚丘在济河间，疑在今东郡界。’”卷五后面所附校记曰：“第十二页后五行‘疑在今东郡界’，刊本‘郡’讹‘都’，据《毛诗疏》改。”①

民国时期马一浮主持刊刻的复性书院刊本《诗缉》，附有叶渭清《校勘记》一卷，纠正了诸多文字讹误，如《小雅·正月》“蔌蔌方有谷”，“钱氏曰：蔌蔌，谷之小也”。叶氏《校勘记》曰：“明赵府本同。‘小’，仁寿馆本作‘少’。今案‘少’是也。谷非屋比，可以多少言，不可以大小言也。”② 又如《小雅·瓠叶》“炮之燔之”，“钱氏曰：凡肉置火中曰炮，爇之曰燔，近火曰炙”。叶氏《校勘记》曰：“‘近’，仁寿馆本作‘远’。今案‘远’字是，解见《楚茨》。”③ 据孔颖达《毛诗正义》“燔者，火烧之名；炙者，远火之称。以难熟者近火，易熟者远之”④，以及《诗补传》“燔，近火。炙，远火也”⑤等，当从叶说作“远”。再如《烝民》第七章章旨曰：“其所乘之四马业业然动而不息，其所从之行夫捷捷然而敏。”叶氏《校勘记》

---

① 〔宋〕严粲《诗缉》，《钦定四库全书荟要》第27册，吉林出版集团有限责任公司、海天出版社2005年版，第186页。

② 〔宋〕严粲《诗缉》，民国时期复性书院刻本。

③ 〔宋〕严粲《诗缉》，民国时期复性书院刻本。

④ 〔汉〕郑玄笺，〔唐〕孔颖达等正义《毛诗正义》卷一三之二，《十三经注疏》上，上海古籍出版社1997年版，第469页。

⑤ 〔宋〕范处义《诗补传》，《钦定四库全书荟要》第25册，吉林出版集团有限责任公司、海天出版社2005年版，第301页。

曰："明赵府本、仁寿馆本同。今案'行夫'当为'征夫'。"①由以上三例即可见叶氏校勘之精审。

值得注意的还有清代刘灿《严氏诗缉补义》一书，"搜集历来引用《诗缉》诸说，并加以校定，写成《严氏诗缉补义》（台北："中央研究院"傅斯年图书馆馆藏清嘉庆间刊本），这算是最早对严粲进行研究整理专著"②。刘氏不仅对《诗缉》有专门考证，订正严氏讹误，而且补充、申明其说，可补此书之阙漏，"此书正误八十三条，又采录各家之言欲予补阙；其所正所补，有切实处，亦有望文生义和虚疏之论"③。

二、评价类研究成果

《诗缉》的评价类研究成果散见于南宋后期至民国时期《诗经》的注解、研究著作中，也见于其他经史子集各类著作中。这些研究成果不仅肯定了《诗缉》极高的学术价值，而且给予了严粲较高的学术地位。

严粲自刻《诗缉》时，曾请当时颇有名望的学者林希逸与袁甫作序，二人之序对《诗缉》评价颇高。林希逸《诗缉·叙》称："知其钩贯根叶，疏析条绪，或会其旨于数章，或发其微于一字，出入穷其机综，排布截其幅尺，辞错而理，意曲而

---

① 〔宋〕严粲《诗缉》，民国时期复性书院刻本。

② 黄忠慎《严粲诗缉新探》，台湾文史哲出版社 2008 年版，第 71 页脚注 12。

③ 牟玉亭《中国历代诗经著述存佚书目》，见夏传才主编《诗经学大辞典》，河北教育出版社 2014 年版，第 1530 页。

通，逆求情性于数千载之上，而兴寄所在，若见其人而得之。至于音训疑似、名物异同、时代之前后、制度之纤悉，订证精密，开卷了然。呜呼！《诗》于是乎尽之矣！《易》尽于伊川，《春秋》尽于文定，《中庸》《大学》《语》《孟》尽于考亭。继自今，吾知此书与并行也”，“幽深夭矫，意具言外，盖尝穷诸家阃奥，而独得《风》《雅》余味，故能以诗言《诗》，此《笺》《传》所以瞠若乎其后也”。① 袁甫《诗缉·叙》曰：“《黍离》《中谷有蓷》《葛藟》不用旧说，独能深得诗人优柔之意，其他一章一句时出新意，大抵宛转有旨趣，再三玩味，实获我心，坦叔可与言《诗》也已矣。”② 由以上评价，可见严粲同时代学者对此书之认可与赞许。

宋代以后，《诗缉》更被学界推崇备至，学者颇多称许之语。元代学者揭佑民《诗集传附录纂疏·序》云：“近世《诗》解甚多，如李迂仲、吕伯恭皆善言，惟华谷严氏独能诣风、赋、比、兴之趣，识其正体，其间援朱子言者多。”③ 元代学者梁益《诗传旁通》卷十一曰：“坦叔淳祐八年戊申夏五月所著《诗缉》，成时为朝奉大夫，知横浦郡，在晦庵后。东发，晦庵门人之门人，其言皆可摭以相发。”④ “黄氏

---

① 〔宋〕严粲《诗缉》，《钦定四库全书荟要》第 27 册，吉林出版集团有限责任公司、海天出版社 2005 年版，第 108~109 页。

② 〔宋〕严粲《诗缉》，《钦定四库全书荟要》第 27 册，吉林出版集团有限责任公司、海天出版社 2005 年版，第 109 页。

③ 〔元〕胡一桂《诗集传附录纂疏》，北京图书馆出版社 2004 年版，第 2 页。

④ 〔元〕梁益《诗传旁通》，《四库全书》第 76 册，上海古籍出版社 1987 年版，第 928 页。

佐谓《诗缉》以吕氏《读诗记》为主，而集诸家之说以发明之。”①《四库全书总目》亦承其说：“是书以吕祖谦《读诗记》为主，而杂采诸说以发明之。旧说有未安者，则断以己意。……凡若此类，皆深得诗人本意。至于音训疑似、名物异同，考证尤为精核。宋代说《诗》之家，与吕祖谦书并称善本，其余莫得而鼎立，良不诬矣。”② 周东亮《严粲在宋元〈诗经〉学中的学派归属》一文指出黄佐之说对于严氏的评价有失偏颇，也误导了后来的学者。“而清代及民国年间的书目著作在论及严粲《诗缉》时，又多取朱彝尊《经义考》引明人黄佐之评价，认为‘华谷严氏《诗缉》以吕氏《读诗记》为主，而集诸家之说以发明之’。持这种观点的，以《四库全书总目》和陆心源的《皕宋楼藏书志》等为代表。这在相当大程度上抹杀了严粲编纂《诗缉》的功绩及其影响，尤其是在整体上忽视了严氏自己独到的见解。不但如此，甚至关于《诗缉》如何‘以吕氏《读诗记》为主’，各家也均无说解。”③ 周东亮认为清瞿镛《铁琴铜剑楼藏书目录》“其体与《读诗记》颇异，其说亦多自抒心得，不袭前人”④ 之评价更为中肯：“这一见解有别于黄氏的说法，显然有助于

---

① 瞿镛编纂，瞿果行标点，瞿凤起覆校《铁琴铜剑楼藏书目录》，上海古籍出版社 2000 年版，第 71 页。

② 〔清〕永瑢等《四库全书总目》，中华书局 1965 年版，第 125 页。

③ 周东亮《严粲在宋元〈诗经〉学中的学派归属》，《西南交通大学学报》(社会科学版) 2014 年第 3 期。

④ 瞿镛编纂，瞿果行标点，瞿凤起覆校《铁琴铜剑楼藏书目录》，上海古籍出版社 2000 年版，第 70~71 页。

我们认清严粲《诗缉》的本来面目和其真正的价值所在。”①

在清代《诗经》学兴盛的背景下，严粲《诗缉》广受赞誉。除了瞿镛《铁琴铜剑楼藏书目录》赞其“多自抒心得，不袭前人”，其他一些学者也给予了《诗缉》较高的评价。姚际恒《诗经通论·论旨》云：“严坦叔《诗缉》，其才长于诗，故其运辞宛转曲折，能肖诗人之意，亦能时出别解，第总囿于《诗序》，间有龃龉而已，惜其识小而未及远大，然自为宋人说《诗》第一。”② 万斯同赞其为“千古卓绝之书”③。周中孚《郑堂读书记》曰：“按承庵撰诸经疑问皆宗法朱学，惟是书于《集传》外兼取《小序》《毛传》及严氏《诗缉》，盖以《诗缉》本吕氏《读诗记》为说，南宋诸家中惟严与吕氏可以匹敌，他人莫能及也。”④ 纳兰性德称：“宋元之际，闽之樵川儒学蔚起，若严粲明卿之于《诗》。”⑤ 叶德辉曰：“是书与吕祖谦《读诗记》并称，而即以《读诗记》为主，其中审定音训疑似，考订名物异同，皆非宋儒空谈六义者所能企及。而通志堂刻宋元以来经解书，吕、严两家均未之采入。因朱子于吕氏说诗，晚年多有不合，通志堂乃笃守程、朱之学者，以其派别同异故，牵

---

① 周东亮《严粲在宋元〈诗经〉学中的学派归属》，《西南交通大学学报》(社会科学版) 2014 年第 3 期。

② 〔清〕姚际恒《诗经通论》，《续修四库全书》第 62 册，上海古籍出版社 2002 年版，第 12 页。

③ 〔清〕万斯同《群书疑辨》，台湾广文书局 1972 年版，第 13 页。

④ 〔清〕周中孚《郑堂读书记》卷八“诗经疑问”条下按语，商务印书馆 1959 年版，第 142 页。

⑤ 〔清〕纳兰性德《通志堂集》卷十一，上海古籍出版社 1979 年版，第 438 页。

连严氏此书亦摈而不取。然孤本流传，上登《四库》，至今说诗家有不取朱《传》而转取此二书者，毋亦是非之公不可泯灭欤!”①《四库全书总目》称：“宋代说《诗》之家，与吕祖谦书并称善本，其余莫得而鼎立。”② 近代学者马一浮开列有《通治群经必读诸书举要》，其中即包括《诗缉》，并且称赞此书：“严氏《诗缉》宗毛传，用《小序》，而长于义理，可法也。”③

综上所引，由宋代至近代学者一致认为严粲《诗缉》不仅可与吕祖谦《吕氏家塾读诗记》并驾齐驱，甚至有些方面超越吕氏之书，究其原因在于此书在音训、名物、制度、考证等各个方面都能够做到自抒心得，时出别解。

三、引用类研究成果

引用类研究成果主要集中在元、明、清《诗经》学著作中，体现了学者对《诗缉》学术价值的一致认同。

元代颇多学者引用《诗缉》解《诗》，其中以刘瑾为典型代表。刘瑾所撰《诗传通释》征引严氏之说达 330 余处。在解释《邶风·日月》“德音无良”时，引严氏曰：“此‘德音无良’及《邶·谷风》‘德音莫违’，皆妇人言其夫待己之意。”④ 在解说《邶风·匏有苦叶》时，《诗传通释》引严氏曰：“匏经霜其

---

① 叶德辉撰，杨洪升点校《郎园读书志》卷一，上海古籍出版社 2010 年版，第 39 页。

② 〔清〕永瑢等《四库全书总目》，中华书局 1965 年版，第 125 页。

③ 马一浮《马一浮全集》第一册（上），浙江古籍出版社 2013 年版，第 114 页。

④ 〔元〕刘瑾《诗传通释》，《四库全书》第 76 册，上海古籍出版社 1987 年版，第 332 页。

叶枯落，然后干之，腰以渡水。”① 《郑风 · 叔于田》引曰：“严氏曰：叔段岂其美且仁哉？其党私之之言，犹河朔之人谓安史为圣也。”② 朱倬《诗疑问》、梁益《诗传旁通》等著作亦多有征引。

明代学者引用《诗缉》较元代更盛。李先芳《读诗私记》一书“所释大抵多从毛、郑，毛、郑有所难通，则参之吕氏《读诗记》、严氏《诗缉》诸书”③，姚舜牧《诗经疑问》一书“兼用《毛传》、朱《传》及严粲《诗缉》，时亦自出新论”④。《诗传大全》颇多征引，如卷六《蟋蟀》引《诗缉》曰：“华谷严氏曰：‘“职思其居”，启其忧也；“好乐无荒”，作其勤也；“良士瞿瞿”，警其惧也，三言而君国之道尽矣。’”⑤ 《诗传大全》卷六释《扬之水》引《诗缉》曰：“华谷严氏曰：‘冕服，丝衣也。中衣用素。素，丝也。皮弁服，朝服。玄端，麻衣也。中衣用布。凡服先以明衣亲身，次加中衣。冬则次加裘，裘上加裼衣，衣上加朝服。此以素为衣，是以丝为之，谓冕及爵弁之中衣也。’”⑥ 《诗传大全》卷六释《无衣》引《诗缉》曰：

---

① 〔元〕刘瑾《诗传通释》，《四库全书》第 76 册，上海古籍出版社 1987 年版，第 338 页。

② 〔元〕刘瑾《诗传通释》，《四库全书》第 76 册，上海古籍出版社 1987 年版，第 394 页。

③ 〔清〕永瑢等《四库全书总目》，中华书局 1965 年版，第 129 页。

④ 〔清〕永瑢等《四库全书总目》，中华书局 1965 年版，第 129 页。

⑤ 〔明〕胡广等《诗传大全》，《四库全书》第 78 册，上海古籍出版社 1987 年版，第 500 页。

⑥ 〔明〕胡广等《诗传大全》，《四库全书》第 78 册，上海古籍出版社 1987 年版，第 502 页。

“武公之事，国人所不与也。以《晋世家》考之，初潘父弑昭侯而迎桓叔，欲入晋，晋人发兵攻桓叔，桓叔败，还归曲沃，晋人共立昭侯子平，是为孝侯，此桓叔初举而国人不与也。其后曲沃庄伯弑孝侯于翼，晋人又攻庄伯。庄伯复入曲沃，晋人复立孝侯子郄，是为鄂侯，此庄伯再举，国人又不与也。及鄂侯卒，庄伯伐晋，晋人立鄂侯子光，是为哀侯，此庄伯三举而国人又不与也。及武公诱小子侯杀之，晋复立哀侯弟缗，此武公四举而国人终不与也。最后武公伐晋侯缗，灭之，尽以其宝器赂周釐王，王命武公为诸侯，然后晋人不得已而从之耳。然圣人致严于名分之际，陈成子之事，至沐浴而请讨，盖以人伦之大变，天理所不容，人人得而讨之。《无衣》之诗不删者，所以著世变之穷，伤周之衰也。”① 周东亮《〈诗缉〉的成书时间及其“以诗解〈诗〉”》一文指出：“有明一代，引用严粲《诗缉》者众多，如黄佐《诗传通解》、李先芳《读诗私记》、曹学佺《诗经质疑》、沈万珂《诗经类考》、张以诚《毛诗微言》②、姚舜牧《诗经疑问》、唐汝谔《毛诗微言》等。尤其是曹学佺的《诗经质疑》，更是被陈衍称为‘严氏《诗缉》之流亚也’。”③

① 〔明〕胡广等《诗传大全》，《四库全书》第78册，上海古籍出版社1987年版，第507页。

② 关于《毛诗微言》的编撰者，杨焄《〈毛诗微言〉撰者考略》指出：“《毛诗微言》的编撰者原为明末唐汝谔，但书贾为了招揽顾客以牟取暴利，将编撰者改题为张以诚，并对原书内容进行了删削。”（《中国典籍与文化》2004年第3期）

③ 周东亮《〈诗缉〉的成书时间及其“以诗解〈诗〉”》，《西南交通大学学报》（社会科学版）2012年第1期。

清代《诗经》学复兴，更多学者引用《诗缉》，如朱鹤龄《诗经通义》、陈启源《毛诗稽古编》、钱澄之《田间诗学》、顾镇《虞东学诗》、姚际恒《诗经通论》等。《四库全书总目》举出清代四家征引《诗缉》者：其一为朱鹤龄《诗经通义》，“专主《小序》，而力驳废《序》之非。所采诸家，于汉用毛、郑，唐用孔颖达，宋用欧阳修、苏辙、吕祖谦、严粲，国朝用陈启源”①；其二为陈启源《毛诗稽古编》，“所辨正者惟朱子《集传》为多，欧阳修《诗本义》、吕祖谦《读诗记》次之，严粲《诗缉》又次之”②；其三为钱澄之《田间诗学》，“所采诸儒论说，自《注》《疏》《集传》以外，凡二程子、张子、欧阳修、苏辙、王安石、杨时、范祖禹、吕祖谦、陆佃、罗愿、谢枋得、严粲、辅广、真德秀、邵忠允、季本、郝敬、黄道周、何楷二十家”③；其四为顾镇《虞东学诗》，“所征引凡数十家，而欧阳修、苏辙、吕祖谦、严粲四家所取为多”④。此外，还有《四库全书总目》未曾提及的一些征引严粲《诗缉》的典籍，如《钦定诗经传说汇纂》、姚际恒《诗经通论》、胡承珙《毛诗后笺》、马瑞辰《毛诗传笺通释》、严虞惇《读诗质疑》、陈大章《诗传名物集览》、叶燕《读严氏诗缉》等。陈大章《诗传名物集览》卷十一引《诗缉》曰：“木下蟠则阴广，上竦则阴少。乔竦之木，其

① 〔清〕永瑢等《四库全书总目》，中华书局 1965 年版，第 131 页。
② 〔清〕永瑢等《四库全书总目》，中华书局 1965 年版，第 132 页。
③ 〔清〕永瑢等《四库全书总目》，中华书局 1965 年版，第 131 页。
④ 〔清〕永瑢等《四库全书总目》，中华书局 1965 年版，第 136 页。

阴不下及，故不可休息。”① 《读严氏诗缉》共一卷，乃节选严氏《诗缉》而成，“《中研目录》著录，稿本存天一阁文物保管所”②，目前此本存于天一阁博物院。李学勤、吕文郁主编《四库大辞典》一书指出：“《诗缉》影响较大，其说常为朱熹《诗集传》（按：此误，当为严粲引用朱熹《诗集传》）、马瑞辰《毛诗传笺通释》以及当代唐莫尧《诗经全译》等所引用。”③ 这些引用《诗缉》较多的学者有共同的特点，黄忠慎《严粲诗缉新探》指出：“我们发现这些引用严粲说法的清儒大部分属于汉学派学者。如朱鹤龄（1606—1683）《诗经通义》、陈启源《毛诗稽古编》、胡承珙（1776—1832）《毛诗后笺》等等。”④

由元至清，颇负盛名的一些解《诗》大家如刘瑾、陈启源、顾镇等频频引用《诗缉》。《诗缉》受到青睐的程度，堪比朱熹《诗集传》、苏辙《诗集传》、欧阳修《诗本义》、吕祖谦《读诗记》等《诗》学巨著。学者引用《诗缉》频率之高，足以见出学者对其学术价值的高度认可。

---

① 〔清〕陈大章《诗传名物集览》，《四库全书》第 86 册，上海古籍出版社 1987 年版，第 778 页。

② 牟玉亭《中国历代诗经著述存佚书目》，见夏传才主编《诗经学大辞典》，河北教育出版社 2014 年版，第 1530 页。

③ 李学勤、吕文郁《四库大辞典》，吉林大学出版社 1996 年版，第 180 页。

④ 黄忠慎《严粲诗缉新探》，台湾文史哲出版社 2008 年版，第 71 ~ 72 页脚注 12。

第二节 现当代严粲《诗经》学研究概况

现当代的严粲《诗经》学研究显现出愈来愈兴盛的态势。21世纪之前，相关的研究成果较少。进入21世纪以来，严粲《诗缉》引起学术界较多关注，研究成果较前为盛。据初步统计，海内外研究严粲《诗缉》的专题论文与专著逾30种：在“中国知网”，可以检索到大陆“严粲”“诗缉”的相关期刊论文18篇，硕士论文2篇，另有一部整理著作；此外，我国台湾地区的论文、专著加上日本的论文逾10种。严粲《诗缉》的研究成果还散见于洪湛侯《诗经学史》、谭德兴《宋代诗经学研究》、郝桂敏《宋代〈诗经〉文献研究》及陈战峰《宋代〈诗经〉学与理学》、扬之水《诗经别裁》等《诗经》学著作中。相比较而言，大陆与台湾的研究较为活跃，研究成果较为丰富。目前，研究热点主要体现在《诗缉》版本与征引文献研究、经学思想研究、文学思想研究、综合研究四个方面。现当代学者的研究成果表明此书版本众多，征引广博，文学思想丰富，进一步推动《诗经》回归为文学文本的文学性本质，属于宋代经学里的兼综学派，解经自成一体。《诗缉》的学术价值进一步得到现当代学者的肯定，《诗缉》的学术成就逐渐得到广泛挖掘与总结。

一、《诗缉》版本与征引文献研究

目前的《诗缉》版本研究成果主要集中在考辨本书各种版

本的优劣得失与文字异同上。乔衍管 1968 年发表的文章《“国立中央图书馆”善本书志——〈诗缉〉》“主要讨论馆藏《诗缉》的版本问题”①。宋均芬《〈诗辑〉概述研究》一文的“三、《诗辑》的版本及收藏情况”提及国内图书馆和日本所收藏的一些版本。笔者的论文《赵府味经堂本与〈四库全书〉本〈诗缉〉版本优劣考辨》细致比对味经堂本与《四库全书》本两种版本的优劣得失；《严粲〈诗缉〉版本考》一文详细论述元代余志安勤有堂刻本与明嘉靖年间赵藩康王朱厚煜刊刻的味经堂本、《四库全书》本的文献价值，以及三种版本之间的区别；《赵府味经堂本〈诗缉〉纠谬》主要考察《北京图书馆古籍珍本丛刊》影印的赵府味经堂本中的文字讹误。李辉点校《诗缉》本的《前言》考察了元建安余志安勤有堂本、明嘉靖年间河南彰德赵藩康王朱厚煜所刊味经堂本、明代澹生堂抄本、李盛铎藏清顺治康熙间抄本、天一阁藏康熙庚戌慈溪姜宸英抄本、清顾栋高传抄本、清畬经书屋抄本等版本，并且以勤有堂本为底本进行整理。②《诗缉》版本众多，文字差别较大，目前尚有较大的研究空间。

王智慧《〈诗缉〉征引文献的特点及价值》与《严粲〈诗缉〉征引文献考》、日本学者种村和史《严粲〈诗缉〉所引朱熹诗说考》、周东亮《严粲在宋元〈诗经〉学中的学派归属》等论文重点关注《诗缉》征引文献的出处、形式、种类、特点及价值等。王智慧在考证了《诗缉》征引的经史子集 5944 条文

① 黄忠慎《严粲诗缉新探》，台湾文史哲出版社 2008 年版，第 72 页脚注 12。

② 〔宋〕严粲著，李辉点校《诗缉》，中华书局 2020 年版，第 15~19 页。

献后得出结论："征引的文献中，经部文献最多，共征引约为5652条。"并且进一步指出："兼容并包，广征博引，辨别异同，阐明己意，能将众多文献的考察与目验相结合，对于名物考证则是能断则断，不能则网，准确罗列。"① 日本学者种村和史《严粲〈诗缉〉所引朱熹诗说考》则考证了《诗缉》引用朱熹诗说的方式、价值等方面的内容②。

二、《诗缉》经学思想研究

当前学者研究《诗缉》经学思想的成果比较丰富，主要涉及严粲的解经态度、解经方法、解经体例及音韵研究等方面。

周东亮与金生扬的论文《论江湖诗人严粲生平及其学术》"从严粲存世的诗集以及文献中来勾勒出他的生平，审视他的经学成就"③。周东亮《严粲在宋元〈诗经〉学中的学派归属》一文指出严粲既不属于吕祖谦学派，也不属于林光朝学派，而"应当和吕祖谦、朱熹一样，属于宋代经学里的兼综学派"④。台湾学者黄忠慎《严粲〈诗缉〉的以理学说〈诗〉及其在经学史上的意义》认为《诗缉》"实际上就理学而言，《诗缉》对于

① 王智慧《〈诗缉〉征引文献的特点及价值》，《青年文学家》2015年第12期。

② ［日］种村和史《严粲〈诗缉〉所引朱熹诗说考》，《庆应义塾大学日吉纪要》2014年第7期。

③ 周东亮、金生扬《论江湖诗人严粲生平及其学术》，《重庆科技学院学报》（社会科学版）2008年第2期。

④ 周东亮《严粲在宋元〈诗经〉学中的学派归属》，《西南交通大学学报》（社会科学版）2014年第3期。

吕祖谦的承袭与取用却很少”，“朱子的理学最受《诗缉》青睐”[①]。由以上研究成果可知，《诗缉》解《诗》思想比较开放，既杂取汉宋，从汉唐注疏中汲取精华，又从宋代理学中吸收其合理之处；同时，对于宋代各家《诗》说，不专主某一学派，而是兼收并蓄，博采众说。黄忠慎的三篇论文详细考证了《诗缉》的解经态度与方法及解经体例。《严粲〈诗缉〉的解经态度与方法及其在经学史上的意义》总结严粲的解经方法非常传统，主要是采用“以本经解本经”“以他经解本经”“以本传解本经”“以他传解本经”的汉学方式疏解经义[②]。《南宋〈诗经〉集解体作者解经立场与方法之比较研究——以李樗、严粲为中心的考察》指出：“（严粲）支持《诗序》的解题，训释诗文的方法主要则是‘以经传解经’，看似传统，其理念却可与西方诠释学不谋而合。”[③]《吕祖谦、严粲〈诗经〉学之比较研究》一文指出就解经体例而言，《诗缉》体例较为完整，整体表现稍微优于《读诗记》[④]。总而言之，《诗缉》的解《诗》方式虽然源于汉唐注疏，比较传统，但是体例完整，方法得当。

宋均芬《明本〈诗缉〉音注中的术语“韵”“协韵”“从

---

① 黄忠慎《严粲〈诗缉〉的以理学说〈诗〉及其在经学史上的意义》，《彰化师大国文学志》第 11 期。

② 黄忠慎《严粲〈诗缉〉的解经态度与方法及其在经学史上的意义》，《兴大中文学报》第 19 期。

③ 黄忠慎《南宋〈诗经〉集解体作者解经立场与方法之比较研究——以李樗、严粲为中心的考察》，《成大中文学报》第 51 期。

④ 黄忠慎《吕祖谦、严粲〈诗经〉学之比较研究》，《东吴中文学报》第 27 期。

韵”研究》、《〈诗缉〉（明味经堂刻本）音注存在的文字问题考校》（上）、《〈诗缉〉（明味经堂刻本）音注存在的文字问题考校》（下）和刘红花《〈诗缉〉音注泥娘分立》等论文则着重研究《诗缉》的音注特点，并且总结其音注存在的问题。

三、《诗缉》文学思想研究

学者对《诗缉》文学思想的研究主要集中在比兴观、性情论、以诗解《诗》三个方面，从而总结出此书丰富的文学思想与进一步回归《诗经》作为文学文本的文学性本质。

李莉褒的硕士论文《严粲〈诗缉〉之研究》总结了台湾一些学者在《诗缉》比兴观方面的研究成果：“一九七五年，赵制阳先生于《诗经赋比兴综论》书中第八章提及《诗缉》所论作法之分析，并举例以评其矛盾之处。其后，一九七七年，裴普贤先生亦于《诗经研读指导》一书中，就《诗经兴义的历史发展》之文，列述宋代学者对诗经兴义不同之见解，此中探讨朱熹、严粲对兴义之实际作业，分论二家之特点。……一九八一年，台湾师大硕士论文，苏伊文所撰《诗经比兴研究》，亦制表以检视诸家比、兴标注之异同……一九九一年……程克雅撰《朱熹、严粲二家比兴释〈诗〉体系比较及其意义》，乃探讨二家比、兴标注之法则及其意义和价值，并谓严粲能就兴义之阐发，补充、匡正毛《传》以下比、兴说《诗》之弊，就此释诗体系之诠解而言，乃归纳出严粲优于朱子之结论。”① 黄忠慎

① 李莉褒《严粲〈诗缉〉之研究》，台湾中兴大学中国文学研究所 1998 年硕士学位论文。

《严粲诗缉新探》一书指出："过去研究《诗缉》者，主要是在讨论其对'比''兴'的意见，而且往往将严粲与朱熹在此课题上做比较性研究。如赵制阳《诗经赋比兴综论》（新竹：桐城出版社，1975 年）第八章提及言赋比兴的意见，并批评其矛盾之处。裴普贤《诗经研读指导》（台北：东大图书公司，1977 年）中收有《诗经兴义的历史发展》一文，其中讨论到朱熹与严粲对兴义的看法，并且制作了'朱《传》严《缉》兴诗比较表'，以此明两家在实际解《诗》之异同。苏伊文《诗经比兴研究》（台北：台湾师范大学国文研究所，1981 年）检视诸家对'比''兴'的意见，严粲《诗缉》当然为讨论对象之一。程克雅《朱熹、严粲二家比兴释〈诗〉体系比较及其意义》（中坜："中央大学"中国文学研究所硕士论文，1991 年），讨论朱、严二家'比兴'释《诗》体系，以及两人在《诗经》诠释上的意义，其结论为'朱熹《诗集传》实逊于严粲《诗缉》。朱熹只提供了一套形构化的比兴释《诗》用语与条例，而严粲则能就兴义的阐发，补充、匡正《毛传》的缺失，抉发《诗经》丰富的可诠释性'。本书虽仅由'比、兴'观念讨论朱、严两者不同，但是对阐明严粲《诗缉》的价值仍有相当的助益。欧天发《〈诗〉'兴而比''兴兼比'说析论》（《嘉南学报》第 27 期，2001 年）则讨论朱熹、严粲、姚际恒对'比''兴'的意见，其内容与研究方式尚未能脱前人窠臼。"① 程克雅《朱熹、严粲二家比兴释〈诗〉体系比较及其意义》一文通过对比朱熹、严粲两家比兴释《诗》体系的方式，概括了严粲比兴释

① 黄忠慎《严粲诗缉新探》，台湾文史哲出版社 2008 年版，第 72 页脚注 12。

《诗》之成绩，认为其“‘比兴’手法的说明，有着重标注诗篇的隐微、深婉、寓托意义的功能”[①]。孙立《严粲〈诗缉〉“兴之不兼比者”辨》一文考察了严粲对“兴”与“比”的关系所持的折衷态度，认为毛诗所标识的“兴”诗大多与“比”有关，同时也有7首无关，但是“兴之不兼比者”7个案例仅有3例合乎实际，4例有误，从侧面印证了毛诗学者所论述的116首“兴诗”含有“比”义的结论基本准确[②]。熊祥军《严粲〈诗缉〉的诗法研究》一文提出严粲在对《诗经》的写作方法进行分析时，主要详解字法，细分句法，总括篇法；并从内容与表现手法方面解读，使传统赋、比、兴的接受有了一丝新意；同时还从二雅入手，以较强的文章学文体分类法来论述《诗经》[③]。

熊祥军、任菊《论严粲〈诗缉〉的文学思想》一文指出严粲不仅使用文学批评术语解《诗》，而且以情性论《诗》、以“诗”论《诗》，有着丰富的文学思想[④]，使《诗经》身上的经学性和理学性色彩进一步削弱[⑤]。周东亮《〈诗缉〉的成书时间

---

① 程克雅《朱熹、严粲二家比兴释〈诗〉体系比较及其意义》，台湾“中央大学”中国文学研究所1991年硕士学位论文。

② 孙立《严粲〈诗缉〉“兴之不兼比者”辨》，《学术研究》2015年第1期。

③ 熊祥军《严粲〈诗缉〉的诗法研究》，《湖南工业职业技术学院学报》2016年第1期。

④ 熊祥军、任菊《论严粲〈诗缉〉的文学思想》，《语文学刊》2010年第6期。

⑤ 熊祥军、任菊《论严粲〈诗缉〉的以〈诗〉言〈诗〉》，《昭通师范高等专科学校学报》2010年第6期。

及其“以诗解〈诗〉”》以为“《诗缉》的最大特色就在于它的‘以诗解《诗》’。具体表现在它能以诗人作诗与读诗之法来解读《诗经》；同时，它还能引用作为文学作品层面上的文学之诗来解读《诗经》。也正是因为《诗缉》的这一特色，为明清时期《诗经》学研究的转向揭开了序幕”①。熊祥军《论严粲〈诗缉〉解〈诗〉的文学性》指出此书大量运用“玩味”“含蓄”“意在言外”“情性”等中国传统诗学鉴赏性术语对《诗经》进行文学性解读和品鉴，在很大程度上冲淡了传统解《诗》的经学性，进一步回归《诗经》作为文学文本的文学性本质②。黄忠慎《严粲〈诗缉〉以文学说〈诗〉及其在经学史上的意义》分析严粲通过对六义的见解、涵泳情性的读《诗》法、部分诗篇从文学角度切入论说等等，从而扩展了解经面向③。洪湛侯《诗经学史》第三编第六章“宋代学者已注意到《诗》的文学特点”总结了严粲从文学的角度研究《诗经》的贡献。该书提及宋代六位学者，严粲即其中之一，与欧阳修、王安石、郑樵、王质、朱熹并列。

严粲《诗缉》既把《诗经》看作儒家经典，探寻其诗教价值，又把《诗经》看作文学经典，展现其文学魅力。现当代学者从文学思想方面着眼，总结了严粲在还原《诗经》文学本色方面的学术成就。

---

① 周东亮《〈诗缉〉的成书时间及其“以诗解〈诗〉”》，《西南交通大学学报》（社会科学版）2012 年第 1 期。

② 熊祥军《论严粲〈诗辑〉解〈诗〉的文学性》，《新余学院学报》2016 年第 2 期。

③ 黄忠慎《严粲〈诗缉〉以文学说〈诗〉及其在经学史上的意义》，《逢甲大学人文社会学报》第 14 期。

四、《诗缉》综合研究

严粲《诗缉》的综合研究成果有李锦英《严粲〈诗缉〉研究》、宋均芬《〈诗辑〉概述研究》、台湾学者李莉褒《严粲〈诗缉〉之研究》、陈清茂《从〈诗缉〉论严粲〈诗经〉学重要观念》、黄忠慎《严粲〈诗缉〉新探——从经学、理学与文学三重面向作全方位之考察》《严粲诗缉新探》等论著。

李莉褒的硕士论文《严粲〈诗缉〉之研究》从《诗缉》的版本、体例、论《诗》观点、诠《诗》之法等多个方面进行论述，以为其成就表现为"其一：维续诗教之功不可没""其二：能拓展论《诗》之观点""其三：讲究诠《诗》方法""其四：能时发议论，订正旧说"①，"其讨论的焦点主要在严粲对《国风》地理世次的意见、《诗序》的取舍、'六义'的界义与说明。论及严粲的解经方法则从取证来源、修辞章法、训诂优劣等方面来讨论，属于基础研究，对于某些重要观念未能深入探查"②。黄忠慎以为"以宋朝当时的文学批评、理学及经学为切入点，来观察《诗缉》治经的最大特色"③。李锦英的硕士论文《严粲〈诗缉〉研究》指出："严粲不仅承袭传统诗学成果，而且进行了大胆的创新。"④ 台湾学者陈清茂《从〈诗缉〉论严粲

---

① 李莉褒《严粲〈诗缉〉之研究》，台湾中兴大学中国文学研究所 1998 年硕士学位论文。

② 黄忠慎《严粲诗缉新探》，台湾文史哲出版社 2008 年版，第 72 页脚注 12。

③ 黄忠慎《严粲诗缉新探》自序，台湾文史哲出版社 2008 年版，第 4 页。

④ 李锦英《严粲〈诗缉〉研究》，2010 年山西大学硕士学位论文。

〈诗经〉学重要观念》一文重点阐释严粲的《诗》学观念，如“以儒家美刺观点解释今本十五国风之次第与刺淫之诗非淫人自作，肯定《诗序》的解经价值，以体之大小解释大、小雅之别，将兴之兼比者视为兴之常体”，以为“严粲及其《诗缉》在宋代《诗经》研究领域中，为传统派的重要代表”。[①] 以上成果内容多样，包罗甚广，综合多个方面考察了严粲《诗缉》的学术成就。

关于严粲《诗缉》的研究成果由南宋末年一直持续至今。目前学者围绕《诗缉》的版本与征引文献、经学思想、文学思想等论题，形成了一些重要的观点，研究方法呈现出多样化的态势。《诗缉》研究逐渐成为《诗经》研究的一个新领域，为进一步深化和拓展此方面的研究奠定了重要基础。但是，纵观古代、近代与现当代的《诗缉》研究成果可以发现：《诗缉》研究并非学术界关注的热点，故研究成果并不算丰富。《诗缉》研究成果尚有所欠缺，不可避免地存在诸多有待于深入探讨的薄弱环节。比如，部分性研究成果比较多，系统性研究不足；阐释性研究成果多，深度分析不够深入等。与《毛诗传笺》《毛诗正义》《诗集传》《诗本义》等《诗经》学著作受现代学界青睐有加相比，《诗缉》研究明显不足。从学理层面进一步深入研究《诗缉》的学术渊源、解《诗》体系、经学特点、文学思想、现实意义，是今后的研究趋势。

---

① 陈清茂《从诗缉〈诗缉〉论严粲〈诗经〉学重要观念》，《中国学术年刊》第30期。

第二章 严粲生平考

严粲字坦叔，一字明卿，号华谷，学者称华谷先生，福建邵武人，生活于南宋后期，生卒年不详。宋代陈思《两宋名贤小集》卷三百二十九载有其生平："严粲字坦叔，一字明卿，邵武人，羽之族弟也，登进士，授清湘令，尝著《诗缉》，与朱晦庵《诗传》相表里。"① 明凌迪知《万姓统谱》卷六十七、明嘉靖《邵武府志》卷十四、清李清馥《闽中理学渊源考》卷八均有其传记。凌迪知《万姓统谱》卷六十七记载："严粲，字明卿，邵武人，精《毛氏诗》，所辑诗名《严氏诗辑》。"② 明嘉靖《邵武府志》卷十四将其传记放入"隐士"类："严灿字叔旦（按：当作坦叔），一曰字明卿，邵武莒溪人。精《毛诗》注释，名曰《严氏诗辑》，朱文公《诗传》多采其说焉。"③ 清李清馥《闽中理学渊源考》卷八亦载有"朝奉严坦叔先生粲"

① 〔宋〕陈思编，〔元〕陈世隆补《两宋名贤小集》，《四库全书》第1364册，上海古籍出版社1987年版，第582页。

② 〔明〕凌迪知《万姓统谱》卷六十七，上海古籍出版社1994年版，第4页。

③ 〔明〕陈让编，杨启德、傅唤民、叶笑凡校注《邵武府志》，方志出版社2004年版，第508页。

传，先引用《邵武郡志》“严粲，字坦叔，一曰明卿，邵武莒溪人。精《毛氏诗笺注》，尝自注《诗》曰《严氏诗缉》，朱文公《诗传》多采其说焉”，之后纠“朱文公《诗传》多采其说”之误曰：“按，严氏粲自序《诗缉》在理宗淳祐戊申，去朱子捐馆之岁已四十八年。林氏希逸撰《严氏诗缉序》言：‘华谷严君坦叔早有诗名江湖间，甲辰，余抵京，以同舍生见，时出《诗缉》语我，其说大抵与老艾合，遂求全书而读之。’今以序诗之年考之，亦后于朱子四十余年。严氏本传所言‘朱子采其说’者，自《邵武郡志》如此。今读《诗缉》中所引用诸说，凡‘朱氏曰’者，皆文公朱子之说。严氏采朱子之说，而立传者反谓朱子采其说，相沿承误，似无可疑。今录原序并林序二篇附后，俟考订者再详之。”①

严粲曾登进士，精《毛诗》，著有《诗缉》三十六卷，《两宋名贤小集》存其《华谷集》一卷。周东亮、金生扬《论江湖诗人严粲生平及其学术》一文将其一生“分为三个阶段：早年求学与初步入仕、中年官场生涯、晚年隐居”②。本书借鉴其说，把严粲生平分为早年求学登第与交游经历、入仕及其交游生涯、晚年隐居生活三个阶段进行论述。由于关于其生平的资料比较匮乏，故本书仅作简单勾勒。

---

① 〔清〕李清馥撰，徐公喜、管正平、周明华点校《闽中理学渊源考》卷八，凤凰出版社 2011 年版，第 138 页。

② 周东亮、金生扬《论江湖诗人严粲生平及其学术》，《重庆科技学院学报》（社会科学版）2008 年第 2 期。

第一节 早年求学登第与交游经历

严氏家族中有名望的诗人、有作为的学者代不乏人，其中就包括严羽与严粲，二人并称“二严”。严羽字丹丘，一字仪卿，自号沧浪逋客，世称严沧浪，著有《沧浪诗话》。若按宋代陈思《两宋名贤小集》所载“羽之族弟也”，则严羽为严粲族兄①；若据周东亮、金生扬《论江湖诗人严粲生平及其学术》一文“在绍定二年（1229）左右，严粲出任德化县（今江西九江县）主簿”②，又据严羽所作诗歌《送主簿兄之德化任》，则严羽为严粲族弟。由于资料匮乏，无法确定谁更年长，但是严羽与严粲互相影响是可以断言的。《送主簿兄之德化任》一诗自豪地回顾了严氏数代文人之文采风流：“唐世诸严盛西蜀，郑公勋业开吾族。后来避地居南闽，几代诗名不乏人。叔孙伯子俱成集，我兄下笔追唐及。少年赐第明光宫，才气如云辨挥翕。习簿风流四海闻，谁令作吏狎埃氛。片帆江上君先发，别袂春前我暂分。借问匡庐在何许，舟人遥指云中语。彭蠡湖边几树秋，琵琶亭下江千古。香炉峰顶散晴烟，瀑布悬疑泻漏天。平生梦寐行历处，一笑忽觉当樽前。尽驱灵异入篇什，物象往往愁笞鞭。此中高兴宁淹久，盗贼兵戈莽回首。郑公勋业须人传，康济他时仗君手。我今疏阔更何为，心事惟将海岳期。匡庐半

① 〔宋〕陈思编，〔元〕陈世隆补《两宋名贤小集》卷三百二十九《华谷集》，《四库全书》第1364册，上海古籍出版社1987年版，第582页。

② 周东亮、金生扬《论江湖诗人严粲生平及其学术》，《重庆科技学院学报》（社会科学版）2008年第2期。

席君为主，待我酣来试一题。”① 本书从此诗之论，以严粲为严羽族兄。严羽与严氏家族中的严仁、严参、严肃、严岳、严必振、严必大、严奇、严子野均为当时比较著名的枌榆诗社的成员，并称“九严”，曾经“诗动七闽”。《邵武府志·儒林传·邵武县》记载：“严氏有群从九人，皆能诗，惟粲以经学传。”② 严粲也在诗社，却未被列入“九严”中而并称“十严”，黄忠慎指出：“整体而言，严粲虽能作诗，但是文名仍略逊于诸位从兄弟，这是不容否认的。”③ “假如严粲当时已是著名之诗人，理应有‘十严’之名。由此可知，王士禛对严粲《华谷集》诗集一卷所作的负面评论，不容刻意漠视。”④ 但是许志刚《严羽评传》提出了不同的看法：“他的创作的确同江西诗风有别，而更接近于严羽诸人。但是，他在仕途上较为顺利，社会地位略高些，因此，他同严羽周围的人既有联系，又有一定的距离。这就是为什么一般论及严羽所创立的诗派之时，都不把他算在内的原因。”⑤ 黄、许之说见仁见智，各有道理。但是有“九严”之称的九位诗人的诗歌创作并不都高于严粲，故笔者从许说。严粲与“九严”同入诗社，联系密切，其诗歌创作应当互相影响。

严粲早年曾经从张孝祥之畏友谢梦得游十载，其《乐平至

① 陈定玉辑校《严羽集》，中州古籍出版社 1997 年版，第 106 页。

② 〔清〕王琛等修，张景祈等纂《邵武府志》，台湾成文出版社 1967 年版，第 26 页。

③ 黄忠慎《严粲诗缉新探》，台湾文史哲出版社 2008 年版，第 116～117 页。

④ 黄忠慎《严粲诗缉新探》，台湾文史哲出版社 2008 年版，第 117 页脚注 10。

⑤ 许志刚《严羽评传》，南京大学出版社 1997 年版，第 132 页。

鸣溪渡有山，与南丰军山同名者。余昔从岭庵谢先生梦得游。先生，于湖畏友也，豪于诗，悦军山之峭拔，畅其吟怀，自昭武徙家于市山，筑室曰‘西窗’，以朝夕对焉。尝命余记之。余时从西窗樽酒论文为乐。如是者十载。今先生已矣，感而赋诗》即反映了这段经历，诗中满是深切的怀念之情：“江西绝顶插晴空，此地山名偶自同。唤起西窗十年梦，一樽何处酹诗翁。”① 许志刚《严羽评传》一书提出：“‘三严’之外，在严羽家族中，社会地位较高，且在当时较有影响的，当属严粲。粲字坦叔，一字明卿，号华谷。早年师事张孝祥之畏友谢梦得十载。《江西通志》卷百五十七载其七绝二首，第二首有小序云：‘被檄乐平至鸣溪渡有山，与南丰军山同名者。余昔从岭庵谢先生梦得游。先生，于湖畏友也，豪于诗，悦军山之峭拔，畅其吟怀，自邵武徙家于是山，筑室曰‘西窗’，以朝夕对焉。尝命余记之。余时从西窗尊酒论文为乐。如是者十载。今先生已矣，感而赋诗。’从这段记载中，我们可以看出严粲诗歌的渊源和师承关系。”② 周东亮《严粲在宋元〈诗经〉学中的学派归属》一文亦认为，严粲得张孝祥诗学之传：“严粲从谢尧仁游学十年，实得张孝祥诗学之传，而非如后世学者所言，应归宗吕祖谦或林光朝。”③ 李辉指出：“早年从谢尧仁游，及谢氏移家建昌军

---

① 〔宋〕陈思编，〔元〕陈世隆补《两宋名贤小集》卷三百二十九《华谷集》，《四库全书》第 1364 册，上海古籍出版社 1987 年版，第 586 页。

② 许志刚《严羽评传》，南京大学出版社 1997 年版，第 130 页。

③ 周东亮《严粲在宋元〈诗经〉学中的学派归属》，《西南交通大学学报》（社会科学版）2014 年第 3 期。

南城（今江西南城），严粲随至江西，樽酒论文为乐，如是者十载。”① 严粲的诗歌创作受张孝祥、谢梦得影响较大。

如前文所述，严粲的诗歌创作曾受谢梦得、张孝祥、“九严”等影响，同时也受好友张辑、黄炳、戴复古等影响。严粲与戴复古的交往详见本章第二节。严粲与张辑、黄炳相交甚厚，经常赋诗唱和，并且互相交流诗歌创作经验和心得体会，但是结识时间已经无法详考，姑附录于此。张辑，生卒年不详，字宗瑞，鄱阳人。严粲的诗歌集《华谷集》中有多首诗歌的诗题与内容均言及张辑，充分体现出两人笃厚的情谊。严粲作有《月夜与张辑论诗》：“凉露初长夜，纤云净尽时。几人还对月，与客共论诗。苦思常难稳，闲题或更奇。不应夸末俗，准拟古人知。”②《寄张辑》曰：“不见吾张辑，新诗何处吟。身留江介远，秋入夜凉深。灯影还家梦，蛩声倦客心。归来及佳节，细把菊花斟。”③《张辑冯去非话别》曰：“此夕真成别，幽怀欲语谁？梅花霜月晓，独起咏君诗。”④《忆张辑》曰：“畏景如焚客路尘，寂寥山店独吟身。多情唯有别时月，低傍茅檐巧趁人。”⑤

① 〔宋〕严粲著，李辉点校《诗缉·前言》，中华书局 2020 年版，第 1 页。

② 〔宋〕陈思编，〔元〕陈世隆补《两宋名贤小集》卷三百二十九《华谷集》，《四库全书》第 1364 册，上海古籍出版社 1987 年版，第 583 页。

③ 〔宋〕陈思编，〔元〕陈世隆补《两宋名贤小集》卷三百二十九《华谷集》，《四库全书》第 1364 册，上海古籍出版社 1987 年版，第 587 页。

④ 〔宋〕陈思编，〔元〕陈世隆补《两宋名贤小集》卷三百二十九《华谷集》，《四库全书》第 1364 册，上海古籍出版社 1987 年版，第 588 页。

⑤ 〔宋〕陈思编，〔元〕陈世隆补《两宋名贤小集》卷三百二十九《华谷集》，《四库全书》第 1364 册，上海古籍出版社 1987 年版，第 584 页。

《送张辑游宣城》曰："君抚渊明底样琴，肯于弦上要知音。相逢尘事不挂口，别去清愁总上心。听雨夜床孤旧约，看云秋壑想幽寻。他年跨鹤相过否，应笑浮名雪满簪。"①

严粲与黄炳（景祐元年进士）也有来往，作有一些送寄之诗，可以想见两人之深情厚谊。《送黄炳》曰："未尽连床话，匆匆又语离。襟期无限事，书寄若为辞。昔别已十载，重逢还几时。孤舟明夜月，何处照相思。"②《拾橡亭为黄炳赋》曰："世上危机富贵身，由来著意鬼神嗔。到头钟鼎谁消得，正要山中拾橡人。"③《宿石潭寺寄黄炳》曰："昨夜湖心共泊船，一天星露宿寒烟。朝来极目无洲渚，知采蘋花何处边。"④《庐陵黄炳筑亭所居侯山扁以赤子松自号赤松亭长之官鄂渚为赋诗》曰："仙人遗世不曾愁，但欲相期汗漫游。亭长只今闲未得，南楼孤啸望神州。"⑤

严粲在嘉定十六年（1223）登进士。《两宋名贤小集》卷三百二十九明确记载严粲"登进士，授清湘令"⑥，"据明正德

① 〔宋〕陈思编，〔元〕陈世隆补《两宋名贤小集》卷三百二十九《华谷集》，《四库全书》第1364册，上海古籍出版社1987年版，第585页。

② 〔宋〕陈思编，〔元〕陈世隆补《两宋名贤小集》卷三百二十九《华谷集》，《四库全书》第1364册，上海古籍出版社1987年版，第583页。

③ 〔宋〕陈思编，〔元〕陈世隆补《两宋名贤小集》卷三百二十九《华谷集》，《四库全书》第1364册，上海古籍出版社1987年版，第584页。

④ 〔宋〕陈思编，〔元〕陈世隆补《两宋名贤小集》卷三百二十九《华谷集》，《四库全书》第1364册，上海古籍出版社1987年版，第584页。

⑤ 〔宋〕陈思编，〔元〕陈世隆补《两宋名贤小集》卷三百二十九《华谷集》，《四库全书》第1364册，上海古籍出版社1987年版，第584~585页。

⑥ 〔宋〕陈思编，〔元〕陈世隆补《两宋名贤小集》卷三百二十九《华谷集》，《四库全书》第1364册，上海古籍出版社1987年版，第582页。

《建昌府志》卷十五载，嘉定十六年（1223），严粲以南城举子的身份参加科举，中蒋重珍榜进士”①。清代厉鹗所编《宋诗纪事》卷七十三亦曰：“粲字坦叔，邵武人，登第，官清湘令。”②由此可知，严粲“登进士”之说可谓渊源有自，盖无可疑。许志刚曾对严粲登进士之说提出质疑：“《宋诗纪事》谓其‘登第，官清湘令’（见卷七十三）。案此说未尽确。据《梅硐诗话》载，粲有句云‘风池行落叶’，止一句，为郑安晚称赏，次日，有中舍之除。中舍即太子中舍，无出身者为之。据此，似未尝登第。”③ 宋洪迈《容斋三笔》卷十六“中舍”条记载：“官制未改之前，初升朝官，有出身人为太子中允，无出身人为太子中舍，皆今通直郎也。近时士大夫或不能晓，乃称中书舍人曰中舍，殊可笑云。”④ 北宋初年，太子中舍是“无出身者为之”，为“五品寄禄官，神宗元丰（1078—1085）改制后，始为职事官，从七品。南宋员二人”⑤。但是严氏登第，明确见载于《两宋名贤小集》，当无可疑。在登进士之后，严粲步入仕途，开启了崭新的人生篇章。

---

① 周东亮、金生扬《论江湖诗人严粲生平及其学术》，《重庆科技学院学报》（社会科学版）2008 年第 2 期。

② 〔清〕厉鹗《宋诗纪事》，《四库全书》第 1485 册，上海古籍出版社 1987 年版，第 461 页。

③ 许志刚《严羽评传》，南京大学出版社 1997 年版，第 130~131 页。

④ 〔宋〕洪迈《容斋随笔·容斋三笔》，上海古籍出版社 2019 年版，第 407 页。

⑤ 吕宗力《中国历代官制大辞典》修订版，商务印书馆 2015 年版，第 112 页。

第二节　入仕及其交游生涯

严粲在嘉定十六年登进士，大约六年后，其仕宦生涯正式开启。尽管严粲曾经在京都为幕僚，为朝请郎，官至朝奉大夫，但是其仕宦生涯的大多数时间都是任地方官吏，比如德化主簿、雩都令、饶州掾（以上官职所在地方今属江西省）、清湘令、耒阳令（以上官职所在地方今属湖南省）、横浦令（此官职所在地方今属福建省）、徽州掾（此官职所在地方今属安徽省）等。"在绍定二年（1229）左右，严粲出任德化县（今江西九江县）主簿。"① 这是严粲较早所任的官职。在严粲赴任之际，严羽作《送主簿兄之德化任》一诗送别。

严粲与戴复古结识于绍定三年（1230），之后成为好友。戴复古（1167—约1252），字式之，自号石屏、石屏樵隐，一生不仕，《邵武府志》卷十五称其"有学行"②，南宋江湖诗派代表诗人，推尊杜甫，曾从学于陆游，其诗继承了陆游诗歌的写实精神与爱国思想，反映人民疾苦，直斥朝政昏暗。今存《石屏诗集》十卷，兼收其父、弟及诸孙诗。关于严粲与戴复古结识的时间，目前有嘉定十二年（1219）、绍定元年（1228）、绍定三年三种观点。第一种观点，据许志

① 周东亮、金生扬《论江湖诗人严粲生平及其学术》，《重庆科技学院学报》（社会科学版）2008年第2期。

② 〔清〕王琛等修，张景祈等纂《邵武府志》，台湾成文出版社1967年版，第26页。

刚考证，严羽“嘉定十三年晚秋，他离开衡州赴洞庭”①，“第二年的秋冬之际，他离开洞庭到了江西临川”②，“另一件有意义的事是在这期间，戴复古到过临川。严羽同他相聚、论诗，写下了《逢戴式之往南方》一诗以记其事。复古也写了《祝二严》，表达了对这位晚辈的敬意”③。“他们二人相识于严羽客寓临川之时。当时严羽三十一岁，戴复古五十一岁。”④据此书考证，戴复古在嘉定十四年（1221）与严羽结识，又据《祝二严》所云“前年得严粲，今年得严羽”，则严粲与戴复古的结识在严羽与戴复古相识前两年，即嘉定十二年。第二种观点，张继定《严羽和戴复古身世行迹诸问题考——对〈严羽评传〉的几点商榷性意见》一文指出：“据《评传》的叙述，似乎严、戴二人的结交是在嘉定十四年（1221）客寓临川之时。其实，这个说法是与史实不符的。《戴复古诗集》卷1《祝二严》有句曰：‘前年得严粲，今年得严羽。’要确定严羽与戴复古结交的时间，关键是弄清《祝二严》写于何时。”通过详细考证，断定此诗“具体的写作时间，当在绍定五年冬，而不会在是年之前或之后”，并且结合“严粲于嘉定十六年（1223）中进士，在此之前并未为官，‘束之以簪组’；而严羽的诗歌理论体系此时亦尚在构建之中，《沧浪诗话》的成书并在社会上产生较大反响大约已在绍定、端平年间，戴复古不可能早在嘉定十四

① 许志刚《严羽评传》，南京大学出版社1997年版，第50页。

② 许志刚《严羽评传》，南京大学出版社1997年版，第51页。

③ 许志刚《严羽评传》，南京大学出版社1997年版，第53页。

④ 许志刚《严羽评传》，南京大学出版社1997年版，第108页。

年即写出此诗”①，推断严粲与戴复古相识于绍定三年。第三种观点，为周东亮、金生扬《论江湖诗人严粲生平及其学术》一文所提出的二人结识于绍定元年之说：“在诗社里严粲交往较多的是戴复古。复古字式之，号石屏，‘江湖诗人’，与严粲结识于绍定元年（1228）前后。”② 笔者认同张继定所提出的严粲与戴复古结识于绍定三年之论断。

张继定《石屏诗编选者及序跋作者考述（下）——戴复古交游考之二》一文论述戴复古与王埜的关系时曾提及：“从戴复古之诗《梦与赵用父、王子文、陈叔方相会甚欢》可推知，戴氏除在绍定二年冬拜会过任浦城县宰的陈昉（字叔方）外，大约绍定三年亦想拜访邵武知军赵以夫（字用父）和邵武县宰王埜。只是由于赵、王当时忙于平息邵武战乱，就在访问刘克庄、刘克逊兄弟后的冬天出闽去江西访友了，直到绍定五年春从临江军王伯大处度岁后才重返邵武。”③ 据此文所云戴复古此次前往江西访友的时间可以推知，时任德化县主簿的严粲正在江西，很有可能在此时与戴复古结识。在结识之后，二人经常诗歌唱和，极为相得，均为“江湖诗派”的代表诗人，成为一段佳话。

在诗歌创作的方式上，严粲深受戴复古影响，具有苦吟的特点，而且二人的诗歌风格相似。戴复古《祝二严》一诗曰：

---

① 张继定《严羽和戴复古身世行迹诸问题考——对〈严羽评传〉的几点商榷性意见》，《南昌大学学报》（人文社会科学版）2001 年第 4 期。

② 周东亮、金生扬《论江湖诗人严粲生平及其学术》，《重庆科技学院学报》（社会科学版）2008 年第 2 期。

③ 张继定《石屏诗编选者及序跋作者考述（下）——戴复古交游考之二》，《浙江师范大学学报》（社会科学版）2017 年第 5 期。

“粲也苦吟身。”《读严粲诗风撼潇湘覆江空雪月明以其一联櫽栝为对》一诗极力称赞严粲诗作：“笔端有神助，句法自天成。风撼潇湘覆，江空雪月明。苦吟非草草，妙趣若平平。李杜诗坛上，为君题姓名。”陈丽丽《戴复古诗学思想与诗歌创作的互融》一文指出，戴复古与严粲诗歌创作的共同点之一即苦吟：“戴复古不但自己继承苦吟一派，与他交往甚深的诗人大多也具有这一特点”，“严粲也属苦吟派”。① 在诗歌创作的尊崇对象上，戴复古与严粲均以杜甫为师，故戴复古《祝二严》指出严粲作诗“遍参百家体，终乃师杜甫”。其一，严粲受当时尊崇杜甫的社会风气的影响，例如宋代江西诗派即尊奉杜甫为“祖”。其二，严粲受戴复古的影响，陈丽丽《戴复古诗学思想与诗歌创作的互融》一文指出戴复古“对杜甫的推崇，并不仅仅停留在理论上，而融入自己的创作实践中”②，则严粲宗杜之举当受其影响。其三，严粲“遍参百家体”，不断向前辈诗人学习，加上勤苦吟诗，积累了丰富的创作实践经验，在此基础上最终选择以杜甫为宗师。其四，当与其家世渊源紧密相关。其先祖严武与杜甫相交甚厚，互相引为知己，严粲追慕其先祖遗风，推尊杜甫为师当在情理之中。

在绍定四年（1231）或五年（1232），仕宦数年之后的严粲闲居于家乡邵武麻姑山下。曹红亮《麻姑考辨》一文指出：“山

---

① 陈丽丽《戴复古诗学思想与诗歌创作的互融》，《河南社会科学》2018 年第 3 期。

② 陈丽丽《戴复古诗学思想与诗歌创作的互融》，《河南社会科学》2018 年第 3 期。

以麻姑命名者只有四处：一是安徽宣城麻姑山，二是江苏句容麻姑山，三是福建邵武麻姑山，四是江西南城麻姑山。”① 邵武麻姑山为以麻姑命名的四座山之一。戴复古《访严坦叔》一诗记述了前往严粲闲居的麻姑山下一起饮酒赋诗的经历——“麻姑山下泊，城郭带烟霞。携刺投诗社，移船傍酒家”，把麻姑山与诗社联系在一起，可知为邵武麻姑山。乡居时，严粲所作《闲居》一诗描述了闲居的环境与复杂的心境：“尽日门前草，青青不染尘。生书方破卷，幽鸟忽啼春。失意成高兴，多闲信懒身。不须忧世事，廊庙有经纶。”② 此诗真切反映了当时不得已而闲居的情况下严粲复杂的情绪，既有因仕途不顺而产生的郁闷失意之感，又有无官一身轻的闲适自得之情。

李锦英《严粲〈诗缉〉研究》指出严粲乡居主要是受到了当时农民起义的影响：“农民起义镇压后严粲回到邵武居住。”③ 严粲闲居的具体时间，需要结合当时的一场农民起义进行考察。陈伯海《严羽身世考略》一文论证严羽避乱出走当在绍定三年，次年正月农民起义被宋军击败：“关于严羽避乱出走的时间，《初探》系于理宗绍定元年（1228）的深秋，不知何据。按照我的看法，当为绍定三年的春天，主要根据是他离乡第二年春于荆楚一带所写的《剑歌行赠吴会卿》和《送吴会卿再往淮南》二诗。前一首写到吴会卿‘去

---

① 曹红亮《麻姑考辨》，《宗教学研究》2006 年第 1 期。

② 〔宋〕陈思编，〔元〕陈世隆补《两宋名贤小集》卷三百二十九《华谷集》，《四库全书》第 1364 册，上海古籍出版社 1987 年版，第 589 页。

③ 李锦英《严粲〈诗缉〉研究》，山西大学 2010 年硕士学位论文。

年从君杀强虏，举鞭直解扬州围’，显然是指宋王朝军队和李全叛军在扬州的会战。按李全由楚州（今江苏淮安）南下围攻扬州在绍定三年十月，至次年正月被宋军击败。吴会卿因‘论功不及’而负气回归故里，不久重返淮南前线，可能是参与讨平李全余党的战争。诗中的‘去年’，应该是指扬州之役发动的时间，所以诗作于绍定四年，由此证明诗人的离家是在绍定三年。考诸史料，汀州农民起义虽然在宝庆、绍定之交即有所发动，而惊州动县以至上闻朝廷，则要迟至绍定二年冬。《宋史·陈韡传》载：‘绍定二年冬，盗起闽中。……趋邵武，势益炽。……（四年）二月，（韡）躬往邵武督捕余寇，贼首晏彪迎降。以其力屈乃降，卒诛之。’又《宋史·胡斌传》述及起义军攻占邵武县城，是在绍定三年的闰二月，可见邵武地区的变乱前后持续了一年时间，而整个闽中局势的稳定当然还要晚一些。”① 其文考证颇详，可以信从。由陈伯海《严羽身世考略》一文之考证可以推知严粲乡居很可能是在邵武局势稳定之后，即绍定四年二月之后。周东亮、金生扬《论江湖诗人严粲生平及其学术》一文指出：“大约于绍定五年（1232）前后，严粲又回到了麻姑山下，过起了他的乡居生活。”② 其说大体符合当时史实。张继定《石屏诗编选者及序跋作者考述（下）——戴复古交游考

---

① 陈伯海《严羽身世考略》，《上海师范大学学报》（哲学社会科学版）1984年第3期。

② 周东亮、金生扬《论江湖诗人严粲生平及其学术》，《重庆科技学院学报》（社会科学版）2008年第2期。

之二》一文提到戴复古在"绍定五年春从临江军王伯大处度岁后才重返邵武"①，此时严粲与戴复古在邵武相聚。

绍定四年二月之后，严羽回到家乡邵武，张继定《严羽和戴复古身世行迹诸问题考——对〈严羽评传〉的几点商榷性意见》一文指出"严羽返乡……当在绍定四年二月之后"②。根据《祝二严》"具体的写作时间，当在绍定五年冬"③，"据《戴复古诗集》卷四《次韵郡倅王子文〈小园咏春〉》等诗，戴复古于绍定五年(1232)已来到邵武。这也正是严羽与戴复古订交的时间"④，则严羽与戴复古当于绍定五年结识。戴复古所作《祝二严》一诗表达了对"二严"的激赏："……前年得严粲，今年得严羽。我自得二严，牛铎谐钟吕。粲也苦吟身，束之以簪组。遍参百家体，终乃师杜甫。羽也天姿高，不肯事科举。风雅与骚些，历历在肺腑。持论伤太高，与世或龃龉。长歌激古风，自立一门户。二严我所敬，二严亦我与。我老归故山，残年能几许。平生五百篇，无人为之主。零落天地间，未必是尘土。再拜祝二严，为我收拾取。"⑤

---

① 张继定《石屏诗编选者及序跋作者考述(下)——戴复古交游考之二》，《浙江师范大学学报》(社会科学版)2017年第5期。

② 张继定《严羽和戴复古身世行迹诸问题考——对〈严羽评传〉的几点商榷性意见》，《南昌大学学报》(人文社会科学版)2001年第4期。

③ 张继定《严羽和戴复古身世行迹诸问题考——对〈严羽评传〉的几点商榷性意见》，《南昌大学学报》(人文社会科学版)2001年第4期。

④ 张继定《严羽和戴复古身世行迹诸问题考——对〈严羽评传〉的几点商榷性意见》，《南昌大学学报》(人文社会科学版)2001年第4期。

⑤ 〔宋〕戴复古《石屏诗集》卷一，《四库全书》第1165册，上海古籍出版社1987年版，第561页。

戴复古与李贾也早就结识。“李贾是戴复古相知多年的诗友。早在嘉定十年前后史弥坚在镇江举行的喜雨楼落成庆典上，两人即已认识，并同席赋诗。绍定二年（1229）至端平元年（1234）数年间，戴复古一直在福建、江西两地穿梭式地游历访友，不止一次去邵武（又曰昭武）拜访过李贾等朋友，并参加他们的诗社活动。其首次去邵武写的七律《过昭武访李友山诗社诸人》大约是在绍定三年（1230），与李贾等诗友相聚的地点是李贾家乡邵武军光泽县一个叫‘溪上’的地方。”①

严粲与戴复古、李贾、严羽等诗人组成了枌榆诗社，常一起聚会，赋诗唱和。戴复古《论诗十绝》原题“昭武太守王子文，日与李贾、严羽共观前辈一两家诗及晚唐诗，因有《论诗十绝》。子文见之，谓无甚高论，亦可作诗家小学须知”②，提及昭武太守王埜也曾经参与诗社活动。不过，也有学者认为严粲不属于枌榆诗社成员，这是因为“他的创作的确同江西诗风有别，而更接近于严羽诸人。但是，他在仕途上较为顺利，社会地位略高些，因此，他同严羽周围的人既有联系，又有一定的距离。这就是为什么一般论及严羽所创立的诗派之时，都不把他算在内的原因”③。据戴复古《送吴伯成归建昌二首》其二诗中所云“吾友严华谷，

---

① 张继定《石屏诗编选者及序跋作者考述（下）——戴复古交游考之二》，《浙江师范大学学报》2017 年第 5 期。

② 〔宋〕戴复古《石屏诗集》卷三，《四库全书》第 1165 册，上海古籍出版社 1987 年版，第 656 页。

③ 许志刚《严羽评传》，南京大学出版社 1997 年版，第 132 页。

实为君里人。多年入诗社，锦囊贮清新”①，则严粲属于诗社成员当无可疑。周东亮、金生扬《论江湖诗人严粲生平及其学术》一文指出：“也是在这一时期，严粲加入了李贾、严羽等人组织的诗社——枌榆社，并且经常与这些诗友来往唱和。”② 李贾曾携诗访严粲，严粲《李贾携诗卷见访贾与严沧浪游》一诗曰：“石屏新卷里，曾得见君诗。大册烦来教，平生慰梦思。高标去尘远，古调少人知。汝与吾宗好，风骚更属谁？”③ 戴复古《访严坦叔》一诗记述了在严粲闲居的麻姑山下一起饮酒赋诗的经历：“麻姑山下泊，城郭带烟霞。携刺投诗社，移船傍酒家。沙禽时弄水，榉柳夏飞花。小酌未能了，西楼日又斜。”④ 绍定六年（1233），戴复古离开了邵武，陈伯海《严羽和沧浪诗话》一文曰：“大约在绍定六年的秋天，戴复古就离开了邵武，严羽有《送戴式之归天台歌》相赠。”临行前，戴复古作《别邵武诸故人》：“白发乱纷纷，乡心逐海云。此行堪一哭，无复见诸君。老马寻归路，孤鸿恋旧群。酒阑何处笛，今夜不堪闻。”⑤ 在依

① 〔宋〕戴复古《石屏诗集》卷一，《四库全书》第 1165 册，上海古籍出版社 1987 年版，第 557 页。

② 周东亮、金生扬《论江湖诗人严粲生平及其学术》，《重庆科技学院学报》（社会科学版）2008 年第 2 期。

③ 〔宋〕陈思编，〔元〕陈世隆补《两宋名贤小集》卷三百二十九《华谷集》，《四库全书》第 1364 册，上海古籍出版社 1987 年版，第 589 页。

④ 〔宋〕戴复古《石屏诗集》卷二，《四库全书》第 1165 册，上海古籍出版社 1987 年版，第 575 页。

⑤ 〔宋〕戴复古《石屏诗集》卷三，《四库全书》第 1165 册，上海古籍出版社 1987 年版，第 594 页。

依惜别之际，严粲作《送戴式之》赠老友："自小寻诗出，江湖今白头。应嫌少陵读，不似子长游。风雨夜愁枕，莺花春醉楼。吟边消息好，怀古问沙鸥。"①

大约麻姑山闲居时，严粲开始收徒讲学。严粲教授弟子颇有成效，故其弟子聂翔龙于端平甲午（1234）举进士。刘埙（1240—1319），字起潜，号水云村，学者称水村先生，在为其友聂自得之母撰写的墓志铭中，刘埙提及聂自得之父聂翔龙端平甲午岁举进士之事，李锦英《严粲〈诗缉〉研究》曾经引《水云村稿》卷八《聂母曾氏墓志铭》的相关记载："其（按：指聂自得）父江泉翁翔龙（按：指聂翔龙），尝受经于乡达尊华谷先生严中书粲，宋端平甲午（1234）岁举进士。"② 据《论江湖诗人严粲生平及其学术》一文所考，可知其门人不仅有聂翔龙，"还有陈凤、吴士亨二人"③。

据《赣州府志》载，严粲结束闲居生活之后，于端平元年出知雩都县（今江西于都县东北四里，南宋属赣州）。严粲还曾任饶州掾，故其诗歌频频提及乐平，其诗《乐平至鸣溪渡有山，与南丰军山同名者。余昔从岭庵谢先生梦得游。先生，于湖畏友也，豪于诗，悦军山之峭拔，畅其吟怀，自昭武徙家于市山，筑室曰'西窗'，以朝夕对焉。尝命余记之。余时从西窗樽酒论文为乐。如是者十载。今先生已矣，感而赋诗》曰："江西绝顶

① 〔宋〕陈思编，〔元〕陈世隆补《两宋名贤小集》卷三百二十九《华谷集》，《四库全书》第 1364 册，上海古籍出版社 1987 年版，第 587 页。

② 李锦英《严粲〈诗缉〉研究》，山西大学 2010 年硕士学位论文。

③ 周东亮、金生扬《论江湖诗人严粲生平及其学术》，《重庆科技学院学报》（社会科学版）2008 年第 2 期。

插晴空，此地山名偶自同。唤起西窗十年梦，一樽何处酹诗翁。”①《自乐平阅视渡舟，取道太阳渡，宿地藏院》曰：“康山问民涉，阳渡平地讼。埸来招提宿，疏峰结飞栋。研丹启囊书，点勘自成讽。佛香触深悟，僧茗来清供。阳颓岚气生，鸿没天宇空。向来山中乐，忽忽岂其梦。”②《重到地藏院》是三年之后作：“泥泞行良苦，青山且眼前。题诗如昨日，倒指已三年。僧榻寒宵雨，渔村落照烟。薄游聊复尔，终拟老林泉。”③ 严粲为徽州掾、饶州掾、耒阳令的具体时间均不可考，不过戴复古《寄耒阳令严坦叔》一诗曾提及严粲任耒阳令之事，并且在其诗中描述了耒阳之风物：“士元堂上坐，千载仰清规。百里宜民政，数篇怀古诗。江连杜甫墓，水落蔡伦池。公暇登临处，宁无忆我时。”④

淳祐三年（1243）至淳祐五年（1245），严粲在京为袁甫幕僚，很可能与戴复古有一定关系。张继定《石屏诗编选者及序跋作者考述（上）——戴复古交游考之一》一文论述了袁甫与戴复古之关系：“袁甫，字广微，号蒙斋，庆元府鄞县（今浙江宁波鄞州区）人。礼部侍郎燮次子。少承家学，又从学于杨简，

---

① 〔宋〕陈思编，〔元〕陈世隆补《两宋名贤小集》卷三百二十九《华谷集》，《四库全书》第1364册，上海古籍出版社1987年版，第586页。

② 〔宋〕陈思编，〔元〕陈世隆补《两宋名贤小集》卷三百二十九《华谷集》，《四库全书》第1364册，上海古籍出版社1987年版，第583页。

③ 〔宋〕陈思编，〔元〕陈世隆补《两宋名贤小集》卷三百二十九《华谷集》，《四库全书》第1364册，上海古籍出版社1987年版，第587页。

④ 〔宋〕戴复古《石屏诗集》卷四，《四库全书》第1165册，上海古籍出版社1987年版，第615页。

举嘉定七年进士第一。据《南宋馆阁续录》，袁于嘉定十年七月除正字，十一年八月为校书郎，嘉定十四年十二月除秘书郎，十五年为著作佐郎。十六年五月知徽州，丁父忧，服除，知衢州，绍定二年夏六月，移提举江东常平，三年冬，为江东提刑兼提举。端平元年八月除少监，二年三月以起居舍人兼国史院编修官又兼实录院检讨官。累官吏部侍郎兼国子祭酒，权兵部尚书。所至兴利除害，在朝弹劾权贵，抗论不阿。卒谥正肃。有《蒙斋集》。……前后持节江东五年，所活殆不可数计。《石屏诗集》卷四的《见江东绣衣袁广微》、卷六的《送蒙斋兄长游天台二首》《有议袁蒙斋者》等诗，记录了戴复古与袁甫之间的交游和精神联系，抒发了作者对袁甫的敬重和关切之情，后一首还对社会上某些人对友人袁甫的中伤表示不平和愤慨，说明了两人相知之深。"① 戴复古《送吴伯成归建昌二首》曾提及严粲为袁甫幕僚一事："吾友严华谷，实为君里人。多年入诗社，锦囊贮清新。昨者袁蒙斋，招为入幕宾。"做幕僚期间，大约淳祐四年（1244），严粲《诗缉》书成。关于严粲《诗缉》的成书时间，李莉褒《严粲〈诗缉〉之研究》指出："粲之书成于宋理宗淳祐四年。"② 书成之后，严粲曾请袁甫作序。袁甫欣然应之，作有《手帖》，称许此书曰："《黍离》《中谷有蓷》《葛藟》不用旧说，独能深得诗人优柔之意。其他一章一句时出

① 张继定《石屏诗编选者及序跋作者考述（上）——戴复古交游考之一》，《浙江师范大学学报》（社会科学版）2003年第6期。

② 李莉褒《严粲〈诗缉〉之研究》，台湾中兴大学中国文学研究所1998年硕士学位论文。

新意，大抵宛转有旨趣。再三玩味，实获我心。坦叔可与言《诗》也已矣。初还，别换一册，幸无我靳。甫再拜上启。”

淳祐四年，均为闽籍江湖派诗人的严粲与林希逸在京城结识，其后往来密切。林希逸（1193—1271），字肃翁，号鬳斋，福建福清人，江湖诗派代表诗人之一，少从陈藻学习，与刘克庄互引为知己，过从甚密。林希逸极为称赏《诗缉》，于淳祐六年（1246）十二月为此书作序曰：“叙曰：六经皆厄于传疏，《诗》为甚。我朝欧、苏、王、刘诸巨儒，虽摆落毛、郑旧说，争出新意，而得失互有之。东莱吕氏始集百家所长，极意条理，颇见诗人趣味，然疏缺涣散，要未为全书。盖《诗》于人学自为一宗，笔墨蹊径，或不可寻迹，非若他经，然其流既为《骚》，为《选》，为唐古律，而吾圣人所谓可以兴观群怨，孟子所谓以意逆志者，悉付之明经家。艾轩林先生尝曰：‘郑康成以三《礼》之学笺传古诗，难与论言外之旨矣。’艾轩终身不著书，遗言间得于前一辈乡长老。客游二十年，未有印此语者。华谷严君坦叔，早有诗名江湖间。甲辰余抵京，以同舍生见，时出《诗缉》语我，其说大抵与老艾合，且曰：‘吾用力于此有年，非敢有以臆决摭诸家而求其是，要以发昔人优柔温厚之意而已。’余既竦然起敬，遂就求全书而读之，乃知其钩贯根叶，疏析条绪，或会其旨于数章，或发其微于一字，出入穷其机综，排布截其幅尺，辞错而理，意曲而通，逆求情性于数千载之上，而兴寄所在，若见其人而得之。至于音训疑似、名物异同、时代之前后、制度之纤悉，订证精密，开卷了然。呜呼！《诗》于是乎尽之矣！《易》尽于伊川，《春秋》尽于文定，《中庸》《大学》《语》《孟》尽于考亭。继自今，吾知此书与并行也。然则华谷何以度越诸子若是哉？余尝得其旧稿五七言，幽深夭矫，意具言外，盖尝穷诸家阃奥，而独得《风》《雅》余味，故能以诗言《诗》，此《笺》《传》所以瞠若乎其后也。余曰：‘艾轩惜不见子。’君曰：‘子又岂容遗艾轩之言？’故不自揆而为之叙云尔。是年十有二月竹溪鬳斋林希逸书。”由此序可知林希逸十分推崇《诗缉》，认为其学术成就堪比程颐《伊川易传》、胡安国《春秋传》、朱熹《四书集注》。丁丹《林希逸与江湖诗人交游考》一文指出：“林希逸《鬳斋集》中有为严粲《诗缉》所作的序。据此序交待，两人于淳祐四年（1244）相识于京城，时严粲告知林希逸《诗缉》之旨在‘发昔人优柔温厚之意’并请其作序。林希逸于淳祐六年（1246）十二月为之写序，称其《诗缉》‘钩贯根叶，疏系（按：当作析）条绪，或会其旨于数章，或发其微于一字，出入穷其机综，排布截其幅尺，辞错而理，意曲而通，逆求情性于数千载之上，而兴寄所在，若见其人而得之’。显然林希逸对严粲十分欣赏，两人的交往与具有共同的诗歌趣味有关。”① 不过，黄忠慎以为“《诗缉》为严粲经学之重要著作，林希逸不仅得窥其全貌而为之撰《序》，且得见其五言七言诗旧稿；若非私交甚笃者，实难为之”②。

严粲在淳祐五年（1245）至淳祐八年（1248）间任清湘令。淳祐五年，严粲结束幕僚生涯，在离京赴任清湘令之前，与袁甫告别之际，曾请袁甫书“悦心”二字。袁甫不仅欣然提笔书写，而且作《赠严坦叔（名粲）序》，其文曰：“坦叔抱负才

---

① 丁丹《林希逸与江湖诗人交游考》，《文教资料》2010 年第 18 期。

② 黄忠慎《严粲诗缉新探》，台湾文史哲出版社 2008 年版，第 4 页。

业，有志当世，以余耳目所睹记，才如坦叔盖寡。坦叔有诗名，寓意推敲，细入毫发，似非磊落度越绳墨者。及遇事，挺身直前，勇无与抗，喜接雄豪士，握手吐心肝，相期功名，人亦乐与共事。余每与语，深知其志向必不虚为一世人。善谋能断，密而通，敏而耐。坦叔之才，其细粗易剧，无施不宜者欤？士固以有用为贵，虽然，遇不遇，时也，奚可有固必意？余老矣，同寮三年，坦叔之助，不可缕数，一日别余去，求书'悦心'二字，语余曰：'吾未为参选计，归而绎故书，求吾心之真悦，请大书将揭诸所居之室。'余曰：'是得之矣。'乃书而序之。"由此序可以想见严粲行事之风采与卓尔不群之人品。其为人处世之光明磊落，遇事挺身直前之慷慨勇敢，出谋划策之敏锐周密，均有超群拔俗之处。在三年同僚为官期间，对于袁甫之助多至不可胜数。两人相处甚欢，堪称知交，"袁甫则与严粲三年同僚为官，他在前引的《赠严坦叔序》中尝谓严粲不但人品坦然磊落，遇事挺身直前，'勇无与抗'，且严粲于同朝期间对于他的协助，多到不可胜数；既然如此，两人当然也是知交，而严粲的行事风格也由此可以得知"①。值得一提的是，"袁甫对于严粲的推崇与恭维虽有助于我们对严氏为人的认识，但古人赠人以言的'赠序文'之内容原本多为推重、赞许与勉励之词，其中的应酬成分使我们在理解严粲的个性与行事风格时形成了某种程度的障碍，这也是我们必须保守以对的"②。

在赴任清湘令途中，严粲"一路诗兴大发，写了《夜发湘

① 黄忠慎《严粲诗缉新探》，台湾文史哲出版社 2008 年版，第 4 页。

② 黄忠慎《严粲诗缉新探》，台湾文史哲出版社 2008 年版，第 3 页。

城》、《到清湘》和《初为清湘令寄冯深居去非》等诗作来遣怀”①。《发清湘》曰：“归棹将秋色，三湘是游胜。湾回仍小屿，滩过尽平流。临水闻僧磬，隈岩隐钓舟。江头每佳处，沽酒小夷犹。花树移方活，丁宁莫损残。待逢春气暖，开与后人看。酒任随车载，诗从就柱刊。料应吟赏处，说著种时难。栽树未花开，其如行色催。遥怜今岁雪，谁看一庭梅。余俸刊诗卷，归程卖酒杯。轻舟下滩稳，鸥鹭莫惊猜。”②《夜发湘城》曰：“西风吹客衣，一舸载书归。肯为身谋便，而令心事违。橹声江月碎，人影水烟微。渐觉寒城远，沉沉击柝稀。”③《到清湘》曰：“客里今年月，相逢九处圆。行穷湘水际，愁到楚云边。屋内灯明路，椽间瓦见天。州城何处是？遥指隔山烟。”④《初注清湘令寄冯深居去非》曰：“深居定何处？无便寄声频。旧别芝山月，相思楚水春。白云生梦远，华发折腰新。料得今书到，看题笑故人。”⑤到任之后，严粲作《湘中》一诗悼念屈原，并且寄寓对国事的忧患意识：“千古怀沙恨，凄凉何处论。

① 周东亮、金生扬《论江湖诗人严粲生平及其学术》，《重庆科技学院学报》（社会科学版）2008年第2期。

② 〔宋〕陈思编，〔元〕陈世隆补《两宋名贤小集》卷三百二十九《华谷集》，《四库全书》第1364册，上海古籍出版社1987年版，第592页。

③ 〔宋〕陈思编，〔元〕陈世隆补《两宋名贤小集》卷三百二十九《华谷集》，《四库全书》第1364册，上海古籍出版社1987年版，第593页。

④ 〔宋〕陈思编，〔元〕陈世隆补《两宋名贤小集》卷三百二十九《华谷集》，《四库全书》第1364册，上海古籍出版社1987年版，第594页。

⑤ 〔宋〕陈思编，〔元〕陈世隆补《两宋名贤小集》卷三百二十九《华谷集》，《四库全书》第1364册，上海古籍出版社1987年版，第590~591页。

坐看宗国事，安用一身存。落叶西风岸，孤舟半夜猿。年年江月白，为照独醒魂。”①

淳祐间，大约1248年，在清湘令届满之后，严粲寓居临安时，曾经与郑清之有过交集。元代韦居安所撰《梅涧诗话》卷中记载严粲诗句“风池行落叶”颇受郑清之称赏一事：“安晚当国时，一日退朝后，诸公造见，延之□□。时适秋晚，见一叶坠于金鱼池中，风吹不定，因命诸公赋诗。其间律绝古体皆有之，多不惬意，独华谷严粲坦叔止得一句云：‘风池行落叶。’安晚再三称赏。次日有中舍之除。”郑清之（1176—1252），“字德源，庆元之鄞人。初名燮，字文叔。少从楼昉学，能文，楼钥亟加称赏。嘉泰二年，入太学。十年，登进士第，调峡州教授。……调湖、广总所准备差遣、国子监书库官。十六年，迁国子学录。……俄以清之兼魏惠宪王府教授，迁宗学谕，迁太学博士，皆仍兼教授。宁宗崩，丞相入定策，诏旨皆清之所定。理宗即帝位，授诸王宫大小学教授，迁宗学博士、宗正寺丞兼权工部郎、兼崇政殿说书。……宝庆元年，改兼兵部兼国史院编修官、实录院检讨官，迁起居郎，仍兼史官、说书、枢密院编修官。二年，权工部侍郎，暂权给事中，进给事中，升兼同修国史、实录院同修撰。绍定元年，迁翰林学士、知制诰兼侍读，升兼修国史实录院修撰、端明殿学士、签书枢密院事。三年，授参知政事兼签书枢密院事。四年，兼同知枢密院事。六年，弥远卒，命清之为右丞相兼枢密使”②。郑清之举荐能臣名士颇多，由此促成

① 〔宋〕陈思编，〔元〕陈世隆补《两宋名贤小集》卷三百二十九《华谷集》，《四库全书》第1364册，上海古籍出版社1987年版，第589页。

② 〔元〕脱脱等《宋史》，中华书局1977年版，第12419~12420页。

“端平更化”。《宋史·郑清之传》记载：“端平元年，上既亲总庶政，赫然独断，而清之亦慨然以天下为己任，召还真德秀、魏了翁、崔与之、李埴、徐侨、赵汝谈、尤焴、游似、洪咨夔、王遂、李宗勉、杜范、徐清叟、袁甫、李韶，时号‘小元祐’。大者相继为宰辅”①，“然端平之间召用正人，清之之力也”②。淳祐年间再拜相，官至太傅，卒于淳祐十二年（1252）。郑清之因赏识严粲诗句“风池行落叶”，故有提携之举。淳祐八年（1248），任清湘令届满之后，严粲官至朝奉大夫，“知横浦郡”，元代勤有堂本《诗缉》卷端即刻有“朝奉大夫臣严粲述”八字，其官职变动可能与郑清之有关。元代梁益《诗传旁通》卷十一载：“坦叔淳祐八年戊申夏五月所著《诗缉》，成时为朝奉大夫，知横浦郡。”《方舆胜览》“南安军”条下曰：“郡名，横浦，《唐·地理志》：‘在大庾县西。’”横浦郡即南安别名，此地颇为荒凉，宋代诗人徐鹿卿《杂兴六首》其一曰：“荒凉横浦郡，颇称冷官居。为甚更清睡，冬来不读书。”刘黻《横浦有感》曰：“风雨忧时梦不成，忍针佞舌博功名。学如谷永生何辱，节若刘陶死亦荣。苍藓无心同客静，寒梅有眼照人明。此邦风物多淳古，曾识濂溪与二程。”《宝庆会稽续志》卷二《提举》记载严粲此间官职屡有变迁，于“淳祐九年，以朝请郎八月二十一日到（浙东提举）任。十年正月，除仓部郎官”③，也可能与郑清之有关。严粲入朝为官之时，其好友戴复古作有《闻严坦

① 〔元〕脱脱等《宋史》，中华书局 1977 年版，第 12420 页。

② 〔元〕脱脱等《宋史》，中华书局 1977 年版，第 12423 页。

③ 〔宋〕张淏《宝庆会稽续志》，《四库全书》第 486 册，上海古籍出版社 1987 年版，第 473~474 页。

叔入朝再用前韵》二首相赠，其一曰："凄凉风雨日，强把瓮头春。独守空虚室，那逢耗磨辰。诗家青眼旧，世路白头新。每诵梅花句，一心思故人。"其二曰："我本江湖客，归来二月春。居多闭门日，未卜赏花辰。绕树鹊声喜，隔帘莺语新。可怜垂白叟，却羡踏青人。"①

淳祐八年夏五月，严粲开始刊刻《诗缉》，其自序称："友朋训其子若弟者，竞传写之，困于笔札，胥命锓之木。"自淳祐四年至此时，《诗缉》已经成书四载，其间此书影响愈来愈大，抄写极为不便，方有刊刻之举。严粲诗歌中曾经提及刊刻此书之事，《发清湘》其二曰："……酒任随车载，诗从就柱刊。料应吟赏处，说著种时难。"其三曰："余俸刊诗卷，归程卖酒杯。"两首诗道尽了《诗缉》一书刊刻之艰辛与花费之巨大。四年之后，终于刻成。周东亮《〈诗缉〉的成书时间及其"以诗解〈诗〉"》一文认为《诗缉》"始刻于淳祐戊申（公元1248年），成书于淳祐末与宝祐初（公元1251年之后），历时达四年以上"②。

第三节　晚年隐居生活

在"永嘉四灵"之后，"江湖诗派"继之而起。书商陈起设书铺于杭州睦亲坊，与许多江湖诗人相友善，故刊刻售卖一

① 〔宋〕戴复古《石屏诗集》卷三，《四库全书》第1165册，上海古籍出版社1987年版，第604页。

② 周东亮《〈诗缉〉的成书时间及其"以诗解〈诗〉"》，《西南交通大学学报》（社会科学版）2012年第1期。

些诗人的诗集《江湖集》，“江湖诗派”由此得名。在谏官李知孝罗织罪名后，《江湖集》书版被毁，陈起被流配边地。在平反昭雪之后，陈起又陆续刊刻了《江湖前集》《江湖后集》《江湖续集》《中兴江湖集》《中兴群公吟稿》等诗集，可惜大多散佚。江湖诗人的诗歌多指陈时弊，表达对现实政治的不满，流露出对隐逸生活的向往。严粲为“江湖诗派”代表诗人之一，受“江湖诗派”影响，为官之时已经屡屡表露出归隐之志，例如其《野兴》前四句诗发出感叹：“身闲归未得，野兴日翛然。抱牍无来吏，寻诗即散仙。”① 在五言绝句《忆山中》中流露出倦于宦游的思归之情：“山中桂香满，无复向来游。官事何时了，一年孤负秋。”②《道中》一诗充满了浓郁的归隐之意：“客思晓寒凝，初阳树外升。气蒸茅屋雪，声裂野池冰。倦路行偏远，思山隐未能。仆夫愁过岭，遥指最高层。”③《重到地藏院》后四句诗更加明确申明夙志：“僧榻寒宵雨，渔村落照烟。薄游聊复尔，终拟老林泉。”④正是由于严粲诗中有浓浓的欣羡隐逸的情绪，并且在晚年归乡之后，遂其平生之愿退隐山林，故明代陈让《邵武府志》卷十四将其列入“隐士”类。

---

① 〔宋〕陈思编，〔元〕陈世隆补《两宋名贤小集》卷三百二十九《华谷集》，《四库全书》第 1364 册，上海古籍出版社 1987 年版，第 589 页。

② 〔宋〕陈思编，〔元〕陈世隆补《两宋名贤小集》卷三百二十九《华谷集》，《四库全书》第 1364 册，上海古籍出版社 1987 年版，第 588 页。

③ 〔宋〕陈思编，〔元〕陈世隆补《两宋名贤小集》卷三百二十九《华谷集》，《四库全书》第 1364 册，上海古籍出版社 1987 年版，第 592 页。

④ 〔宋〕陈思编，〔元〕陈世隆补《两宋名贤小集》卷三百二十九《华谷集》，《四库全书》第 1364 册，上海古籍出版社 1987 年版，第 587 页。

严粲与僧人、道士颇多交往，曾流露出向往欣羡其恬淡闲适的生活状态之意。《元上人见访》曰：“昔子青青佩，重逢怪衲衣。樊笼留不住，云水静相依。习气余诗句，枯禅堕佛机。东湖自尘外，还带夕阳归。”①《欧阳道士归自临安》曰：“洞穴云生窗户凉，道人宴坐但焚香。向来游遍王侯第，还似山林意味长。”②严粲的隐逸思想显然受到江湖诗人隐逸风气及其与僧人、道士交游的影响。

周东亮、金生扬《论江湖诗人严粲生平及其学术》一文指出严粲之隐逸既有仕途不得志的无奈，也有其家风习性的原因：“此时严粲好禅风，以诗为伴，生活清淡。晚年的严粲退归山林，回到家乡过上隐逸的生活。据袁甫早年的《赠严坦叔序》‘及遇事挺身直前，勇无与抗，喜接雄豪士，握手吐心肝’看，恐怕归隐与其性格有关。严粲晚年归隐既有仕不得志的无奈，更有家风习性的原因。他希望凭借自己的聪明才智来为国家社稷服务，袁甫曾言‘坦叔抱负才业，有志当世，以余耳目所睹记，才如坦叔盖寡’。他也‘心与古人期’（《乐齐》）。但残酷的现实使他厌恶官场的污浊，时光的蹉跎也让他看清世事的沧桑。为官期间，严粲时露归隐之心。他‘思山隐未能’（《道中》），感慨于‘官事何时了，一年孤负秋’（《忆山中》）。不得已他将这种归隐归结为家风所致，‘充闾非我愿，钓濑是家风’

① 〔宋〕陈思编，〔元〕陈世隆补《两宋名贤小集》卷三百二十九《华谷集》，《四库全书》第1364册，上海古籍出版社1987年版，第584页。

② 〔宋〕陈思编，〔元〕陈世隆补《两宋名贤小集》卷三百二十九《华谷集》，《四库全书》第1364册，上海古籍出版社1987年版，第588页。

(《巧夕添丁》)。"① 由严羽之人生态度与人生选择即可窥见其家风习性。严羽字仪卿，又字丹丘，自号沧浪遗客，一生未仕，隐居于乡，"严羽的隐居生活是怎样度过的呢？他家居县城东乡的莒溪之上，群山合抱，风景清幽。他就在这样的环境里读书、论文、弹琴、游乐。他的同乡好友上官良史（字伟长）有《寻严丹邱东潭居二首》，其一云：'爱子东溪幽，抱被来同宿。山家无膏火，然薪代明烛。闲窗何所有？古书三五束。乌栖月上时，还见檐前竹。'他自己在诗里也写到：'朝朝竹林院，闭户读残书。几阁晨风入，江郊寒露余。'（《喜友人相访拟韦苏州作》）'萧条遗世心，江上坐来深。拥褐闲窥沼，思山欲借琴。'(《闲居寄友》)这些都显示了他日常生活的场景。隐居生活往往要同修仙炼道的思想情趣联系在一起，严羽也不例外"②。当然，无论是严粲的晚年隐居，还是严羽的一生隐居未仕，都有朝廷苟安、社会动荡不安的政治因素。陈伯海《严羽身世考略》一文"余论"部分指出："宁宗开禧二年（1206）韩侂胄北伐失败，从这时起，直到理宗增平元年宋、蒙联合灭金以及宋、蒙交战的开始，整整三十年间，宋王朝没有采取过任何积极的对外军事行动（包括准备工作）以收复失土，妥协苟安的路线压倒了一切。与此同时，统治集团对内实行独裁专制，一方面大力表彰程朱理学以控制思想，一方面不择手段压制批评，排除

① 周东亮、金生扬《论江湖诗人严粲生平及其学术》，《重庆科技学院学报》（社会科学版）2008 年第 2 期。

② 陈伯海《严羽身世考略》，《上海师范大学学报》（哲学社会科学版）1984 年第 3 期。

异己。……不难理解，处在这样危机四伏而又无可作为的社会环境里，诗人空有满怀的豪情侠气，终竟也只能转化为高人逸士式的隐遁，这是贯串于诗人整个生涯的悲剧性矛盾。”①

第四节　关于严粲诗歌之评论

严粲的诗文集已佚，《两宋名贤小集》存其诗集《华谷集》一卷，又见顾氏读画斋《南宋群贤小集》附《中兴群公吟稿》戊集卷七、清曹庭栋《宋百家诗存》卷三十三等。由于严粲本人在诗歌创作上精益求精，不断精进，而且与当时诸多硕彦互相唱和，一起交流创作心得，故其诗虽算不得一流，称不上大家，一些诗歌却颇有可观之处，受到时人及后世学者称许。严粲成为“江湖诗派”代表诗人之一，绝非浪得虚名，而是实至名归。林希逸《诗缉·叙》对其诗歌评价极高：“余尝得其旧稿五七言，幽深夭矫，意具言外，盖尝穷诸家阃奥，而独得《风》《雅》余味。”袁甫所作《赠严坦叔序》亦称：“（严粲）有诗名，寓意推敲，细入毫发，似非磊落度越绳墨者。”除了当时诸多硕彦对严粲诗歌有过赞誉，后世学者亦有不少称扬之语。《邵武府志·儒林传·邵武县》称严粲之诗“清迥绝俗”②。清曹庭栋所编《宋百家诗存》卷三十三曰：“《华谷集》，严粲字坦叔，

① 陈伯海《严羽身世考略》，《上海师范大学学报》（哲学社会科学版）1984年第3期。

② 〔清〕王琛等修，张景祈等纂《邵武府志》，台湾成文出版社1967年版，第4页。

一字明卿，邵武人，羽之族弟也。登进士，授清湘令。尝著《诗辑》，与朱晦庵《诗传》相表里，学者宗之。其诗清迥，脱去季宋缛腻之习。戴石屏赠句云：‘粲也苦吟身，束之以簪组。遍参百家体，终乃师杜甫。’其相许如此。”① “清迥绝俗”之评价正与宋代林希逸所云“幽深夭矫，意具言外”一致。元代韦居安所撰《梅涧诗话》卷中载严粲“风池行落叶”为郑安晚所称赏之事，“风池行落叶”正是所谓“清迥绝俗”诗风的杰出代表。

戴复古可谓严粲知音，其《读严粲诗风撼潇湘覆江空雪月明以其一联梟栝为对》一诗对严粲诗歌的称赞颇有总评意味：“笔端有神助，句法自天成。风撼潇湘覆，江空雪月明。苦吟非草草，妙趣若平平。李杜诗坛上，为君题姓名。”除此之外，戴复古还有针对严粲某诗作的具体品评。严粲作有一首七绝《春晚》：“向来得意在烟霞，失脚黄尘负岁华。过却海棠浑不省，梦中犹自咏梅花。”② 戴复古所作《闻严坦叔入朝再用前韵》其一特别称许《春晚》诗中浓郁的惜春意味：“凄凉风雨日，强把瓮头春。独守空虚室，那逢耗磨辰。诗家青眼旧，世路白头新。每诵梅花句，一心思故人。”自注云：“严公有诗云‘过却海棠浑未醒，梦中犹自咏梅花’，脍炙人口。”③

---

① 〔清〕曹庭栋《宋百家诗存》，《四库全书》第 1477 册，上海古籍出版社 1987 年版，第 822 页。

② 〔宋〕陈思编，〔元〕陈世隆补《两宋名贤小集》卷三百二十九《华谷集》，《四库全书》第 1364 册，上海古籍出版社 1987 年版，第 583 页。

③ 〔宋〕戴复古《石屏诗集》卷三，《四库全书》第 1165 册，上海古籍出版社 1987 年版，第 604 页。

严粲作有七绝《兵火后还里》“十载青山几战尘，还家何处访亲情？儿时巷陌今难认，却问新移来住人”①，主要表达作者回到屡经战火的家乡，不识旧时街巷，向新来村民打听亲人消息时无比凄楚的心情。宋范晞文特别赏识此诗，以为此诗继承了贺知章《回乡偶书》之遗意，《对床夜语》卷三曰：“近时严坦叔还家诗亦有‘旧时巷陌浑忘记，却问新移来住人’，颇得知章之遗意。”② 清潘德舆《养一斋诗话》卷五亦指出此诗似唐音，堪与唐人相匹：“宋绝句尤不似唐，然王渔洋《池北偶谈》专录宋七绝之似唐者数十首，何尝不可与唐人匹！予又从近人严长明用晦所选《千首宋人绝句》中，反复拣择，得其似唐者百数十首，承渔洋之风旨，广渔洋所未备，世之于唐、宋分左右袒者，喙亦可以息矣。第用晦此本，较之洪容斋《万首唐人绝句》，纂次颇核，所选诗皆有可观，亦较胜王渔洋《唐人万首绝句选》本，而宋人绝句之佳者，仍未尽于是也。……严坦叔《兵火后还乡》云：‘万屋烟销余塔身，还家何处访情亲？旧时巷陌今难认，却问新移来住人。’”清代学者陈衍《宋诗精华录》卷四高度称赞其《骑牛图》“乃翁骑牛驴驮儿，松间提挈群僮随。驴逢短桥儿回顾，牛背推敲了不知”③ 的艺术成就：“可与杨朴《移家》诗并传，而此较本色易晓。”

---

① 〔宋〕陈思编，〔元〕陈世隆补《两宋名贤小集》卷三百二十九《华谷集》，《四库全书》第1364册，上海古籍出版社1987年版，第593页。

② 〔宋〕范晞文《对床夜语》卷三，《四库全书》第1481册，上海古籍出版社1987年版，第869页。

③ 〔宋〕陈思编，〔元〕陈世隆补《两宋名贤小集》卷三百二十九《华谷集》，《四库全书》第1364册，上海古籍出版社1987年版，第588页。

当然，也有学者对严粲的诗歌有所批评。清王士禛著《居易录》卷二云："宋严粲坦叔《华谷诗集》一卷，气格卑弱，类晚唐之靡靡者。一二绝句差有可观，如'秋入白蘋风浪生，痴云未放楚天晴。青山湖外知何处？中有斜阳一段明'（《秋入》），'昨夜湖心共泊船，一天星露宿寒烟。朝来极目无洲渚，知采蘋花何处边'（《宿石潭寺寄黄炳》），稍有唐人音节。华谷作《诗缉》，林希逸以为'在欧、苏、王、刘、东莱诸巨儒之上'，今盛传其书；又称其'五七言幽深夭矫，意具言外'，观此集，殆不然也。集中赠李贾诗云：'汝与吾宗好。'注：'贾与严沧浪游。'华谷与沧浪盖有宗族之谊，诗派相似，而差不及。戴石屏《赠二严》诗云：'前年得严粲，今年得严羽。我自得二严，牛铎谐钟吕。'"① 对于钱锺书所云"严粲（坦叔）《华谷集》（按，皆出《中兴群公吟稿》戊集卷七），《居易录》斥为'气格卑下，晚唐之靡者'，亦晚唐体也。浅薄无足观，尚在沧浪之下"，王水照《〈宋诗选注〉删落左纬之因及其他——初读〈钱锺书手稿集〉》一文指出："'晚唐体'一语几乎成了《钱锺书手稿集》的'关键词'，使用频率甚高。……卷一第二十二则云：'严粲（坦叔）《华谷集》（按，皆出《中兴群公吟稿》戊集卷七），《居易录》斥为"气格卑下，晚唐之靡者"，亦晚唐体也。浅薄无足观，尚在沧浪之下。'……从中看出，'晚唐体'既有'清真''新警'等长处，又存在'俚犷''浅薄''尖薄'，缺乏'健放'等弱点。卷一第二十二则云：'俞德邻（宗

① 〔清〕王士禛《居易录》，《四库全书》第 869 册，上海古籍出版社 1987 年版，第 326 页。

太）《佩韦斋集》，南宋小家皆不学，此独有书卷气，故不浅薄，工于组织对仗，七古亦沉着顿拙。’未明言‘晚唐体’，实正指出‘晚唐体’因‘不学’而无‘书卷气’，大率‘浅薄’而少沉郁顿挫的杜诗风范。南宋晚期活跃于诗坛的是一大群小家，未出现大诗人，评论资料也相对较少。《手稿集》中关于‘晚唐体’的大量论述，如能归纳整理并予以条理化，对深入认识这一群体必有启示作用。”① 黄忠慎指出造成严粲诗作“气格卑弱”有两个方面的原因：“将经验很单纯地当作诗的内容而将之倾入形式中，但整体给人的感觉是欠缺灵活与深度，有时仅是刻板的纪录，很难引领读者进入新颖的世界，而让其有更高一层的思想与更有深度的感情、更为广阔的视野。另一方面，严粲的部分作品是以诗代书，这种作品有互诉心曲的功能，其中幽微奥深之情，局外之人实难体得其意。”② 的确，严粲诗作没有大气磅礴的气势、动人心魄的力量、玉润珠圆的辞藻，但是这是由当时动荡的时代背景与江湖诗人的创作旨趣及个人表达风格所共同决定的，我们不应该苛责古人。严粲将其真情实感灌注诗中，以清新自然的语言风格在诗坛独树一帜。

---

① 王水照《〈宋诗选注〉删落左纬之因及其他——初读〈钱锺书手稿集〉》，《文学遗产》2005 年第 3 期。

② 黄忠慎《严粲诗缉新探》，台湾文史哲出版社 2008 年版，第 7~8 页。

第三章 《诗缉》版本考

严粲为“便童习”而著《诗缉》，其自序称：“诗之兴几千年于此矣，古今性情一也。人能会孟氏说《诗》之法，涵泳《三百篇》之性情，则悠然见诗人言外之趣。”① 此书成后颇受推崇，严粲因“友朋训其子若弟者竞传写之，困于笔札，胥命锓之木”②，故于南宋淳祐戊申（1248）刻板行世，其后各代皆有重刻。《宋史·艺文志》著录“严粲《诗集》一部”③，黄忠慎以为“《诗集》为《诗缉》之误”④。《诗缉》宋刻本已不可得见。此后的目录中多著录为“《诗缉》三十六卷”。《诗缉》现存多种版本，皆为三十六卷本，其中最早的是元刻本，此外还有明代味经堂刊本等。《诗经学大辞典》之《中国历代诗经著述书目》对严粲《诗缉》版本有简单的介绍：“严粲字坦叔，福建邵武人，自序作于南宋理宗淳祐八年（1248），盖于其时付刊。本书与《吕氏家塾读诗记》并称《诗经》集解代表作，其

---

① 《诗缉》，线装书局 2003 年版，第 9 页。

② 《诗缉》，线装书局 2003 年版，第 9 页。

③ 〔元〕脱脱等《宋史》，中华书局 1977 年版，第 5048 页。

④ 黄忠慎《严粲诗缉新探》，台湾文史哲出版社 2008 年版，第 1 页脚注 3。

后出转精，世多称誉，为学林所重。元、明、清三代刊本甚多。日本《图书寮汉籍善本书目》载存元代勤有书堂刻本，附《十五国风地理图》《毛诗纲目》；今台北故宫博物馆有存本，首都图书馆存有残本。明味经堂刊本，美国国会图书馆、北京图书馆均有存，《四库全书》据明本收录，《诗经要籍集成》据以影印。”①

现存《诗缉》版本中，元刻本虽然已经残缺不全，但有很高的校勘价值。明嘉靖年间赵藩康王朱厚煜刊刻了味经堂本《诗缉》，其后此本不断被翻刻或重刻，形成了味经堂本《诗缉》的版本系统，值得注意的是，味经堂本各种版本之间质量差别较大，良莠不齐，其中尤以清嘉庆十五年（1810）浙江溪上听彝堂翻刻本、日本天保十五年（1844）姬路藩仁寿馆刻本较为精善，而《北京图书馆古籍珍本丛刊》影印的味经堂本《诗缉》错讹较多，算不上善本。《四库全书》本与《摛藻堂四库全书荟要》本《诗缉》的底本“直隶总督采进本”即明味经堂本，属于同一版本系统，两者均有较高的校勘价值。元刻余氏勤有堂刻本、明代味经堂刻本、明清抄本三类版本系统各具特色。《诗缉》版本屡经变迁，因此考察其版本之间的异同问题也就具有重要的学术意义。在对各种版本的比较中，可以发现其间既有行款上的不同，又有文字上的差异，但是各本均有其独特的版本价值与校勘价值。

---

① 牟玉亭《中国历代诗经著述存佚书目》，见夏传才主编《诗经学大辞典》，河北教育出版社 2014 年版，第 1472 页。

第一节　元代余氏勤有堂刻本考

现存《诗缉》版本中最早的是元刻本。现存的元刻本《诗缉》，既有日本宫内厅书陵部所藏的比较齐全的元代余志安勤有堂刻本，又有大陆和台湾的多部元本残卷，如上海图书馆藏卷一至卷八，台湾和南京图书馆均藏第八卷、第九卷残卷。李莉褒硕士论文《严粲〈诗缉〉之研究》曾经对台湾所藏勤有堂刻本有过描述："此本高十九、二公分，宽十二、三公分，每半叶十行，行二十四字，今残存二卷一册，仅存卷八页七至十九，又页二十三至三十；卷九页一至十二。此本行款，与日本图书寮所藏元勤有堂刻本同，当是同一版刻。日本《图书寮汉籍善本书目》卷一云：'《诗缉》三十六卷，元刻本。每半叶十行，行二十四字。前有林希逸序，次袁蒙斋手帖，次严粲自序，次《诗缉条例》，次《清浊音图》，次《十五国风地理图》，图后有"余氏刊于家塾"一行，次《毛诗纲目》，目后有"勤有书堂刻梓"一行。卷尾又有"余志安刊于家塾"一行。'此本大陆北平图书馆藏之，台湾则存于'国家图书馆'，其题有'元崇化余志安勤有书堂刊本'字样。"①

在现存元刻本中，以日本宫内厅书陵部所藏元余志安勤有堂刻本保存最为完好，但也有少量残缺，不复完璧。此本已于2003年5月由线装书局影印出版，下文所依据的底本即线装书

---

① 李莉褒《严粲〈诗缉〉之研究》，台湾中兴大学中国文学研究所1998年硕士学位论文。

局影印本。此本卷一《葛覃》《樛木》《螽斯》《桃夭》《兔罝》《芣苢》《汉广》《汝坟》《麟之趾》均有少量残缺，卷十二《车邻》残损严重，卷十六卷首及《鸱鸮》《七月》均有一些残损，卷十七《出车》后有脱页和残损，卷十八《吉日》有脱页，卷二十一《巷伯》残损严重，卷二十五有错简。除此之外，此本还缺少三卷，即卷十九、卷二十六、卷二十七。是本半页十行，每行字数并不统一，行二十一、二十二、二十三、二十四字者皆有，注文小字双行，字数同，细黑口，双鱼尾，四周双栏。此本的第三十六卷卷末刻有“余志安刊于家塾”牌记，由此可知此本为余氏刻本。余氏家族乃实至名归的刻书世家，自宋代刻书起家，一直绵延至清代，故叶德辉《书林清话·宋建安余氏刻书》云：“夫宋刻书之盛，首推闽中。而闽中尤以建安为最，建安尤以余氏为最。”① 余志安所刊刻书籍之牌记，有时作“建安余氏勤有堂刊”，比如《分类补注李太白诗》《集千家注分类杜工部诗》《书集传》等，有时作“崇化余志安刊于勤有堂”，比如《唐律疏议》《诗童子问》《诗缉》等。

无论从何种角度看，此本都极有价值：其一，此本出自元代刻书名家余氏家塾，乃现存最早的《诗缉》版本，具有极高的版本价值；其二，此本卷一至卷八的天头、地脚及左右双边栏外多有批注，“既有字义训诂，也有句义阐释，或出己意，或引证传笺，对于研读是书颇有裨益”②，因而有较高的资料价值；其三，此本在文字上保存了较为原始的面貌，有非此本无以判

① 叶德辉著，吴国武、桂枭整理《书林清话》，华文出版社 2012 年版，第 51 页。

② 《诗缉》影印说明，线装书局 2003 年版，第 10 页。

文字之是非者，因而亦有很高的校勘价值。比如勤有堂本目录“《赉》，大封于庙”，他本“庙”均作“朝”，而本书目录在诗歌篇名之后，是严粲附上的毛诗小序，因此据毛诗小序可知勤有堂本不误，叶渭清《校记》亦可证明勤有堂本之善：“‘朝’，‘庙’之误。”在《十五国风地理图》部分，勤有堂本“邶、鄘、卫，河内地”之“内”，听彝堂本、畲经书屋本、复性书院本、北大清抄本等均作“南”；勤有堂本“成皋”，听彝堂本、畲经书屋本、北大清抄本等作“城皇”（只有复性书院本据叶渭清《校记》改），叶渭清《校记》曰：“‘郑今河南新城皇荥阳颍川之东’，‘新’下夺‘郑’字。‘城皇’，‘成皋’之误。此用《汉·地理志·序》说。”林希逸《诗缉·叙》“盖《诗》于文字自为一宗”① 九字，味经堂刊本、《四库全书》本皆作“盖《诗》于人学自为一宗”，日本天保十五年姬路藩仁寿馆刻本有校语“‘于人’，恐‘之于’误”，清嘉庆十五年浙江溪上听彝堂翻刻本则作“盖《诗》之学自为一宗”。比勘以上种种说法，勤有堂本“盖《诗》于文字自为一宗”来源最古，最为有据，也最文从字顺，他本及其校语皆误。勤有堂本《关雎》一诗所引“杜预注《左传》曰：鸷而有别，故为司马”，听彝堂本、复性书院本均脱“故”字，据《左传》杜预注可知勤有堂本有“故”字为长。勤有堂本《卷耳》一诗“《解颐新语》曰：《周官》酒人之奚为世妇役有女酒、女浆，则知周家酒浆之用亦内治所当察也。注：奚，今之侍史官婢”，听彝堂本、复性书院本、畲经书屋本、《四库》本“史”均作“使”，据郑玄《周官

① 《诗缉》，线装书局2003年版，第2页。

注》可知勤有堂本正确。《草虫》“粲曰：《风雨》传云：‘怿悦也。’人喜悦则心平夷，其意一也，《那》颂所谓‘夷怿’也”之“怿”，仁寿馆本、听彝堂本、复性书院本均作“悦”，据《商颂·那》可知当从勤有堂本。勤有堂本严粲解《小星》云“《传》以三、五指心、柳。三非特心”之“三非特心”，仁寿馆本、听彝堂本、《四库》本作“三作特三”，畬经书屋本作“三可指心”，仁寿馆本校记曰：“‘三作特三’，疑。”叶渭清《校记》曰：“仁寿馆本校云：‘三作特三，疑。’今按严意，当为‘三非特心’。毛此传诂三为心。《绸缪》传云：‘三星，参也’，则又以为参矣，是即所谓‘三非特心’也。”勤有堂本正如同叶渭清《校记》所云，作“三非特心”。勤有堂本《野有死麇》“山阴陆氏曰：崔豹《古今注》云：鹿有角而不能触，獐有牙而不能噬。獐如小鹿而美，语云‘四足之美有麃’，麃即獐也”，听彝堂本、复性书院本、畬经书屋本均脱第二个“麃”字，唯勤有堂本不脱。《日月》篇“曰：‘声音言语也。’此‘德音无良’，及《邶·谷风》言‘德音莫违’，皆妇人言其夫待己之意耳，故为声音言语，解见《假乐》”之“曰”上，仁寿馆本、听彝堂本等均衍“今”字。叶渭清《校记》曰：“此‘今曰’，仁寿馆本作‘粲曰’。勘明赵府本，‘曰’上一格为黑板。严书此原合单着一‘曰’字者，《诗缉条例》所谓‘其辞繁及说不一者称曰以断之’，正指此类言之。明本黑板见于卷三、卷四最多，重刻虑皆补入一字并未是，今各于当句纠之。”据叶渭清《校记》，可见勤有堂本之精善。此例甚多，兹不一一列举。

第二节　明代赵府味经堂刻本考

一、明清《诗缉》刻本概述

在现存《诗缉》的各种版本中，流传最为广泛的是明嘉靖年间赵藩康王朱厚煜刊刻的味经堂本《诗缉》。明味经堂刊本刻成后不断被翻刻或重刻，据不完全统计，国内图书馆存有以下几种翻刻或者重刻的版本：清嘉庆十五年（1810）浙江溪上听彝堂翻刻本、日本天保十五年（1844）姬路藩仁寿馆刻本、光绪三年（1877）岭南述古堂重印本、光绪十六年（1890）虽园刻本、慈溪授经堂本、民国三十六年（1947）复性书院刊本等。这些翻刻或重刻本文字上的差别较大。《增订四库简明目录标注》著录曰："《诗缉》三十六卷，宋严粲撰。明赵府居敬堂刊本，明味经堂刊本。近年刊本甚劣，错误极多。"① 王懿荣附录曰："味经堂即赵府本，此误。"② 由此可知，明赵府居敬堂刊本、明味经堂刊本其实是一个版本，但是由于一些刊本甚劣，错误极多，所以导致味经堂刊本恶名传播。其实这是一种误解，传世的《诗缉》味经堂刊本数量众多，各种版本之间质量参差不齐，虽然有的版本的确比较拙劣，错误较多，但是有的版本比较精善，错误

① 邵懿辰撰，邵章续录《增订四库简明目录标注》，上海古籍出版社 1959 年版，第 62 页。

② 邵懿辰撰，邵章续录《增订四库简明目录标注》，上海古籍出版社 1959 年版，第 62 页。

较少，故很有价值。

现存味经堂本《诗缉》版本系统中，以国家图书馆所藏明代味经堂刻本《诗缉》（《诗经要籍集成》中《诗缉》版本同）为最早。此本于1988年由国家图书馆出版社出版，正如《增订四库简明目录标注》所谓“刊本甚劣，错误极多”①。现存味经堂本《诗缉》版本翻刻、重刻系统中，以清嘉庆十五年浙江溪上听彝堂翻刻本《诗缉》为最早，此本每半页九行，行十八字，注文小字双行，字数同，白口，单鱼尾，四周双栏；以日本天保十五年姬路藩仁寿馆刻本为上，此本版式同上，亦半页九行，行十八字，注文小字双行，字数同，白口，单鱼尾，四周双栏。此本前有林皝《刻〈诗缉〉序》、姬路城主源忠学《序》。与其他版本相比，仁寿馆刻本有两点值得注意：其一，是本在文字上极有校勘价值，比如第三十三卷“《载见》，诸侯始见乎武王庙”，元刻本、听彝堂本、《四库全书》本“乎”误作“于”，由正文可证天保十五年仁寿馆刻本无误；其二，是本天头、地脚附有校语，极有参考价值。正是由于仁寿馆本比较精良，“故后世据其传抄、覆刻者多见，如日本二松学舍那智左典先生惇斋文库藏《诗缉》钞本（存卷十八至三六）、日本二松学舍藏弘化二年（一八四五）大阪河内屋喜兵卫刊本（阙卷首、卷一、二七、二八），以及清光绪三年（一八七七）岭南述古堂本、清光绪十六年（一八九〇）虽园本，均是以仁寿馆本为底本，而

---

① 邵懿辰撰，邵章续录《增订四库简明目录标注》，上海古籍出版社1959年版，第62页。

于其校记则有所取舍”①。光绪三年岭南述古堂刻本与日本天保十五年刻本大体相同，版心上部镌刻“味经堂”，版心下部镌刻“仁寿馆藏梓”，但缺少林䖪《刻〈诗缉〉序》、源忠学的《序》，盖为重印时割裂除去，同时天头、地脚所附校语亦有少量条目残缺不全，牌记题“光绪三年六月岭南述古堂藏”。

慈溪授经楼本《诗缉》亦值得一提。民国时期马一浮主持刊刻复性书院《群经统类》丛书，《诗缉》为其中之一，底本即慈溪授经楼本。复性书院《诗缉》刻本所附叶渭清校记，对使用的底本慈溪授经楼本有比较高的评价：“授经楼本《诗缉》三十六卷，依刻本，此慈溪翻明赵府居敬堂本。每半叶九行，行十八字。版心上出‘味经堂’，中《诗缉》卷数，下叶数。案此本讹夺颠倒固自不免，然校改尚少，本来面目犹在，其误字足供人致思，或反较他本为胜。书中避宋讳处间有存者，即知是本为近古矣。今记所揭橥以下注者依是本也。院中新刻本文句间有与记不符者，以刻书在作记前，或为他人所更易，而余未及知之，故非记刻两相违也，记自用慈溪本为注尔。”复性书院本《诗缉》附有叶渭清校记一卷，在慈溪授经楼本的基础上更上一层楼，因此更有参考价值。广陵书社 2019 年出版《复性书院丛刊》，复性书院本《诗缉》即其中之一。

二、国家图书馆所藏明代味经堂刻本考

由于国家图书馆所藏明代味经堂刻本比较重要，学者使用较为广泛，因此下文以此本为底本，以 2003 年线装书局影印日

---

① 〔宋〕严粲著，李辉点校《诗缉》，中华书局 2020 年版，第 18~19 页。

本宫内厅书陵部所藏元代余志安勤有堂刻本、1987 年上海古籍出版社影印文渊阁《四库全书》本、2005 年吉林出版集团有限责任公司影印的《钦定四库全书荟要》本为校本，考察此本文字之讹，并予以纠正，从而为研究《诗缉》的学者提供版本上的参考。

严粲在目录部分采用《毛诗序》的说法，于每首诗题目后引用《毛诗序》首句来标示诗歌主旨，此本目录引用《毛诗序》错讹多达 30 余处。例如《毛诗序》云"《击鼓》，怨州吁"①，元刻本、《四库》本、《荟要》本目录同，此本目录作"怨舟吁"②，"州"误作"舟"。又如《毛诗序》云"《鹑之奔奔》，刺卫宣姜"③，元刻本、《四库》本、《荟要》本目录无误，此本目录作"刺卫宣公"④，"宣姜"误作"宣公"。再如《毛诗序》云"《葛藟》，王族刺平王"⑤，元刻本、《四库》本、《荟要》本目录同，此本目录作"《葛藟》，王俗刺平王"⑥，

① 〔汉〕郑玄笺，〔唐〕孔颖达等正义《毛诗正义》卷二之一，《十三经注疏》上，上海古籍出版社 1997 年版，第 299 页。

② 〔宋〕严粲《诗缉》，《北京图书馆古籍珍本丛刊》2，书目文献出版社 1988 年版，第 7 页。

③ 〔汉〕郑玄笺，〔唐〕孔颖达等正义《毛诗正义》卷三之一，《十三经注疏》上，上海古籍出版社 1997 年版，第 315 页。

④ 〔宋〕严粲《诗缉》，《北京图书馆古籍珍本丛刊》2，书目文献出版社 1988 年版，第 7 页。

⑤ 〔汉〕郑玄笺，〔唐〕孔颖达等正义《毛诗正义》卷四之一，《十三经注疏》上，上海古籍出版社 1997 年版，第 332 页。

⑥ 〔宋〕严粲《诗缉》，《北京图书馆古籍珍本丛刊》2，书目文献出版社 1988 年版，第 8 页。

“王族”误作“王俗”。《毛诗序》云“《权舆》，刺康公也”①，元刻本、《四库》本、《荟要》本目录同，此本目录缺。元刻本、《四库》本、《荟要》本《诗缉》所附袁甫《诗缉序》“坦叔可与言诗也已矣”，此作“坦叔可与言时也已矣”②，“言诗”误作“言时”。

此本正文部分的错讹更多。诗歌正文之误所在皆有，例如此本卷二《行露》“岂不夙夜？行谓多露”③，据《毛诗》当作“岂不夙夜？谓行多露”④，元刻本、《四库》本、《荟要》本同，可知此本“谓行”误作“行谓”。卷三《匏有苦叶》“迨冰始泮”⑤，元刻本、《四库》本、《荟要》本作“迨冰未泮”，此本“未”误作“始”。卷五《柏舟》“泛彼柏舟，在彼中河”，元刻本、《四库》本、《荟要》本同，此本作“泛泛柏舟，在彼中河”⑥，“泛彼”误作“泛泛”。卷五《墙有茨》“所可读也？言之辱也”，元刻本、《四库》本、《荟要》本同，此本云“所可

① 〔汉〕郑玄笺，〔唐〕孔颖达等正义《毛诗正义》卷六之四，《十三经注疏》上，上海古籍出版社1997年版，第374页。

② 〔宋〕严粲《诗缉》，《北京图书馆古籍珍本丛刊》2，书目文献出版社1988年版，第2页。

③ 〔宋〕严粲《诗缉》，《北京图书馆古籍珍本丛刊》2，书目文献出版社1988年版，第37页。

④ 〔汉〕郑玄笺，〔唐〕孔颖达等正义《毛诗正义》卷一之四，《十三经注疏》上，上海古籍出版社1997年版，第288页。

⑤ 〔宋〕严粲《诗缉》，《北京图书馆古籍珍本丛刊》2，书目文献出版社1988年版，第56页。

⑥ 〔宋〕严粲《诗缉》，《北京图书馆古籍珍本丛刊》2，书目文献出版社1988年版，第71页。

读也？言可辱也”①，“言可辱”误。《定之方中》曰“定之方中，作于楚宫”，元刻本、《四库》本、《荟要》本同，此本作“定之方中，作于楚丘”②，“楚丘”误。此本卷八《狡童》“维子之欲，使我不能息兮”③，元刻本、《四库》本、《荟要》本作“维子之故，使我不能息兮”，此本“故”误作“欲”。此本卷九《鸡鸣》“鸡鸣既矣，朝既盈矣”④，据《毛诗》当作“鸡既鸣矣，朝既盈矣”，元刻本、《四库》本、《荟要》本同，可见此本“既鸣”误倒作“鸣既”。元刻本、《四库》本、《荟要》本《南山》曰“雄狐绥绥”⑤，此本作“雄狐缓缓”⑥，“绥绥”误作“缓缓”。元刻本、《四库》本、《荟要》本《诗缉》卷十七《小雅·伐木》“嘤其鸣矣，求其友声”，此本作“嘤其鸣矣，求其友矣”⑦，“友声”误作“友矣”。

---

① 〔宋〕严粲《诗缉》，《北京图书馆古籍珍本丛刊》2，书目文献出版社1988年版，第72页。

② 〔宋〕严粲《诗缉》，《北京图书馆古籍珍本丛刊》2，书目文献出版社1988年版，第77页。

③ 〔宋〕严粲《诗缉》，《北京图书馆古籍珍本丛刊》2，书目文献出版社1988年版，第122页。

④ 〔汉〕郑玄笺，〔唐〕孔颖达等正义《毛诗正义》卷五之一，《十三经注疏》上，上海古籍出版社1997年版，第348页。

⑤ 〔宋〕严粲《诗缉》，《四库全书》第75册，上海古籍出版社1987年版，第129页。

⑥ 〔宋〕严粲《诗缉》，《北京图书馆古籍珍本丛刊》2，书目文献出版社1988年版，第133页。

⑦ 〔宋〕严粲《诗缉》，《北京图书馆古籍珍本丛刊》2，书目文献出版社1988年版，第218页。

在诗歌章句方面，此本也出现了不少错误，例如《燕燕》一诗，据《毛诗传笺》共四章，每章六句，元刻本、《四库》本、《荟要》本即作“《燕燕》四章，章六句”，此本误作“《燕燕》四章，章四句”①；又如《载驰》一诗，据《毛诗传笺》共五章，一章六句，二章四句，一章六句，一章八句，元刻本、《四库》本、《荟要》本作“《载驰》五章，一章六句，二章四句，一章六句，一章八句”，此本误作“《载驰》五章，章六句”②。元刻本、《四库》本、《荟要》本“《河广》二章，章四句”，此本误作“《河广》四章，章四句”③。

此本还出现了很多包括《毛诗序》《毛传》《笺》《正义》等在内的引文之误。此本卷三“《凯风》，美李子也”，据《毛诗序》当作“《凯风》，美孝子也”，元刻本、《四库》本、《荟要》本同，则此本“孝子”误作“李子”。卷五“《桑中》，刺奔也。卫之宫室淫乱”④，据《毛诗序》当作“《桑中》，刺奔也。卫之公室淫乱”⑤，元刻本、《四库》本、《荟要》本同，则此本“公”误作“宫”。《大明》毛传曰“天子造舟，诸侯维

---

① 〔宋〕严粲《诗缉》，《北京图书馆古籍珍本丛刊》2，书目文献出版社1988年版，第50页。

② 〔宋〕严粲《诗缉》，《北京图书馆古籍珍本丛刊》2，书目文献出版社1988年版，第83页。

③ 〔宋〕严粲《诗缉》，《北京图书馆古籍珍本丛刊》2，书目文献出版社1988年版，第94页。

④ 〔宋〕严粲《诗缉》，《北京图书馆古籍珍本丛刊》2，书目文献出版社1988年版，第75页。

⑤ 〔汉〕郑玄笺，〔唐〕孔颖达等正义《毛诗正义》卷三之一，《十三经注疏》上，上海古籍出版社1997年版，第314页。

舟，大夫方舟，士特舟”①，元刻本、《四库》本、《荟要》本所引无误，此本作“传曰：天子造舟，诸侯维舟，大夫方舟，士时舟”②，“特舟”误作“时舟”。又如《蝃蝀》郑笺曰“朝有升气于西方，终其朝则雨，气应自然”③，元刻本、《四库》本、《荟要》本同，此本“笺”误作“传”④。《日月》郑笺曰“之人，是人也，谓庄公也”⑤，元刻本、《四库》本、《荟要》本引作“笺曰：之人，是人也，谓庄公也”，此本作“笺云：之人，是人也，谓人也”⑥，“庄公”误作“人”。《淇奥》笺云“会，谓弁之缝中，饰之以玉，皪皪而处，状似星也”⑦，元刻本、《四库》本、《荟要》本所引无误，此本作“笺曰：会之，谓弁之缝中，饰之以玉，皪皪而处，上似星也”⑧，“会”后衍一

---

① 〔汉〕郑玄笺，〔唐〕孔颖达等正义《毛诗正义》卷一六之二，《十三经注疏》上，上海古籍出版社1997年版，第507页。

② 〔宋〕严粲《诗缉》，《北京图书馆古籍珍本丛刊》2，书目文献出版社1988年版，第353页。

③ 〔汉〕郑玄笺，〔唐〕孔颖达等正义《毛诗正义》卷三之二，《十三经注疏》上，上海古籍出版社1997年版，第318页。

④ 〔宋〕严粲《诗缉》，《北京图书馆古籍珍本丛刊》2，书目文献出版社1988年版，第79页。

⑤ 〔汉〕郑玄笺，〔唐〕孔颖达等正义《毛诗正义》卷二之一，《十三经注疏》上，上海古籍出版社1997年版，第298页。

⑥ 〔宋〕严粲《诗缉》，《北京图书馆古籍珍本丛刊》2，书目文献出版社1988年版，第50页。

⑦ 〔汉〕郑玄笺，〔唐〕孔颖达等正义《毛诗正义》卷三之二，《十三经注疏》上，上海古籍出版社1997年版，第321页。

⑧ 〔宋〕严粲《诗缉》，《北京图书馆古籍珍本丛刊》2，书目文献出版社1988年版，第85页。

“之”字，“状”误作“上”。卷八《溱洧》引“笺曰：冰已释，冰则涣涣然”①，据《毛诗传笺》当作“冰以释，水则涣涣然”②，元刻本、《四库》本、《荟要》本均如此。

又如引《正义》之误，此本卷十《陟岵》引“疏曰：与《尔雅》正反，当时传写误也”③，据“疏曰：与《尔雅》正反，当是转写误也”④及元刻本、《四库》本、《荟要》本可知“当是”误作“当时”，“转”误作“传”。《兔爰》孔疏曰“《释器》云‘繴谓之罿。罿，罬也。罬谓之罦。罦，覆车也’”⑤，元刻本、《四库》本、《荟要》本所引无误，此本引作“繴谓之罿。罿，罬也。罬谓之罦。罦。《释器》曰‘繴谓之罿。罿，罬也。罬谓之罦。罦，覆车’”⑥，衍“繴谓之罿罿罬也罬谓之罦罦”十二字。《清人》孔疏曰“成二年《左传》……郤克伤于矢，流血及屦，未绝鼓音”⑦，元刻本、《四库》本、《荟要》本

---

① 〔宋〕严粲《诗缉》，《北京图书馆古籍珍本丛刊》2，书目文献出版社1988年版，第128页。

② 〔汉〕郑玄笺，〔唐〕孔颖达等正义《毛诗正义》卷四之四，《十三经注疏》上，上海古籍出版社1997年版，第346页。

③ 〔宋〕严粲《诗缉》，《北京图书馆古籍珍本丛刊》2，书目文献出版社1988年版，第144页。

④ 〔汉〕郑玄笺，〔唐〕孔颖达等正义《毛诗正义》卷五之三，《十三经注疏》上，上海古籍出版社1997年版，第358页。

⑤ 〔汉〕郑玄笺，〔唐〕孔颖达等正义《毛诗正义》卷四之一，《十三经注疏》上，上海古籍出版社1997年版，第332页。

⑥ 〔宋〕严粲《诗缉》，《北京图书馆古籍珍本丛刊》2，书目文献出版社1988年版，第103页。

⑦ 〔汉〕郑玄笺，〔唐〕孔颖达等正义《毛诗正义》卷四之二，《十三经注疏》上，上海古籍出版社1997年版，第338页。

所引无误，此本引作“疏曰：《左传》成二年……郄克伤于矢，贯余手履，未绝鼓音，曰：‘余病矣’”①，“流血及屦”误作“贯余手履”。《鹿鸣》孔疏曰“饮有酬宾送酒之币，食有侑宾劝饱之币”②，元刻本、《四库》本、《荟要》本亦云“疏曰：饮有酬宾送酒之币，食有侑宾劝饱之币”，此本却作“疏曰：饮有酬宾迭酒之币，食有侑宾勤饱之币”③，“送”误作“迭”，“劝”误作“勤”。元刻本、《四库》本、《荟要》本引《小雅·伐木》“疏曰：《礼记》注云：‘称之以父与舅，亲亲之辞也’”，此本作“疏曰：《礼记》注云‘称之以父与父，亲亲之辞也’”④，“与舅”误作“与父”。

此本也有引《吕氏家塾读诗记》之误。《诗记》释《谷风》“泾以渭浊”曰：“此卫诗而远引泾渭者，盖泾浊渭清，天下所共知”⑤，元刻本、《四库》本、《荟要》本无误，此本作“《诗记》曰：此卫诗而远泾引渭者”⑥，“远引泾渭”误倒作“远泾引渭”。

---

① 〔宋〕严粲《诗缉》，《北京图书馆古籍珍本丛刊》2，书目文献出版社1988年版，第115页。

② 〔汉〕郑玄笺，〔唐〕孔颖达等正义《毛诗正义》卷九之二，《十三经注疏》上，上海古籍出版社1997年版，第405页。

③ 〔宋〕严粲《诗缉》，《北京图书馆古籍珍本丛刊》2，书目文献出版社1988年版，第211页。

④ 〔宋〕严粲《诗缉》，《北京图书馆古籍珍本丛刊》2，书目文献出版社1988年版，第218页。

⑤ 〔宋〕吕祖谦《吕氏家塾读诗记》，《丛书集成初编》，中华书局1985年版，第76页。

⑥ 〔宋〕严粲《诗缉》，《北京图书馆古籍珍本丛刊》2，书目文献出版社1988年版，第59页。

《诗记》释《泉水》曰："泉水即今卫州共城之百泉也"①，元刻本、《四库》本、《荟要》本无误，此本作"吕氏曰：泉水即今卫州洪城之百泉也"②，"共城"误作"洪城"。此本卷五《柏舟》引"《诗记》曰：其伯弟和袭攻共伯于墓上"③，而元刻本、《四库》本、《荟要》本均作"《诗记》曰：共伯弟和袭攻共伯于墓上"，则此本"共"误作"其"。卷九《著》引"《诗记》曰：及寝门揖入，升自西皆"④，由《诗记》原文"及寝门揖入，升自西阶"⑤，元刻本、《四库》本、《荟要》本同，可见此本"西皆"误。

此本也有引朱熹《诗集传》之误。《诗集传》释《硕人》"手如柔荑"曰"茅之始生曰荑"⑥，元刻本、《四库》本、《荟要》本所引无误，此本引作"朱氏曰：柔之始生曰荑"⑦，"茅"误作"柔"。《诗集传》释《扬之水》曰："天子乡遂之民供贡

---

① 〔宋〕吕祖谦《吕氏家塾读诗记》，《丛书集成初编》，中华书局1985年版，第82页。

② 〔宋〕严粲《诗缉》，《北京图书馆古籍珍本丛刊》2，书目文献出版社1988年版，第64页。

③ 〔宋〕严粲《诗缉》，《北京图书馆古籍珍本丛刊》2，书目文献出版社1988年版，第71页。

④ 〔宋〕严粲《诗缉》，《北京图书馆古籍珍本丛刊》2，书目文献出版社1988年版，第131页。

⑤ 〔宋〕吕祖谦《吕氏家塾读诗记》，《丛书集成初编》，中华书局1985年版，第171页。

⑥ 〔宋〕朱熹《诗集传》，上海古籍出版社1980年版，第36页。

⑦ 〔宋〕严粲《诗缉》，《北京图书馆古籍珍本丛刊》2，书目文献出版社1988年版，第87页。

赋、卫王室而已”①，元刻本、《四库》本、《荟要》本所引无误，此本引作“朱氏曰：天子卿遂之民供贡赋、卫王室而已”②，“乡遂”误作“卿遂”。《诗集传》释《小雅·四牡》曰：“臣劳于事而不自言，君探其情而代之言，上下之间可谓各尽其道矣”③，元刻本、《四库》本、《荟要》本所引无误，此本引作“朱氏曰：‘臣劳于事而不自言，君探其情而伐之言，上下之间可谓各尽其道矣’”④，“代”误作“伐”。

其他引文错误也有很多，如此本卷八《出其东门》“庄十四年《传》云：‘傅瑕曰：“苟舍我，吾请纳君。”’与之名而舍之”⑤，由元刻本、《四库》本、《荟要》本可知严粲原文应作“庄十四年《传》云：“傅瑕曰：‘苟舍我，吾请纳君。’与之盟而舍之”，此本“盟”误作“名”。此本卷十七《小雅·鹿鸣》引“陆机曰：叶青白色，似著而轻脆”⑥，据元刻本、《四库》本、《荟要》本引“陆机曰：叶青白色，茎似箸而轻脆”，此本脱“茎”字，语意不完，“箸”误作“著”。

---

① 〔宋〕朱熹《诗集传》，上海古籍出版社1980年版，第44页。

② 〔宋〕严粲《诗缉》，《北京图书馆古籍珍本丛刊》2，书目文献出版社1988年版，第101页。

③ 〔宋〕朱熹《诗集传》，上海古籍出版社1980年版，第100页。

④ 〔宋〕严粲《诗缉》，《北京图书馆古籍珍本丛刊》2，书目文献出版社1988年版，第213页。

⑤ 〔宋〕严粲《诗缉》，《北京图书馆古籍珍本丛刊》2，书目文献出版社1988年版，第126页。

⑥ 〔宋〕严粲《诗缉》，《北京图书馆古籍珍本丛刊》2，书目文献出版社1988年版，第211页。

此本也有一些严氏原文之误。元刻本、《四库》本、《荟要》本《静女》篇“此荑信芳美而且异于常荑矣，然未足以比女色之美”，此本作“此荑信芳美而且异于常荑矣，然未足以此女色之美”①，“比”误作“此”。元刻本、《四库》本、《荟要》本《河广》篇“《河广》之诗言‘谁谓河广？一苇杭之’，则是作于卫未迁之前矣”，此本作“《河广》之诗言‘谁为河广？一苇杭之’，则是作于卫未迁之前矣”②，“谁谓”误作“谁为”。元刻本、《四库》本、《荟要》本《小雅·鹿鸣》篇“杜甫云‘圣人筐篚恩，实欲邦国活’，得古人用诗之意矣”，此本作“杜甫云‘圣人篚篚恩，实欲邦国活’，得古人用诗之意矣”③，“筐篚”误作“篚篚”。此本卷十七《小雅·采薇》篇“薇始长而柔，今又刚矣，十月为阳，归其当在十月之后”④，据元刻本、《四库》本、《荟要》本“薇始长而柔，今又刚矣，十月为阳，归期当在十月之后”，可知作“归其”误。元刻本、《四库》本、《荟要》本《大雅·文王》篇“王者尊先代之后，不变其服，亦因以为戒也，故呼成王忠荩之臣而告之”，此本作“王者尊先代之后，不变其服，亦因以为戒也，故呼成王忠尽之臣而

① 〔宋〕严粲《诗缉》，《北京图书馆古籍珍本丛刊》2，书目文献出版社1988年版，第68页。

② 〔宋〕严粲《诗缉》，《北京图书馆古籍珍本丛刊》2，书目文献出版社1988年版，第94页。

③ 〔宋〕严粲《诗缉》，《北京图书馆古籍珍本丛刊》2，书目文献出版社1988年版，第211页。

④ 〔宋〕严粲《诗缉》，《北京图书馆古籍珍本丛刊》2，书目文献出版社1988年版，第223页。

告之"①，"忠荩"误作"忠尽"。又如元刻本、《四库》本、《荟要》本《大雅・文王》篇"史迁因诗书有受命之语，因谓文王受命称王而断虞芮之讼，汉儒又杂以谶纬之说，则亦诬矣"，此本作"史迁因诗书有受命之语，因谓文王受命称王而断虞芮之讼，汉儒又杂以谶讳之说，则亦诬矣"②，"谶纬"误作"谶讳"。元刻本、《四库》本、《荟要》本《氓》篇"《内则》注又云收发结之，故毛以为结发"，此本作"《内则》注又云收结发之，故毛以为结发"③，"发结"误倒作"结发"。元刻本、《四库》本、《荟要》本《载驰》篇"伤许之小，力不能救，思归唁其兄"，此本作"伤许之小，力不能救，思归唁其兄，唁其兄"④，衍"唁其兄"三字。元刻本、《四库》本、《荟要》本《小雅・鹿鸣》篇"然后忠臣嘉宾得尽其心矣"，此本作"然后忠臣嘉宾尽其心矣"⑤，误脱"得"字。

通过以上所举诸例可以看出，味经堂本《诗缉》错讹较多，既包含一些诗歌正文之误，又有许多引文之误，还有严粲本文

---

① 〔宋〕严粲《诗缉》，《北京图书馆古籍珍本丛刊》2，书目文献出版社1988年版，第350页。

② 〔宋〕严粲《诗缉》，《北京图书馆古籍珍本丛刊》2，书目文献出版社1988年版，第347页。

③ 〔宋〕严粲《诗缉》，《北京图书馆古籍珍本丛刊》2，书目文献出版社1988年版，第92页。

④ 〔宋〕严粲《诗缉》，《北京图书馆古籍珍本丛刊》2，书目文献出版社1988年版，第81页。

⑤ 〔宋〕严粲《诗缉》，《北京图书馆古籍珍本丛刊》2，书目文献出版社1988年版，第211页。

之误，比较拙劣，因此不可谓之善本。相比较而言，元刻勤有堂本、《四库》本、《荟要》本比较精善，错讹较少，可谓之善本。

第三节　清代《四库全书》与《摛藻堂四库全书荟要》本考

一、明清《诗缉》抄本概述

明清《诗缉》抄本存世较多，据笔者不完全统计，有十余种：国家图书馆藏明代澹生堂抄本一卷，节略本，《澹生堂藏书目》著录“严粲著，杨慎略，见《升庵杂录》”；天一阁博物院藏清代叶燕《读严氏诗缉》抄本一卷，节略本；天一阁博物院藏清代慈溪姜宸英抄本三十六卷；北京大学图书馆藏清代李盛铎旧有清抄本三十六卷，乃清顺治、康熙年间所抄，此本时代既早，又首尾齐全，校勘价值高；浙江省图书馆藏清顾栋高传抄本“三十六卷（今存卷一、四、五、八至十三、十七至二一、二三至三一、三十六）并附图一卷”①；浙江省图书馆藏清代畲经书屋抄本三十五卷，卷三、卷四《邶风》合为一卷，其他分卷与三十六卷同，内容有删减；日本天保十五年姬路藩仁寿馆本（简称仁本）传抄本“如日本二松学舍那智左典先生惇斋文库藏《诗缉》钞本（存卷十八至三六）、日本二松学舍藏

① 〔宋〕严粲著，李辉点校《诗缉》，中华书局2020年版，第17页。

弘化二年（一八四五）大阪河内屋喜兵卫刊本（阙卷首、卷一、二七、二八）”①；清《四库全书》本三十六卷，《摛藻堂四库全书荟要》本三十六卷等。

据《四库全书总目》之著录，可知《四库全书·经部·诗类》所收《诗缉》底本为“直隶总督采进本”②。《摛藻堂四库全书荟要·经部·诗类》亦收有《诗缉》，亦是在“直隶总督采进本”的基础上校改而成。“直隶总督采进本”即明赵府居敬堂本，故复性书院刻本所附叶渭清校记曰：“明赵府居敬堂本《诗缉》三十六卷……即此本为库书缮写底本无疑。”《诗经学大辞典》之《中国历代诗经著述存佚书目》亦指出：“明味经堂刊本，美国国会图书馆、北京图书馆均有存，《四库全书》据明本收录，《诗经要籍集成》据以影印。”③ 据此可知，《四库全书》本与《摛藻堂四库全书荟要》本《诗缉》的底本“直隶总督采进本”均为明味经堂刊本，二者属于同一版本系统。

二、《四库全书》与《摛藻堂四库全书荟要》本之比较

尽管《四库全书》本与《摛藻堂四库全书荟要》本《诗缉》底本相同，两者的文字、版式大同小异，但是又各具特色，有所区别。其差别主要体现在两个方面：

其一，《荟要》本《诗缉》的卷一、卷三、卷五、卷七、

---

① 〔宋〕严粲著，李辉点校《诗缉》，中华书局2020年版，第18页。

② 〔清〕永瑢等《四库全书总目》，中华书局1965年版，第125页。

③ 牟玉亭《中国历代诗经著述存佚书目》，见夏传才主编《诗经学大辞典》，河北教育出版社2014年版，第1472页。

卷八、卷十、卷十二、卷十六、卷十九、卷二十一、卷二十二、卷二十四、卷二十五、卷二十七、卷三十、卷三十三、卷三十六共十七卷的卷后均附有极具参考价值的校语，是在底本基础上所进行的校勘。因此就校勘价值而言，《荟要》本更胜一筹。例如《关雎》一诗“关关雎鸠”，严粲云“关关，声也。雎鸠，鹗也，即郯子所谓‘雎鸠氏，司马’也”，此本卷一后面校语曰：“第十四页前三行‘即郯子所谓雎鸠氏司马也’，刊本‘氏’讹在‘司马’下，据昭十七年《左传》改。”① 叶渭清《校记》曰：“《四库全书考证》据《左传》谓刊本‘氏’字讹在‘司马’下，是也。”严粲解此诗“辗转反侧”所引“笺曰：卧而不周曰辗”，此本校记曰：“第十六页后三行‘卧而不周曰辗’，刊本‘而’讹‘以’，据《毛诗笺》改。”②《螽斯》“徐直立反”之“立”，《荟要》本《诗缉》卷一之后所出校记曰：“第二十六页前七行、八行‘徐直立反’，刊本脱‘立’字，据《经典释文》增。”③ 此条校勘记，与仁寿馆本校记正合：“‘直’下脱‘立’字。”叶渭清《校记》曰：“今案《毛诗注疏》本附释音正作‘徐又直之（按：‘之’当作‘立’）反’。”严粲解《兔罝》一诗所引用的“赳赳，武貌”，《荟要》本《诗缉》卷一之后的校记曰：“第二十八页后四行‘赳赳，武貌’，刊本脱

---

① 〔宋〕严粲《诗缉》，《钦定四库全书荟要》第 27 册，吉林出版集团有限责任公司、海天出版社 2005 年版，第 131 页。

② 〔宋〕严粲《诗缉》，《钦定四库全书荟要》第 27 册，吉林出版集团有限责任公司、海天出版社 2005 年版，第 131 页。

③ 〔宋〕严粲《诗缉》，《钦定四库全书荟要》第 27 册，吉林出版集团有限责任公司、海天出版社 2005 年版，第 131 页。

一‘赳’字，据《毛诗传》增。”① 严粲解《甘棠》一诗所引“《释木》曰：‘杜，赤棠；白者，棠’”，《荟要》本《诗缉》卷三之后所出校记曰：“第九页后六行‘白者棠’，刊本‘者’讹‘甘’，据《尔雅》改。”② 复性书院本叶渭清《校记》亦曰：“白甘棠，‘甘’，《四库全书》本据《尔雅》改为‘者’，见《考证》。”“紽总之数有五，非训紽总为数”，《荟要》本《诗缉》卷三之后所出校记曰：“第十三页前六行‘谓紽、总之数有五，非训紽、总为数’，刊本‘紽、总’讹‘总、紽’，‘训’讹‘紃’，据《毛诗疏》改。”③ 此条校记非常准确，正与元代余氏勤有堂本同，亦与复性书院本叶渭清《校记》一致：“‘总紽’，《四库》本据《诗疏》改为‘紽总’，见《考证》。”《荟要》本《诗缉》卷七后面校语曰：“第十页后六行‘贪，他含切’，刊本‘含’字讹作‘今口’二字，今改。”④ 卷二十二后面校语曰：“第三十页后一行‘炕火曰炙’，刊本‘曰’讹‘也’，据《诗·瓠叶》传改。”⑤

---

① 〔宋〕严粲《诗缉》，《钦定四库全书荟要》第 27 册，吉林出版集团有限责任公司、海天出版社 2005 年版，第 131 页。

② 〔宋〕严粲《诗缉》，《钦定四库全书荟要》第 27 册，吉林出版集团有限责任公司、海天出版社 2005 年版，第 158 页。

③ 〔宋〕严粲《诗缉》，《钦定四库全书荟要》第 27 册，吉林出版集团有限责任公司、海天出版社 2005 年版，第 158 页。

④ 〔宋〕严粲《诗缉》，《钦定四库全书荟要》第 27 册，吉林出版集团有限责任公司、海天出版社 2005 年版，第 210 页。

⑤ 〔宋〕严粲《诗缉》，《钦定四库全书荟要》第 27 册，吉林出版集团有限责任公司、海天出版社 2005 年版，第 427 页。

其二，《四库》本与《荟要》本虽然同为直隶总督采进本，但是由于抄写者的态度、水平等参差不齐，而《荟要》本的抄写者在抄写时更加恭谨、认真、负责，文字更为精善，因此明显优于《四库》本。例如严粲对《鹊巢》“维鸠居之”的阐释，《荟要》本作“曰鸠，拙鸟也，直谓之鸠者也，旧说以为鸤鸠，秸鞠、布谷、戴胜，非也”①，“拙鸟”二字，《四库》本误作“拙鸠”②，下文引欧阳氏曰“今所谓布谷、戴胜者，与鸠绝异，惟今人直谓之鸠者，拙鸟也，不能作巢”可证《四库》本误。又如《采蘋》一诗的原文，《荟要》本作“维筐及筥”③，《四库》本误作“维筐及莒”④。再如《缁衣》一诗，《荟要》本“曹氏曰：天子常朝之服用皮弁，诸侯常朝之服用羔裘玄冠也”⑤，《四库》本“常朝之服”误作“常服之服”⑥。《荟要》本《六月》序“《南有嘉鱼》废，则贤者不安，下不得其所矣；《崇丘》废，则万物不遂

---

① 〔宋〕严粲《诗缉》，《钦定四库全书荟要》第27册，吉林出版集团有限责任公司、海天出版社2005年版，第134页。

② 〔宋〕严粲《诗缉》，《四库全书》第75册，上海古籍出版社1987年版，第31页。

③ 〔宋〕严粲《诗缉》，《钦定四库全书荟要》第27册，吉林出版集团有限责任公司、海天出版社2005年版，第136页。

④ 〔宋〕严粲《诗缉》，《四库全书》第75册，上海古籍出版社1987年版，第33页。

⑤ 〔宋〕严粲《诗缉》，《钦定四库全书荟要》第27册，吉林出版集团有限责任公司、海天出版社2005年版，第213页。

⑥ 〔宋〕严粲《诗缉》，《四库全书》第75册，上海古籍出版社1987年版，第105页。

矣”①，《四库》本“《崇丘》废”误作“《由丘》废”，据《诗序》可知《荟要》本不误。严粲解《大田》一诗引用“疏曰：毛以方社连文，同用太牢，故以黑为羊、豕，通牛为三牲也。《地官·牧人》云：‘阳祀，用骍牲；阴祀，用黝牲。阳祀，南郊及宗庙；阴祀，北郊及社稷。’毛分骍、黑为三牲，郑以骍、黑为二色，故引《牧人》骍、黝，以明骍、黑为别方之牲耳，非谓四方之祭在阳祀、阴祀之中也”，《四库》本作“毛分骍、黑为二牲”，《荟要》本作“毛分骍、黑为三牲”②，据孔疏可知《四库》本误。严粲在解《车舝》“思娈季女逝兮”时引用“传曰：娈，美貌”，《四库》本漏“传”字，《荟要》本不脱。《四库》本与《荟要》本《诗缉》均有较高的校勘价值，但两者相比，后者明显优于前者。

平心而论，《荟要》本《诗缉》也并非完美无缺，也有极个别地方不若《四库》本为善，如《采蘩》“被之僮僮”句，《荟要》本曰“凡诸侯夫人于其国衣服与王后同，上公夫人得袆衣以下”③，文中“上公夫人”误，《四库》本作“王公夫人”④，不误。但白璧微瑕，不掩其瑜，《荟要》本仍为《诗缉》版本中最善之本。

---

① 〔宋〕严粲《诗缉》，《钦定四库全书荟要》第 27 册，吉林出版集团有限责任公司、海天出版社 2005 年版，第 349 页。

② 〔宋〕严粲《诗缉》，《钦定四库全书荟要》第 27 册，吉林出版集团有限责任公司、海天出版社 2005 年版，第 434 页。

③ 〔宋〕严粲《诗缉》，《钦定四库全书荟要》第 27 册，吉林出版集团有限责任公司、海天出版社 2005 年版，第 135 页。

④ 〔宋〕严粲《诗缉》，《四库全书》第 75 册，上海古籍出版社 1987 年版，第 32 页。

第四章 《诗缉》引文考

严粲《诗缉》兼容并包，广征博引。如本书第一章第二节所述，现当代一些学者对《诗缉》征引文献的出处、数量、形式、方法、种类、特点及价值等许多方面都进行了研究。黄忠慎指出："'以经、传解经'不只是方法上的技术问题，也是对待经书的态度问题。严粲在解说三百篇各章义旨、字句意义时，用其他篇章的字句来解说此章，除了反映他对《诗经》文本的尊重态度，也透露了他在解经前预存的基点，把三百篇视为一个整体、完整的意义结构。所有个别的字句，其意义必须在整体的三百篇背景之下诠释，如此所得出的意义才是最正确的。这种诠释观点说明了严粲追求'客观'诠释的倾向，这种'客观'的诠释角度与当时宋代流行的学风相比，自然有其特殊的意义。同样的，以传解经的方式表现在《诗缉》里，也有着不同的意义。严粲在解说章句或字义时，都会参考旧有的注疏之说，若无异议，则直接引用，若有异议，则加以辨别。这种对旧注疏之说的重视，与当时宋人解说《诗经》的摆落旧说、旧注，以一己之见解释诗句、诗旨的方式相比，更显得他'经学家’的特色”①，“以本经解释本经为追求客观诠释最佳的解经方法，也是严粲最常用的解《诗》方式。在诸多以《诗》解《诗》的具体行文里，可以把握严粲追求客观的解《诗》方法，大约有几项：同一词句在《诗经》里有几种意思；以上下文意脉络解诗；以句法、句型解诗；以古人行文习惯解诗；等等”②。又如王智慧《严粲〈诗缉〉征引文献考》考证：“《诗缉》征引经部文献 5654 条，征引经部文献数量最多”，“《诗缉》共征引史部文献，共列出 102 条”，“严粲《诗缉》共征引子部文献 23 部，共列出 125 条”，“严粲《诗缉》共征引集部文献 65 条”。③王智慧《严粲〈诗缉〉征引文献考》一文对《诗缉》引经、史、子、集四部文献的研究比较详细，兹不赘述。

严粲在《诗缉条例》中明确说明其书所引宋前《诗经》文献的标注方式：“毛氏称‘传’，郑氏称‘笺’。序注元不著姓氏者，皆郑氏说，今并称‘笺’。郑氏《诗谱》称‘谱”，孔氏称“疏’。”根据《诗缉条例》的说明，可以比较清楚地考见《诗缉》所引宋前《诗经》文献的大体情况。王智慧《严粲〈诗缉〉征引文献考》一文指出：“《诗缉》征引毛氏传共 2086 条”，“《诗缉》征引《郑笺》共 1324 条”，“《诗缉》征引孔颖达疏共 1263 条”，“《诗缉》征引郑玄《诗谱》共 36 条”。④把严粲征引宋前《诗经》文献数量进行合计，可以发现“共征引

① 黄忠慎《严粲诗缉新探》，台湾文史哲出版社 2008 年版，第 33~34 页。

② 黄忠慎《严粲诗缉新探》，台湾文史哲出版社 2008 年版，第 34~35 页。

③ 王智慧《严粲〈诗缉〉征引文献考》，鲁东大学 2015 年硕士学位论文。

④ 王智慧《严粲〈诗缉〉征引文献考》，鲁东大学 2015 年硕士学位论文。

4709条……由此可以看出《诗缉》在解读《诗经》时尊重毛、郑旧说，以《毛传》《郑笺》《诗谱》为《诗经》学的核心”，而《诗缉》“征引经部文献5654条”①，因此严粲所引用的《毛传》《郑笺》《诗谱》、孔颖达疏的条目占所引用经部文献总数的83.3%，比例极高。严粲所引宋前《诗经》文献比较清楚明了，无须赘述。严粲《诗缉》所引宋代《诗经》著述尚有一些未曾涉及的地方，下文略做阐发。

第一节 《诗缉》所引宋代《诗经》著述考

一、宋代《诗经》著述概览

关于宋代的《诗经》著述，南宋陈振孙《直斋书录解题》、晁公武《郡斋读书志》、宋元之际马端临《文献通考》、元脱脱等《宋史》等典籍均有论及。《宋史·艺文志》共著录“《诗》类八十二部一千一百二十卷，陈寅《诗传》以下不著录十四部二百四十五卷”，排在前面的“《韩诗外传》十卷（汉韩婴传），《毛诗》二十卷（汉毛苌为诂训传，郑玄笺），郑玄《诗谱》三卷，陆玑《草木鸟兽虫鱼疏》二卷，孔颖达《正义》四十卷，陆德明《诗释文》三卷，成伯玙《毛诗指说统论》一卷，又《毛诗断章》二卷”均为宋代以前的《诗经》文献，之后的“张䜣《别录》一卷，《毛诗正数》二十卷，《毛诗释题》二十卷，《毛诗小疏》二十卷”，不能确定朝代，余者均为宋代的

① 王智慧《严粲〈诗缉〉征引文献考》，鲁东大学2015年硕士学位论文。

《诗经》著述。

《诗经学大辞典》中有牟玉亭所编撰的《中国历代诗经著述存佚书目》，汇集历代《诗经》存佚书目共计 1843 目，其中“宋代 276 种”，“现存 70 种”①。宋代《诗经》著述现存于世，其中为严粲《诗缉》所引及者有：《诗本义》十六卷，欧阳修撰；《诗说》一卷，张载撰；《诗经新义》二十卷（辑本），王安石撰；《诗解集传》二十卷，苏辙撰；《伊川诗说》二卷，程颐撰；《诗说》一卷，张耒撰；《诗集传》二十卷，朱熹撰；《诗补传》三十卷，范处义撰；《吕氏家塾读诗记》三十二卷，吕祖谦撰；《毛诗集解》四十二卷，李樗、黄櫄撰；《项氏说诗》一卷，项安世撰等。

吴国武《宋代〈诗经〉著述丛考》一文指出朱彝尊《经义考》、现代学者陈文采《两宋诗经著述考》、刘毓庆《历代诗经著述考》、李冬梅《现存宋代诗经学著述目录》等均为研究宋代《诗经》著述的重要著作：“清儒朱彝尊《经义考》收录宋代《诗经》著述 183 种，是这方面研究的集大成之作。近些年，学界同仁在此基础上又作了较为系统的考察，取得了可喜的成绩。比如，上世纪 80 年代，陈文采撰《两宋诗经著述考》，收录相关著述 207 种，对部分著述进行了分类考察。本世纪初，刘毓庆撰《历代诗经著述考》，收录宋代著述 299 种，并对多数著述进行了全面考察。稍后，李冬梅编《现存宋代诗经学著述目录》《宋代诗经学著述佚

---

① 牟玉亭《中国历代诗经著述存佚书目》，见夏传才主编《诗经学大辞典》，河北教育出版社 2014 年版，第 1469 页。

目》《未见目》，收录相关著述 325 种，对部分著述也有简要考察。”①

二、《诗缉》所引宋代《诗经》著述考

吴国武《宋代〈诗经〉著述丛考》一文提及严粲所引宋代《诗经》著述共 19 种，分别为：胡旦《毛诗演圣论》十卷、鲜于侁《诗传》六十卷、邱铸《周诗集解》二十卷、陆佃《诗物性门类》八卷、范祖禹《诗解》一卷、张载《诗说》一卷，董逌《广川诗故》四十卷、郑樵《诗传》二十卷、陈鹏飞《诗传》二十卷、范处义《解颐新语》十四卷、陈傅良《毛诗训诂》二十卷、钱文子《白石诗传》二十卷、朱熹《诗集传旧传》、张震《诗解》、刘彝《诗经中义》二十卷、曾巩《诗说》、吕大临《诗传》、郑伯熊《诗经口义拾遗》、张栻《诗说》。“已收著述订补”部分的第四条云：“《诗传》六十卷，鲜于侁撰。……是书存世佚文数条，散见于《吕氏家塾读诗记》《诗缉》等书中，所载‘鲜于氏”或“导江鲜于氏’等即其人。”②本条有误，当为鲜于戣，具体考证详见本章第二节。“漏收著述补考”部分第十三条曰：“《诗经口义拾遗》，郑伯熊撰，佚。吴案：是书，为郑氏《六经口义拾遗》之一种。据《（万历）温州府志》卷一七和《万姓统谱》卷一〇七，郑伯熊有《六经

① 吴国武《宋代〈诗经〉著述丛考》，见《版本目录学研究》第五辑，北京大学出版社 2014 年版，第 223 页。

② 吴国武《宋代〈诗经〉著述丛考》，见《版本目录学研究》第五辑，北京大学出版社 2014 年版，第 224 页。

口义拾遗》一书，卷数不详，久佚不传。是书存世佚文数条，散见于《吕氏家塾读诗记》等书中，所载‘永嘉郑氏’即其人。郑伯熊（约1124—1181），字景望，温州永嘉（今浙江温州）人。与弟伯英齐名，称大小郑公。绍兴十五年（1145）进士，历国子司业、宗正少卿，以直龙图阁知宁国府、移知建宁，卒谥文肃，门人高第有陈傅良、蔡幼学、应恕等，有《六经口义拾遗》(佚)、《书说》一卷（存）等，事见《宋元学案》卷三二小传、《宋史翼》卷一三小传。”① 下文对此条有所补充，具体内容详见本章第三节。

《诗缉》征引宋代《诗经》著述有30余种，除了吴文提及的19种，其余尚有10余种，下文仅列举曹粹中《诗说》、程颐《新解》、李樗《毛诗详解》、黄櫄《诗解》、欧阳修《诗本义》、吕祖谦《吕氏家塾读诗记》、王安石《新经毛诗义》、苏辙《诗集传》、项安世《毛诗前说》《诗解》、范处义《诗补传》、杨时《诗辨疑》共12种，以见严粲征引之广博。

1. 曹粹中《诗说》

书中“曹氏曰”，为曹粹中《诗说》之说。曹粹中，字纯老，号放斋，徽宗宣和六年（1124）进士，曾任黄州教授。《诗说》已亡佚，《宋史·艺文志》载录：“曹粹中《诗说》三十卷。”

2. 程颐《新解》一卷

书中“程子曰”，为程颐之说。《宋史·艺文志》载录：“《新解》一卷，程颐门人记其师之说。”

① 吴国武《宋代〈诗经〉著述丛考》，见《版本目录学研究》第五辑，北京大学出版社2014年版，第240~241页。

3. 李樗《毛诗详解》

4. 黄櫄《诗解》

书中“黄氏曰”“李氏曰”，为李樗、黄櫄之说。《宋史·艺文志》载录“李樗《毛诗详解》四十六卷”“黄櫄《诗解》二十卷”，不知何人合为《毛诗李黄集解》一书。陈文采说：“是书乃合李、黄两家诗解于一篇，今所见《通志堂经解》本，卷首题李泳校正，或即出自泳之手。”①

5. 欧阳修《诗本义》

书中“欧阳氏曰”，均为欧阳修《诗本义》之说。

6. 吕祖谦《吕氏家塾读诗记》

书中“《诗记》曰”引自吕祖谦所撰《吕氏家塾读诗记》。《宋史·艺文志》载录：“吕祖谦《家塾读诗记》三十二卷。”

7. 王安石《新经毛诗义》

本书“王氏曰”，均为王安石之说。《宋史·艺文志》载录：“王安石《新经毛诗义》二十卷。”

8. 苏辙《诗集传》

书中“苏氏曰”，为苏辙《诗集传》之说。

9. 项安世《毛诗前说》《诗解》

书中“项氏曰”，为项安世之说。《宋史·艺文志》载录：“项安世《毛诗前说》一卷，又《诗解》二十卷。”

10. 范处义《诗补传》

书中“《补传》曰”，为范处义之说。

---

① 陈文采《两宋〈诗经〉著述考》，台湾花木兰文化出版社 2005 年版，第 13 页。

11. 杨时《诗辨疑》

书中“杨氏曰”，《吕氏家塾读诗记》作“龟山杨氏曰”，为杨时之说。杨时（1053—1135），字中立，号龟山，学者称龟山先生。《宋史·艺文志》载录：“杨时《诗辨疑》一卷。”

在严粲《诗缉》所引宋代《诗经》著述中，以吕祖谦《读诗记》、朱熹《诗集传》为最多，故《四库全书总目》云：“是书（《诗缉》）以吕祖谦《读诗记》为主，而杂采诸说以发明之。”清代刘灿《严氏诗缉补义》亦云：“《诗缉》多采《集传》”，“今读《诗缉》中所引用诸说，凡‘朱氏曰’者，皆文公朱子之说”。相比较而言，严粲引用朱熹《诗集传》比吕祖谦《读诗记》更多，“其实《诗缉》引述最多的是朱子之说，达 577 次，引吕祖谦说仅 175 次，详本编附录。清儒刘灿谓‘《诗缉》多采《集传》’，此一说法是对的”①。但值得注意的是，严粲《诗缉》所引用的《诗经》著述与吕祖谦《读诗记》所引，有些是重合的，比如均引“杨氏”即杨时《诗辨疑》、“谯郡张氏”之说等。另外，严粲《诗缉》所引宋代《诗经》著述也有一些已亡佚。

第二节　《诗缉》所引“导江鲜于氏”考

吴国武《宋代〈诗经〉著述丛考》一文“已收著述订补”部分第四条曰：“《诗传》六十卷，鲜于侁撰。……是书存世佚

① 黄忠慎《严粲诗缉新探》，台湾文史哲出版社 2008 年版，第 79 页脚注 27。

文数条，散见于《吕氏家塾读诗记》《诗缉》等书中，所载‘鲜于氏’或‘导江鲜于氏’等即其人。”① 吴氏所云“‘鲜于氏’或‘导江鲜于氏’等即其人”指鲜于侁，此说有误。吕祖谦《吕氏家塾读诗记》、严粲《诗缉》书中之“导江鲜于氏”，并非鲜于侁，当为鲜于戣。可以从地望与二人《诗》学著作两方面入手进行考察。

从地望上看，《吕氏家塾读诗记》书前所附“吕氏家塾读诗记姓氏”中曾经提及“导江鲜于氏”②，严粲《诗缉》两处引作“导江鲜于氏”，另一处引作“鲜于氏”。据吕祖谦《吕氏家塾读诗记》、严粲《诗缉》二书，可知“导江鲜于氏”为导江人，导江治所在今四川省都江堰市。鲜于侁为阆州人，而非导江人，《宋史》本传记载：“鲜于侁，字子骏，阆州人。唐剑南节度使叔明裔孙也。性庄重，力学。举进士，为江陵右司理参军。”③ 阆州，治所在今四川省阆中市。由此可知，“导江鲜于氏”不可能指鲜于侁，当为鲜于戣。

从二人著作上看，鲜于侁与鲜于戣均撰有《诗》学相关著作。《宋史·艺文志》载录二人之作，一曰“鲜于侁《诗传》六十卷”④，又曰“鲜于戣《诗颂解》三卷”⑤。目前两书均已

---

① 吴国武《宋代〈诗经〉著述丛考》，见《版本目录学研究》第五辑，北京大学出版社 2014 年版，第 224 页。

② 〔宋〕吕祖谦《吕氏家塾读诗记》，《丛书集成初编》，中华书局 1985 年版，第 1 页。

③ 〔元〕脱脱等《宋史》，中华书局 1977 年版，第 10936 页。

④ 〔元〕脱脱等《宋史》，中华书局 1977 年版，第 5045 页。

⑤ 〔元〕脱脱等《宋史》，中华书局 1977 年版，第 5047 页。

亡佚。虽然鲜于戣所著《诗颂解》已经亡佚，但是据书名，可知此书当为专解三《颂》之作。此书共三卷，当是《周颂》《鲁颂》《商颂》各一卷。

由于《吕氏家塾读诗记》书前“吕氏家塾读诗记姓氏”已经交代“导江鲜于氏”①，故正文中的三处引文均直接引作“鲜于氏”，其中一处在《鲁颂》，另外两处在《商颂》。其一，《鲁颂·閟宫》篇解“锡之山川”时引曰：“鲜于氏曰：锡之山川，谓境内之山川也。”② 其二，《商颂·玄鸟》篇释“方命厥后”引曰：“鲜于氏曰：随其所在之方而命群后也。”③ 其三，《商颂·长发》引曰：“鲜于氏曰：假，言感假。”④

严粲《诗缉》所引“鲜于氏”之说亦有三处，其中两处引文与《吕氏家塾读诗记》相同。严氏两处引作“导江鲜于氏”，皆在《閟宫》一诗。第一处是解“锡之山川”时，引曰：“导江鲜于氏曰：山川，谓境内之山川也。”⑤ 此处所引与吕氏同。第二处是解“土田附庸”时，引曰：“导江鲜于

---

① 〔宋〕吕祖谦《吕氏家塾读诗记》，《丛书集成初编》，中华书局1985年版，第1页。

② 〔宋〕吕祖谦《吕氏家塾读诗记》，《丛书集成初编》，中华书局1985年版，第697页。

③ 〔宋〕吕祖谦《吕氏家塾读诗记》，《丛书集成初编》，中华书局1985年版，第708页。

④ 〔宋〕吕祖谦《吕氏家塾读诗记》，《丛书集成初编》，中华书局1985年版，第711页。

⑤ 〔宋〕严粲《诗缉》，《钦定四库全书荟要》第27册，吉林出版集团有限责任公司、海天出版社2005年版，第611页。

氏曰：《孟子》云‘不能五十里，不达于天子，附于诸侯，曰附庸’。”① 吕氏未引此条。此外，严氏在释《商颂·玄鸟》一诗“方命厥后”时亦有引用：“鲜于氏曰：随其所在之方而命群后也。”② 严氏此处所引与吕氏全同，均无“导江”二字。

严氏所引鲜于氏之说，两处在《鲁颂》，一处在《商颂》，吕氏所引两处在《商颂》，一处在《鲁颂》，由此可见“导江鲜于氏”解《诗》之作有鲜明特色，专解《诗经》中的三《颂》部分，当为鲜于戣所著《诗颂解》。

综上所述，无论是从地望着手进行分析，还是从鲜于侁与鲜于戣所撰《诗》学相关著作的主要内容的角度进行分析，“导江鲜于氏”当指鲜于戣，而非鲜于侁。严粲所征引之书乃鲜于戣所著《诗颂解》。

第三节 《吕氏家塾读诗记》《诗缉》所引“永嘉郑氏”考

郑伯熊（约1124—1181），字景望，学者称敷文先生，明代《弘治温州府志》本传载其生平曰：“郑伯熊，字景望，永嘉人。德行夙成，经学尤邃，无一指不本于仁义，无一言不关于教化。绍兴十五年登第，历黄岩尉、婺州司户、尤溪丞。隆兴初，召

① 〔宋〕严粲《诗缉》，《钦定四库全书荟要》第27册，吉林出版集团有限责任公司、海天出版社2005年版，第611页。

② 〔宋〕严粲《诗缉》，《钦定四库全书荟要》第27册，吉林出版集团有限责任公司、海天出版社2005年版，第619页。

试正字，除太常博士，稍迁吏部侍郎，出为福建提举。魏王判宣州，南面坐受属吏进谒。幕府进札子，亦坐而可否之。及伯熊除府司马，遂以札子开说：'谦德未光，嫌疑之际或骇观听。'又判罢吏羊绾再役，伯熊引'吏人年满归农，不得再应募'条法，屡启不从，因自劾免。朝廷知之，改江西提刑奉祠，起知婺州，除吏部郎兼太子侍读、国子司业、宗正少卿。乞外，以直龙图阁知宁国府，改建宁，卒，谥文肃。"①

一、郑伯熊说《诗》佚文考论

《直斋书录解题》著录曰："《郑景望集》三十卷，宗正少卿永嘉郑伯熊景望撰。"②《宋史·艺文志七》亦著录："《郑伯熊集》三十卷。"③ 目前此书不存于世，无法得知书中《诗》说之详情。《弘治温州府志》载录其著作"有《六经口义拾遗》，有《戆语》若干卷，皆究极本原，达于事物，有《记闻》若干卷"④，当为《郑伯熊集》亡佚之后的分类辑佚本，而其中的《六经口义拾遗》当为其解经辑佚本，包括《书》说佚文、《周礼》说佚文、《诗》说佚文等，惜已亡佚。见诸典籍记载明确标示"永嘉郑氏"的郑伯熊解经佚文大体可以分为三类：《书》

---

① 〔明〕王瓒、蔡芳编纂，胡珠生校注《弘治温州府志》，上海社会科学院出版社2006年版，第239~240页。

② 〔宋〕陈振孙《直斋书录解题》卷十八，上海古籍出版社1987年版，第543页。

③ 〔元〕脱脱等《宋史》，中华书局1977年版，第5377页。

④ 〔明〕王瓒、蔡芳编纂，胡珠生校注《弘治温州府志》，上海社会科学院出版社2006年版，第240页。

说佚文、《周礼》说佚文、《诗》说佚文，目前保存稍多的是其《书》说佚文、《周礼》说佚文。郑伯熊以《诗》有名于当世，故陈骙《南宋馆阁录》卷七《官联上》记载："郑伯熊，字景望，永嘉人，刘章榜进士出身，治《诗》兼经义。"① 郑伯熊"治《诗》兼经义"，但是《诗》说佚文却罕存于世，后世鲜有论及者，仅吴国武《宋代〈诗经〉著述丛考》一文曰："《诗经口义拾遗》，郑伯熊撰，佚。吴案：是书，为郑氏《六经口义拾遗》之一种。据《（万历）温州府志》卷一七和《万姓统谱》卷一〇七，郑伯熊有《六经口义拾遗》一书，卷数不详，久佚不传。是书存世佚文数条，散见于《吕氏家塾读诗记》等书中，所载'永嘉郑氏'即其人。郑伯熊（约1124—1181），字景望，温州永嘉（今浙江温州）人。与弟伯英齐名，称大小郑公。绍兴十五年（1145）进士，历国子司业、宗正少卿，以直龙图阁知宁国府、移知建宁，卒谥文肃，门人高第有陈傅良、蔡幼学、应恕等，有《六经口义拾遗》（佚）、《书说》一卷（存）等，事见《宋元学案》卷三二小传、《宋史翼》卷一三小传。"②

清周天锡所辑《慎江文征》第九册卷五十六收录郑伯熊关于《诗经》的两条佚文，《二郑集·郑伯熊集·经解》转录，其文如下：

① 〔宋〕陈骙《南宋馆阁录》，《四库全书》第595册，上海古籍出版社1987年版，第452页。

② 吴国武《宋代〈诗经〉著述丛考》，见《版本目录学研究》第五辑，北京大学出版社2014年版，第240~241页。

受福

时乃罔不变，允升于大猷（按：据《尚书·君陈》，“猷”当作“猷”），成王自谓膺受多福，道洽政治，泽润生民。康王亦自谓膺受多福。成、康言福，皆以商民之化为说。然则民俗趋化，非人君受福之实乎！《天保》报王（按：据《书传辑录纂注》《书经大全》《尚书埤传》《尚书日记》《钦定书经传说汇纂》等书所引，“王”当作“上”），受福之诗也。其诗曰：“群黎百姓，遍为尔德。”诗之意即成、康之意。①

叔段

段以国君介弟之亲，京城大叔之贵，而所好者，驰骋戈（按：据《吕氏家塾读诗记》，“戈”当作“弋”）猎也。所矜者，裡裼（按：据《吕氏家塾读诗记》，“裡”当作“袒”）暴虎也。所贵（按：据《吕氏家塾读诗记》，“贵”当作“贤”）者，射御足力也。出而人思之者，饮酒服马之传（按：据《吕氏家塾读诗记》，“传”当作“俦”）也。气习到（按：据《吕氏家塾读诗记》，“到”当作“至”）此，而又恃其君母之爱，玩于庄公之惟其所欲，而不谁何也，欲不为乱（按：据《吕氏家塾读诗记》，“乱”当作“叛”）得乎！②

---

① ［宋］郑伯熊、郑伯谦撰，周梦江校注《二郑集·郑伯熊集》，上海社会科学院出版社 2006 年版，第 42 页。

② ［宋］郑伯熊、郑伯谦撰，周梦江校注《二郑集·郑伯熊集》，上海社会科学院出版社 2006 年版，第 43 页。

以上两条佚文，一条解读《尚书·君陈》，因《小雅·天保》与“受福”有关，故其内容涉及《诗经》，为郑伯熊说《书》佚文；另外一条解读《诗经·郑风·大叔于田》，并非校语所云“见于《左传·鲁隐公元年》”，为其说《诗》佚文，文字讹误颇多。此条说《诗》佚文又见于吕祖谦《吕氏家塾读诗记》：“永嘉郑氏曰：段以国君介弟之亲，京城大叔之贵，而所好者，驰骋弋猎也；所矜者，袒裼暴虎也；所贤者，射御足力也；出而人思之者，饮酒服马之俦也。气习至此，而又恃其君母之爱，玩于庄公之惟其所欲而不谁何也，欲不为叛，得乎？是则置段于必乱之地者，庄公也。”① 吕祖谦（1137—1181），字伯恭，婺州人，得“中原文献之传”，主张明理躬行，经世致用，与郑氏生活于同一时代，而且二人有过往还，故吕氏引文来自郑伯熊说《诗》之第一手材料，更加原始，更加可靠，可以订正“戈”“裡”“贵”“传”“到”“乱”之讹误；同时，吕氏引文之末多出“是则置段于必乱之地者，庄公也”十三字，前后文互相照应，文意更加完整，逻辑更加清晰。严粲《诗缉》亦引此条，见于《大叔于田》首章章旨：“国君介弟之贵而气习如此，见失教矣。”② 据吕氏所引，可以推断严氏此文源于永嘉郑氏之说，只是更加精简，节略为一复句。

流传于世的郑伯熊说《诗》佚文共五条，除了上文涉及《大叔于田》的一条，尚有四条见于《吕氏家塾读诗记》，其中

① 〔宋〕吕祖谦《吕氏家塾读诗记》，《丛书集成初编》，中华书局1985年版，第146页。

② 〔宋〕严粲《诗缉》，《钦定四库全书荟要》第27册，吉林出版集团有限责任公司、海天出版社2005年版，第217页。

关于《清人》的一条又见于严粲《诗缉》。四条佚文与《大叔于田》“段以国君介弟之亲”条佚文一致，均以“永嘉郑氏曰”引出下文。其一，《周南・樛木》引曰：“永嘉郑氏曰：‘妇人之德莫大于不妒忌，盖功容可勉，而根于情者难自克也。’”① 此条佚文又见于元刘瑾《诗传通释》。其二，《邶风・燕燕》引曰：“永嘉郑氏曰：‘戴妫虽妾，实生桓公。桓公立为君矣，叙诗者犹曰‘送归妾’，彼为母以子贵之说者失圣人正名分、辩嫡庶之说矣。’”② 其三，《郑风・清人》引曰：“永嘉郑氏曰：夫拥大众于外而无所事，不为乱则溃散尔。”③ 严粲《诗缉》中《清人》首章章旨所引全同，元刘瑾《诗传通释》所引“则”下有“必”字。其四，《陈风・东门之池》引曰：“永嘉郑氏曰：‘观《齐・鸡鸣》之诗，其相警戒之言，则闺门之奥，笑歌晤言，固足以浸渍其君之心而革其恶，此《东门》之诗所以思贤女也。’”④ 以上五条佚文皆未涉及诗歌的字句意思，均就全篇旨意进行阐释，体现出与郑伯熊《书》说“不章解句释”⑤

---

① 〔宋〕吕祖谦《吕氏家塾读诗记》，《丛书集成初编》，中华书局 1985 年版，第 31 页。

② 〔宋〕吕祖谦《吕氏家塾读诗记》，《丛书集成初编》，中华书局 1985 年版，第 63 页。

③ 〔宋〕吕祖谦《吕氏家塾读诗记》，《丛书集成初编》，中华书局 1985 年版，第 148 页。

④ 〔宋〕吕祖谦《吕氏家塾读诗记》，《丛书集成初编》，中华书局 1985 年版，第 231 页。

⑤ 〔宋〕郑伯熊、郑伯谦撰，周梦江校注《二郑集・郑伯熊集》，上海社会科学院出版社 2006 年版，第 4 页。

相似的解经特点。

无论是吕祖谦《吕氏家塾读诗记》，还是严粲《诗缉》，均未明确说“永嘉郑氏”指哪位学者。由吴氏一文可知以上说《诗》佚文均应为郑氏说《诗》佚文。追本溯源，“永嘉郑氏”当指郑伯熊。

二、《吕氏家塾读诗记》与《诗缉》之“永嘉郑氏”考论

吕祖谦《吕氏家塾读诗记》与严粲《诗缉》之“永嘉郑氏”即郑伯熊。郑伯熊是永嘉人，与“永嘉郑氏”之地望正相符合。除此之外，另有三方面原因。其一，郑伯熊与吕祖谦均擅《诗》，又性情相投，二人一起讲切议论《诗经》，相得甚欢。郑伯熊“治《诗》兼经义”，故吕祖谦对于郑伯熊《诗》说极为熟悉，著《吕氏家塾读诗记》时引用其说乃在情理之中。其二，宋元学者引用郑伯熊《书》说、《周礼》说时均称“永嘉郑氏”，则《吕氏家塾读诗记》与《诗缉》引其《诗》说所标“永嘉郑氏”亦指郑伯熊。其三，郑伯熊为永嘉学派承前启后者，在当时极有声望，影响深远，被时人尊称为“永嘉郑公”，故“永嘉郑氏”在当时指郑伯熊，可谓约定俗成，为时人所共知。

（一）郑伯熊“治《诗》兼经义”

郑伯熊与吕祖谦生活于同一时代，二人志同道合，相处融洽，堪称知己。郑伯英悼念吕祖谦之祭文描述了郑伯熊、吕祖谦生前相交情谊之深厚：“维淳熙八年岁次辛丑十月甲辰朔二十一日甲子，文林郎特差监潭州南岳庙郑伯英，谨以薄奠致祭于参议直阁郎中吕公年兄之灵。呜呼哀哉！呜呼痛哉！吾何暇为

天下恸哉？惟我先兄，克自立于一世，顾瞻四海，俦类无几。寥寥南轩，神交心契，玩其遗编，三复兴喟，盖尝指而告予曰：人谓斯人有志于功名者，非也。是有本有原，其道甚粹。建安岩岩，曰有晦庵，山川发灵，其道甚严。顾合并之日鲜，徒致意于飞缄。至于志同道同，为僚又同，相从久而相与之隆者，则惟曰东莱公。”①

陈傅良《止斋集》卷三十六《答丁子齐三》记载郑伯熊、吕祖谦曾在丁酉（1177）讲切议论：“某甚恨不得与诸公相讲切。追忆伯恭、景望二贤于丁酉聚首之时，不觉凄然。除夜有怀一章，岂能无意？《诗》三百篇大抵喜怒所作，要不失其正。”② 丁酉即淳熙四年，此年郑伯熊约五十四岁，吕祖谦四十一岁。据陈傅良书信可知郑伯熊与吕祖谦丁酉聚会谈论的主题可能涉及《诗经》，故在追忆之后接着专门提及《诗经》。郑伯熊与吕祖谦均擅《诗》，一起交流讨论《诗经》可谓有迹可循。

陈骙《南宋馆阁录》称郑伯熊“治《诗》兼经义”，而吕祖谦对郑伯熊治《诗》之论颇为熟悉，故著《吕氏家塾读诗记》时屡引其说，乃情理之中事。清代学者周天锡《慎江文征》已经把关于《大叔于田》的说《诗》佚文属之于郑伯熊，而此条佚文在《吕氏家塾读诗记》中标为“永嘉郑氏曰”，则《吕氏家塾读诗记》中标为“永嘉郑氏曰”的另外四条引文亦当为

① 〔宋〕吕祖谦《东莱集》，《四库全书》第1149册，上海古籍出版社1987年版，第453~454页。

② 〔宋〕陈傅良《止斋集》，《四库全书》第1150册，上海古籍出版社1987年版，第785页。

郑伯熊说《诗》佚文。

严粲曾经以吕祖谦《吕氏家塾读诗记》教授其两子，由于“二儿初为《周南》《召南》，受东莱义，诵之不能习”①，故著《诗缉》以为课读其子之教本。严粲对吕著极为熟稔，《诗缉》中不仅常引吕氏之文，而且常转引《吕氏家塾读诗记》所引之文，其中即包括吕著所引郑伯熊说《诗》之文。

（二）学者引用郑伯熊《书》说、《周礼》说均称“永嘉郑氏”

《郑敷文书说》又名《郑敷文景望书说》《敷文郑氏书说》，为其论《书》之文。《四库全书总目》著录曰：“《郑敷文书说》一卷（两淮马裕家藏本），宋郑伯熊撰。伯熊字景望，永嘉人。绍兴十五年进士，累官吏部郎，兼太子侍读，进国子司业、宗正少卿，以直龙图阁出知宁国府。卒谥文肃。其诗文有《景望集》，今已不传。此乃所作《尚书》讲义，皆摘其大端而论之。……于经世立教之义亦颇多阐发，有足采焉。”②

郑伯熊《书》说佚文除了《郑敷文书说》，尚可以在流传于世的宋元典籍中觅得其影踪。宋真德秀《四书集编·孟子集编》卷十一曾经引用郑伯熊论《书》之文：“永嘉郑氏曰：览镜而面目有污则必涤之，振衣而领袖有垢则必濯之，居室而几案窗壁有尘则必拂之。不如是，则不能安焉。至于方寸之中，

① 〔宋〕严粲《诗缉·自序》，《钦定四库全书荟要》第27册，吉林出版集团有限责任公司、海天出版社2005年版，第109页。

② 〔清〕永瑢等《四库全书总目》，中华书局1965年版，第90~91页。

神明之舍，污秽垢尘日积焉，而不知涤濯振拂之。察小而遗大，察外而遗内，其为不能充其类不亦甚乎？"① 元王天与所撰《尚书纂传》卷八亦有引用："永嘉郑氏曰：宝玉，夏之器，璜之类是也。"② 另有标为"郑氏曰"的郑伯熊《书》说佚文，兹不赘述。元董鼎所撰《书传辑录纂注》卷一亦引一条："永嘉郑氏曰：'二十八宿，环列四方，随天而西转。角亢氐房心尾箕，东方宿也；斗牛女卢危室壁，北方宿也；奎娄胃昴毕觜参，西方宿也；井鬼柳星张翼轸，南方宿也。四方虽有定星，而星无定居，各以时见于南方。天形北倾，故北极居天之中，而常在天北。二十八宿常半隐半见。日东行，历二十八宿，故隐见各有时，必于南方考之。"③ 董氏书中《书传辑录引用诸书》明确指出："郑氏景望，永嘉。"④ 既然宋元学者凡引用郑伯熊《书》说均以"永嘉郑氏"称之，则吕祖谦《吕氏家塾读诗记》与严粲《诗缉》引其《诗》说所标"永嘉郑氏"亦指郑伯熊。

见诸宋代典籍记载的明确标示"永嘉郑氏"之解经引文，除了郑伯熊佚文，尚有南宋永嘉学派郑伯谦之说。郑伯谦据《周礼》谈事功，著有《太平经国书》，此书现存于世。宋代永

---

① 〔宋〕真德秀《四书集编·孟子集编》卷十一，《四库全书》第200册，上海古籍出版社1987年版，第343页。

② 〔元〕王天与《尚书纂传》，《四库全书》第62册，上海古籍出版社1987年版，第682页。

③ 〔元〕董鼎《书传辑录纂注》，《四库全书》第61册，上海古籍出版社1987年版，第566页。

④ 〔元〕董鼎《书传辑录纂注》，《四库全书》第61册，上海古籍出版社1987年版第545页。

嘉学者王与之所撰《周礼订义》引有两家“永嘉郑氏”之《周礼》说，《周礼订义序目·编类姓氏世次》均有介绍：其一，对于所引郑伯熊之说，王氏附有说明文字“永嘉郑氏，伯熊字景望，文集有数说，今作郑景望”①；其二，对于所引郑伯谦之说，王氏附有说明文字“伯谦，字节卿，有《太平经国书》刊行，今作郑节卿”②。郑伯谦大约“乾道初年出生”③，在吕祖谦1181年离世时，尚不足二十岁，故吕祖谦《吕氏家塾读诗记》之“永嘉郑氏”完全可以排除郑伯谦，可以确定为擅长《尚书》《周礼》《诗经》等的郑伯熊。

（三）郑伯熊为永嘉学派承前启后者

周行己（1067—1125），字恭叔，从学于程颐，曾筑浮沚书院，传授伊洛之学。叶适以为周行己开永嘉学派先河：“昔周恭叔首闻程、吕氏微言，始放新经，黜旧疏，挈其俦伦，退而自求，视千载之已绝，俨然如醉忽醒，梦方觉也。”④ 黄宗羲、全祖望《宋元学案·周许诸儒》称周行己为永嘉学派的开山之祖。在周行己传授伊洛之学后，郑伯熊进一步发扬光大，成为永嘉一地学者的引领者，故叶适赞曰：“颇益衰歇，而郑景望出，明

① 〔宋〕王与之《周礼订义》，《四库全书》第93册，上海古籍出版社1987年版，第18页。

② 〔宋〕王与之《周礼订义》，《四库全书》第93册，上海古籍出版社1987年版，第18页。

③ 夏志刚《郑思岭与南宋永嘉学派郑伯谦试考》，《舟山晚报》2015年3月23日。

④ 〔宋〕叶适著，刘公纯、王孝鱼、李哲夫点校《叶适集》，中华书局1961年版，第178页。

见天理，神畅气怡，笃信固守，言与行应，而后知今人之心可即于古人之心矣。故永嘉之学，必兢省以御物欲者，周作于前而郑承于后也。”①《弘治温州府志》本传云：“绍兴末，伊洛之学稍息，学者复于伯熊得之。”②

郑伯熊提倡洛学，笃信固守，具体表现在著书立说、刻印程氏书、开设书院并且教授生徒及与时人讲切议论三方面。其一，在著书立说方面，如前文所述，郑著有《郑景望集》，另有《弘治温州府志》著录的《六经口义拾遗》《郑敷文书说》《戆语》《记闻》等。其二，《宋元学案》卷三十二《周许诸儒学案》指出，在“秦桧擅国，禁人为赵鼎、胡寅之学，而永嘉乃其寓里，后进为所愚者尤多。故绍兴末，伊洛之学几息，九先生之绪言，且将衰歇”之际，郑伯熊“首雕程氏书于闽中，由是永嘉之学宗郑氏。……乾、淳之间，永嘉学者连袂成帷，然无不以先生兄弟为渠率”。周必大《文忠集》卷一百八十六乾道元年（1165）在寄给“郑公景望吏部”之书信中盛称此书：“程氏书尝收数本，而未有如是之备者。”③ 在周氏所收藏的数本程氏书刻本中，以郑伯熊所刻此书最为周备。就当时形势来说，刊刻二程著作意义重大，“在儒家士大夫看来，刊刻二程著作几乎承诺着可以解决洛学当时所面临的许多重大问题，澄清

---

① 〔宋〕叶适著，刘公纯、王孝鱼、李哲夫点校《叶适集》，中华书局 1961 年版，第 178 页。

② 〔明〕王瓒、蔡芳编纂，胡珠生校注《弘治温州府志》，上海社会科学院出版社 2006 年版，第 239~240 页。

③ 〔宋〕周必大《文忠集》，《四库全书》第 1149 册，上海古籍出版社 1987 年版，第 17 页。

所有的模糊之处”[①]。其三，开设书院，教授生徒，与时人讲切议论，阐发经说，故“吕祖谦、陈傅良、叶适等皆奉以为宗”[②]。陈傅良（1137—1203），字君举，号止斋，与郑伯熊交谊深厚，亦师亦友，陈傅良《止斋集》卷四十七《胡少宾墓志铭》曰：“又馆于余师友郑景望氏。”[③]《宋史·儒林传·陈傅良传》称郑伯熊“于古人经制治法，讨论尤精”[④]。郑伯熊与吕祖谦等儒者成为当时政坛的一股清流，堪称当时道德之典范、学者之楷模，叶适《著作正字二刘公墓志铭》曰：“每念绍兴末，淳熙终，若汪圣锡、芮国瑞、王龟龄、张钦夫、朱元晦、郑景望、薛士隆、吕伯恭及刘宾之、复之兄弟十余公，位虽屈，其道伸矣；身虽没，其言立矣。好恶同，出处偕，进退用舍，必能一其志者也。”[⑤] 郑伯熊成为永嘉之学的承前启后者，深为时人推崇。周必大称其为“儒宗”，并且赞曰：“郑景望学问醇正，见于履践。”[⑥] 郑伯熊孝悌忠信，深孚众望，朱熹称：“侯名伯熊，字景望，永嘉人，其为此邦号令条教，必本于孝弟忠信，

---

① 陆敏珍《笔开象外精神：郑伯熊与永嘉学派》，《浙江社会科学》2012 年第 8 期。

② 〔清〕永瑢等《四库全书总目》，中华书局 1965 年版，第 91 页。

③ 〔宋〕陈傅良《止斋集》，《四库全书》第 1150 册，上海古籍出版社 1987 年，第 869 页。

④ 〔元〕脱脱等《宋史》，中华书局版 1977 年版，第 12886 页。

⑤ 〔宋〕叶适著，刘公纯、王孝鱼、李哲夫点校《叶适集》，中华书局 1961 年版，第 306 页。

⑥ 〔宋〕周必大《文忠集》，《四库全书》第 1149 册，上海古籍出版社 1987 年版，第 18 页。

学者传之。”[①] 宋代陈亮在著作中以极其崇敬的态度称其为“师友永嘉郑公”“永嘉郑公景望”。无论是其生前，还是身后，永嘉地域的学者多受其影响。

郑伯熊与其弟郑伯英（1130—1192）（字景元，号归愚翁，孝宗隆兴元年进士）被时人称为大、小郑公，兄弟二人合称为二郑公。叶适《归愚翁文集序》曰：“于斯时也，士能以古人源流，前辈出处，终始执守，慨然力行，为后生率，非瑰杰特起者乎？吾永嘉二郑公是已！”[②]《直斋书录解题》亦曰：“近世永嘉学者推二郑。”[③] 兄弟二人俱名显于世，当时传为美谈。郑伯英不如其兄长郑伯熊名望更显，影响更大，而且当时及后世并无郑伯英说《诗》之记载，陈骙《南宋馆阁录》说郑伯熊“治《诗》兼经义”，故吕祖谦《吕氏家塾读诗记》与严粲《诗缉》所说之“永嘉郑氏”当指郑伯熊，不可能指郑伯英。

一方面，在周行己、郑伯熊之前，永嘉学派尚未形成，永嘉之地无声名显著且治《诗》有成之郑姓学者。另一方面，郑伯熊约生于1124年，吕祖谦生于1137年，郑伯熊比吕祖谦年长十余岁，但是二人于1181年先后离世，故《吕氏家塾读诗记》之“永嘉郑氏”的主要生活轨迹当在1181年前，不可能为后来的学者郑伯谦等。由于郑伯熊有较高的学术地位与较大的学术影响，故在

---

① 〔宋〕朱熹《晦庵集》，《四库全书》第1145册，上海古籍出版社1987年版，第694页。

② 〔宋〕叶适著，刘公纯、王孝鱼、李哲夫点校《叶适集》，中华书局1961年版，第216页。

③ 〔宋〕陈振孙《直斋书录解题》卷十八，上海古籍出版社1987年版，第543页。

当时“永嘉郑氏”指郑伯熊可谓约定俗成，为时人所共知。

综上所论，吕祖谦《吕氏家塾读诗记》所引用的《樛木》《燕燕》《大叔于田》《清人》《东门之池》的“永嘉郑氏曰”五条引文，严粲《诗缉》所引用的《大叔于田》《清人》引文，即永嘉学派郑伯熊说《诗》佚文，“永嘉郑氏”均指郑伯熊，吴氏一文所言极是。这些佚文既可补郑伯熊说《诗》佚文之缺漏，又可据以考察郑伯熊“治《诗》兼经义”之特点，吉光片羽，弥足珍贵。

第五章 《诗缉》训诂体例研究

第一节 《诗缉》的训诂体系

严粲著《诗缉》有很强的针对性，是有感于其子习吕祖谦《读诗记》之惑而撰作此书，其《诗缉·自序》称："二儿初为《周南》《召南》，受东莱义，诵之不能习，余为缉诸家说，句析其训，章括其旨，使之了然易见。"《诗缉》具有周密严谨的解《诗》体系，故纲举目张，一目了然，极便于学，的确具有严氏所自称的"句析其训，章括其旨，使之了然易见"之效，故林希逸《叙》盛赞此书："音训疑似、名物异同、时代之前后、制度之纤悉，订证精密，开卷了然。"严粲在解《诗》体例方面的大胆尝试和创新表现在诸多方面，既有总纲式的《诗缉条例》作为其解《诗》体系的说明，又把《毛诗序》作为解《诗》纲领，更有正文部分的音注、字训、句义、章指作为支撑，由此构架起周密严谨的解《诗》体系，从而有助于学者从各个角度全方位理解《诗经》中的每一首诗。

严粲在目录上别出心裁，以《毛诗小序》首句附于全书目录诗题下。严粲笃信《毛诗序》之首句，以为“国史所称，此一语而已”，故将《毛诗小序》首序之寥寥数字附于全书正文前的目录篇名之下，既可概括每诗主旨，阐释诗题，又成为其解《诗》依据，提纲挈领，简明扼要，可谓一种创举。对于读者来说，把《毛诗序》置于目录篇名之下，一方面一目了然，便于记诵；另一方面便于把《诗经》作为一个整体看待，融会贯通进行领会。

严粲在此书正文之前附有自作的《诗缉条例》《清浊音图》《十五国风地理图》，并在卷一、卷三、卷七、卷八、卷九、卷十、卷十一、卷十二、卷十三、卷十四、卷十五、卷十六、卷十七、卷三十二、卷三十五、卷三十六等卷首，依据郑玄《毛诗谱》，阐释《国风》《小雅》《大雅》《周颂》《鲁颂》《商颂》相关世次、地理、风俗等各方面情况，此为其解《诗》方法与解《诗》形式及相关背景之说明。

《诗缉条例》别具一格，是其解《诗》体系的说明，内容主要包括两项，分别说明其解《诗》的方法和解《诗》的结构形式。首先，关于解《诗》的方法，严粲总结了两个方面：一方面集诸家之说，择善而从；另一方面参以己说，提出新见。其次，关于解《诗》的结构形式，严粲既以“字训、句义插注经文之下以著所从”，又“错综新旧说以为章指，顺经文而点掇之”。这种结构安排方式可谓别具一格，其最初的主观目的即“便童习”，但客观上对学者大有裨益。《诗缉条例》之后便是《清浊音图》。

《十五国风地理图》是以宋代的地理疆域为基础，勾画出宋代当时的地图，标注出《诗经》中一些诗歌所涉及的地理位置，对于严粲的两位幼子及其他学者来说，接受不仅极为便捷，可以一一对照《诗经》文本进行学习，而且非常形象直观，最为有效，据此可以深入了解《诗经》地理概况。同时，严粲用一段简明扼要的文字说明十五国风的地理概况。这种地图与相关文字互为补充、相得益彰的解《诗》方式，堪称创举。除此之外，在卷一、卷三、卷七、卷八、卷九、卷十、卷十一、卷十二、卷十三、卷十四、卷十五、卷十六、卷十七、卷三十二、卷三十五、卷三十六的每卷之首，严粲皆附有郑玄《毛诗谱》，分别阐释《国风》各部分和《小雅》《大雅》《周颂》《鲁颂》《商颂》的世次、地理风俗民情与历史时代背景，从而把《诗经》各组成部分有机融为一体，呈现出整部《诗经》的地理风俗与时代背景。详见本书第七章第四节。

严粲以《大序》为其解《诗》之总纲，《关雎》题目之下，严粲先依照《毛诗大序》的内容，析《毛诗大序》为十六节，分为论《关雎》之化、论名风之义、论诗出于人情之真、论声音与政通、论诗贯幽明、论先王用诗以化天下、论六义、论风之正变、论变风变雅之所以作、又独论变风、论《风》《雅》之别、论大、小《雅》之别、论《颂》、论四始、论二《南》分系、论《关雎》之义，轮廓清晰，层层深入，详细释读《大序》。关于严粲的《诗序》观，详见本书第七章第二节。

在正文部分，严粲采用集解体的训诂形式，兼收并蓄，打破汉宋之偏见。黄忠慎《南宋〈诗经〉集解体作者解经立场与方法之比较研究——以李樗、严粲为中心的考察》一文指出："李樗的《毛诗详解》与严粲的《诗缉》分别完成于南宋初年与晚期，两者皆采集解体的方式解经，此一体式有其基本要求，不只罗列众说，裁定优劣，往往还需有自己的解释。面对自两汉至北宋的《诗经》新旧之说，李樗决定在诗旨方面支持传统的《诗序》，诗文释义方面则有自己的一套规则，以其规则评骘、去取诸家之说，也提供自己的解释，完全没有汉宋之偏见，至其读《诗》的要领则受到孟子与北宋理学家的启迪。严粲可以接触到完整的两宋疑《序》学者之著作，但他依然支持《诗序》的解题，训释诗文的方法主要则是'以经传解经'，看似传统，其理念却可与西方诠释学不谋而合。"① 同时，严粲在解《诗》体例上进行了一系列的大胆尝试和创新。在解读 305 首诗歌的行文中，既有常见的音释、字训、句义，又加上章旨、篇义，由此构成其解《诗》主体，从而架构起周密严谨、科学系统的解《诗》体系，使得学者可以从多个角度解读《诗经》。标注的一般是难读或者容易混淆的字词的读音，诂训比较难以理解的字词句的意思。严粲有时逐章解读章指，有时把前后两章或者数章的章指合并起来进行归纳总结，从而使诗歌在结构与逻辑上融合为不可分割的整体。通过串讲、前后照应等方式，勾连多篇诗歌，由点及面，穿针引线，从而把多篇相似或者相关的诗歌连缀在一起予以解读，在解《诗》方式上进行创新。

吕祖谦《读诗记》中诸家注释与说解在经文后混杂一处，

---

① 黄忠慎《南宋〈诗经〉集解体作者解经立场与方法之比较研究——以李樗、严粲为中心的考察》，《成大中文学报》第 51 期。

条理不清，见解不明，有时让人捉摸不透，无所适从，尤其是学《诗》之初，更难把握，以至于很多学人不得其要领，故而有“疏缺涣散”“不甚成片断”之弊。为了避免吕氏之弊端，严粲采用层层深入、融会贯通的方式，正如林希逸所云：“钩贯根叶，疏析条绪，或会其旨于数章，或发其微于一字，出入穷其机综，排布截其幅尺，辞错而理，意曲而通，逆求情性于数千载之上，而兴寄所在，若见其人而得之。至于音训疑似，名物异同，时代之前后，制度之纤悉，订证精密，开卷了然。”① 孙立《严粲〈诗缉〉“兴之不兼比者”辨》一文指出严粲为《诗经》所加章旨、篇义能够“疏通诗义”，浑融一体，可谓独树一帜：“吕著有集注性质，所集材料远远超过朱熹《诗集传》，但缺点是较为碎乱，有兼综而少己断。严著《诗缉》也缉前人《诗》说，但大多附在己说之后做参证，不像吕著仅排列诸家之说。严著还长于释义，与前此《诗经》注本较多注意字词训释不同，《诗缉》在疏通诗义方面着力较多，这不仅在宋代《诗》说中独树一帜，在历代《诗》注中也不多见。严著的这一特点大约与此书缉成的目的在于教授家中童蒙有关……虽说此书，非高头讲章，但作者遵循孟子‘以意逆志’说，由字及词，由词及句，由句及章，由章及篇，串解《诗》义，殊觉浑融。”② 值得一提的是，严粲具有整体的语境观，不仅把每首诗视为不可分割的整体，通过串讲的方式阐明诗歌的章句、

---

① 〔宋〕严粲《诗缉》，《钦定四库全书荟要》第 27 册，吉林出版集团有限责任公司、海天出版社 2005 年版，第 108~109 页。

② 孙立《严粲〈诗缉〉“兴之不兼比者”辨》，《学术研究》2015 年第 1 期。

章指与篇义，以及相关的世次、创作背景、地理风俗等，而且把《诗经》的305篇诗歌看成一个整体，故黄忠慎指出："严粲在解说三百篇各章义旨、字句意义时，用其他篇章的字句来解说此章，除了反映他对《诗经》文本的尊重态度，也透露了他在解经前预存的基点，把三百篇视为一个整体、完整的意义结构。所有个别的字句，其意义必须在整体的三百篇背景之下诠释，如此所得出的意义才是最正确的。这种诠释观点说明了严粲追求'客观'诠释的倾向，这种'客观'的诠释角度与当时宋代流行的学风相比，自然有其特殊的意义。"①

严粲在体例上的创新表现在诸多方面：附加《毛诗小序》之首句于目录下，自制《诗缉条例》，以音注、字训、句义、章指为支撑，串讲、互文以勾连构架起周密严谨、科学系统的解《诗》体系。严粲取得如此之大的《诗》学成就，关键在于以音释、字训、句义、章旨、篇义组合而成的血肉丰满的训诂主体，大字、小字、行列、插注等混搭的格式，架构起谨严周密、纲举目张、科学系统的训诂体系。严粲在解《诗》体例上大胆创新，构思巧妙，安排妥当，有助于学者从各个角度全方位解读《诗经》，堪为后世典范。严粲解《诗》体系纲举目张，体大思精，一目了然，极便于学。即使在今天看来，这种方法也是比较科学、合理的。

下面以《考槃》一诗为例分析严粲的训诂方式：

《考槃》，音盘。刺庄公也。疏曰：庄公扬，武公和子。

① 黄忠慎《严粲诗缉新探》，台湾文史哲出版社2008年版，第33页。

不能继先公之业，使贤者退而穷处。音杵。〇曰：卫庄公诗，平王时。

前人用贤，以建功业；弃而不用，则不能继之矣。此序与《秦·晨风》序意同。

考槃在涧，传曰：考，成也。槃，乐也。山夹水曰涧。〇粲曰：或见“槃”字从木，遂以为器，非也。“民讫自若是多槃”，“槃”与盘同。此言成乐在涧，犹云“园日涉以成趣”耳。硕人之宽。笺曰：硕，大也。独寐寤言，粲曰：既寐而寤，既寤而言，皆独自耳。永矢弗谖。音喧。〇笺曰：矢，誓也。谖，忘也。〇朱氏曰：自誓不忘此乐也。《补传》曰：自誓而以永言，有终焉之意。

穷处山涧之中而成其槃乐者，乃是硕大之贤人，其心甚宽裕，虽在寂寞之滨，而无枯瘁之色、戚戚之意，《易》所谓“肥遁”也。深山穷谷，无有游从，独自寐，独自寤，独自言，其离索寂寞如此，然贤者处之泰然，永誓不忘此乐，所以形容其遗佚不怨之意也。〇旧说以“弗谖”“弗过”“弗告”皆为贤者畎亩不忘君之意，其义亦正，但与上文槃乐宽大之意不类。故此诗不过极言贤者山林之乐，以见其时之不可为，而贤者无复有意于仕，所以刺其君之不能用也。《孔丛子》云：“于《考槃》，见遁世之士而无闷于世。”

考槃在阿，传曰：曲陵曰阿。硕人之薖。音科。〇传曰：薖，宽大貌。独寐寤歌，永矢弗过。音戈。〇粲曰：过，经过也。

贤者之穷处，其既寐而寤，既寤而歌，无往非独，而自得其乐，永誓不复他往，居之而安也。如庞德公居岘山之南，未尝入城府也。

考槃在陆，《释地》曰：高平曰陆。硕人之轴。郑音逐，毛音迪。〇《补传》曰：轴，卷也，犹言卷而怀之。〇粲曰：轴说不一，毛以为进，郑以为病，苏氏以为盘桓不行，皆不若《补传》为长。独寐寤宿，永矢弗告。协韵音谷。〇朱氏曰：不以此乐告人。

贤者成乐于陆，如轴之卷，收藏不用也。既寐而寤，既寤复宿，无往非独，言其离索独居，非一朝暮也，然贤者自得其乐，永誓不告于人。贤者之隐惟恐人之知也，然“永矢弗谖”“永矢弗过”“永矢弗告”，亦作诗者形容其高举远遁，有终焉之意耳，贤者不自言其如此也。

《考槃》三章章四句。①

在诗歌正文前，严粲首先引用此诗的序说，用以解读此诗的主旨，如此诗“《考槃》，刺庄公也。不能继先公之业，使贤者退而穷处”，同时引用孔疏“庄公扬，武公和子”对此诗所涉及对象的身份进行补充说明，之后进一步指出此诗大体的创作背景是“卫庄公诗，平王时”。

在引用每首诗的小序之后，严氏随即加上自己对于此诗之序的解读（也有极少量的诗不需要进一步解读，就没有这一组成部分），或揭示篇义，或说明背景，或指出缘由，或深化主

---

① 〔宋〕严粲《诗缉》，《钦定四库全书荟要》第 27 册，吉林出版集团有限责任公司、海天出版社 2005 年版，第 186 页。

题，或生发己说，等等。“前人用贤，以建功业；弃而不用，则不能继之矣。此序与《秦·晨风》序意同”就是严粲基于补充说明“刺庄公”缘由而发，即贤者被弃而不用，故无法建功立业，而这一点正与《秦风·晨风》一诗的序意完全相同。

在每首诗的每一章之后，严粲一般都加上章指以总括章意。“章指”一词来自严粲自撰的《诗缉条例》：有时总结前说，进行辨析；有时抒发己见，画龙点睛，提出新说；有时穿插众说，互为支撑。如《考槃》一诗共有三章，第一章章指：“穷处山涧之中而成其槃乐者，乃是硕大之贤人，其心甚宽裕，虽在寂寞之滨，而无枯瘁之色、戚戚之意，《易》所谓‘肥遁’也。深山穷谷，无有游从，独自寐，独自寤，独自言，其离索寂寞如此，然贤者处之泰然，永誓不忘此乐，所以形容其遗佚不怨之意也。○旧说以‘弗谖’‘弗过’‘弗告’皆为贤者畎亩不忘君之意，其义亦正，但与上文槃乐宽大之意不类。故此诗不过极言贤者山林之乐，以见其时之不可为，而贤者无复有意于仕，所以刺其君之不能用也。《孔丛子》云：‘于《考槃》，见遁世之士而无闷于世。’”第二章章指：“贤者之穷处，其既寐而寤，既寤而歌，无往非独，而自得其乐，永誓不复他往，居之而安也。如庞德公居岘山之南，未尝入城府也。”第三章章指：“贤者成乐于陆，如轴之卷，收藏不用也。既寐而寤，既寤复宿，无往非独，言其离索独居，非一朝暮也，然贤者自得其乐，永誓不告于人。贤者之隐惟恐人之知也，然‘永矢弗谖’‘永矢弗过’‘永矢弗告’，亦作诗者形容其高举远遁，有终焉之意耳，贤者不自言其如此也。”最后附上此诗章句：“《考槃》三章章四句。”

第二节 《诗缉》中的音注

一、主要注音方式：直音法、反切法

读书必先识字，识字必由读音开始，故黄侃《尔雅音训》曰："言小学者，释为三类：曰形，曰声，曰义。古者则以'字读'二字该之"，"字读不明，义训亦无由以察，章句传说亦无以傅丽。字读诚明，譬犹与先民对语，言出于口而义昭于心"。[①] 郑玄、高诱、许慎、服虔、应劭、孙炎、王肃等汉魏学者主要运用"读若"法、直音法、反切法三种方法进行注音。"读若"法，一般用"读若""读如""读为""读曰"等术语进行标识，以读音相似的文字来进行注音，有时表音模糊，难以精准。直音法即用音同之字直接指明读音，"简单明了，容易掌握"[②]，其基本形式即"某音某"。清陈澧《切韵考》阐明了"读若"法与直音法各自的特点："今人直音与古人读若不同：古人'读若'取其近似，今人直音非确不可。音各有类，定音必从其类，如本类有音可取，而取别类则非。"与"读若"法相比，直音法的优长显而易见，但是亦有局限性，"然或无同音之字，则其法穷；虽有同音之字，而隐僻难识，则其法又穷"[③]。反切法即

---

① 黄侃《尔雅音训》，中华书局 2007 年版，第 420 页。

② 谢纪锋《反切》，商务印书馆 2012 年版，第 15 页。

③〔清〕陈澧撰，罗伟豪点校《切韵考》，广东高等教育出版社 2004 年版，第 156 页。

“切语之法，以二字为一字之音：上字与所切之字双声，下字与所切之字叠韵；上字定其清浊，下字定其平上去入”①，是以两个汉字拼合出被切字之读音，由此补救了直音法之不足。

严粲《诗缉》是为童蒙而作，为了便于其子课读，必然要进行注音的工作，把难读或者容易混淆的读音标注出来。《诗缉条例》云“直音多假借，以便初学，不拘本韵。其切字，以温公《切韵指掌图》正之”，明确说明书中主要使用了直音法与反切法两种注音方式。相比较而言，《诗缉》中采用的主要是直音法，即用同音之字尤其较多使用假借字进行注音，经常采用“某音某”的形式，如《关雎》中的“逑音求”，《考槃》之“槃音盘”“处音杵”“谖音喧”“薖音科”等。直音法的注音方式一目了然，特别便捷。

陈澧谓“虽有同音之字，而隐僻难识，则其法又穷”②，在很多情况下，使用直音法仍然不便于读者知晓读音，故严粲采用了反切法作为辅助方式。相比于大量使用的直音法，《诗缉》中使用反切法的情况较少，大多是在已经使用直音法的基础上，对“虽有同音之字，而隐僻难识”之字再一次进行注音。反切法又有两种情况：一种是直接使用，如为《关雎》“参差荇菜”之“参”注音，严粲曰“参，初金反”；另外一种是在第一次注音并不能够完全解决问题的情况下，配合直音法一起使用，

① 〔清〕陈澧撰，罗伟豪点校《切韵考·条例》，广东高等教育出版社 2004 年版，第 3 页。

② 〔清〕陈澧撰，罗伟豪点校《切韵考》，广东高等教育出版社 2004 年版，第 156 页。

有时候还会进一步补充说明，如对于《关雎》诗中之“雎”，严粲曰：“音趋。○臣粲曰：雎，七胥反。以温公《切韵图》正之，‘七’字在第十八图，属清字母，‘胥’字在第三图，平声，第四等，横寻清字得疽字，其上声为取，去声为觑，则平声正音趋也。雎、疽、砠、苴皆同音，俗读为沮之平声，非也。”严粲综合运用两种方式为《匪风》“匪风飘兮”之“飘”注音：“飘音标。本注符遥反，又必摇反，从又音。”但是这仍然不能够让读者明白为何“飘”读“标”音，故严粲进一步阐释：“今考《释天》云：‘扶摇谓之猋。’孙云：‘回风从下上曰猋。’郭云：‘暴风从下上。’此诗言风之暴，当音标，与‘猋’同音也；《释天》又云‘回风为飘’，与‘猋’同音义别，盖回风谓之飘，其回风自下而上则谓之猋。”《君子偕老》“君子偕老，副笄六珈”，严粲曰：“‘副’音‘覆载’之‘覆’，敷救切。”《还》“子之还兮，遭我乎猺之间兮”，严粲曰：“猺音猱，乃刀切。”严粲为《节南山》“天方荐瘥”之“瘥”注音时通过直音法加反切法两种方式阐明“瘥”字的读音，同时纠正了当时的错误读音：“瘥音鹾，才何反；读作‘切磋’之音者，非。”

严粲不仅为《诗经》注音，而且为所引用的《毛诗序》、诸家之注注音，如为《葛覃》序“服浣濯之衣”之“浣”注音：“浣音缓，胡管反。”《葛覃》“言告师氏”，严粲引孔疏曰：“《昏礼》云：‘姆缅笄绡衣在其右。’注云：‘姆，妇人五十无子，出而不复嫁，能以妇道教人者。’”在此之后，严粲为所引孔疏之文又引用的《昏礼》中的“姆缅”二字注音：“姆，亡候反。缅，腮之上声，山买反。” “薄污我私”，严粲引郑玄《笺》“烦撋之，用功深”之后，又为“撋”注音曰：“撋，而缘反。”严粲还为音注中的字再次注音,《硕人》“葭菼揭揭”,严粲曰:“菼,贪之上。贪,他含切。”

二、为同源字注音、释义

王力《同源字典·同源字论》提出:“凡音义皆近、音近义同,或义近音同的字,叫做同源字。这些字都有同一来源。”① 同源字即语出一源之字,具体表现在形、音、义三方面都有关联:其一,语义相通、相同或相近;其二,读音相近或相同,甚至可以用直音法注音,故樊荣《古汉语的注音方法及其影响》一文总结出“直音对于考查同源字的作用”②;其三,大多有相同的偏旁。严粲所生活的时代尚无同源字的概念,但是严粲已经意识到汉语中具有同一声旁之同音字具有同一语源这一问题,所云“凡蕡同音之字皆为大义”已经归纳出同源字所具有的共同特点,总结出了同源字的一般规律,正与现代同源字的定义暗合。

对于《桃夭》“有蕡其实”之“蕡”,严粲总结出包括“坟”“鼖”“贲”等“凡蕡同音之字皆为大义”之规律:“蕡音焚。○传曰:蕡,实貌。○李氏曰:桃之少壮,则结实必大,其叶亦蓁蓁然盛。若非少壮,则虽结实,不复大;虽有叶,不复蓁蓁矣。此言妇人得盛时而嫁也。○臣粲曰:蕡者,大也。坟为大防,鼖鼓为大鼓,‘有颁其首’‘用宏兹贲’皆训为大。凡蕡同音之字皆为大义,则蕡亦桃实之大貌。”严粲指出“蕡”“坟”“鼖”“贲”等字不仅音同,而且意思相同,都表示“大”

---

① 王力《同源字典》,中华书局2014年版,第1页。

② 樊荣《古汉语的注音方法及其影响》,《语文学刊》2010年第19期。

之义，也即现代汉语所谓的同源字。

对于《七月》“取彼斧斨”，严粲先引用孔疏曰：“隋銎曰斧，方銎曰斨。斨即斧也，唯銎孔异耳。隋，汤果反，又音驼。”之后对于孔疏中出现的“隋”，引用《释文》阐释其义：“隋孔形狭而长也。”最后进行总结：“‘隳山乔岳’之‘隳’，吐果反，与此‘隋銎’之‘隋’同音。《释山》云：‘峦，山隳。’释云：‘凡物狭而长者谓之隳。此言山隳者，谓山形狭长者，一名峦也。’堕山与隋銎皆狭长也。”严粲指出“隳”与“隋”不仅同音，而且都表示狭长之义。

《生民》“实方实苞”之“苞”与“包”亦为同源字，严粲曰：“《禹贡》：‘草木渐包。’注云：‘丛生相包。一本作苞。’毛以为本，郑以为茂，其意则一，言苗生成丛也。《诗》中凡言‘苞’并同。”

三、异读字不同音义辨析

有的汉字不止一个读音，清钱大昕以为是魏晋以后经师所为：“问：古人一字两读出于转音，是固然矣。又有一音而平侧异读。如观瞻、观示有平去之分，好恶、美恶有去入之别，以至先、后、上、下、高、深、远、近、见、闻、视、听之等，并以动静区为两音，不审古人制字之始已有之乎？曰：……魏晋以后，经师强立两音，千余年来，遵守不易。”① 王力《古代汉语·古书的注解（下）》释“异读”为：“古书上常常有一

① 〔清〕钱大昕《潜研堂集·潜研堂文集》，上海古籍出版社 2009 年版，第 243~244 页。

字异读的情况。不同的读音往往表示了词义或词性的不同。”①一个字具有两个或几个不同的读法称为异读。吕冀平《吕冀平汉语论集》把异读字分为通假异读、破音异读等情况。古文中常因一些字词的词性或意义发生变化，而把其声调改为去声，有个别情况会改变声母或韵母，以表示强调突出，前人称之为破音异读，又称之为读破、破音。吕冀平指出：“这种一字异读的情形叫做‘破音’（或‘破读’‘读破’）。”② 通假异读与破音异读是有区别的：“古籍中一字异读并不全属破音，还有一种重要的现象是‘通假异读’（也叫‘破字’）。所谓‘通假’，指的是古人写字时用声音相同或相近的字来代替‘本字’。相代的两字在意义上全然无关。在语音发展过程中，通假字到现在可能仍是同音（如‘蚤’和‘早’），也可能不同音了，于是就出现了异读。破音异读则不然，它不是语音历史演变的结果，而是为了区别一个字的互相联系的不同含义而改读。这里用‘说’字说明两者的不同。例如：(1)《礼记》：‘而天下其孰能说（shuō）之。’(2)《史记》：‘郑忠说（shuì）汉王，乃止壁河内。’(3)《论语》：‘子日：学而时习之，不亦说（yuè）乎？’——［说=悦］(4)《诗经》：‘彼宜有罪，女复说（tuō）之。’——［说=脱］例1的‘说’是本字，例2的‘说’是破音；因为例1的‘说’是‘解说’的意思，例2的‘说’是‘说服’的意思，意义互相联系却又不同，所以破音以别义。例

① 王力《古代汉语》校订重排本，中华书局1999年版，第623页。

② 吕冀平、陈欣向《古籍中的“破音异读”问题》，《中国语文》1964年第5期。

3、例4的‘说’是通假，因为它们在意义上和‘说’毫无联系，只是由于读音相近（都从‘兑’得声）才用‘说’来代‘悦’和‘脱’。”①

严粲特别注意为《诗经》中需要破音异读的字进行注音，并且详细辨析异读字的不同意义，《鹤鸣》“声闻于野”之“闻”即其中一例，严粲曰：“闻音问。〇今曰：‘他人闻知其声’之‘闻’，从平声；凡声闻于人之‘闻’，从去声。〇传曰：言身隐而名著也。”《诗经》同一诗句中重复出现一字，但是意思、词性都不同时，需要破音异读，如《大叔于田》“乘乘马”之“乘乘”虽然同字，很显然不仅读音不同，包括声调、声母均有异，而且词性不同，上字为动词，下字为名词，极易混淆，故严粲既指出第一个“乘”字如字读，第二个“乘”字需要破读，声调为去声，同时又阐释其不同意义：“上‘乘’如字，驾也；下‘乘’，去声，四马也。”《甫田》中的“无田甫田”，两个“田”字的情形同样如此，声调、声母都不同，词性也不同，上字为动词，下字为名词，故严粲曰：“上‘田’音佃，下‘田’如字。〇疏曰：‘无田’之‘田’，垦耕也；‘甫田’之‘田’，土地也。”《车舝》“景行行止”中的两“行”字，韵母有别，意义不同，严粲指出：“上‘行’，去声；下‘行’，如字。”

有时严粲也指出《诗经》中有些异读字不需要破读，从而为诗歌寻求更加合理的解读方式。《卷耳》《鹿鸣》《大东》三

---

① 吕冀平、陈欣向《古籍中的“破音异读”问题》，《中国语文》1965年第5期。

诗中均出现了“周行”一词，《鹿鸣》“示我周行”，严粲曰：“行，毛如字，郑音航。”《卷耳》“置彼周行”与《大东》“行彼周行”，严粲均曰：“今从毛《鹿鸣》音如字。”严粲批评郑玄皆以“周行”之“行”为周之列位、音航之说不妥：“经有三‘周行’，《卷耳》《鹿鸣》《大东》也，郑皆以为周之列位，唯《卷耳》可通；《鹿鸣》‘示我周行’，破‘示’为“置”，自不安矣；《大东》‘行彼周行’，又为发币于列位，其义尤迂。”同时，严粲信从毛说，认为此处之“行”不需要破读为“航”之音，而要如字读，故依据毛亨《毛诗诂训传》对《鹿鸣》中“周行”的训诂，总结归纳《卷耳》《鹿鸣》《大东》三诗中的“周行”之“行”义皆为“道”：“毛以《卷耳》为列位，《鹿鸣》为至道，《大东》无传。今取毛《鹿鸣》音义，皆为道也。”尽管三诗之“周行”均为“道”义，但是其意思在大同中有小异，仍然有细微差别，具体说来，《卷耳》《大东》使用“行”之本义，指道路，而《鹿鸣》使用“行”之引申义，指道义，故严粲进一步指出：“但《卷耳》《大东》为道路，《鹿鸣》为道义。”

四、假借字

《诗经》中存在大量假借字，郑玄“经常通过‘声类’‘音类’相同、相近的关系，进行文字通假的分析和说明”①。比如《野有死麕》笺曰：“纯读如屯。”《经典释文》曰：“纯，徒本反，沈云：‘郑徒尊反。’屯，旧徒本反，沈徒尊反，云：‘屯，

① 张舜徽《郑学丛著·郑学叙录》，齐鲁书社 1984 年版，第 33 页。

聚也。’”《毛诗正义》曰：“‘纯读为屯’者，以纯非束之义，读为屯，取肉而裹束之，故传云‘纯束，犹包之’。”根据《经典释文》与《毛诗正义》可知，“纯”与“屯”之音同，可假借，故郑玄取“屯”之“聚”义训“纯”。高亨《古字通假会典》即指出“纯”与“屯”通假：“【屯与纯】《诗·召南·野有死麇》：‘白茅纯束。’郑笺：‘纯读如屯。’○《左传·哀公十八年》：‘执孙蒯于纯留。’《汉书·地理志》引纯留作屯留。”① 在郑玄之后，孔颖达等学者所著《毛诗正义》从理论上判定郑玄所指明的音同或者音近的情况即假借。如对于郑玄《东山》笺所云“古者声窴、填、尘同也”，《毛诗正义》指出：“古者窴、填、尘三字音同，可假借而用之故也。”孔颖达在《渐渐之石》正义中进一步说明为何古文中多假借：“广阔辽辽之字，当从辽远之辽，而作劳字者，以古之字少，多相假借，诗又口之咏歌，不专以竹帛相授，音既相近，故遂用之此字，义自得通，故不言当作辽也。”在继承郑玄观点的基础上，孔颖达等学者通过指出音义同的方式表明两字的假借关系，其例在《毛诗正义》中不胜枚举。《诗缉》为“宋人治《诗》之集其成者”②，兼收并蓄，博采众说，所引诸说即包括《笺》《疏》中关于假借关系的研究成果。严粲通过指出某字与某字音义同、某字与某字通或者同、某字本作某字等方式判断为通假字。

（一）某字与某字音义同

在《诗缉》中，通过指出某字与某字音义同的方式判断通

① 高亨纂著，董治安整理《古字通假会典》，齐鲁书社1989年版，第130页。

② 张舜徽《清人笔记条辨》，华中师范大学出版社2004年版，第31页。

假字的例子比比皆是，不胜枚举。严粲既采纳了郑玄《野有死麇》笺“纯读如屯”的观点，指出“纯”与“屯音义同”，由此反映出“纯”与“屯”二字的假借关系，又引用“《释文》曰：纯，聚也”阐发其意。《子衿》“青青子衿”，严粲引用孔疏曰：“襟，交领也。衿与襟音义同。”高亨《古字通假会典》指出“衿”与“襟”通假①。《著》“俟我于著乎而”，严粲引用孔疏曰：“孙炎云：‘门内屏外，人君视朝所宁立处也。’著与宁音义同。”高亨《古字通假会典》指出二字通假：“【著与宁】《史记·秦始皇本纪》：‘缪公学著人。’《索隐》：‘著即宁也。’”②《行苇》“敦弓既句”，严粲引用孔疏曰：“彀与句，字异，音义同，引满也。”高亨《古字通假会典》指出“彀”与“句”通假。《角弓》“如蛮如髦”，严粲引用孔疏曰：“髦，西夷之别名。《牧誓》云：‘及庸蜀羌髳微卢彭濮人。’彼‘髳’、此‘髦’音义同。”“髳”与“髦”通假。《大叔于田》“抑释掤忌”，严粲引用孔疏曰：“掤与冰字虽异，音义同。”高亨《古字通假会典》指出二字通假：“【掤与冰】《左传·昭公二十五年》：‘公徒释甲执冰而踞。’《正义》：‘《诗》云：“抑释掤忌”，掤与冰字虽异，音义同。’”③严粲不仅继承了孔疏的观点，直接用“冰”为“掤”注音，而且引用《左传》孔颖达正义为证：“掤音冰。传曰：掤，所以覆矢。疏曰：昭二十五年《左传》云‘公徒执冰而踞’，字异音义同，箭筒盖也。”由此

① 高亨纂著，董治安整理《古字通假会典》，齐鲁书社1989年版，第233页。
② 高亨纂著，董治安整理《古字通假会典》，齐鲁书社1989年版，第898页。
③ 高亨纂著，董治安整理《古字通假会典》，齐鲁书社1989年版，第44页。

可见，严粲较多采纳郑玄、孔颖达等学者所判定为假借的研究成果放入《诗缉》中。

严粲不仅继承了郑玄、孔颖达等学者以音义同表明两字假借关系的方式，还使用以“音义同”的字互训的方式来表明假借关系。《诗经》中的两个字（极少数情况下会有三个以上的字）存在音义同的情况，严粲常用以互训，同时指出其“音义同”，这类字即后世所谓的通假字。“旁”“傍”二字可通假，正如高亨《古字通假会典》所云：“【旁与傍】《周礼·考工记·匠人》：‘旁三门。’《文选》鲍明远《结客少年场行》李注引旁作傍。《庄子·山木》：‘伐木者止其旁。’《文选》卢谌《赠刘琨诗》李注引旁作傍。”① 除了高亨所举的例子，其实“旁”与“傍”通假在《诗经》中不仅可见其例，而且很典型，《清人》“驷介旁旁”，严粲曰：“音絣。今曰：《北山》‘王事傍傍’，字异音义同。”又《北山》“王事傍傍”，曰：“音絣。传曰：傍傍然不得已。今曰：《郑·清人》‘驷介旁旁’，字异音义同。”② 严粲对二字的注音均作“音絣”，指出二字“字异音义同”，并且进行互注，以《北山》“王事傍傍”注《清人》“驷介旁旁”，又以《清人》“驷介旁旁”注《北山》“王事傍傍”，由此间接表明“旁”与“傍”二字具有通假关系。“旁”“傍”亦与“彭”（仅限于如字读时）音近，且义同，故通假。严粲曰：“《出车》‘出车彭彭’，音棚。○今曰：经中唯《载

① 高亨纂著，董治安整理《古字通假会典》，齐鲁书社1989年版，第314页。

② 〔宋〕严粲《诗缉》，《钦定四库全书荟要》第27册，吉林出版集团有限责任公司、海天出版社2005年版，第219页。

驱》‘行人彭彭’，必旁反，音如邦，自余‘彭彭’皆如字。《出车》诗‘出车彭彭’，传云：‘马貌。’苏氏曰：‘壮盛。’《北山》‘四牡彭彭’，传云：‘不得息。’《大明》‘驷騵彭彭’，疏云：‘强盛。’《烝民》‘四牡彭彭’无传，笺云：‘行貌。’《韩奕》‘百两彭彭’，无传，无笺。《駉》‘以车彭彭’，传云：‘有力有容。’其说不一，然‘不得息’即行之意，行而不息亦由壮盛，其意一也。”值得注意的是，《载驱》“行人彭彭”中的“彭”音邦，表示多的意思，不与“旁”“傍”通假，故严粲对此特别予以强调：“经中‘彭彭’字，唯此诗音邦，多也；自余皆无音，并如字，音棚。俗并读如邦，误矣。”

《诗经》中的“讹”与“吪”通假，故高亨《古字通假会典》云：“【讹与吪】《诗·王风·兔爰》：‘尚寐无吪。’《释文》：‘吪本亦作讹。’《诗·豳风·破斧》：‘四国是吪。’《释文》吪作讹，云：‘本又作吪。’《尔雅·释诂下》：‘讹，言也。’《释文》：‘讹字又作吪。’”① 严粲既指出“讹”与“吪”音义同，同时又用以互训。《兔爰》“尚寐无吪”之“吪”，严粲先为此字注音“音讹”，之后引“传曰：吪，动也”，同时揭示出“吪”与“讹”的通假关系：“《无羊》‘或寝或讹’，讹亦训动，彼‘吪’作‘讹’，字异，音义同。”

《我行其野》“尔不我畜”之“畜”与《谷风》“不我能慉”之“慉”通假。传曰：“慉，养也。”笺云：“慉，骄也。”②

① 高亨纂著，董治安整理《古字通假会典》，齐鲁书社1989年版，第661页。

② 〔汉〕郑玄笺，〔唐〕孔颖达等正义《毛诗正义》卷二之二，《十三经注疏》上，上海古籍出版社1997年版，第304页。

《传》《笺》皆以“慉”为“畜”之假借字，并皆以本字之义释之，义正相成。在《传》《笺》的基础上，严粲明确指出《我行其野》“尔不我畜”之“畜”与“《邶·谷风》‘不我能慉’，字异，音义同”。严粲既指出两字音义同，同时又使用互训的方式，表明“畜”与“慉”假借。后世学者均认可两字的假借关系，如清代学者钱大昕曰：“古音畜与好同。……慉即畜字。”①清代学者马瑞辰《毛诗传笺通释》曰：“《释文》：‘慉，毛兴也，王肃养也。’……《毛传》训兴者，慉与兴一声之转。兴之音歆，亦说也，喜也。……笺训为骄以骄乐，与憎恶对言。骄之言娇，娇，好也。美好之好与悦好义相成，故骄义同乐，反复互证。”② 高亨《古字通假会典》亦曰：“【畜与慉】《后汉书·马融传》：‘疏越蕴慉。’李注：‘慉与畜通。’《楚辞·大招》：‘孔雀盈园，畜鸾皇只。’《考异》：‘畜，《释文》作慉。’”③

《诗经》中的“青”与“菁”通假，高亨《古字通假会典》：“【青与菁】《诗·卫风·淇奥》：‘绿竹青青。’《释文》青本或作菁。○《诗·唐风·杕杜》：‘其叶菁菁。’《释文》：‘菁，本又作青。’《战国策·齐策三》：‘董之繁菁，以问夏侯公。’姚校：‘菁，曾作青。’”④ 显然，严粲已经意识到了两字

① 〔清〕钱大昕著，陈文和、孙显军校点《十驾斋养新录》卷四，江苏古籍出版社 2000 年版，第 73 页。

② 〔清〕马瑞辰《毛诗传笺通释》，中华书局 1998 年版，第 46 页。

③ 高亨纂著，董治安整理《古字通假会典》，齐鲁书社 1989 年版，第 756～757 页。

④ 高亨纂著，董治安整理《古字通假会典》，齐鲁书社 1989 年版，第 68 页。

的通假关系，在释《卫风·淇奥》“绿竹青青”之“青”时，严粲指出：“音精，与菁音义同。”

严粲把《南山》“曷又鞠止”之“鞠”与《云汉》“鞫哉庶正”之“鞫”联系起来进行解读，指出二字“音义同，皆穷极”：“鞫音菊。○笺曰：鞫，穷也。庶正，众官之长也。○今曰：‘鞫’与《南山》‘曷又鞠止’之‘鞠’字异音义同，皆穷极也。《南山》言淫乱之极，此诗言劳苦之极。”高亨《古字通假会典》明确指出二字通假：“【鞠与鞫】《诗·小雅·采芑》：‘陈师鞠旅。’《太平御览》三三八引鞠作鞫。《诗·小雅·节南山》：‘降此鞠讻。’《尔雅·释言》邢疏引鞠作鞫。《诗·小雅·小弁》：‘鞫为茂草。’《释文》：‘鞫本作鞠。’《诗·大雅·公刘》：‘芮鞫之即。’《周礼·职方氏》《释文》引鞫作鞠。《战国策·燕策三》：‘鞫武。’《史记·刺客列传》作‘鞠武’。《尔雅·释言》：‘鞫、究，穷也。’《释文》鞫作鞠，云：‘字又作鞠。’”①

“泌”与“毖”可通假，意为泉水流貌，高亨《古字通假会典》云：“【毖与泌】《诗·邶风·泉水》：‘毖彼泉水。’《说文·目部》眑下引毖作泌。《文选·魏都赋》：‘温泉毖涌而自浪。’李注：‘《说文》曰：泌水驶流也。泌与毖同。’”② 严粲把“泌”与“毖”联系起来进行阐释：《衡门》“泌之洋洋”：“泌音秘。○传曰：泌，泉水也。○疏曰：《邶风》有‘毖彼泉水’，知泌为泉。○今曰：‘毖彼泉水’，乃毖然流貌。毛以此

① 高亨纂著，董治安整理《古字通假会典》，齐鲁书社1989年版，第732页。

② 高亨纂著，董治安整理《古字通假会典》，齐鲁书社1989年版，第591页。

‘泌’与彼‘毖’字异义同，亦当为泉水之流貌，非谓泌为泉水也。”

严粲在释《十月之交》“山冢崒崩”之“崒”时，指出“卒”与“崒”二字同，故可以互训：“崒，徂恤反，浊音也。读作逡之入，次清音，非。○传曰：山顶曰冢。○笺曰：崒者，崔嵬。○释曰：山巅之末，其峰巉岩。○今曰：《渐渐之石》‘维其卒矣’，‘卒’与‘崒’同。”“卒”与“崒”可通假，故高亨《古字通假会典》云：“【卒与崒】《诗·小雅·十月之交》：‘山冢崒崩。’《释文》：‘崒本亦作卒。’《后汉书·董卓传》李注引崒作卒。《诗·小雅·渐渐之石》：‘维其卒矣。’郑笺：‘卒者，崔嵬也，《正义》卒笺读为崒。’”①

《小毖》“莫予荓蜂”之“荓”与“伻”可通假，严粲既指出其“音义同”，又用以互训：“荓，今音烹，旧音俜。○王氏曰：荓，使也。蜂善辛螫。○曹氏曰：成王之遇辛螫也，岂有使蜂螫之哉？实自求之而已。○今曰：……《桑柔》‘荓云不逮’，毛云：‘荓，使也。’普耕反，音烹；徐蒲耕反，音絣。《书·洛诰》‘伻来以图及献卜’，音义同。……《说文》‘甹，使也’，则‘荓’读作甹亦可也。”

有时严粲仅指出两字音义同，如《六月·序》曰“《南山有台》废，则为国之基队矣”。严粲指出：“队、坠音义同。”高亨《古字通假会典》以为二字通假：“【队与坠】《列子·汤问》：‘而坠于地。’《释文》云：‘坠一本作队。’”②“茜”与

① 高亨纂著，董治安整理《古字通假会典》，齐鲁书社1989年版，第572页。

② 高亨纂著，董治安整理《古字通假会典》，齐鲁书社1989年版，第133页。

"缩"可通假，严粲曰："《凫鹥》'尔酒既湑'，毛《伐木·传》曰：'湑，莤之也。'莤与缩音义同，谓以茅泲之而去其糟也。"高亨《古字通假会典》指出二字通假："【莤与缩】《周礼·天官·甸师》：'祭祀共萧茅。'郑注：'郑大夫云："萧字或为莤，莤读为缩。"'"①《烝民》"不侮矜寡"之"矜"，与"鳏"通假，严粲曰："矜与鳏音义同。"高亨《古字通假会典》指出二字通假。"矫"与"蹻"可通假，《泮水》"矫矫虎臣"，严粲曰："矫，居表反。○笺曰：矫矫，武貌。○今曰：'蹻蹻王之造'，字异，音义同。"

有时严粲仅指出"音同"，但是仍然表明二字为假借关系，如《淇奥》"赫兮咺兮"之"咺"，严粲曰："咺，喧之上，《大学》作喧，音同。"又如《河广》"一苇杭之"之"杭"，严粲曰："杭，亦作航，音同。"

（二）某字与某字通或者同

唐代学者陆德明、孔颖达等已经开始使用某字与某字通的方式来表明《诗经》中一些字的假借关系。前有所承，李樗、苏辙、钱文子等宋代学者亦用此种方式在判定假借方面有所创获。严粲《诗缉》引用诸家之说颇多，如《小弁》"如或醻之"之"醻"，严粲引孔疏："疏曰：酬酢皆作酬，此作醻者，古字得通用。"《祈父》"祈父"之"祈"，严粲引用唐代陆德明《经典释文》与宋代李樗两家之说："《释文》曰：封圻，当作'畿'字。古作'祈''圻''畿'同，字得通，故此作'祈'，《尚书》作'圻'。○李氏曰：《左传·襄十六年》'献子赋《圻

① 高亨纂著，董治安整理《古字通假会典》，齐鲁书社1989年版，第720页。

父》’，其字用《酒诰》‘圻’字。昭十二年，子革曰：‘祭公谋父作《祈招》之诗。’杜预注云：‘祈父，周司马。祈，字作《诗》之祈。’”《卫·淇奥》“瞻彼淇奥”之“奥”，严粲引李氏曰：“《左传·昭公二年》‘北宫文子赋《淇澳》’，其字从水，与‘奥’通。”“逝”与“噬”在《诗经》中用在句首时，为发语辞，无实际意义，读音相同，二字通假。《日月》“逝不古处”与《唐风·有杕之杜》“噬肯来游”，严粲均引用朱氏所云：“发语辞。”同时在《有杕之杜》“噬肯来游”与《桑柔》“逝不以濯”正文之后均引用苏辙之说：“噬、逝，通。”《泮水》“狄彼东南”之“狄”，严粲亦引用苏氏之说：“古狄、逖通。”《兔罝》“公侯好仇”，严粲引用钱文子之说：“仇与逑通。”《生民》“禾役穟穟”之“穟”，严粲亦引钱氏之说：“‘穟’与‘穗’通。穟穟，禾多穗也。”

在继承前人研究成果的基础上，严粲也通过指出某字与某字通的方式表明假借关系。《关雎》“钟鼓乐之”之“钟”，严粲云：“金旁从童之鐘，乐器也；金旁从重之鍾，酒器也，聚也。古字钟通作鍾，监本《毛诗》皆作鍾。”《麟之趾》“于嗟麟兮”之“于”，严粲云：“于音吁。○臣粲曰：于，古注无音，今考韵‘于’字通作‘吁’，注云‘《诗》“于嗟”用此’，知当音吁也。”《柏舟》“汎彼柏舟”，严粲云：“汎通作泛。”《柏舟》“以敖以游”之“敖”，严粲云：“敖音遨，通作遨。”《硕人》“硕人敖敖”之“敖”，严粲云：“音翱。○曹氏曰：《释文》云：‘敖，出游也。’通作‘遨’，则‘敖敖’是优游舒徐之意。”《河广》“曾不容刀”之“刀”，严粲云：“笺曰：小船曰刀。○粲曰：舠字音刀，小船也，古字通用。”《候人》

“三百赤芾”之“芾”，严粲云：“音弗。○今曰：芾，字当作韨，古字通也。蔽膝之韨从韦，黼黻之黻从黹。”《彤弓》“一朝右之”之“右”与“宥”“侑”通假，故严粲曰：“右，助也。右与宥、侑通，皆助也。”《抑》“洒扫廷内”之“廷”，严粲云：“今曰：庭，宫中也。廷，朝廷也。‘廷内’指宫庭，而字作‘廷’；《易》‘扬于王庭’，指朝廷，而字作‘庭’，古字通用。”

《诗经》中形容马车的“邻邻”与杜甫《兵车行》中的“辚辚”音义同，可通假。高亨《古字通假会典》云：“【軨与辚】《楚辞·九歌》：‘乘龙兮辚辚。’《考异》：‘辚，《释文》作軨，音辚。’《补注》：‘今《诗》作邻。’”① 由此可见，“邻”与“辚”具有通假关系。严粲以“辚辚”训“邻邻”，并且引用杜诗为证，指出两字通假：“《车邻》‘有车邻邻’……○今曰：杜子美诗云‘车辚辚’，其字从车，古字通。”

《文王》“厥作祼将”之“祼”，严粲以为与“灌”通，可通假：“《郊特牲》云：‘灌以圭璋。’注云：‘灌，谓以圭瓒酌鬯，始献神也。’《论语》：‘禘自既灌而往。’朱氏解云：‘灌者，方祭之始，用郁鬯之酒灌地以降神也。字皆作灌。《洛诰》：“王入太室祼。”’夏氏解云：‘祼，灌也，谓以圭瓒酌于爵以献尸，尸受酒而不饮，因灌于地，故谓灌也。’然则因其灌之于地，故名之为祼，经字作‘灌’，古字通也。”

有时严粲指出“某字与某字同”以表明二字的假借关系，如《淇奥》“有匪君子”，严粲曰：“匪、斐同，《大学》作斐。”

① 高亨纂著，董治安整理《古字通假会典》，齐鲁书社1989年版，第96页。

《考槃》“考槃在涧”，严粲曰：“或见‘槃’字从木，遂以为器，非也。‘民讫自若是多盘’，‘槃’与‘盘’同。”

（三）某字本作某字

严粲还通过指出某字本作某字的方式表明假借关系。

《大雅·板》“及尔游衍”之“衍”与《小雅·十月之交》“四方有羡”之“羡”，读音相同，意思一样，可通假，故高亨《古字通假会典》云：“【衍与羡】《诗·大雅·板》：‘及尔游衍。’《释文》衍作羡，云：‘本或作衍。’《史记·河渠书》：‘河菑衍溢。’《汉书·沟洫志》衍作羡。《汉书·沟洫志》：‘然河菑之羡溢害中国也尤甚。’颜注：‘羡读与衍同。’《汉书·董仲舒传》：‘富者奢侈羡溢。’颜注：‘羡，饶也，读与衍同。’”① 《大雅·板》“及尔游衍”之“衍”，《毛传》曰：“衍，溢也。”《小雅·十月之交》“四方有羡”之“羡”，《毛传》曰：“羡，馀也。”但值得注意的是，《经典释文》对于“四方有羡”之“羡”的注音作“羡，徐箭反”；“及尔游衍”之“衍”，其版本作“羡”，曰：“羡，馀战反，溢也，一音延善反，本或作‘衍’。”《经典释文》的注音前后不一致，自相矛盾，显然必有一误。严粲纠正其误曰：“《十月之交》‘四方有羡’，延之去。○传曰：羡，余也。○今曰：此羡训余，当作余箭反。诸本作徐箭反，则训慕，误也。”严粲纠误的同时，指出“羡”读“衍”音，并且借用其意，即“衍”与“羡”通假。

《生民》“恒之秬秠”之“恒”，严粲在辨析“恒”与

① 高亨纂著，董治安整理《古字通假会典》，齐鲁书社1989年版，第188页。

“亘”读音与字义两方面的情况后得出结论，即“恒”当作“亘”，不仅读“亘”音，而且借用其意：“恒音亘，本又作亘。○传曰：恒，遍也。○疏曰：言种之广多。○今曰：恒音衡，训常也，久也，无别音。唯亘字，古邓反，训通也，遍也，竟也。今毛训遍，则本作亘者为是。”

不过，严粲也指出一些字并非通假字，不必读通假异读之音。《击鼓》“死生契阔，与子成说。执子之手，与子偕老”之“说”，严粲既不采纳毛亨“说，数也”的观点，又不信从郑玄“相说爱之恩”的观点，而是提出一种新说，指出此处“说”为“言说”之义，故应该如字读：“今如字，旧音悦。”严粲以为“说”在此处并非通假字，不必按照通假异读为“悦”之音，而要如字读，严粲将这几句诗解读为：“我往者初昏之时，与子成其约誓之言，执子之手，期于偕老，不谓今日便为死生之别。”

《狼跋》“载疐其尾”之“疐”本音致，其义为“跆也”；又通“蒂”，音帝，其义为“本也”。严粲以为《狼跋》中的“疐”当如字读，音致，意为“跆也”，并非通假字：“疐音致，旧又音帝，今不从。○今曰：疐音致者，跆也；帝音者，本也。此诗但当音致。《中庸》言：‘前定则不跆。’注：‘跆，踬也。’踬音致。《说文》云：‘跆，踬。’踬，即疐也。○《释言》曰：‘跋与疐皆颠倒之类，进则躐其胡而前倒，退则却顿而倒于尾上。’”为了明确其意，严粲进一步加以阐释：“老狼以贪欲之故，陷于机阱。其在机阱之时，欲进，则跋躐其胡；欲退，则疐跆其尾，求脱不能。喻人有贪欲，则陷于患难，进退失措也。周公逊其大美，不以德盛自矜，不以功大自伐，无一毫私欲之累，故虽处流言之变，其赤舄几几然，步履安详，无异平日，所谓‘不失其圣’也。凡人处利害之变，则举趾不安其常，惧者或至于丧屦，喜者或至于折屐。诗人以‘赤舄几几’见周公之圣，其善观圣人矣。〇狼，猛健之兽，虽善兵者御之，亦不能免。平时不至跋疐，其老者虽项下垂胡，若在平地，亦无跋之之理。所言‘跋胡’‘疐尾’者，谓其落机阱之时，进退求脱不能耳。”

《板》“大师维垣”之“大”，严粲曰：“大，今如字，旧音泰。〇王氏曰：大师，大众也。”至于为何“大”如字读，而不是音泰，严粲所引王氏之说清楚地说明是因为这里的“大师”指大众，而不是指太师。严粲在本诗第七章章旨部分有更加具体的论述：“七章泛言用人之效也。言善人所以为藩篱，大众所以为垣墙，大邦所以为屏蔽，巨室所以为翰干，国家所恃，在此数者。苟能使怀我之德，则无有不宁矣。又同姓之宗子所以为城之固，亦当保安之，勿使此城有坏，无至于独居而可畏惧也。”把“大师”解为大众，可以使上下文互相呼应，表达的文意更加顺畅。此类例子不胜枚举，兹不赘述。

严粲通过指出某字与某字音义同、某字与某字通或者同、某字本作某字等方式判断通假字。综上所述，《诗缉》在注音方面有许多创新，在某些方面甚至可以说比较超前。

第三节 《诗缉》中的语法观念

本书所说“《诗缉》中的语法观念”，当然不是指现代比较系统的语法观念，而是说在继承由汉至宋学者研究成果的基础上，严粲对一些词的词性如语辞、代词、连词等有比较明晰的认知与论断，并且有比较具体的阐释。

一、语辞

语辞即无实际意义的文言虚字，一般用在句首或句中、句末，根据所在位置的不同相应分为发语辞、句中语助辞、句末语助辞。《毛传》《毛诗传笺》已经开始使用“辞”或者“语辞”来解读《诗经》中出现的以上三类语辞。如《汉广》“不可求思”之“思”，《毛传》曰：“思，辞也。”《都人士》“匪伊卷之”之“伊”，《笺》云：“伊，辞也。”《頍弁》“实维何期”之“期”，《笺》云：“期，辞也。”到了唐宋，不仅“辞”或者“语辞”的使用更加广泛，而且总结出来的“辞”或者“语辞”也更多。严粲继承毛亨、郑玄、朱熹、苏辙、李樗、钱文子、项安世等学者的观点，在为一些诗歌作注时有时直接引用前说，有时对旧说进行补充说明，或者批评指正，或者总结概括。

（一）发语辞

严粲直接引用前说指为发语辞的例子不胜枚举，如《文王》“聿修厥德”，严粲引用朱熹之说：“朱氏曰：聿，发语辞。”《生民》“诞弥厥月”，严粲亦引用朱说：“朱氏曰：诞，发语辞也。”严粲在解《皇矣》“诞先登于岸”时曰：“朱氏《生民》解曰：诞，发语辞。”《大叔于田》“抑磬控忌”与《十月之交》“抑此皇父”之“抑”，严粲均直接引用朱熹之说：“朱氏曰：抑，发语辞。”《出其东门》“聊乐我员”，严粲引用郑玄之说曰：“《园有桃》笺曰：聊，且略之辞。”

“逝”与“噬”在《诗经》中多次出现，用在句首时作发语辞，二字通假。《日月》“逝不古处”与《有杕之杜》“噬肯来游”，严粲均引用朱氏所云：“发语辞。”在《有杕之杜》篇引用苏辙所云：“噬、逝，通。”既然二字通，故严粲结合“噬”阐释《桑柔》“逝不以濯”之“逝”：“今考《唐风》‘噬肯来游’，朱氏云：‘发语辞。’苏氏云：‘噬、逝，通。’”

在考察了《诗经》中部分用于句首的“爰”的用法之后，严粲进行了概括，并得出结论，以为等同于“于”，为发语辞，无实际意义，否定了表示“于何”之意的旧说：“旧说‘不知于何居处乎？于何丧其马乎’，文意亦通。然此诗‘爰居爰处’可通，至《斯干》‘爰居爰处’说不行矣。《诗经》‘爰始爰谋’‘爰众爰有’‘爰笑爰语’之类，皆无‘于何’之意。惟《四月》‘爰其适归’，言何所适归，盖‘其’者，未定之辞也。‘爰’止训‘于’，今以为皆发语之辞。‘爰居爰处’言居者之安，‘爰丧其马’言行者之苦，观下文，其意可见。”

“薄言”二字第一次出现在《芣苢》一诗中，故严粲不仅引用程子“薄言，发语辞”之说进行解释，而且总结规律，为后面诗歌中出现的所有“薄言”起例发凡：“‘薄言震之’‘薄言追之’‘薄言采芑’，凡‘薄言’二字，皆辞也。”在《芣苢》之后，《诗经》中其他出现“薄言”的诗歌，如《采芑》“薄言采芑”、《采绿》“薄言观者”、《时迈》“薄言震之”，严粲均引用程子“薄言，发语辞”之说予以阐释。“薄言”二字最后一次出现是在《駉》“薄言駉者”句中，故严粲一方面引用“程子曰：薄言，发语辞”，另一方面引用“刘氏曰：薄言者，聊言之而已”，进行归纳总结，表明其作用。

有时严粲在前说的基础上，进行归纳总结，或者提出新见。如《文王》“侯于周服”，严粲联系此诗“侯文王孙子”以为诗句中的“侯”均为发语辞：“本诗‘侯文王孙子’‘侯于周服’皆为发语之辞，孔申毛义作‘维’，是也。”

在《诗经》中，“思”作为“辞也”，既用在句首，也用在句中、句末。严粲在阐释《思齐》“思齐大任”之“思”时总结了“思”在句首为发语辞的情况：“朱氏曰：思，语辞。今曰：旧作‘思念’之‘思’，然‘思齐’‘思媚’‘思文王’与‘思皇’同，《雅》《颂》多周公所作，措辞同也。”严粲既引用“朱氏曰：思，语辞”，表明此“思”为发语辞，无实际意义，否定其义为“思念”之“思”的旧说，又考察了《雅》《颂》诗中用在句首的“思”为发语辞的诗歌多为周公作。严粲分别引用“传曰：思，辞也”“李氏曰：与‘思皇多士’同。思，语辞也”“朱氏曰：思，语辞也”“钱氏曰：思，语助”“王氏曰：思，语辞也”说明《文王》“思皇多士”、《载见》“思皇多祜”、《思文》“思文后稷”、《载芟》“思媚其妇”、《泮水》“思乐泮水”中的“思”均为用在句首的发语辞。

（二）句中语助辞

语助辞，又称助语辞，是专门表示各种语气但不表示实在意义的虚词，一般位于句中或句尾停顿处，即现代汉语中表示语气的助词，也称语气词。《毛传》《毛诗传笺》尚未出现具体的阐释，孔疏中出现了一些对《诗经》“助语辞”或称为“语助”的论断。宋代学者欧阳修、朱熹、陈鹏飞、钱文子等亦有所论述。严粲继承了前人的观点，在为一些诗歌作注时多是直接引用前说。

"伊""其""载""言""思"等均可用为句中语助辞。《雄雉》"自诒伊阻"，严粲曰："疏曰：伊，助语也。"《扬之水》"彼其之子"，"朱氏曰：其，语助也"。《皇矣》"串夷载路"与《生民》"厥声载路"，严粲均引用钱文子之说："钱氏曰：载，语助也。"

"言"在句中有时用为语助，如《彤弓》"受言藏之"，严粲引用"李氏曰：言，语辞也"；《有駜》"醉言舞"，严粲引用"钱氏曰：言，语助"。《小雅·大东》"睠言顾之，潸焉出涕"，严粲曰："今回首反顾之，为之潸然出涕，伤今不如古也。"严粲在行文中已经透露出"睠言顾之"之"言"为语辞，但是并未明确说明，有可能是因为已经在《彤弓》与《有駜》两首诗中分别引用李樗之说、钱文子之说明确指出"言"为"语辞""语助"的缘故，故在此省略。

在《诗经》中，"思"用为句中语辞的频率较低，《丝衣》"旨酒思柔"即其中一例，严粲引用"朱氏曰：思，语辞也"予以说明。

（三）句末语助辞

"思""尔""止""斯""员""只""且"等均可用为句末语助辞。"思"作为句末语助辞第一次出现在《汉广》"不可求思"句末。对于此"思"字，严粲引用《毛传》之说曰："思，辞也。"在此之后，严粲继续引用项安世之说："项氏曰：思，语辞，或用之句末，如'不可求思'；或用之句首，如'思齐大任'。"项氏之说既是对《毛传》说法的一种肯定，又是一种补充说明，把作为"辞也"的"思"分为用在句末和句首两种类型，同时也是对《毛传》在《汉广》解"思"为"辞也"这一起例发凡作用的概括总结。由此可见，严粲引用《毛传》与项安世两家之说便非常有必要。在阐释《南有嘉鱼》“嘉宾式燕又思”时，严粲结合项氏之说更深入地探讨了“思”在句末用为语辞的问题：“今曰：思，皆为语辞。……或云：‘思’为语助者，上字协韵，‘思虑’之‘思’者本字协韵，‘来’字与‘思’字协韵。然《汉广》‘求思’‘泳思’‘方思’皆语助，其上字皆不协韵，见以古人韵缓，二诗皆语辞，就以为韵也。”《采薇》“今我来思”与《出车》“今我来思”、《抑》“神之格思”、《南有嘉鱼》“烝然来思”、《敬之》“天维显思”均为“思”在句末之例。前两首诗，严粲皆引用“李氏曰：思，语辞也”予以说明；后三首诗，严粲分别引用“《诗记》曰：思,语辞也”“疏曰：思，语辞”“朱子曰：思，语辞也”予以说明。

除了“思”，“尔”“止”“斯”“员”“只”“且”等均可用为句末语助辞。《噫嘻》“既昭假尔”，严粲引用钱文子之说曰：“钱氏曰：尔，语辞。”《赉》“文王既勤止”，严粲引用钱说曰：“钱氏曰：止，语辞。”《闵予小子》“陟降庭止”，严粲引用范说曰：“《补传》曰：止，语辞。”《文王》“于缉熙敬止”，严粲引用孔疏曰：“疏曰：止，语辞。”《小弁》“弁彼鸒斯”，严粲引用孔疏与朱说：“疏曰：此鸟名鸒而云‘斯’者，语辞，犹‘蓼彼萧斯’‘菀彼柳斯’。以刘孝标之博学，而《类苑·鸟部》立‘鸒斯’之目，是不精也。”《清庙》“无射于人斯”，“朱氏曰：‘斯，语辞也。’”

《出其东门》“聊乐我员”，严粲曰：“疏曰：云、员，古今字，助语辞也。”《柏舟》“日居月诸”，严粲曰：“疏曰：居、诸者，语助也。”《燕燕》“仲氏任只”，严粲曰：“朱氏曰：只，语助也。”《君子阳阳》“其乐只且”，严粲曰：“朱氏曰：只且，语助声。”《褰裳》“狂童之狂也且”，严粲曰：“朱氏曰：且，语助辞也。”《下武》“昭兹来许”，严粲引用陈氏之说，以为“许，语助也”。《巧言》“曰父母且”，严粲曰：“欧阳氏曰：且，语助。”

二、代词

严粲比较关注诗歌中的代词，详细辨析其所指称的对象。

为了准确定位《甫田》“我取其陈，食我农人”中的“我”之所指对象，严粲联系《七月》“采荼薪樗，食我农夫”中的“我”，指出均指“农人自我”：“旧说又以‘我取其陈，食我农人’为上之人取以食之，此以文害辞也。《七月》‘采荼薪樗，食我农夫’，岂亦上之人复为农夫采荼薪樗乎？二文句法一同，皆农人自我也。古者藏富于民，家给人足，岂待上之人一一遗之食耶？虽补助之法不废，而不给不足者亦寡矣。”

《墓门》“夫也不良”中的“夫”，《毛传》曰：“夫，傅相也。”《毛传》太简略，对于为何“夫”指“傅相”语焉不详。严粲以此“夫”字为人称代词，虽然当时并没有人称代词的概念，但是其意则同：“夫也，犹言此人。”同时，严粲列举《檀弓》“曾子曰：‘夫夫也。’”严粲认为《檀弓》第一个“夫”字与此句首字用法相同，并且引用郑玄注为证：“上音扶，下如字，犹言此丈夫也。”当然，严粲并非否定《毛传》之说，而是进一步补充，故同时引传曰：“夫，傅相也。”同时指出：“‘夫也’，谓傅相之人，当时必有所指也。”

严粲从《伐木》整首诗着眼，把诗中的“我”串联在一起考察，指出其指称对象为君主，而非臣下：“一诗之内凡言‘我’，皆燕朋友者自我也，曰‘微我有咎’‘微我弗顾’‘迨我暇矣’及‘湑我’‘酤我’‘鼓我’‘舞我’皆同。郑氏以为族人陈王之恩，则是臣答君之辞，非君燕臣之辞矣。君燕臣之乐歌，但当述己待臣之意，不当述其臣感己之辞也。”《扬之水》“从子于沃”，严粲曰：“下文‘君子’既指桓叔，则此言‘子’者，设言欲叛之人，如潘父之徒也。”

值得注意的是，《诗经》中的一些人称代词并非实指，而是虚指。为了准确训释《白驹》诗中的“伊人”，严粲把《白驹》与《有杕之杜》《丘中有麻》联系起来进行考察：“《唐·有杕之杜》刺不能求贤，曰‘彼君子兮，噬肯适我。中心好之，曷饮食之’；《丘中有麻》言贤人放逐，曰‘彼留子嗟，将其来施施’，皆望其来而不可得之辞，与此诗之意一也。”严粲指出三首诗主题相近，均为望贤者之来而不可得，由此总结出《白驹》中的“伊人”即“彼人”，因此“伊人逍遥”的意思并非实指：“旧说以‘伊人逍遥’为贤者实来访于己，非也。伊人犹言彼人，谓其人不在此而想象之称，非觌面之称也。”《桑扈》“君子乐胥”的君子同样并非实指，严粲曰：“笺以君子指王者，朱氏以为指诸侯，今以为泛称古之君臣。”

三、连词

连接词与词、词组与词组或句与句，表示并列、承接、转折、因果、选择、假设、比较、让步等逻辑关系的虚词，即连词。严粲对《诗经》中的一些连词进行了阐释。

严粲把《泉水》“载脂载舝”之“载……载……”解为表示

并列关系的连词，认为句中两“载”字连接起两件并列的事情：“读诗者但以‘载脂’‘载牵’为以脂膏涂其牵，两‘载’字不分明。载脂，谓未设牵于车之时，先以脂膏涂其牵，其用在脂，故曰‘载脂’也。载牵，谓涂牵既毕，乃设牵于车，其用在牵，故曰‘载牵’也。载脂一事，载牵又一事，毛氏云‘脂牵其车’，以二事言也”，“诗人之辞多以一事分两节言之，如‘载脂载牵’止是脂牵一事耳，今言‘载脂’则谓涂脂于牵，言‘载牵’则谓设牵于车”。

虽然《菁菁者莪》“载沉载浮”句中同样出现了“载……载……”格式，严粲从朱氏之说释为“载，则也”，以“载”为连词，但在此基础上释为表示选择关系的连词“或……或……”，既不是载物于舟之意，也并非“载脂载牵”中表示并列关系的连词：“兴也。杨舟泛泛然于水中，无所维系，或沉或浮。……○旧说：沉物亦载，浮物亦载。韩退之亦从之。且《诗》中‘载驰载驱’‘载笑载言’‘载饥载渴’‘载清载浊’‘载飞载止’，凡言‘载’皆则也，独以此为载物于舟，非也。”

严粲把《崧高》“于邑于谢”与《大明》“于周于京”句中的“于……于……”解为表示包含关系的连词，均只言说一事：“‘于周于京’止言周京一事耳，今言‘于周’则指国，言‘于京’则指国所都之地。此‘于邑于谢’，语势正与‘于周于京’同。笺以上‘于’为往，下‘于’为於，今不从。”

严粲把《大田》“既备乃事”与《公刘》“既顺乃宣”“既登乃依”之“既……乃……”放在一起解为表示承接关系的连词，即连接起两件先后发生的事情：“或说‘既备乃事’者，备其事也，亦通，但诗中‘既顺乃宣’‘既登乃依’皆二事也。”

严粲引用郑玄之说把《雨无正》“曾我暬御”之“曾”解为表示转折关系的连词：“《雨无正》‘曾我暬御’，笺曰：曾，但也。今曰：曾，则也。但，亦则之意，音如字。”

“肆”用在句首，为连词，表示因果关系，即“故”的意思。严粲阐释《昊天有成命》“肆其靖之”之“肆”时总结出“肆”用在句首时，其特定含义即“故”：“今曰：书凡发语‘肆’字，皆训故。”

第六章　严粲解《诗》特点研究

严粲解经的特点主要表现在五个方面：治《诗》集其成、多自抒心得、深得诗人优柔之意、运辞宛转曲折、考证尤为精核。

第一节　治《诗》集其成

严粲《诗缉》既吸收汉学解《诗》成果，又发挥宋学义理治《诗》之长，融会贯通汉学与宋学，表现出兼容性、开放性的学术思想，展现出扎实严谨、实事求是、兼容并包、择善而从的治《诗》态度，故张舜徽称："宋人治《诗》之集其成者，无逾严粲《诗缉》。"①

一、广考众说，择善而从

自汉代以来，解读《诗经》的著作愈来愈多。随着雕版印刷的盛行、疑古思潮等因素的影响，宋代解读《诗经》的著作

① 张舜徽《清人笔记条辨》，华中师范大学出版社2004年版，第31页。

更是如雨后春笋一般层出不穷。严粲征引浩繁，广采众说，融通百家，体现出以经传解《诗》、以史解《诗》、以诸子百家之说解《诗》、以诗解《诗》等特色，正可谓“兼容并包，广征博引”①，由此可见严粲《诗》学积累之深厚宽广，亦可见其学术渊源之所自。在罗列种种异说并且细加甄别之后，严粲会择善而从，选择其中比较妥当的说法：“他往往罗列许多可能的说法，或者尽力搜集相关文献，从中判别对错，或者统整出新说。这种解经的功夫，是一般宋代新派说《诗》者所欠缺的。”②

严粲认为《采蘋》“于以采蘋”之“蘋”为《本草》中三种水萍中的大萍，可茹，用以祭祀。通过详细考辨，严粲以毛说为正，而以郭璞之说为误：“今考《本草》，水萍有三种：其大者曰蘋，叶圆，阔寸许，季春始生，可糁蒸以为茹；其中者曰荇菜；其小者巨水上浮萍，江东谓之薸。毛氏以蘋为大萍，是也；郭璞以蘋为今水上浮萍，即江东谓之薸，是以小萍为大萍，误矣。蘋可茹，而薸不可茹，岂有不可茹之薸而乃用以祭祀乎？《左传》云‘蘋蘩薀藻之菜’，蘋、藻皆菜，则可茹之物，非薸也。今薸止可养鱼。”

结合《左传》《礼记·射义》《礼记·月令》及郑玄注，对比毛亨、郑玄关于《驺虞》篇“驺虞”的解说之后，严粲以为郑说为长：“驺虞者，驺御及虞人也。……《月令》：‘季秋，天子乃教于田猎，命仆及七驺咸驾。’郑氏云：‘七驺，谓趣马，

---

① 王智慧《〈诗缉〉征引文献的特点及价值》，《青年文学家》2015 年第 12 期。

② 黄忠慎《严粲诗缉新探》，台湾文史哲出版社 2008 年版，第 52 页。

主为诸官驾说者也。’成十八年《左传》晋悼公使‘程郑为乘马御，六驺属焉，使训群驺知礼’，是驺为驺御也。朱氏《孟子解》以虞人为守囿之吏，故齐景公田，则招虞人，是虞为虞人也。《礼记·射义》云‘天子以《驺虞》为节……乐官备也’，谓驺御、虞人皆不乏人，则官备可知。毛氏以驺虞为义兽，白虎黑文，不食生物。陆玑、山阴陆氏皆和之。司马《封禅文》云‘囿驺虞于珍群’，且谓‘般般之兽’‘白质黑章’；晋张华又谓驺虞具五采，乘之日行千里，皆祖毛氏也。今不从。汉武帝时，建章宫后，有异物出焉，其状如麋。东方朔云：‘此驺牙也。’或附会此驺虞即驺牙，非也。《尔雅》无驺虞。”

《击鼓》描述一位从征战士跟随将领孙子仲奉州吁之命前去“平陈与宋”，抒写其郁闷悲愤、无可奈何的感情，故《毛诗序》指出：“卫州吁用兵暴乱，使公孙文仲将而平陈与宋。”郑玄《毛诗传笺》云：“伐郑在鲁隐四年。”朱熹《诗集传》以为其说“恐或然也”。姜亚林《〈诗经·邶风·击鼓〉本事新证》一文亦指出：“《击鼓》产生的本事是：鲁隐公四年（前719年），卫、宋、陈等诸侯第二次讨伐郑国。”① 《击鼓》第四章“死生契阔”，传曰：“契阔，勤苦也。”郑玄继承毛说以为“死也，生也，相与处勤苦之中”。毛亨、郑玄之说不合此诗的上下文意，体现不出从征者走向战场之前的真情实感，故严粲通过颜师古《汉书》注否定毛亨、郑玄之说，以为当为间阔之义：“今曰：《汉书》‘间何阔’，注云‘久阔不相见’，则‘契阔’为间阔之义也。传以‘契阔’为‘勤苦’，今不从。”

---

① 姜亚林《〈诗经·邶风·击鼓〉本事新证》，《学术论坛》2007年第5期。

郑玄以为第四章“死生契阔，与子成说。执子之手，与子偕老”意谓：“从军之士与其伍约，死也，生也，相与处勤苦之中，我与子成相说爱之恩，志在相存救也。”王肃反对郑玄所谓的士兵之间立下相存救誓言的观点，并且提出新说，以为是形容夫妻情深之语，孔颖达《毛诗正义》引王说云：“言国人室家之志，欲相与从生死，契阔勤苦而不相离，相与成男女之数，相扶持俱老。”此后，学者多从王说，以为此章为形容夫妻情深之语，如朱熹《诗集传》云：“从役者念其室家，因言始为室家之时，期以死生契阔，不相忘弃，又相与执手而期以偕老也”，“言昔者契阔之约如此，而今不得活；偕老之信如此，而今不得伸。意必死亡，不复得与其室家遂前约之信也”。① 严粲舍弃郑玄之说，信从王肃之说，以为此章描述从征战士曾经对妻子许下白头偕老永不辜负的誓言：“我往者初昏之时，与子成其约誓之言，执子之手，期于偕老，不谓今日便为死生之别，怨辞也。”

《凯风》曰：“睍睆黄鸟。”在《毛传》“睍睆，好貌”与《笺》“兴颜色说也”、钱氏“光鲜貌”的基础上，结合《檀弓》之文，严粲以为“睍睆”是形容此鸟颜色光鲜之貌，否定训为黄鸟之声的旧说：“粲曰：《檀弓》：‘华而睆。’睆，明貌也。睍，从目从见，亦以色言之。俗讹以为黄鸟之声。”

严粲否定孔疏对于《大叔于田》“执辔如组”的解读，信从钱氏之说：“朱氏曰：辔，今之缰也。〇钱氏曰：组文五采相间，手执六辔，如组之文，言其齐比。〇今曰：疏谓：‘织组

① 〔宋〕朱熹《诗集传》，上海古籍出版社1980年版，第19页。

者，总纰于此，成文于彼。’御者执辔于手，马骋于道，言如织组之为，不若言‘如组之文’为简径也。……〇旧说‘执辔如组’叔之御人，下文‘又良御忌’乃言叔身善御，自为支离也，正以叔‘执辔如组’为善御耳。”

严粲否定孔疏对于《伯兮》“焉得谖草”中“谖”为忘的解释，从毛氏解为草名之说：“孔氏以谖训为忘，非草名，然毛氏云‘谖草令人忘忧’，是有其物也。按《本草》有萱草，云：‘令人好欢乐无忧。’嵇叔夜《养生论》亦云：‘合欢蠲忿，萱草忘忧，愚智所共知也。’谖，本又作萱，《说文》作藼，或作蕿，皆从草，则为草名无疑矣。”

在对比诸说之后，严粲认为《毛传》关于《谷风》“维风及颓”之“颓”的解释是错误的，“传以颓为相扶而上，以猋释颓，误矣”，而从《尔雅》及郭璞注之说：“《释天》云：‘焚轮谓之颓，扶摇谓之猋。’郭璞云：‘猋，暴风从下上也。颓，暴风从上下也。’”严粲解为：“颓，风之从上而下者也。”

在解读《绵》诗“堇”字时，严粲否定孔氏解为乌头的观点，而从《毛传》解为菜，即《释文》与《内则》及《公食礼》可蒸食之“堇荁”之“堇”：“孔氏谓堇即乌头，且引《晋语》骊姬置鸩于酒、置堇于肉以为证，盖以此堇为《尔雅》‘芨堇’之‘堇’也。说者皆祖之。若为骊姬置肉之堇，则与鸩毒同类，与荼菜可食之物非其类矣。且诗人称周原之美，当言宜稼宜蔬，不应言其宜毒物也。荼虽苦，得霜而甜脆，故可言如饴。乌头，毒物，不可食，何由知其如饴乎？贾山言：‘江皋河滨，虽有恶种，无不猥大。’地之美者，能使物无美恶皆猥大耳，安能变毒物而为美物？毛氏以堇为菜，不言毒物，《释文》言堇蒸食之甘，知为《内则》及《公食礼》‘堇荁’之‘堇’，非《尔雅》‘芨堇’之‘堇’也。”

严粲解《思齐》“刑于寡妻”时，采纳吕祖谦《读诗记》之说“毫发不愧于隐微，然后近者孚，故‘神罔时怨，神罔时恫’，始可以‘刑于寡妻’”，并且据吕氏之说批评其他学者的观点：“说者见诗有大姒及寡妻之语，多以为文王内有贤妃之助，以成其德。文王内有贤助固也，此诗所言文王之德皆圣人极致之事，岂必由内助而后圣哉？‘刑于寡妻’，美文王能仪刑之，非美寡妻也。《关雎》美后妃之德，所以见文王之德，亦此意也。”

严粲解读《灵台》第二章时引用《孟子》之说，借以批评毛氏之说：“车马羽旄，一也，有见之而欣欣喜色者，有见之而疾首蹙额者，由人心之乐不乐也。文王之鸟兽鱼鳖何以异于人哉？特民心乐之耳。《孟子》最善说《诗》，只‘民乐其有麋鹿鱼鳖’，一语道尽诗意。毛氏以为灵道行于囿沼，今鹿养之久则自驯，白鸟未有不洁，鱼未有不跃者，岂皆灵道之行乎？后之说《诗》者，推广毛意，其辞愈美而去诗意愈远矣。”

对于《生民》“履帝武敏歆”，严粲批判地继承毛氏与郑氏二家之说，既吸取其合理之论，又抛弃其荒诞不实之说：“传曰：履，践也。武，迹也。敏，疾也。〇笺曰：帝，上帝也。〇疏曰：践迹者，谓随后行耳。〇今曰：履，随也。帝武，犹言祖武，非实有足迹也。歆，感动也。〇《诗》《书》凡言天帝而假人事言之者，皆形容之辞，不必执其迹也。‘监观四方’‘乃眷西顾’，不必天实有眼；‘闻于上帝’，不必天实有耳；‘帝谓文王’‘于帝其训’，不必天实有言。至言祭祀，曰‘神具醉止’，曰‘神嗜饮食’，曰‘神保聿归’，曰‘田祖有神’，若与神亲相接者，见神人来格之意耳。若稷果生于巨人迹，则其事甚异，《閟宫》之诗当首言之，今止言‘上帝是依’而已。‘履帝武敏歆，攸介攸止’即‘上帝是依’之谓也。古无巨迹之说，特列子异端，司马迁好奇，郑氏信谶纬，以帝武疑似之辞借口而为是说耳。至谓姜嫄无人道而生子，谬于理而妨于教，莫此为甚。神怪之事，圣人所不语，若《诗》言巨迹，圣人删之久矣。毛氏不信神怪，其说甚正，后世犹未尽从者，谓其以帝为帝喾耳。帝为帝喾，则稷乃尧之亲弟；尧有贤弟，在位七十载而不能用，待舜乃举之。帝喾圣夫，姜嫄正妃，配合生子，人之常道，何故但叹其母，不美其父，此说者所以疑之。今依毛以敏为疾，而不用其帝为高辛之说；依郑以帝为上帝，而不用其敏为拇指之说。合二家而去取之，可以折衷矣。天地之始，固有化生者，此可以言鸿荒之始，不可以言稷。或又以为麒麟之生异于犬羊，蛟龙之生异于鱼鳖，神人之生必有异于人，辞则美矣，非事实也。古今大圣人莫如帝舜、文王、孔子，其生不闻有异于人也。李氏曰：彼以契生于卵、稷生于巨迹者，乃引经疑似之言以惑世也，诗本无有也。欧阳氏云：秦汉之间，学者喜为异说。高辛四妃皆以神异而生子，盖尧有盛德，稷、契后世皆王天下数百年，学者喜为之称述，欲神其事，故务为其说。洪驹父亦云：尧、舜与人同耳，血气之类，父施母生，耳听目视，二足而行，是圣智愚不肖之所同也，何必有恢诡谲怪之事，然后为圣且贤哉？”

严粲时常批评郑玄、孔颖达拘守之弊端，如《白华》“滮池北流”，严粲以为郑《笺》“丰镐之间，水北流”与孔疏“言其北流，是目所睹。丰在丰水西，镐在丰水东，丰镐之间，唯丰水也”之说均不妥：“此止言池，非指丰水也。”《文王》：“郑以大王迁岐始居周原，不必如此拘也，周但言周家耳。”《文王》诗中的“维周之桢”之“桢”，严粲不同意郑玄解为干事之臣：“传曰：桢，干也。○《释诂》云：‘桢、翰、仪，干也。’舍人云：‘桢，筑墙所立两木也。’‘王后维翰’及‘维周之翰’，传皆云：‘干也。’疏云：‘干者，筑墙所立之木。’然则桢也，翰也，干也，一物也，字当作‘榦’，传写误作‘幹’。郑以此为干事之臣，失之矣。”在解读《无羊》一诗时，严粲指出笺、疏之误：“笺、疏所引牧人，谓牧人之官也。”同时指出：“诗所言牧人，何蓑笠薪蒸者，谓牧养牛羊者也”，“宣王承饥馑离散之后，所愿者年丰而民庶也，故就牧事上设为牧人之梦，非牧人实有是梦也。《鱼丽》为万物盛多之象，故为丰年；旟旐所以聚众，故为人民蕃庶，皆设辞以颂祷耳。笺、疏谓牧人得此梦而献于王，非也”。严粲批评郑玄对于《生民》“取羝以軷，载燔载烈”的解释：“郑氏于《楚茨》‘或燔或炙’以炙为炙肝，此诗‘烈’亦炙也，乃云‘燔烈其肉’。盖郑意以《楚茨》言宗庙之祭，《特牲》以肝配燔，故炙为炙肝；此诗为后稷将郊，而先軷祭，以上皆言軷祭之事，故烈为烈其肉。今以此诗言‘燔’‘烈’，为总说宗庙及軷祭，非专指軷也。”《潜》“潜有多鱼”，严粲从王氏之说，以为“潜，言取之深也”，并且引用《解颐新语》所云“鱼喜潜”为证，舍弃《毛传》的说法：“今考《传》云：‘潜，糁也。’《释文》云：‘鱼之所息谓之橬。橬，糁也，谓积柴水中，令鱼依之止息，因而取之也。’今不从。”对于《既醉》“令终”一词，严粲批评孔颖达求之太过之弊曰："旧说以'令终'为考终命，此非臣子祝君之辞也。一章、二章方祝君以万年，不应三章遽祝以考终命，其言不伦。由郑氏凿说以景福为五福，孔氏遂牵合，谓'令终'为考终命，然郑《笺》'令终'云以善名终，则郑意亦不然，孔求之过耳。"《那》"汤孙奏假"，严粲从欧阳修之说，舍弃《毛传》的说法："欧阳氏曰：汤孙，斥主祀之时王尔。自太甲以下至纣，皆可汤孙，不知所斥者何王尔。○今曰：传谓汤为人子孙，今不从。"

在解释《甫田》诗中出现的清酒时，严粲批判郑玄"好以礼说《诗》，率多牵强，失诗人平易之旨"，此诗即郑玄因祭字而为异说之典型案例："清酒二出，笺以《旱麓》'清酒既载'为三酒之清酒，以此诗'祭以清酒'为非三酒之清酒。此诗之'清'，谓玄酒也；酒，谓郁鬯五齐三酒也。疏谓载则盛之尊中，可言三酒之清酒。祭神，三酒，乃诸臣之所酢，不用之以献神，故此诗清酒非三酒之清酒。要之，诗人言清酒皆谓清洁之酒，犹《凫鹥》言'尔酒既清'，《烈祖》'既载清酤'。"严粲采纳吕祖谦对于《行苇》一诗的观点，批评郑玄以礼说《诗》之弊端："郑以为将养老择士大射，王肃以为燕射，《诗记》从王。《诗记》曰：'以诗之所叙，考之《仪礼》，王肃之说是也。然学者读此诗，当深挹顺弟和乐之风以自陶冶，若一一拘牵礼文，则其味薄矣。'"

不过，值得注意的是，严粲对毛氏、郑玄、孔氏之说并非抱有成见，而是择善而从，多有采纳。对《卷阿》整篇诗歌的定位就是基于郑玄之说，诗中"有冯有翼，有孝有德，以引以翼。岂弟君子，四方为则"，严粲曰："笺曰：则，法也。冯翼孝德之人，即‘蔼蔼吉士’也。成王左右前后，有可为冯依者，有可为辅翼者，有孝行者，有贤德者。凡此诸贤，王能有之以引导辅翼其身矣，然必得岂弟之大贤，以为四方之法而仪刑百辟也。〇说者多以‘四方为则’非人臣之事，遂以‘岂弟君子’为斥成王，然首章‘来游来歌’便说不行。吉甫‘万邦为宪’，申伯‘文武是宪’，山甫‘式是百辟’，嘉宾‘是则是效’，皆人臣事也。《诗记》曰：‘贤者之行非一端，必曰“有孝有德”，何也？盖人主常与慈祥笃实之人处，其所以兴起善端，涵养德性，镇其躁而消其邪，日改月化，有不在言语之间者矣，故宣王之在内者，唯云“张仲孝友”，而萧望之亦谓张敞材轻，非师傅之器，皆此意也。’”诗中“颙颙卬卬，如圭如璋，令闻令望。岂弟君子，四方为纲”，严粲曰：“笺曰：人闻之，则有善声誉；人望之，则有善威仪。笺曰：纲者，能张众目。外之体貌，颙颙然敬顺；内之志气，卬卬然高明。其德如玉之圭璋，表里纯一也。人闻之，有善声誉；人望之，有善威仪。此岂弟之君子可以为四方之纲也。纲举则目张，谓总提纲维也。〇说者以‘颙颙卬卬’而下为成王，非也。《假乐》嘉成王，故称‘穆穆皇皇’；此诗以成王初莅政而戒之，则不当过为称誉之辞也。”严粲对“维君子使”的解释亦在以上所引郑玄之说的基础上进行阐发：“今曰：此‘君子’，即前数章所称‘岂弟君子’也。”

又如《崧高》“维岳降神，生甫及申”，严粲从郑玄《孔子闲居》注“仲山甫及申伯也”之说，以为“此诗首章主申甫而言，谓申甫之生必有所自来，故推原于岳降以尊之，非申甫实为岳神也”，“此诗言岳降申甫，犹《烝民》言‘天生仲山甫耳’”。同时，批评郑玄《毛诗传笺》之说：“郑氏注《礼》既以甫为山甫，而笺《诗》乃以甫为甫侯，自为异义。且申伯光辅中兴，而远取周道始衰之甫侯以匹之，非所以褒扬申伯也。盖泥岳神福四岳之子孙，谓申、甫皆姜姓耳；或者疑甫为字，申为国，则名称不类，故以申、甫皆为国，不知古人文辞难以例拘。《舜典》称稷契，稷以官，契以名；汉称绛灌，绛以封邑，灌以姓，皆不类也。”又如《雝》序“禘大祖也”，对于“笺曰：禘，大祭也。大于四时，而小于祫”，严粲引用李氏“郑氏以为大于四时，其说固是；以为小于祫，则非矣”，表达自己的观点。

《韩奕》“奕奕梁山，维禹甸之”，严粲以为当从毛氏之说，而孔氏之说失毛氏之意，并且引用《文王有声》与《信南山》两诗为证：“毛氏以为禹治梁山，除水灾，宣王平大乱，命诸侯，有倬然之道者也。其说为长。孔氏释毛，以为美韩侯复禹之功。以韩侯配禹，拟非其伦，失毛意矣。功莫大于禹，故诗人言人君之功多配禹言之。《文王有声》言‘丰水东注，维禹之绩’，而继之以‘皇王维辟’，以武王之功配禹也。《信南山》言‘信彼南山，维禹甸之’，而继之以‘曾孙田之’，以成王之功配禹也。此诗亦以宣王之功配禹也。”此诗“以其介圭”，严粲则从毛氏、孔氏之说，不从郑玄之说：“疏曰：毛氏于《崧高》以介圭为所执之瑞，则此言介圭亦为瑞也。今曰：笺以为贡国所出之宝。今不从。”

由此可见，严粲对毛氏、郑玄、孔颖达等诸家之说采取扬弃的态度，舍弃不合乎诗意者，信从合乎诗意者，客观审慎，并无任何偏见，正如黄忠慎《严粲诗缉新探》一书所言：“当严粲面对毛郑所未注解的《诗》文时，他有时以借用其他诗句中的《毛传》或《郑笺》来解说，更多时候则是将注意力摆在毛、郑的说解上，亦即严粲会仔细地比较、析论《传》《笺》之说，或单论或综论《传》《笺》之解，然后视情况或采用或驳斥或发明毛郑之见解"①，"不管申成或驳斥毛说，严粲都提出了根据，或以经典，或以史书，或以传注古说，而非依靠主观的好恶或粗糙的推测"②。同时，黄忠慎还指出"严粲在这里却能指出毛、郑说的差异，且为之下判断，这已经接近清代汉学家的治经态度与方法了"③，"严粲对于《郑笺》的解说较少，而其态度依然是客观的，补充、申述、辩驳都有，但无论是用哪一种方式，其最终目的仍在诗句意义的诠释"④。不过，严粲采纳郑《笺》之说并不算少，据王智慧《严粲〈诗缉〉征引文献考》一文统计，多达 1324 条⑤。

二、融会贯通汉学与宋学

汉学即汉唐训诂之学，宋学是与汉学相对而言的概念，邓广铭指出："宋学是汉学的对立物，是汉学引起的一种反动。"⑥ 许总《宋明理学与中国文学·序论》也指出："宋代文化的核心是

---

① 黄忠慎《严粲诗缉新探》，台湾文史哲出版社 2008 年版，第 51 页。

② 黄忠慎《严粲诗缉新探》，台湾文史哲出版社 2008 年版，第 54 页。

③ 黄忠慎《严粲诗缉新探》，台湾文史哲出版社 2008 年版，第 55 页。

④ 黄忠慎《严粲诗缉新探》，台湾文史哲出版社 2008 年版，第 54 页。

⑤ 王智慧《严粲〈诗缉〉征引文献考》，鲁东大学2015 年硕士学位论文。

⑥ 邓广铭《略谈宋学》，见《邓广铭治史丛稿》，北京大学出版社 1997 年版，第 165 页。

承续自唐代中期兴起的儒学复兴运动而最终建立起新儒学思想体系。中国学术文化史上一向‘汉宋’并称，一方面表明了宋代学术的繁荣程度，另一方面也标示了宋学对汉唐经学化儒学的反拨与革新。”① 漆侠对宋学与汉学的不同有比较详细的论述：“从方法论上说，汉学属于微观类型，而宋学则属于宏观类型。在我国古代学术发展史上，宋学确实开创了学术探索的新局面，并表现了它独特的新思路和新方法”②，“宋学则指的是，在对古代儒家经典的探索中，与汉学迥然不同的一种新思路、新方法和新学风”③。关于宋学为什么产生，邓广铭指出：“儒家学者之所以要抛弃汉唐学者的章句训诂之学而趋重于阐发经典中的义理内涵，其内在原因固在于对汉儒繁琐哲学的厌弃而要转移方向，而其外部原因则也是在于看到佛教的那些学问僧都在讲说心性之学，便也想在这一方面能与之一较高低之故。”④ 韩毅《略论宋代学术史的时代特征》论述得更为具体：“从治学的内因来说，汉学‘分文析字，烦言碎辞，学者罢老且不能究其一艺’，由汉至唐，日趋繁琐，在外来佛教的冲击与抗衡下，实难成为敌手。而宋学则从经的大旨出发，复苏了传统儒家旧有的开放精神，完成了中国古代学术内部的自我更新。从治学途径上来说，汉学从章句训诂方面入手，亦即从细微处入手，达到通经的目的；而宋学则从经的要旨、大义、义理入手，亦即从宏观方面解经，达到通经的目的。”

---

① 许总《宋明理学与中国文学》，百花洲文艺出版社 1999 年版，第 1 页。

② 漆侠《宋学的发展和演变》，河北人民出版社 2002 年版，第 5 页。

③ 漆侠《宋学的发展和演变》，河北人民出版社 2002 年版，第 3 页。

④ 邓广铭《谈谈有关宋史研究的几个问题》，《社会科学战线》1986 年第 2 期。

严粲解《诗》既立足于汉学，广采汉唐《诗》学训诂成果，如依《序》立意，多引《毛传》、郑《笺》、孔《疏》之说，注重章句、训诂、疏释，又发挥宋学之长，吸纳《诗补传》《诗集传》《吕氏家塾读诗记》等宋代《诗》学成果，长于义理，自抒心得，时出新意，从而融会贯通汉学与宋学，表现出包容、开放的学术思想。

（一）立足于汉学

严粲既利用汉学的传统集解式训诂方式解《诗》，又广泛采纳汉学训诂成果。

严粲引用《毛传》、郑《笺》、《诗谱》、孔颖达《疏》颇多，王智慧《严粲〈诗缉〉征引文献考》一文指出《诗缉》征引《毛传》2086条[①]、《郑笺》1324条[②]、孔颖达疏1263条[③]、郑玄《诗谱》36条[④]，“共征引4709条”[⑤]，占所引用经部文献总数的83.3%，由此可见严粲对毛、郑、孔注解的极大重视，故黄忠慎指出：“这种解经的倾向，不仅说明严粲对古传注的重视，也说明他的眼光其实是传统的经学家的眼光，藉由解决古传注的纠葛来解决《诗》文的意义，因为解释或析论毛、郑之说的目的仍在于厘清三百篇的意义。”[⑥] 总体而言，严粲对《毛传》、郑《笺》、孔《疏》的态度是客观的。

---

① 王智慧《严粲〈诗缉〉征引文献考》，鲁东大学2015年硕士学位论文。

② 王智慧《严粲〈诗缉〉征引文献考》，鲁东大学2015年硕士学位论文。

③ 王智慧《严粲〈诗缉〉征引文献考》，鲁东大学2015年硕士学位论文。

④ 王智慧《严粲〈诗缉〉征引文献考》，鲁东大学2015年硕士学位论文。

⑤ 王智慧《严粲〈诗缉〉征引文献考》，鲁东大学2015年硕士学位论文。

⑥ 黄忠慎《严粲诗缉新探》，台湾文史哲出版社2008年版，第51~52页。

严粲在解读《诗经》时不仅频繁引用《毛传》、郑《笺》、《诗谱》、孔《疏》，而且经常引用《周易》及王弼、韩康伯注、《尚书》及孔安国传、《毛传》与《郑笺》、三《礼》及郑玄的三《礼》注、《大戴礼记》、《春秋》与三《传》及杜预、何休、范宁注、《论语》与何晏注、《孟子》与赵岐注、《孝经》与唐玄宗注、《尔雅》及郭璞注、《释文》、《说文》、《广韵》、《韵略》、《韵释》、刘熙《释名》等。以《尚书》为例，《诗缉》不仅引《尚书》篇目较多，如《大禹谟》《无逸》《多方》《立政》《顾命》《文侯之命》《武成》《太甲》《盘庚》《洪范》《酒诰》《洛诰》《康诰》《泰誓》《秦誓》《禹贡》《说命》《舜典》，也引及孔传。例如为了阐释《天保》第二章"天保定尔，俾尔戬谷。罄无不宜，受天百禄。降尔遐福，维日不足"，严粲引用《尚书·大禹谟》"满招损，谦受益"与《尚书·泰誓中》"吉人为善，维日不足"曰："使尔尽善，则无所不宜，宜君宜王，宜民宜人，宜兄宜弟，无所不顺也，故能受天之百禄，降尔以遐远之福。'满招损，谦受益'，故福禄虽盛，而不自止足，所谓'吉人为善，维日不足'也。"

严粲除了引用《诗经》的相关汉学成果，还灵活运用汉学的研究方法。黄忠慎指出："以他经中某个单字词语的意义来解释本经中相同或相似的单字词语，亦属汉学家常见的解经方式，此一解经法最晚可溯源自郑玄，到了清初才为儒者所公开重视，严粲继承汉儒此种解经法，可见其传统经学家气息颇重。"①

① 黄忠慎《严粲诗缉新探》，台湾文史哲出版社 2008 年版，第 45 页。

（二）兼采宋学

宋学“独研义理”，以义理为长。无论是理论阐释，还是解经实践，宋代学者不约而同提倡义理，由此形成一代之风气。关于“义理”一词的含义，蔡方鹿《朱熹经学与中国经学》一书有详细论述：“所谓义理之学，是指与章句训诂注疏之学相对应的讲求儒家经义、探究其道理的学问。‘义理’一词，初见于《礼记·礼器》：‘义理，礼之文也。’即义理是对礼的合宜得理的解说。汉晋时指经义名理，故后来学者将其作为一门讲求经义，探讨名理的学问。”① 与训诂之学相比，“义理”起源更早，“义理之学比训诂之学来得古老。自孔子删定六经、创立儒家开始，就非常重视义理之学……西汉时期，以董仲舒为代表的经学家，阐发经学中的义理，提高儒家经典的价值，使儒学摇身一变，变为经学”②。在后世经学的发展过程中，有时侧重于“义理之学”，有时侧重于“训诂之学”，而在宋代“义理之学”蔚为大观，“宋儒治经，着重探究义理，与汉唐儒者专事训诂名物、传注疏释的治经路数不同，而重在阐发儒家经典中的大义和道理”③。

宋初经学依然不脱汉唐注疏之窠臼，皮锡瑞云：“经学自唐以至宋初，已陵夷衰微矣。然笃守古义，无取新奇；各承师傅，不凭胸臆，犹汉唐注疏之遗也。”④在庆历时期的政治改革与疑

① 蔡方鹿《朱熹经学与中国经学》，人民出版社 2004 年版，第 247~248 页。

② 章权才《宋明经学史》，广东人民出版社 1999 年版，第 67 页。

③ 蔡方鹿《朱熹经学与中国经学》，人民出版社 2004 年版，第 248 页。

④ 〔清〕皮锡瑞著，周予同注释《经学历史》，中华书局 1959 年版，第 220 页。

古风气影响下，“诸儒起而批判汉唐注疏之学，阐发新儒学的义理，使学风发生了根本转变”，“宋代义理之学崛起使学风发生了根本性改变”。[①] 北宋张载首先倡导“义理之学”：“义理之学，亦须深沉方有造，非浅易轻浮之可得也”[②]，“学者只是于义理中求……道理须从义理生”[③]。继张载之后，二程大力提倡“义理之学”：“古之学者，先由经以识义理。盖始学时，尽是传授。后之学者，却先须识义理，方始看得经。”[④] 程颐云：“今之学者，只有义理以养其心。”[⑤] 在此背景下，有宋一代产生的经学阐释著作或多或少都带有讲求义理的特点。严粲深受宋代义理之风的影响，其《诗缉》特别讲求义理，特色鲜明，马一浮称：“严氏《诗缉》宗《毛传》，用《小序》，而长于义理，可法也。”[⑥]严粲解《诗》以阐发义理为主，沉潜到每首诗内部，探讨其大义，把握其精神实质，具有较强的思辨性。

蔡方鹿指出宋代“义理的内涵，已不仅仅限于经义名理，它还包括了具有时代特征的新儒学（理学）的天理、天道、心性、太极等重要内容”[⑦]。严氏《诗缉》“长于义理”首先表现

---

① 蔡方鹿《朱熹经学与中国经学》，人民出版社 2004 年版，第 249 页。

② 〔宋〕张载著，章锡琛点校《张载集》，中华书局1978 年版，第 273 页。

③ 〔宋〕张载著，章锡琛点校《张载集》，中华书局1978 年版，第 286 页。

④ 〔宋〕程颢、程颐撰，潘富恩导读《二程遗书·伊川先生语一》，上海古籍出版社 2000 年版，第 211 页。

⑤ 〔宋〕程颢、程颐撰，潘富恩导读《二程遗书·伊川先生语一》，上海古籍出版社 2000 年版，第 209 页。

⑥ 马一浮《马一浮全集》第一册（上），浙江古籍出版社 2012 年版，第 114 页。

⑦ 蔡方鹿《朱熹经学与中国经学》，人民出版社 2004 年版，第 249 页。

在继承张载、二程、朱熹的解经方式，通过天道、天理、心性等阐释《诗经》，体现了以理解《诗》的特点，故黄忠慎指出：“就‘以理解《诗》’的文字而言，严粲引用前辈学者的意见大约有12家，包括：钱氏、张氏、范氏、王氏、杨氏、陈氏、刘氏、曹氏、李氏、张载及二程、朱子。就所有出现的总条数而言，除了朱子12处，程子、陈氏有3处，张子、范氏、王氏、李氏各2处，其余皆1处。总共31条，而程、朱便占了15条之多。（按：此处统计不含前注所云两处简引《读诗记》）”① 朱熹的《四书章句》在当时社会上产生了极大影响。严氏不仅频繁引用《论语》《孟子》《大学》《中庸》原文，而且较多引用朱氏《四书章句》，也引及张栻《孟子解》等具有鲜明理学色彩的其他典籍。

《维天之命》中的诗句“维天之命”，郑《笺》曰：“命，犹道也。”首先，严粲继承郑玄之说以“天道”解读“天命”，同时，在《灵台》一诗中又云“人心所归，即是天命”，则民心归附文王即天命；其次，严粲在《维天之命》一诗引用程子之说进一步阐释“天命”即“天道”，也即“天理”，“天命”“天道”“天理”三者其实是三位一体的：“天命，即天道也”，“天之赋予万物谓之命，即天理也”。但是，细究一下，“天命”与“天道”之间略有差别，故严粲在此又引用程子之说曰：“天命，即天道也。以其用言之则曰命，造化之谓也。又曰：言天命之自然者曰天道，言天之赋与万物者曰天命。”

值得注意的是，严粲在阐释与文王有关的诗时常常结合《毛

① 黄忠慎《严粲诗缉新探》，台湾文史哲出版社2008年版，第80页脚注29。

诗序》"文王受命作周也"提及"天命"一词，如在《文王》一诗中指出："言受命作周者，推本之辞也。作，造也。造周之王业，犹《康诰》言'肇造区夏'也。天命归于文王，而文王退然不敢当，故在文王时无受命之说。《泰誓》《牧誓》犹皆不言文王受命，至《大诰》《武成》乃曰'我文考文王，诞膺天命'，盖武王既得天下之后，推本言之。凡经中称'文王受命'，皆谓天命归之而已，文王未尝当而受之也。"严粲阐释《旱麓》"莫莫葛藟，施于条枚。岂弟君子，求福不回"时曰："文王岂乐弟易，其求福不回邪也。《表记》言'得之自是，不得自是，以听天命'，遂引此章，盖有一毫觊幸之心则邪矣。"严粲阐释《灵台》时云："民附文王久矣，《序》言因灵台之役，而始见其归附，因诗起义耳。人心所归，即是天命。言文王受命，谓天命归文王耳，文王未尝当而受之也，《孟子》云'文王以民力为台为沼，而民欢乐之，乐其有麋鹿鱼鳖'是也。及者，所谓爱其人及屋上之乌也。"严粲在《文王》一诗里表达了同样的观点："殷之亡也，实自于天，天命无私，可以为鉴也。鉴殷之所以失，必法文王之所以得。四时行，百物生，天之事也，而无声音臭气之可求，惟仪象刑法于文王，则万国孚信之矣。"

"天道"一词最早出现在《尚书》中，《尚书·汤诰》曰"天道福善祸淫"①，此后成为重要的哲学观念且影响深远。到了宋代，"天道"与"天理"成为理学的重要范畴。在《诗缉》中，"天道"共出现6次，"天之道"共出现3次。一些诗歌本

① 〔汉〕孔安国传，〔唐〕孔颖达等正义《尚书正义》卷八，《十三经注疏》上，上海古籍出版社1997年版，第162页。

身便包含深刻的哲理，如严粲解读《维天之命》的一段文字共出现“天道”2次，总结《十月之交》中出现的日食是由于“天道乖”的缘故：“三章言日食之后，灾异荐至也。雷电烨烨然者常也，而十月见之，则不安不善，是天道乖矣。”同时，严粲引用孔《疏》曰：“《易·系辞》云：‘日往则月来，暑往则寒来。’《象》曰：‘天行健。’是天道不已止之事也。”《有客》“既有淫威”，严粲引用范处义《诗补传》之说：“天道福善祸淫，王者体天而行赏罚，使淫人惧焉，善人劝焉。”解读此诗共出现“天道”3次。严粲解读《敬之》一诗的文字中共出现“天道”1次、“天之道”3次。阐释“敬之敬之，天维显思”时，严粲引用李氏之说：“天之道甚显，善则福之，淫则祸之，栽者培之，倾者覆之，未有善而不获福也，未有恶而不获祸也，天之道显。”阐释“维予小子，不聪敬止”时，严粲引用《解颐新语》之说：“不闻敬天之道也。”严粲概括此诗诗旨亦充满理学色彩：“作颂者设为群臣进戒之辞曰：敬之哉，敬之哉，敬而又敬，勉之以诚之不已也。天道甚明，祸福不爽，故予夺靡常，其命不易保也。无谓其高高在上，远人而不吾察也。王一陟一降之事，天无日而不监视于此，无微不显，所以不可不敬也。于是又设为成王答之之辞曰：维我小子未闻敬之之道，谓群臣所言，当敬之事，乃天人精微之理，今闻所未闻也，所愿学焉，庶几日有所成，月有所进，习之以渐，缉续熙广，以至于其道光明。我负荷天下，其任甚重。尔群臣当辅佛我此任，有以正救之，无为面从容悦，必示我以显然之德行，使我有所则效也。”

《庖丁解牛》已经有“依乎天理”的论述，但只是用来说明顺乎自然养生的内容。到了宋代，“天理”一词成为阐释义理极为重要的概念。《宋明理学与中国文学·序论》曰：“总体看来，理学所努力建立的体系一方面是将社会需要的价值系统理论抽象为‘天理’，并规定为人性本身的内涵，另一方面则在排斥佛、道出世倾向的同时充分吸收佛、道思想菁华与思维方式，从而使儒学思辨化，使自身成为古典哲学的总结形态。”① 二程极为重视天理，以为“事有善有恶，皆天理也。天理中物，须有美恶，盖物之不齐，物之情也。但当察之，不可自入于恶，流于一物”②，“如天理底意思，诚只是诚此者也，敬只是敬此者也”③。严粲受到宋代程朱理学的深刻影响，常把“天理”或者“理”当作价值判断的衡量标准。在《诗缉》中，“天理”二字共出现 17 次，其中引用 5 次，分别是引朱氏说 2 次、范氏说 1 次、陈氏说 1 次、杨氏说 1 次，用以批判周平王、曹共公、卫宣姜天理泯灭，赞扬秦襄公复仇是“人伦之正，天理之发”、尹吉甫遵循“天理之常”。解读《鹑之奔奔》时，引用范氏之说，是为了说明卫国“人道尽、天理灭”：“宣姜之恶，不可胜道也。国人疾而刺之，或远言焉，或切言焉。远言之者，《君子偕老》是也；切言之者，《鹑之奔奔》是也。卫诗至此，则人道尽、天理灭矣，国从而亡，故次之以《定之方中》，美文公而卫复兴

① 许总《宋明理学与中国文学》，百花洲文艺出版社 1999 年版，第 2 页。

② 〔宋〕程颢、程颐撰，潘富恩导读《二程遗书·二先生语二上》，上海古籍出版社 2000 年版，第 67 页。

③ 〔宋〕程颢、程颐撰，潘富恩导读《二程遗书·二先生语二上》，上海古籍出版社 2000 年版，第 81 页。

焉。”据《毛诗序》，《下泉》同样是一首讽刺曹国国君共公的诗，由此生发出“思治”之念，故引陈氏曰：“乱极而不治，变极而不正，则天理灭矣。圣人于变《风》之极，则系之以思治之诗，以示循环之理，以言乱之可治，变之可正也。”《烝民》是“尹吉甫美宣王也。任贤使能，周室中兴”之诗，为了解读首章“天生烝民，有物有则”，严粲用杨时之说“近取诸身，百骸九窍达之，于君臣、父子、兄弟、夫妇、朋友皆物也，而各有则焉。视、听、言、动，必由于礼，一身之则也；为君而止于仁，为臣而止于敬，为子而止于孝，为父而止于慈，此君臣、父子之则也；夫妇有别，长幼有序，朋友有信，此夫妇、长幼、朋友之则也，皆天理之常也”的同时，对此做了进一步阐发：“天生众民，具形而有物，禀性而有则。则即帝则也。以其具于吾身，与生俱生，不可逾越，故谓之则。如有耳目，则有聪明；有父子，则有慈孝，皆天理之不可逾也。民皆秉此常性，故皆好此懿德，于均禀同赋之中，而有贤者独钟气之粹焉，是有关于国家盛衰之数，而非偶然也。”黄忠慎指出“值得注意的是，对于朱子好以‘天理’解《诗》的引用，严粲的兴趣又显然不高，引用的次数极少”①。通过考证，可以发现确如黄忠慎所言，严粲引朱氏“天理”说仅 2 次。但是引用次数少，并不代表不认同。

除了引用别的学者与“天理”有关的说法，在《诗缉》中，严粲本人关于“天理”二字的论述共出现 12 次，涉及《将仲子》《无衣》《皇矣》《烝民》《维天之命》《闵予小子》6 首

① 黄忠慎《严粲诗缉新探》，台湾文史哲出版社 2008 年版，第 83 页。

诗，包括《国风》《大雅》《周颂》各两首，批判郑庄公、晋武公天理泯灭，赞扬文王、武王、尹吉甫的所作所为合乎天理。严粲依据《毛诗序》，以为《将仲子》是“刺庄公”之诗，既引《左传·隐元年》之说，又引《谷梁》“何甚乎郑伯？甚郑伯处心积虑成于杀也”与《公羊》“曷为大郑伯之恶？母欲立之，已杀之，如勿与而已矣”之说，以为郑庄公陷弟于不义，而“此诗止以公与祭仲有杀段之谋，故设为公拒祭仲之辞，以天理感动之，公论开悟之耳，如此则不失诗人温柔敦厚之旨”。严粲反对《毛诗序》“《无衣》，美晋武公”之说，以为“武公之事，国人所不与；序言美之者，特武公大夫之意耳。……此武公五举而国人终不与也。最后武公伐晋侯缗，灭之，尽以其宝器赂周僖王，王命武公为诸侯，然后晋人力不能讨，无如之何。然则武公之得国，晋人特迫于王命，不得已而从之耳，岂以武公为可美哉？且武公有无王之心，而后动于恶。篡弑大恶也，王法之所不容诛也。彼其请命于天子之使，岂真知有王哉？正以人心所不与，非假王灵，则终不能定晋也。夫王不命焉而请之，非礼也；不闻朝王而请命于其使，尤非礼也，此正与唐藩镇戕其主帅而代之以坐邀旌节者无以异，又以赂王而得之，乌取其美也”，同时以孔子为陈成子之事而沐浴请讨进行类比，认为陈成子与晋武公的所作所为均为“人伦之大变，天理之所不容”。在此之后，又继续批判“武公天理未尽灭”之说：“武公之请命，特迫于利害之计耳。旧说以为武公天理未尽灭，非也。曲沃自桓叔以来弑逆屡矣，武公踵父祖之恶，卒灭其宗国而自立，岂复顾天理耶？”在批判关于《皇矣》的旧说“多谓畔援歆羡是人欲，岸是天理，其说美矣，与下文伐密不相协，寻绎经意，止为伐密张本”之后，严粲指出此诗“七章、八章述伐崇之事。此章首言文王之心纯乎天理，非有私喜怒，为下文伐崇张本也。……天理之自然谓之则，即‘有物有则，乃见天则’，谓理之不可逾也。文王无一毫人伪之私，油然大顺，安行乎天理之自然，所谓顺者由仁义行，非行仁义也。文王之伐崇也，若天实亲命之，使之谋尔仇雠之方，同尔兄弟之国，以尔上城之梯及临冲之车，伐此崇人之城。由此心纯乎天理，故喜怒皆与天合，所仇者非私怨，所同者非苟合也”。为了极尽彰显文王的功绩，严粲在短短一段文字中用了 4 次“天理”。《维天之命》同样如此，严粲以为“天之赋予万物谓之命，即天理也”，赞扬“文王之德纯一”，以至于“天之为文王邪？文王之为天邪？盖有不容拟议者”。《闵予小子》是“成王除丧朝庙”之诗，成王赞叹其父武王曰：“我皇考武王，终身能孝，能念我皇祖文王，一陟一降，直而无私，此武王之所以为孝也。直者，纯乎天理之公也。”

“天理”已经成为严粲价值判断的最高准则，不仅用来评价人世间的国家大事、兴衰治乱、君臣关系、家庭伦理关系等等，而且成为自然界甚至鬼神幽冥界的标准，因此“‘天理’在严粲看来，乃是天地之间的一个最高之形上原则”①。有时严粲未用“天理”二字，仅用“理”字表现其价值判断。解读《诗大序》“第五节，论诗贯幽明”部分“故正得失，动天地，感鬼神，莫近于诗”时曰：“诗出于情之真，其感也深，故正人事之得失，使人舍非而从是，与夫动天地，感鬼神，无有近于诗者。吾心

① 黄忠慎《严粲诗缉新探》，台湾文史哲出版社 2008 年版，第 96~97 页。

有此理，在人、在天地、在鬼神亦同此理，以此理之同者正之、动之、感之，何远之有？‘正得失’通上下言之。”解读《诗大序》“第十三节，论《颂》”部分“颂者，美盛德之形容，以其成功告于神明者也”时曰：“鬼神之理隐而显，故曰神明。”在阐发《思齐》一诗时曰：“次章言文王以昭事神明之德，推之齐家治国也。文王顺守宗庙先公，而鬼神歆之，无有怨恚而不满者，无有痛伤而降祸者，隐微之间，一毫无愧，故能施仪法于适妻，推而至于兄弟，言族亲亦化之也。寡妻、兄弟即是家，推之以治于家邦，言由家以及国，同此一理之推也，《孟子》所谓‘言举斯心加诸彼而已’。”由上可知，“理”字俨然成为严粲衡量自然界、人世间甚至鬼神幽冥界的最高标准，故可以用“天理”或者“理”“天命”“天道”评判天人关系，以及君臣、父子、兄弟、夫妻之间的道德伦常关系，并且作为修身养性之根本目标。

严粲借助《大明》首章的内容，通过商纣之亡国与文、武之德的强烈对比，阐释天人关系：“首章专述天命丧殷之事也。首二句泛言天人之理，‘明明在下’，君之善恶不可掩也；‘赫赫在上’，天之予夺为甚严也。在下而明明，则达乎上；在上而赫赫，则监乎下。天人相与之际甚可畏也，是故天难信而不可恃，为君岂不难哉？观纣居天位，而又为殷之正适，以不修厥德，乃使不得有其天下，斯可见矣。旧说以‘明明在下’为文王，非也。首章先泛言天人之理，然后及殷亡之由，为美文、武张本。”贤明的君主如王季、文王、成王等能够“一理混融，彻上彻下”，故其“心之微与天通”，如《皇矣》第四章阐述的是王季之德，以及文王对王季之德的继承：“天初省视岐周之山，眷命已定；今又监度王季之心，谓王季此心之微与天通也。天监知王季之心，能以静养其令名，非有心于干誉者。王季虽无心于干誉，然其德明而类，长而君，顺而比，自不可掩。明类是一意，长君是一意，顺比是一意。类者，明之充；君者，长之推；比者，顺之积也。‘克明’，谓知此理；‘克类’，谓触类而通，一理混融，彻上彻下也。言‘明’，又言‘类’，犹《既醉》言‘昭明有融’，融者，明之盛，即所谓‘克类’也。克长，谓能为人之长；克君，谓能为人之君。君又尊于长矣，《学记》言‘能为长，然后能为君’是也。以之君临大邦，则克顺而能和其民，克比而能亲其民，顺言不扰，比则欢然相爱矣。比及文王，其德无有可悔。人有过则悔恨，靡悔则无过，从容中道，无毫发之慊也。言王季之德传于文王而益盛也，故能受天之福也延于子孙。”严粲对于《既醉》的阐释带有强烈的理学色彩，以为此诗是“群臣祝成王昭明而又极于融”，而“融者，一理混融，彻上彻下，无复凝滞，明之盛也”。

由《棫朴》第四章“周王寿考，遐不作人”，严粲阐发“文王之化能作成人材”的原因在于“人心之善，作之则兴，凡自暴自弃，习俗益流于下者，由上之人无以兴起之耳。《孟子》云‘经正则庶民兴’，又云‘待文王而兴者，凡民也’，又云‘奋乎百世之上，百世之下闻者莫不兴起也’，人同此心，心同此理，非外立一道，以强其所无，特作而兴之，使之自不能已，不知所以然而然，如乐则生矣；生则乌可已，不知手之舞之、足之蹈之也”。

君子应当如何自处？其实，答案就是儒家一直特别强调的慎独精神。严粲在《抑》诗中详细论述了自己的看法：“视尔亲友君子之时，和柔其颜色以接之，庶几不远有过。此显明之地，人皆知修饬也；视尔独居于室中之时，当庶几无愧于西北隅隐漏之处，无曰：‘此非显明之处，而莫予见也。’当知神之至也，不可得而测度，岂可厌倦而不敬乎？此发心学之奥，而以鬼神言之，犹《中庸》言‘微之显，诚之不可揜也’。不度不射，乃无思无为，寂然不动之时，程子所谓‘主一无适’，尹氏所谓‘其心收敛，不容一物’，慈湖所谓‘澄然湛然’者也。朱氏《中庸章句》曰：隐，暗处也。微，细事也。独者，人所不知，而己所独知之地也。言幽暗之中，细微之事，迹虽未形，而几则已动，人虽不知，而己独知之，则是天下之事无有著见明显而过于此者。是以君子既常戒惧，而于此尤加谨焉，所以遏人欲于将萌，而不使其滋长于隐微之中，以至离道之远也。又曰：君子戒谨乎其目之所不及见，恐惧乎其耳之所不及闻，了然心目之间，常若见其不可离也，而不敢有斯须之间以流于人欲之私而陷于禽兽之域。若言防怨，而曰不见是图；言事亲，而曰听于无声，视于无形，盖不待其证于色，发于声，然后有以用其力也。又曰：道固无所不在，而幽隐之间，乃他人之所不见，而己所独见；道固无时不然，而细微之事，乃他人之所不闻，而己所独闻。是皆常情所忽，以为可以欺天罔人，而不必谨者，不知吾心之灵，皎如日月，既已知之，则其毫发之间无所潜遁，又有甚于他人之知矣，又况既有是心，藏伏之久，则其见于声音容貌之间，发于行事施为之实，必有暴著而不可掩者，又不止于念虑之差而已也。是以君子既戒谨乎耳目之所不及，则此心常明，不为物蔽，而于此尤不敢不致其谨焉，必使其几微之际，无一毫人欲之萌，而纯乎理义之发，则下学之功尽善全美，而无斯须之间矣。”人生在世，无论穷达，均需要“明哲保身”。在《烝民》一诗中，严粲引用朱氏、钱氏的观点阐发“明哲保身”之意：“朱氏曰：保身，盖顺理以守身，非趋利避害而偷以全躯之谓也。钱氏曰：于一事有见，亦可以言明；至于哲，则无不见也。明至于哲，尽见天下之理，则动容周旋，无不中礼，而下可保身，上能事君，不必专在远害也。”如果不遇明主，君子又当如何选择？既有无可奈何留下固守者，也有迫不得已洁身而去者。严粲阐释《十月之交》第八章“天命不彻，我不敢效我友自逸”时曰：“天命不通，无可奈何，勉之而已，不敢效我友自逸，洁身而去也。”阐释《小明》第五章“嗟尔君子，无恒安处。靖共尔位，正直是与。神之听之，式谷以女”曰：“君子仕于乱世，凛凛畏罪，故悔而思归，然其势未可以去也，则惟敬共以听天命而已。”

在《板》一诗中，严粲阐发治民之道：“六章泛言治民之道也。言人心本虚明，以物欲窒之，则如墙然冥昧罔觉。苟能顺天之理，以开明人心，如开牖于墙，复其本然之明也。”对于《扬之水》一篇的诗旨，为了进一步补充《毛诗序》“刺平王也。不抚其民，而远屯戍于母家，周人怨思焉”的说法，严粲引用朱氏曰：“先王之训：诸侯有故，则方伯连率以诸侯之师讨之；王室有故，则方伯连率以诸侯之师救之。天子乡遂之民，供贡赋、卫王室而已。今平王微弱，威令不行于天下，无以保其母家，乃劳天子之民，远为诸侯屯守，故周人戍申者以非其职而怨思也。又况申侯实启犬戎，以致骊山之祸，乃平王及其臣民不共戴天之仇也。今平王知有母，而不知有父，知其立己为有德，而不知其弑父为可怨，至使复仇讨贼之师，反为报施酬恩之举，则其绝灭天理而得罪于民又益甚矣。”在《小戎》一诗中，严粲引用朱氏曰：“西戎方强，则征伐宜休矣，而不休；征伐不休，则国人宜怨矣，而不怨，反为诗以美其上，而圣人亦有取焉，何哉？西戎者，秦之臣子不共戴天之仇也。襄公上承天子之命，以报君父之仇，其所以不能自已者，岂忮忿之私心哉？乃人伦之正，天理之发，以大义驱其人而战之，敌之强弱，战之胜负，皆不暇有所顾，而惟知仇仇之不可以不复，此襄公所以能用其人，而秦人所以乐为之用也。圣人有取乎此，亦《春秋》大复仇而与讨贼之意欤？”这两首诗的背景虽然大体一致，但着眼点不同，《扬之水》是刺平王不能复仇，故“绝灭天理”；《小戎》一诗恰恰相反，赞美秦襄公及其臣子能够复其不共戴天之仇，是为“人伦之正，天理之发”。

严粲也特别关注心、性、情，如在阐释《绵》“文王蹶厥生”时曰：“生者，本然之良心与生俱生者，以其生生不穷，故谓之生，犹《孟子》言‘生则乌可已’。”黄忠慎指出：“心、性、情等修养之说才是严粲始终关注的焦点。”

第二节　多自抒心得

严粲受到宋代疑古思潮的影响，解《诗》时不仅常常辨析毛亨、郑玄、孔颖达等学者的观点的不当之处，而且能够推陈出新，提出了许多颇有见地的见解，体现出清明的思辨色彩，表现出较强的创新理念，正如其《诗缉条例》所云：“集诸家之说为《诗缉》，旧说已善者，不必求异，有所未安，乃参以己说。”清代学者姚际恒《诗经通论·论旨》称其“时出别解”：“严坦叔《诗缉》，其才长于诗，故其运辞宛转曲折，能肖诗人之意；亦能时出别解。”① 瞿镛《铁琴铜剑楼藏书目录》赞其“多自抒心得，不袭前人”。在《诗经》学史上，严粲之《诗缉》兼有继承与创新之功，承上与启下的双重意义。

严粲否定郑玄关于《甘棠》“召伯听男女之讼，不重烦劳百姓，止舍小棠之下而听断焉。国人被其德，说其化，思其人，敬其树”之说，并且提出新见：“召公所历不止一处，所憩亦不专在棠下，诗人偶因其尝憩之木而起兴耳。郑氏谓不重烦劳百姓，止舍小棠之下而听断者，衍文也。”

严粲结合生活经验批判《匏有苦叶》篇《毛传》之说：“传以为飞曰雌雄，走曰牝牡，然《诗》有雄狐，《书》有牝鸡，飞、走通也。《小弁》‘雉之朝雊，尚求其雌’，凡鸟鸣皆雄求雌，雌不甚鸣。”针对《七月》“三之日于耜，四之日举趾”，严粲结合我国西北地区气候的现实情况，批评郑玄“寒晚”之说：“西北温晚，寒当早也。毛言‘豳土晚寒’，当谓气候晚而多寒，故耕事迟耳。郑云‘寒晚’，非也。”

严粲对《相鼠》首章之义提出新说，批判旧说：“旧说鼠尚有皮，人而无仪，则鼠之不若，以人之仪喻鼠之皮，非也。说《诗》全在点掇，此由误加‘尚’字耳，‘尚’字当作‘只’字。言鼠则只有皮，人则不可以无仪；人而无仪，则何异于鼠？

① 〔清〕姚际恒《诗经通论》，《续修四库全书》第62册，上海古籍出版社2002年版，第12页。

如此，语意方莹。点掇‘人而’二字分晓，人亦天地一物耳，饥食渴饮无休时，‘若非道义充其腹，何异鸟兽安须眉’（语出孙复《谕学》）即此意也。”

严粲对于《邶风·柏舟》“泛彼柏舟，亦泛其流”的解释既合情合理，又格外新颖别致：“柏，美材也。以柏为舟，美言之也。《诗经》有柏舟、松舟、杨舟，皆言舟耳，义不在柏与松、杨也。泛，谓浮于水。流，谓听其自流而无以制之。此仁人忧国之言：谓舟必有人以维楫之，而后能有所济；今浮舟于水，而无其人以维楫之，则亦浮泛而流去耳，其将何所止泊乎？所谓渡江河，亡维楫，中流而遇风波，船必覆矣。喻卫国无贤人以维持之，则亦听其自为败坏耳，其将何所底止乎？犹言‘譬彼舟流，不知所届’也。此仁人所以忧国之将败，而儆儆然不能寐，如有隐痛之忧也。我非无酒可以敖游，而此忧非饮酒敖游之所能释也。……故舟以喻国，流于水中以喻国之靡所底止，为此而不寐，为此而隐忧，然后见仁人之心也。《采菽》言‘泛泛杨舟，绋纚维之’，《棫朴》言‘淠彼泾舟，烝徒楫之’，皆言舟之有待于维楫也。”

对于《干旄》“良马四之”“良马五之”“良马六之”的解读，严粲摒弃前说，独抒己见，认为是指乘马而来的人数众多，已经四辈、五辈、六辈，用以体现臣子多好善之意：“今曰：四之，见之者多也。……贤者来自他国，若季札聘郑、子产如晋之类。季札告子产以谨礼，子产告叔向以实沈台骀之事，皆闻所未闻，是以善道告之也。若谓卫有贤者，隐居浚郊，文公不能用，而臣子徒见之，则文公愧矣，曷足美乎？《笺》以四之、五之、六之为见之数，则止是一人往见之，不见臣子多好善之意。”又曰：“贤者自都至城，又有就城见之，乘良马而来者，六辈矣。五之、六之者，言来见者愈众也。”

《中谷有蓷》首章曰：“中谷有蓷，暵其干矣。有女仳离，慨其叹矣。慨其叹矣，遇人之艰难矣。”严粲结合蓷草湿生旱死的特点解此章之说颇有新意，可谓无懈可击：“兴也。蓷草生海滨池泽，湿则生，旱则死。谷中之地阴润，其蓷草宜难旱也，今暵燥其干者矣。旱则干者先燥也，兴饥馑则贫者先悴也。有女见弃，与其夫别离，慨然发其叹声。所以慨然而叹者，自伤遇斯人之艰难穷厄也，谓见弃者非其夫之得已，特以饥馑不能相养故尔。曾氏曰：无怨怼过甚之辞，厚之至也。〇旧说以蓷草暵干，喻夫妇相弃，非也。此诗但以岁旱草枯，兴乱世饥年之憔悴萧索，无润泽气象耳，由此而致夫妇衰薄，遂以相弃，故曰‘遇人之艰难’。盖弃妻不怨其夫，而以为时之艰难使然。〇旧说以蓷草宜生高陆，生谷中则伤于水，非也。据《本草》，茺蔚正生海滨池泽，其性宜湿。”

以上关于《柏舟》《干旄》《中谷有蓷》三首诗的观点可谓见解独到，令人耳目一新，迥异于前说，颇得学者称许，如《四库全书总目·〈诗缉〉提要》曰：“《鄘》之《柏舟》，旧谓贤人自比，粲则以柏舟为喻国，以泛泛为喻无维持之人；《干旄》之‘良马四之’‘良马五之’，旧以为良马之数，粲则以为乘良马者四五辈，见好善者之多；《中谷有蓷》，旧以蓷之暵干，喻夫妇相弃，粲则以岁旱草枯，由此而致离散。凡若此类，皆深得诗人本意。”

严粲把《采芑》“克壮其犹”解作“尚谋不尚战，以谋为壮”可谓独出心裁：“或以‘克壮其犹’为勇决之意。今考方叔南征，‘服其命服’‘有玱葱珩’，其从容闲暇如此，卒使蛮荆闻风畏服，不战而屈之，非取其老而勇决，若矍铄翁之为也。《易·大壮》注：‘壮者，威盛强猛之名。’诗人之意正谓少年轻俊之人往往以勇力求胜，未能深谋远虑，唯方叔老成，故能尚谋不尚战，以谋为壮，不以力为壮也。”又曰：“盖方叔‘克壮其犹’，如吴起将战不带剑，诸葛武侯临阵不亲戎服，羊祜轻裘缓带而盛著威名，杜预身不跨马而自能制胜，故诗人咏其车服之美而已。”

《云汉》“靡人不周”之“周”，严粲以为即“周爰咨诹”之“周”，故不从《毛传》之说：“周，遍也……传以为救，今不从。”接下来详细阐明其原因：“庶正、冢宰既皆劳瘁，下至趣马也，师氏也，膳夫也，左右之臣也，靡不周遍，谓无一人不劳瘁也。人皆勉力救荒，无有自谓不能而遂止者”，“又以‘周’为赒给群臣，救荒当先及小民，不应但赒给有位也”。此诗“云如何里”，严粲不从郑玄之说，以为即田里：“田里也。旱则田里无聊也。郑训忧，破字作‘悝’，不若从本字”，“宣王瞻仰昊天而叹曰：‘田里之间将如何乎？必有愁叹之声矣。’忧民之辞也”。此处解说不仅圆通、浑融、熨帖，令人信从钦服，而且迥异于前说，令人耳目一新。

严粲《诗缉》深受宋学影响而成书，故新见迭出，“多自抒心得”，推陈出新，辨析前代学者不当之观点随处可见，体现出清明的思辨色彩。

第三节　深得诗人优柔之意

诗歌可以分为“诗义”与“诗意”。胡晓军《宋代〈诗经〉文学阐释研究》一书指出：“‘诗之本义’，或曰‘诗之大义’，顾名思义就是诗篇本来的意义，如以今天的语言表述，就是‘中心思想’‘文章主旨’之类的意思。历代《诗经》学的最终目的，‘一言以蔽之’，无非就是通过诸如历史的、政治的、文学的、语言文字学的各种手段方法探寻‘诗之本义’‘大义’。”① 同时指出：“‘诗义’提炼往往就会因时、因人而异了。所以，或许我们可以说，‘诗意’是客观的，因为‘诗篇之意’的解读有文本可据，但‘诗义’却非如此。所以，从这个角度来说，‘诗义’又是变动不居的，是主观的，这也正是现代阐释学来所以为的：文本的意义（meaning）是时代、阐释者共同赋予的。”②

严粲阐释《唐风·椒聊》一诗时曰：“言桓叔之强，而不及昭公，其意则忧昭公之弱，而非主桓叔，言在此而意在彼也。说《诗》不用首序，则以此诗为美桓叔亦可矣。”“诗义”即诗歌本来的意思，即严粲所谓的“言在此而意在彼”中的“言在此”；“诗意”即诗歌的言外之意，即严粲所谓的“言在此而意在彼”中的“意在彼”。胡晓军《宋代〈诗经〉文学阐释研究》一书指出：“对于这几首佚诗中的‘序’（诗义）与‘辞’（诗

① 胡晓军《宋代〈诗经〉文学阐释研究》，贵州大学出版社 2013 年版，第 15 页。

② 胡晓军《宋代〈诗经〉文学阐释研究》，贵州大学出版社 2013 年版，第 40 页。

意）在认知先后关系上，黄櫄是‘知其义而可想见其辞’，而严粲则恰恰相反，是‘因其辞而得其义’，表面上看，他们的思路是背道而驰的，但由此也可以看出他们都是赞同这一点的：诗歌可以分出‘诗义’与‘诗意’，没有‘诗意’，‘诗义’也无从谈起。诗分‘诗义’与‘诗意’，严粲在解释《唐风·椒聊》时说得更为明白。”① “按《诗序》即《正义》的观点，《椒聊》一诗的‘中心思想’是：通过描写沃国桓叔的强大以讽刺晋昭公不修朝政的懈怠与不知国家重重隐患的无知。其‘言’在于美桓叔，而‘意’则在刺昭公。而严粲则以为不依序之首句，只以‘诗意’为美桓叔亦可以作为诗之一解。确实，严粲此处给我们一个重要的启示，对于一首诗的理解，如果我们做不到‘知人论世’的话，‘据文求义’又何尝不可以呢？在此，笔者尝试以符号学的原理，利用严粲说《椒聊》的实例进一步阐明‘诗意’与‘诗义’在释义过程中的区别。严粲认为不用小序的意见，直接将《椒聊》当作赞美沃国桓叔的诗也是可行的，这是立足于诗歌本文的解读，是符号能指（诗歌本文）与所指（‘诗意’）间意义关系的解读，是释义过程中还未被延伸的最原初直白的意义。‘言在此而意在彼’，因阐释者的不同、语境的不同等等原因影响，《椒聊》的解读是会不断派生出新的意义（‘诗义’）。由美桓叔可以联想到是刺昭公，这是小序作者进一步对‘诗义’的深化。”②

严粲解《诗》时体现出强烈的文学意味，兼论诗歌本义与

① 胡晓军《宋代〈诗经〉文学阐释研究》，贵州大学出版社 2013 年版，第 45 页。
② 胡晓军《宋代〈诗经〉文学阐释研究》，贵州大学出版社 2013 年版，第 46 页。

诗外旨趣，既从诗歌本身出发探求诗歌本义，解读诗人性情，又能够深入挖掘诗人纡余涵泳之趣，体味诗歌言外之旨，正如胡晓军《宋代〈诗经〉文学阐释研究》一书所概括的："宋人把自己那个时代的《诗经》学与文学思潮紧密联系起来，在'诗意'与'诗义'之间找到了'文义'这个平衡点，即感悟到了《诗经》的文学美，又没有汩灭《诗经》之'经义'。"① 袁甫云："独能深得诗人优柔之意。"林希逸《叙》称严氏"逆求情性于数千载之上，而兴寄所在，若见其人而得之"。之所以能够做到"独能深得诗人优柔之意"及"若见其人而得之"，是因为严粲使用"以意逆志"的解《诗》方法，即《诗缉条例》所云："集诸家之说为《诗缉》，旧说已善者，不必求异，有所未安，乃参以己说，要在以意逆志，优而柔之，以求吟咏之情性而已。"

孟子提出了著名的"以意逆志"说，《万章上》曰："说诗者，不以文害辞，不以辞害志，以意逆志，是为得之。"② 害即妨碍，逆即揣测。孟子意谓，读诗不能以文害辞，以辞害志，既不可拘泥于文字而误解词句，亦不可拘泥于词句而误解原诗本意，读者本人应当用自己对诗意的准确理解去推测作者之本意。宋代很多治《诗》的学者运用"以意逆志"之法解《诗》，具有创新精神，有别于汉唐学者。宋晞《宋代学术与宋学精神》一文认为："我国历史源远流长，论武功，当推汉唐；论学术文

① 胡晓军《宋代〈诗经〉文学阐释研究》，贵州大学出版社 2013 年版，第 50 页。

② 〔汉〕赵岐注，〔宋〕孙奭疏《孟子注疏》，《十三经注疏》下，上海古籍出版社 1997 年版，第 2735 页。

化则以两宋为先。宋代学者气象博大，学术途径至广，治学方法亦密。彼等此项贡献，在我国学术史上应予大书特书，不容忽视。"① 受时代精神的影响，严粲特别推崇"以意逆志"之法，不仅在《诗缉条例》中概括了自己运用"以意逆志"来解《诗》的情况，而且能够在解《诗》实践中灵活使用这一方法，掘发诗歌本义，阐发诗歌的言外之意，提出新见，自立己说。

一、掘发诗歌本义

严粲对诗歌本义的掘发，主要表现在概括诗歌的章指与篇义、对一些诗歌重新分章和界定一些诗歌的作者、主人公及相关人物等方面。

（一）概括诗歌的章指与篇义

严粲通过串讲的方式阐明每首诗的章指与篇义，正如《诗缉条例》所云："错综新旧说，以为章指，顺经文而点掇之，使诗人纡余涵泳之趣，一见可了。"严粲不仅阐明每首诗的章指与篇义，而且把每首诗的章与章联系起来或者把前后章的章指合并起来进行总结概括，揭示诗歌的内在结构与逻辑上的关系，突出了诗歌的整体性。

严粲认为《采蘋》三章之间有内在的逻辑关系，前后相承，因此只有合观全诗，才能够理解此诗对大夫与大夫妻恭谨虔诚进行祭祀的赞美之情："此诗三章，当通作一意看。言大夫之祭其宗庙也，采蘋于南涧之滨厓，采藻于流行之雨潦，所荐常物

---

① 宋晞《宋代学术与宋学精神》，见《宋史研究集》第 26 辑，台湾编译馆 1997 年版，第 1 页。

耳。盛此蘋藻于筐筥，又烹之于锜釜，所用常器耳。又奠之于宗庙牖下，所谓西南隅之奥，亦常仪耳。然谁其主此事乎？乃斋敬之大夫妻也。谓仪物特其常，而其人之能敬，所以可贵也。《左传》云'苟有明信，涧溪沼沚之毛，蘋蘩薀藻之菜，筐筥锜釜之器，潢污行潦之水，可荐于鬼神'，言在诚而不在物，深得诗人之意也。"

《蟋蟀》共三章，章与章之间互相补充，首章忧虑内事，次章忧虑外事，末章忧虑非常之事，均是晋国之臣忧深思远之语："前言思所居之位，则在内之事皆入于念虑矣；至于在外之事，亦不可不虑也。后来如昭公不能思其外，则四邻谋取其国家而不知矣"，"既思内事，又思外事，内外无遗虑矣。然忧患之来，又有出于非常者，亦不可不思虑也。惟瞿瞿然警惧，故能蹶蹶然勤敏。既警惧而勤敏，则事事有备，可以从容应之，故休休然安闲也"。

《齐风·南山》这首诗"四章章六句"，严粲认为四章之间有内在的关联，讽刺的对象相同，均为鲁桓公，主题趋于一致，而不可能前两章刺齐襄公，后二章却刺鲁桓公："说者多以前二章刺齐襄，后二章刺鲁桓。后二章皆言取妻，其为刺鲁桓明矣。但以前二章为刺齐襄，而后二章方刺鲁桓，上下章辞意不贯；兼齐人以雄狐目其君，于义有害。今解：一章以雄狐喻鲁桓之求匹，二章以屦、緌喻鲁桓之得耦，三章、四章以艺麻、析薪喻鲁桓以正礼取文姜，上下章辞意乃归一。齐人不当以雄狐目其君，以目鲁君则无嫌也。"

关于《出车》第五章"喓喓草虫，趯趯阜螽。未见君子，忧心忡忡。既见君子，我心则降。赫赫南仲，薄伐西戎"的大意，一方面，严粲认可朱氏的观点："此章言其室家相望之情也。"另一方面，严粲批评了郑玄的观点："此章郑氏以为近西戎之诸侯望王师之至，然上章述已伐西戎归而在道，此章覆说未至西戎，诸侯望之，则其言无伦序。当从朱氏。"严粲特别指出《出车》第六章"春日迟迟，卉木萋萋。仓庚喈喈，采蘩祁祁。执讯获丑，薄言还归。赫赫南仲，玁狁于夷"正与第五章前后相承，明确揭示出前后章之间的逻辑关系："上章言其未归也，室家望之；此章言其既归也，室家喜之。"严粲以为《四牡》一诗的第五章与第四章有承接关系："独言将母，承上章之文也。"其说有理有据，贴合诗义，令人信服。又比如总结《车攻》一诗"上三章皆言修车马、备器械，此章言会诸侯"。严粲还概括了《灵台》章指分别为作台、作台而游、辟廱作乐，有非常明显的先后关系："首章述作台之初，文王之经度，始为灵台也"，"次章言既作台而游焉"，"三章、四章皆述辟廱作乐之事也"。

严粲认为有的诗章与章之间有总分关系。《七月》第一章即总说，而其他章则为"花开两朵，各表一枝"的分说方式："一章两节，总言衣食之急也；余章推广其意。"第二、三、四、五章是围绕如何解决衣之急问题进行申说："二章、三章皆终首章'无衣'之意"，"三章述蚕事终而复始，及丝事毕，而麻事又起，其勤未尝息，而且知义也"，"四章终首章'无褐'之意，言取皮为裘，以助布帛，因及田猎奉上之事也"，"五章述既有衣褐，则改岁可以御寒，终首章卒岁之意也"。第六、七、八章是围绕如何解决食之急问题进行申说："六章述老壮之养有厚薄也"，"七章述农事终而复始，其勤劳未尝息也"，"末章述祭祀燕飨祝颂之事，见君民相亲，所以为艰难积累之始也”。

《沔水》共三章，首章为总说，第二、三章为分说：“一章言‘载飞载止’，喻诸侯或朝或不朝者；二章言‘载飞载扬’，喻诸侯跋扈不朝者；此章言‘率彼中陵’，喻诸侯循道而来朝者。飞止者，已无固志；飞扬者，未有回心；率彼者，盖仅有之所当绥怀以劝来者。”

《大明》共八章，为总分总的关系：“首章先泛言天人之理，然后及殷亡之由，为美文、武张本；次章乃述大任生文王，其后乃又述文王生武王及伐殷之事，以成首章之意，其言皆有次序也”，“八章终上章伐商之事，言得天人之助也”。

《甘棠》三章之间有递进关系，用以凸显召南之人敬爱召公之情，严粲曰：“始则相戒，不可斩伐而去之；中则相戒，岂特不可斩伐，但残坏之亦不可；终则相戒，岂特不可残坏，但低屈之亦不可。爱之愈深，护之愈至也。”《摽有梅》三章之间同样有递进关系，用以突出“女子之情，欲得及时而嫁”，故严粲对三章内容进行如下概括：“言击落之余，尚有残梅，其实之在木者惟七，则其零落者多矣，兴女子盛年难久，当及时以嫁，无使华色之衰落如彼梅也。于此众士之中求择之以为婚姻，当及此时日之吉，惧良辰之难得而易失也”，“在者三，则向之七又落其四。时过而不留，不可缓矣，故言及今可以成婚，不拘时日之吉也”，“摽落之后，有梅在地，今以畚筐就地取之，盖尽落而无在木者。时愈过而女心切矣，男当先求于女，今反欲遣媒妁以语男家也”。

《匏有苦叶》共有四章，其中前两章是从反面进行陈说，“一章、二章皆以徒涉喻犯礼”；后两章则从正面进行表述，第三章“陈昏姻之正礼”，而最后一章“以待舟喻得礼。人皆徒涉，我独招舟子而不徒涉。既待舟而后济，又须待我友而同济，喻人必待礼而行，又以配耦相从也”。严粲归纳出《常棣》第一章是在安乐的境况下陈说兄弟之情，“一章以华鄂相辉，喻兄弟之求显，姑以安乐之时言之，既而断以凡人皆不如兄弟，则安乐之时，未足以见其情之切至”；第二章以下则通过死丧急难之事凸显兄弟之情：“二章以下，皆以死丧急难之事验之。死丧可畏怖之事，他人未必相念，维兄弟甚相思念也；方困穷流离，群聚于原野之时，维兄弟则相求以相依也。”

《葛屦》共两章，其间有因果关系，第一章突出魏地之民机巧趋利，第二章揭示出是由魏地之君俭啬褊急造成的，故严粲曰：“上章既言其民机巧趋利，此章言由君之俭啬褊急所致。”严粲阐释《假乐》第四章“威仪抑抑，德音秩秩。无怨无恶，率由群匹”时曰：“成王之威仪抑抑然谨密，其德音言语秩秩然有常，言行皆盛德之所著见，故能无所咎怨，无所憎恶，推诚乐与，惟循用群臣之贤匹耦于己者，言志同道合也。此章与上章一体，‘不愆不忘’为‘率由旧章’言之也，‘无怨无恶’为‘率由群匹’言之也。”严粲把《假乐》第三章与第四章结合起来进行解说，明确揭示出前后章之间的因果关系。

同时，严粲解诗时，又互相勾连诗篇之同者进行串讲。

（二）对一些诗歌重新分章

宋代学者的怀疑精神也体现在对《诗经》章句的重新划分上，而严粲也有对《诗经》章句的新见。胡晓军《宋代〈诗经〉文学阐释研究》一书指出：“‘诗意’作为诗人所欲表现之意图，自然离不开文字之义、文理脉络的分析解读。”① 严粲通过对《诗经》一些诗歌章句进行重新划分来掘发诗歌本义，梳理诗歌的文理脉络，表现了其对《诗经》章句的新见，体现出其创新精神与怀疑精神。根据诗歌的思想内容、内在结构和发展逻辑，严粲既采纳宋代陈氏、朱氏等其他学者对《诗经》章句的观点，又对《诗经》中一些诗歌重新进行分章，纠《毛传》分章之误，由此体现出其怀疑与批评精神。

1. 严粲对《大东》重新分章

严粲对《大东》的分章颇为新颖：“《大东》旧七章章八句，诸家分章不同。今作六章，四章章八句，二章章十二句。”严粲把原来第五章的八句拆开，平均分为两部分，前后四句分别归属上章和下章，因而这二章各十二句，前四章和最后一章的每章八句均没有变化，故全诗共分为六章。为了方便比较，下面各列出“旧七章章八句”与严粲“六章，四章章八句，二章章十二句”两种方式，章与章之间用//隔开：

原来的分章方式如下：“有饛簋飧，有捄棘匕。周道如砥，其直如矢。君子所履，小人所视。眷言顾之，潸焉出涕。//小东大东，杼柚其空。纠纠葛屦，可以履霜。佻佻公子，行彼周行。既往既来，使我心疚。//有冽氿泉，无浸获薪。契契寤叹，哀我惮人。薪是获薪，尚可载也。哀我惮人，亦可息也。//东人之子，职劳不来。西人之子，粲粲衣服。舟人之子，熊罴是裘。私人之子，百僚是试。//或以其酒，不以其浆。鞙鞙佩璲，不以

① 胡晓军《宋代〈诗经〉文学阐释研究》，贵州大学出版社 2013 年版，第 41 页。

其长。维天有汉，监亦有光。跂彼织女，终日七襄。//虽则七襄，不成报章。睆彼牵牛，不以服箱。东有启明，西有长庚。有救天毕，载施之行。//维南有箕，不可以簸扬。维北有斗，不可以挹酒浆。维南有箕，载翕其舌。维北有斗，西柄之揭。”

严粲的分章方式如下：“有饛簋飧，有救棘匕。周道如砥，其直如矢。君子所履，小人所视。眷言顾之，潸焉出涕。//小东大东，杼柚其空。纠纠葛屦，可以履霜。佻佻公子，行彼周行。既往既来，使我心疚。//有冽氿泉，无浸获薪。契契寤叹，哀我惮人。薪是获薪，尚可载也。哀我惮人，亦可息也。//东人之子，职劳不来。西人之子，粲粲衣服。舟人之子，熊罴是裘。私人之子，百僚是试。或以其酒，不以其浆。鞙鞙佩璲，不以其长。//维天有汉，监亦有光。跂彼织女，终日七襄。虽则七襄，不成报章。睆彼牵牛，不以服箱。东有启明，西有长庚。有救天毕，载施之行。//维南有箕，不可以簸扬。维北有斗，不可以挹酒浆。维南有箕，载翕其舌。维北有斗，西柄之揭。”

通过对比《大东》的两种分章方式可以发现，严粲的分章方式更加合情合理。其一，从格式上看，严粲所分的第五章和第六章均以“维”开始，在格式上比较统一。其二，从内容上看，根据严粲的分章，一方面，第五章和第六章均是言说天上的星宿，内容特别集中，故严粲概括为“东人服役，夜行不息，仰见星汉，而愬之于天”；另一方面，第五章提到的星宿，既包括织女星，也包括牵牛星，而按照原来的分章方式不仅织女星与牵牛星分属上下两章，而且本是一体、密不可分的描写织女星的“跂彼织女，终日七襄。虽则七襄，不成报章”四句，也被强行分属上下两章，导致这一整体内容被割裂。由此可见，严粲的分章方式更为可取。

2. 严粲采纳陈氏对《假乐》分章的观点

严粲对《假乐》的分章采纳了陈氏的观点："《假乐》六章章四句。旧四章章六句，今从陈氏。"为了方便比较，下面各列出"旧四章章六句"与陈氏"六章章四句"两种方式，章与章之间用//隔开：

原来的分章方式如下："假乐君子，显显令德。宜民宜人，受禄于天。保右命之，自天申之。//干禄百福，子孙千亿。穆穆皇皇，宜君宜王。不愆不忘，率由旧章。//威仪抑抑，德音秩秩。无怨无恶，率由群匹。受福无疆，四方之纲。//之纲之纪，燕及朋友。百辟卿士，媚于天子。不解于位，民之攸塈。"

陈氏的分章方式如下："假乐君子，显显令德。宜民宜人，受禄于天。//保右命之，自天申之。干禄百福，子孙千亿。//穆穆皇皇，宜君宜王。不愆不忘，率由旧章。//威仪抑抑，德音秩秩。无怨无恶，率由群匹。//受福无疆，四方之纲。之纲之纪，燕及朋友。//百辟卿士，媚于天子。不解于位，民之攸塈。"

在对比《假乐》的两种分章方式后可以发现，陈氏的分章方式使得此诗每章的押韵更加规整，每章的主体内容与思想感情更加集中，故被严粲采纳。其一，从押韵上看，虽然这首诗产生时代较早，整体上看押韵不太严格，不够整齐，但是根据陈氏的分章，仍然可以发现第二章、第四章和第六章用韵一致，在韵脚上比较统一；相对而言，第三章和第五章的用韵不太一致，却也比较统一。其二，从内容上看，根据陈氏的分章，每章的主体内容与思想感情更加集中，这一点可以从严粲对各章章指的阐释文字中窥见其端倪。第一章章指曰："言可嘉乐者，此成王也，有显显之善德，宜其在下之民，谓万姓以和也；宜其在位之人，谓百官以和也。人民皆宜，是可嘉乐，以此能受福禄于天也。”第二章章指曰：“既保安之，又右助之，又从而命之，是自天申命用休也。成王有干禄之道而得百福。干禄言自求多福，谓在我有以致之，非天私于成王也。宜成王子孙之繁，至于千亿，传之无穷也。”第三章章指曰：“成王之德穆穆然敬，皇皇然美，宜其为君，宜其为王也；又不愆过，不遗忘，以循用先王之旧法。”第四章章指曰：“成王之威仪抑抑然谨密，其德音言语秩秩然有常，言行皆盛德之所著见，故能无所咎怨，无所憎恶，推诚乐与，惟循用群臣之贤匹耦于己者，言志同道合也。此章与上章一体，‘不愆不忘’为‘率由旧章’言之也，‘无怨无恶’为‘率由群匹’言之也。”第五章章指曰：“成王受福无穷，故于天下之治惟总其大纲，大纲举而小纪自随，则太平极治，可传于永久，此无穷之福也。群臣与国同休，是安及群臣也。”第六章章指曰：“外而百辟，内而卿士，皆媚爱于成王而不解怠于其职位，此民之所由以休息也。”由严粲对六章章指的解读可见陈氏的分章方式更为可取，故为严粲所取。

3. 严粲采纳朱氏对《灵台》《生民》分章的观点

严粲对《灵台》的分章采纳了朱氏的观点：“《灵台》四章，二章章六句，二章章四句。旧五章章四句，今从朱氏。”朱氏重新分章时，把原来第二章的四句拆开，平均分为两部分，前后两句分别归属上章和下章，因而这二章各六句，第三章和最后一章的每章四句均没有变化，故全诗共分为四章。为了方便比较，下面各列出“旧五章章四句”与朱氏“二章章六句，二章章四句”两种方式，章与章之间用//隔开：

原来的分章方式如下："经始灵台，经之营之。庶民攻之，不日成之。//经始勿亟，庶民子来。王在灵囿，麀鹿攸伏。//麀鹿濯濯，白鸟翯翯。王在灵沼，于牣鱼跃。//虡业维枞，贲鼓维镛。於论鼓钟，於乐辟廱。//於论鼓钟，於乐辟廱。鼍鼓逢逢。蒙瞍奏公。"

朱氏的分章方式如下："经始灵台，经之营之。庶民攻之，不日成之。经始勿亟，庶民子来。//王在灵囿，麀鹿攸伏。麀鹿濯濯，白鸟翯翯。王在灵沼，于牣鱼跃。//虡业维枞，贲鼓维镛。于论鼓钟，于乐辟廱。//于论鼓钟，于乐辟廱。鼍鼓逢逢。蒙瞍奏公。"

朱氏引用吕祖谦《吕氏家塾读诗记》概述全篇章意，今本《诗集传》曰："《灵台》四章，二章章六句，二章章四句。东莱吕氏曰：前二章乐文王有台池鸟兽之乐也。后二章乐文王有钟鼓之乐也。皆述民乐之词也。"不过，值得注意的是今本《吕氏家塾读诗记》仍然依据旧说分为五章："前三章乐文王有台池鸟兽之乐也，后二章乐文王有钟鼓之乐也，皆述民乐之辞也。《灵台》五章章四句。"①

严粲在朱氏对《灵台》分章的基础上概括了四章章指。第一章章指曰："首章述作台之初，文王之经度，始为灵台也。经度之，营谋之，方见其图度，而庶民协力攻作之，不多日而已成矣。才谋即成，何其速也，盖文王经营之始，虽不欲亟，而其民如子趋父事，尽心竭力，故其成日自速，非强之也。"第二章章指曰："次章言既作台而游焉。台下有囿有沼，文王游于灵

① 〔宋〕吕祖谦《吕氏家塾读诗记》，《丛书集成初编》，中华书局 1985 年版，第 561 页。

囿，则牝鹿乳其子，伏而不动，又濯濯然肥泽，其白鸟翯翯然洁白。文王游于灵沼，则其沼中之鱼充满而皆跳跃。凡夸言其鸟兽鱼鳖之美者，皆民欢乐之之辞也。”第三章与第四章章指曰：“三章、四章皆述辟廱作乐之事也。”

《生民》“实覃实訏，厥声载路”原来在第四章，严粲从朱氏之说，移至第三章之末：“旧以‘实覃实訏，厥声载路’在下章，朱氏移在此，今从之。”

4. 严粲采纳刘氏对《伐木》分章的观点

毛氏对《伐木》的分章方式如下：“伐木丁丁，鸟鸣嘤嘤。出自幽谷，迁于乔木。嘤其鸣矣，求其友声。//相彼鸟矣，犹求友声。矧伊人矣，不求友生？神之听之，终和且平。//伐木许许，釃酒有藇！既有肥羜，以速诸父。宁适不来，微我弗顾。//于粲洒扫，陈馈八簋。既有肥牡，以速诸舅。宁适不来，微我有咎。//伐木于阪，釃酒有衍。笾豆有践，兄弟无远。民之失德，干糇以愆。//有酒湑我，无酒酤我。坎坎鼓我，蹲蹲舞我。迨我暇矣，饮此湑矣。”

严粲对《伐木》的分章采纳了刘氏的观点，指出：“《伐木》三章章十二句。毛氏六章章六句。今从刘氏，每章首言‘伐木’是也。”具体分章如下：“伐木丁丁，鸟鸣嘤嘤。出自幽谷，迁于乔木。嘤其鸣矣，求其友声。相彼鸟矣，犹求友声。矧伊人矣，不求友生？神之听之，终和且平。//伐木许许，釃酒有藇！既有肥羜，以速诸父。宁适不来，微我弗顾。于粲洒扫，陈馈八簋。既有肥牡，以速诸舅。宁适不来，微我有咎。//伐木于阪，釃酒有衍。笾豆有践，兄弟无远。民之失德，干糇以愆。//有酒湑我，无酒酤我。坎坎鼓我，蹲蹲舞我。迨我暇矣，饮此湑矣。”刘氏重新分章时，把原来第一章和第二章、第三章和第四章、第五章和

第六章合并为三章，每章分别以“伐木丁丁”“伐木许许”“伐木于阪”引起下文，形式上更加规整，每章意思更加完足。

（三）界定一些诗歌的作者、主人公及相关人物

1. 对一些诗歌作者、主人公的界定

一方面，严粲以《毛诗序》为纲领解读《诗经》，把很多诗歌的主人公定为诗歌的作者，比如根据《绿衣》《日月》《终风》三首诗的序“《绿衣》，卫庄姜伤己也。妾上僭，夫人失位而作是诗也”“《日月》，卫庄姜伤己也。遭州吁之难，伤己不见答于先君以至困穷之诗也”“《终风》，卫庄姜伤己也。遭州吁之暴，见侮慢而不能正也”，指出这三首诗均以第一人称进行自述，作者均为庄姜，只不过三首诗的创作时间略微有些不同：“《绿衣》作于庄公之时，伤己不见答也。《日月》《终风》作于州吁之时，伤己逢其乱也。”

另一方面，严粲又受到欧阳修、吕祖谦的影响，认为《诗经》中的很多诗歌，尤其是一些所谓的“淫诗”，属于代言体这种诗歌创作模式，指出这些诗虽然以第一人称创作，但是诗歌作者并非诗歌的主人公。欧阳修《诗本义》中第一次明确提出“代言”这一概念，孙玉安《代言、泛言、设言与托言——论宋代〈诗经〉学的文学性解诗》一文指出：“代言，指诗人代替他人说话，或引用他人言论表达观点。宋人《诗》说中，欧阳修《诗本义》首现代言，《野有死麇》曰：‘其首章方言“正女欲令人以白茅包麇肉为礼而来”，以作诗者代正女告人之言。’”① 严粲阐释

① 孙玉安《代言、泛言、设言与托言——论宋代〈诗经〉学的文学性解诗》，《河北师范大学学报》（哲学社会科学版）2021 年第 4 期。

《野有死麕》一诗的具体内容虽然与欧阳修《诗本义》不太一致，但是同样认为此诗作者是“恶无礼者”，并非诗歌中的“我”：“俗有淫奔者，此诗述闻者恶之之辞。言野外有死麕，人欲取其肉而食之，犹以白茅包裹之，恐为物所污。有女子怀春而欲嫁，善良之士何不以礼娶之？乃诱之乎无礼者，岂是吉士？……此述恶无礼者语淫奔之人。”严粲在解读《东门之枌》时总结了所谓的“淫诗”均为代言而非淫者自作的一般规律：“故凡刺诗，皆作者刺淫者，非淫者自作也。”廖群《〈诗经〉有无代言体》一文对“代言诗”进行了分类：“此类诗具体又可分为两个涵项，其一为替他人作；另一为自作，却设置了一个非我之‘我’，此非我之‘我’又有以他‘我’言自我和以他‘我’言他‘我’之分，后者近于剧作中人物的唱词或说词。代言诗虽以‘我’出现，却非自抒胸臆，其创作规律实质上属于‘模仿’的范畴。”① 按照严粲的观点，出于“刺淫者”的讽刺目的而创作的“淫诗”，均为代言体，其作者均属于第一个类别，即“替他人作”。

朱熹反对《毛诗序》将所谓的“淫诗”界定为代言诗的观点，首先提出《诗经》中男女追求爱情的诗歌即所谓的“淫诗”是淫者自作的观点。廖群《“代言”、“自言”与“刺诗”、“淫诗”——有关〈国风〉的两种阐释》一文对比了《毛诗序》与朱熹《诗集传》关于《国风》中一批语涉男女的抒情诗作者的不同观点，并且分析了两种观点之成因：“《诗经·国风》中

① 廖群《〈诗经〉有无代言体》，见中国诗经学会编《第三届诗经国际学术研讨会论文集》，香港天马图书有限公司1998年版，第1029页。

有一批语涉男女的抒情诗作，汉代《毛诗序》全以代言视之，进而以为是‘刺淫’之作；宋代朱熹《诗集传》又全以自言解之，进而以为是‘淫奔’之作，由此生出《诗》学史上汉、宋之争的一大公案。其实，这乃是他们对《风》诗本身所具有的自言、代言双重层面不同理解的结果。而这种不同理解，特别是由此引发的‘刺诗’‘淫诗’说的对峙，则是由他们作为接受主体‘先在’因素、条件的差异性所制约的。”① 但是“朱熹淫诗之说出，吕祖谦辩之不已”，“继吕氏之后，严粲亦对淫诗之论有所辩驳”②。严粲由诗歌全篇大意入手，界定一些诗歌所涉及的主人公，并且借鉴欧阳修、吕祖谦之说，通过“设言”或者“代言”等术语指出一些诗歌为代言体，在一定程度上辩驳了朱熹的淫诗之论。李莉褒《严粲〈诗缉〉之研究》一文在对比朱熹与严粲关于《桑中》作者的不同观点之后指出：“粲相对提出‘刺淫之诗非淫者自作’之论以驳于朱子，此诗中‘期我乎桑中，要我乎上宫，送我乎淇之上矣’，诸‘我’字乃诗人旁述淫者之词，非指诗人自身也，而朱子径依字面解之，谓‘我’乃指作诗者。是朱、严二者对‘淫诗’之作者为谁有甚大之歧异也。”③ 严粲能够根据诗歌内容、语气等分析代言体诗歌的作者与创作视角，李辉指出：“严粲在具体阐释诗旨时，也

① 廖群《“代言”、“自言”与“刺诗”、“淫诗”——有关〈国风〉的两种阐释》，《文史哲》1999 年第 6 期。

② 李莉褒《严粲〈诗缉〉之研究》，台湾中兴大学中国文学研究所 1998 年硕士学位论文。

③ 李莉褒《严粲〈诗缉〉之研究》，台湾中兴大学中国文学研究所 1998 年硕士学位论文。

能不失《诗》教精神。如，不以‘狡童’‘狂童’目郑太子忽；不以‘硕鼠’斥呼其君，而指为聚敛之臣，皆能得《诗》教‘温柔敦厚’之训。这一点在分析诗歌作者与创作视角时也有体现。如，《新台》，旧说皆谓卫人讽宣公纳伋之妻，而严氏则审乎辞气，断为齐人恚怒之辞，谓：‘燕婉之求，自齐人言之，故以籧篨、戚施丑诋卫君而无嫌，非卫人之辞也。’又，论《齐风·南山》《敝笱》《猗嗟》皆刺鲁桓公、鲁庄公，谓：‘皆归咎于他人，盖不忍斥言其君之恶者，齐臣子之情也。’诸如此类，皆能妥帖人情。”①

不过，从对“淫诗”创作动因的分析来说，严粲、吕祖谦与朱熹三位学者的观点又趋于一致，都认为这类诗歌的创作是为了教化。针对严粲阐释《泽陂》的一段文字“圣人存之以立教，使后世知为不善于隐微之地，人得而知之，恶名播于无穷，而不可湔洗，欲其戒谨恐惧也。读《诗》者，能无邪尔思，则凛然见圣人立教之严矣”，李莉褒《严粲〈诗缉〉之研究》一文指出：“此是朱、严二者就‘何人作诗’之观点有所歧异，然于‘圣人之教化意旨’，则朱、吕、严三人之意皆相近，是知粲有所驳议，亦有所承继者也。……然粲基于《诗序》之美刺教化立场，曰：‘郑卫多淫诗，卫由上之化，郑由时之乱也。’（卷八，页四十）言郑、卫之淫诗非纯为风土习俗之致，是诗人作之，孔子存之，以垂鉴戒耳，此其辩‘刺淫之诗非淫者自作’之源也。”② 由此可

① 〔宋〕严粲著，李辉点校《诗缉·前言》，中华书局2020年版，第4~5页。

② 李莉褒《严粲〈诗缉〉之研究》，台湾中兴大学中国文学研究所1998年硕士学位论文。

见，严粲、吕祖谦与朱熹在“淫诗”的作者问题上观点虽然有所不同，但是对“淫诗”讽刺教化的创作动因的分析结果则完全相同，故黄忠慎《严粲诗缉新探》指出：“严粲认为与男女情爱有关之诗为刺淫之作，特为圣人所存留以立教，故解‘思无邪’为作者无邪，读者也需无邪，此一见解与吕祖谦同。因此，与其认为严粲的圣人藉删存诗篇以见其教化的用心之说得于《史记》，毋宁说是来自朱子与吕祖谦诗论的整合。”①

2. 对一些诗歌所涉及的人物的界定

严粲常常由诗歌全篇大意入手，界定一些诗歌所涉及的人物。例如《板》“辞之辑矣”“辞之怿矣”中的“辞”究竟是谁之言辞，颇难确定。严粲通过“达观上下章旨”，指出前文、后文当与此文一致。根据《毛诗序》“凡伯刺厉王也”，则前文、后文、此文均为凡伯“切责寮友之言”，并非王者出令：“一章至五章，皆切责寮友之辞”，“旧说辞为王者出令，然寻绎经意，上承‘宪宪’‘泄泄’之文，下接‘我虽异事’之章，皆切责寮友之言，中间掺入王者出令之事，则上下辞意皆无伦序矣。此诗首章责同寮‘出话不然，为犹不远’，故二章因戒之，以言论之间宜相和协，谓尔之出话为犹，徒执一己之见者，未必有深长之虑，而惟寮友之间和同商议，庶几合谋并智，可以措民于安耳。然愚而自用者，终不能舍己而从人，故三章言‘我即尔谋，听我嚣嚣’，四章言‘匪我言耄，尔用忧谑’，谓己以善言告之，而不见听也。善言既不见听，乃大言虚诞，谀言阿附，善人见其如此，不肯复言矣，故五章言‘无为夸毗’‘善人载

① 黄忠慎《严粲诗缉新探》，台湾文史哲出版社2008年版，第25页。

尸’也。前五章皆说寮友议论不相协，犹《小旻》诗六章，其前五章皆说谋犹之不臧也。达观上下章旨，知辞之辑怿非谓王者出令矣。”后文“小子蹻蹻”之“小子”，也应当与上文一致，“承上章同寮之人，指用事之人也”，而“旧说以小子指王，今不从”。

严粲详细阐发《大明》一诗所颂扬的主要人物：“首章先泛言天人之理，然后及殷亡之由，为美文、武张本；次章乃述大任生文王，其后乃又述文王生武王及伐殷之事，以成首章之意，其言皆有次序也。”严粲认为《绵》前八章围绕太王，最后一章方言文王，故第八章章指曰：“此章以上皆言大王，下章述虞芮之事，提出‘文王蹶厥生’，方言文王耳。陈氏谓《孟子》借之以说文王，郑氏踵之以为文王之诗，其说是也。下章论文王之事独举虞芮者，谓迁岐之后，治道修明，传至文王之时，人心皆归周矣，虽虞芮犹且质成，昆夷何能为梗乎？结避狄迁岐之事也。文王之兴，实因大王之迁岐，故《序》曰‘本由大王也’。”严粲以为《车攻》“首章以‘我’斥宣王，此章以‘彼’指诸侯。诸侯驾彼四牡而来，其马奕奕然大。朝见于王，服赤色之芾及金饰之舄，其来会同者非一，络绎不绝，可谓盛矣，喜见中兴之威仪也”。严粲指出《思齐》五章“皆言文王之所以为圣也”，“此诗余章皆美文王之圣，首章专美大任，为文王张本也”，“次章言文王以昭事神明之德，推之齐家治国也”，“三章言纯亦不已也”，“四章言从容中道也”，“五章言至诚为能化也”。关于另外一些诗歌以代词指称的人物，详见本书第五章第三节代词部分，兹不赘述。

孙玉安《代言、泛言、设言与托言——论宋代〈诗经〉学的文学性解诗》一文指出："宋人视一首诗为一个整体，注重章句结构的前挂后连与行文逻辑的通顺，经学意义上的道德说辞在对诗文的整体解读中体现，并非像汉唐《诗》说那样，每章每句都与诗旨相印证。代言的运用即是宋人《诗》说的重要革新手段之一。"① 很显然，严粲便是注重章句结构的前挂后连与行文逻辑的通顺、对诗文进行整体解读、将代言作为其重要革新手段的典型代表。

二、阐发诗歌的言外之意

（一）在严粲之前学者对于诗歌言外之意的阐发

"言不尽意"的说法自古有之，《周易·系辞上》曰："子曰：'书不尽言，言不尽意。'"② 《庄子·秋水》亦曰："可以言论者，物之粗也；可以意致者，物之精也。言之所不能论，意之所不能察致者，不期精粗焉。"在魏晋时期的"言意之辨"中，欧阳建等学者以为言可尽意，而王弼、荀粲等学者继承了庄子的观点，认为言不尽意，刘金文《言外之意探析》一文指出："到了陆机和刘勰那里，'言不尽意'的命题被转移到文学理论和美学领域来讨论。它有力地影响着文人墨客的思维方式、审美的心态和艺术追求，对后世文学艺术创作影响深远，并形成了古代文论注重'言外之意'的美学传统"，"面对言与意的

① 孙玉安《代言、泛言、设言与托言——论宋代〈诗经〉学的文学性解诗》，《河北师范大学学报》（哲学社会科学版）2021 年第 4 期。

② 〔魏〕王弼等注，〔唐〕孔颖达等正义《周易正义》卷七，《十三经注疏》上，上海古籍出版社 1997 年版，第 82 页。

矛盾，中国古人并不是束手无策，而是慧眼独具地开出了解决这一矛盾的药方，那就是超越语言，寄意于言外。……刘勰这一超越语言的思路后人多有发挥和创造，唐代刘知几提出‘看字约文，事溢于句外’的‘用晦’的主张，主张史书的叙事要‘言近而旨远，辞浅而义深，虽发语已殚而含意未尽。使夫读者望表而知里，扪毛而辨骨，睹一事于句中，反三隅于字外’(《史通》)。司空图强调‘味外之旨’，提出‘不著一字，尽得风流’（《二十四诗品》)。钟嵘的‘滋味说’、严羽的‘妙语说’、王士祯的‘神韵说’、王国维的‘境界说’，都是对‘言外之意’的挥发”。①

诗歌除了本义，还有言外之意，并且由于诗歌语言更加含蓄蕴藉，因此“言不尽意”的情况更加突出。《诗经》是西周初年至春秋中叶（前11世纪至前6世纪）的诗歌总集，“言不尽意”的情况尤为显著。宋代很多学者都着力于阐发《诗经》中的言外之意。南宋时期李樗、黄櫄的《诗》学著述被合编为《毛诗李黄集解》一书，此书阐发《诗经》中言外之意的内容共有两处，李樗和黄櫄各一处。对于《十亩之间》一诗的“十亩之间兮，桑者闲闲兮”，黄櫄曰：“说者谓古者一夫百亩，今十亩之间，往来者闲闲然，削小之甚，然此诗之意，但言其国之侵削耳，非谓其果止十亩，不然则‘周余黎民，靡有孑遗’是果无遗民矣。学者当于言外之意求之。”对于《毛诗序》所云“《吉日》，美宣王田也。能慎微接下，无不自尽，以奉其上焉”，李樗曰：“夫卜吉日、祭马祖皆田猎之常事，宣王所以谨微者，岂独此一事乎？作诗者述其一时之事，而作序者原

① 刘金文《言外之意探析》，曲阜师范大学2004年硕士学位论文。

其平日之所为。予以为此序如《天保》之序，《天保》下报上之诗也，而曰'君能下下以成其政'；《吉日》群臣从宣王田猎之诗也，而曰'谨微接下'，学者当于言外之意求之。"

朱熹也一再提及言外之意。此语在《朱子语类》中出现 13 次，其中两次涉及《诗经》，如卷八十一《诗二》所载录的论《烝民》一诗"仲山甫之德，柔嘉维则"曰："人之资禀自有柔德胜者，自有刚德胜者。如本朝范文正公、富郑公辈，是以刚德胜；如范忠宣、范淳夫、赵清献、苏子容辈，是以柔德胜。只是他柔，却柔得好。今仲山甫'令仪令色，小心翼翼'，却是柔。但其中自有骨子，不是一向如此柔去。便是人看文字，要得言外之意。若以仲山甫'柔嘉维则'，必要以此为入德之方，则不可。人之进德，须用刚健不息。"① 《朱子语类》卷八十《诗一》曰："比是以一物比一物，而所指之事常在言外。"②

范处义《诗补传》论及言外之意的次数更多，如卷二十一论《鱼藻》序"君子思古之武王焉"曰："窃意序诗者谓：周之镐京，武王始都之，是时万物皆遂其性，故武王居之则为可乐；今幽王虽居镐京，而万物失其性，幽王岂能独乐哉？故于诗人言所不及者，以'思古武王'一言发明诗人言外之意，与孟子'贤者而后乐，此不贤者虽有此不乐'之意同。"③ 卷二十四论《荡》序"召穆公伤

① 〔宋〕黎靖德编，王星贤点校《朱子语类》第 6 册，中华书局 1986 年版，第 2137 页。

② 〔宋〕黎靖德编，王星贤点校《朱子语类》第 6 册，中华书局 1986 年版，第 2069 页。

③ 〔宋〕范处义《诗补传》，《钦定四库全书荟要》第 25 册，吉林出版集团有限责任公司、海天出版社 2005 年版，第 288~289 页。

周室大坏也。厉王无道，天下荡荡，无纲纪文章，故作是诗也”曰：“是诗意其作于厉王监谤益严之时，故所陈八章皆不敢斥厉王。首章则假上帝之荡荡以为言，后七章则皆假文王之叹商以寓意。明乎此，则所谓‘天下荡荡，无纲纪文章’乃序诗者发明言外之意。”① 卷二十五论《瞻卬》曰：“此诗皆历陈宣王忧民之意，非序不能发明之。熟味诗人之言，所谓‘拨乱之志，遇灾而惧，侧身修行，欲销去之’，皆炳然可见；惟‘王化复行’，乃言外之意。”②

（二）严粲对于《诗经》言外之意的阐发

1. 言外之意的含义及探求方法

根据严粲所云“优柔委曲、意在言外者，风之体也”，优柔委曲与意在言外是紧密联系在一起的，则言外之意即蕴含在诗歌中的优柔委曲之意。黄忠慎《严粲诗缉新探》云：“‘言外之意’的‘意’字，应该更倾向于‘意味’的解释。如徐复观（1903—1982）先生所说的，传统对于诗歌作品中所呈现的‘意’的理解，绝不单纯是指称以词本身为基底的所谓‘意义’的意，而应该是比语词本身明确的指示意义有更宽广的情感层次上所谓‘意味’的意。这个强调‘情感’的意味的‘意’，不止说明了作者（诗人）创作时的内在心绪，也说明了诠释者在诠释时追求的最终目标。”③ 同时，严粲所论述的言外之意也

① 〔宋〕范处义《诗补传》，《钦定四库全书荟要》第25册，吉林出版集团有限责任公司、海天出版社2005年版，第361页。

② 〔宋〕范处义《诗补传》，《钦定四库全书荟要》第25册，吉林出版集团有限责任公司、海天出版社2005年版，第377页。

③ 黄忠慎《严粲诗缉新探》，台湾文史哲出版社2008年版，第29页。

包括圣人、国史的言外之意在内："但是摆在《诗经》诠释史上来说，后来的学者在诠释三百篇的诗文时，他们所追求的言外之意往往不只是作诗者的言外之意，而是编《诗》者、序《诗》者的圣人、国史之意。严粲就是如此，从上述严粲对'圣人'《诗》教观的坚持便可知一二。因此，在《诗缉》里说的'言外之意'有绝大部分其实都是圣人、国史的言外之意。"① 因此《诗经》中的言外之意既有作者寄寓于诗歌中的含蓄蕴藉之意，也有《诗经》的编订者赋予诗歌的委婉深曲之意，比如严粲曰："《唐》《陈》《桧》《曹》，季札所观，太师乐歌之次第也；今《诗》之次第，孔子所定也，降《秦》于《唐》，而挈《豳》以终之。盖一经圣人之手，而旨趣深矣。"

至于如何探求诗歌的言外之意，严粲提出唯有运用孟子的"以意逆志"的方法。其《诗缉·自序》云："《诗》之兴几千年于此矣，古今性情一也。人能会孟氏说《诗》之法，涵泳三百篇之性情，则悠然见诗人言外之趣。"其《诗缉条例》亦云："集诸家之说为《诗缉》，旧说已善者，不必求异，有所未安，乃参以己说，要在以意逆志，优而柔之，以求吟咏之情性而已。"严粲之所以能够做到"独能深得诗人优柔之意""若见其人而得之"，就是因为其解《诗》所奉行的宗旨是"以意逆志"。同时，还需要加上涵泳浸渍的读书方法。严粲在解读《頍弁》时提出："《国风》《小雅》多寓意于言外。……读《诗》与他书别，唯涵泳浸渍乃得之。"严粲在解读《猗嗟》时指出只有"既默会其意，乃再讽咏之"，才能够理解"诗人设为讳护之

---

① 黄忠慎《严粲诗缉新探》，台湾文史哲出版社 2008 年版，第 30 页。

辞以讥之”的良苦用心。袁甫赞扬严粲《诗缉》“独能深得诗人优柔之意”。林希逸在《诗缉·叙》中两次提及“言外之旨”，一次是赞扬严粲的诗“幽深夭矫，意具言外，盖尝穷诸家阃奥，而独得《风》《雅》余味，故能以诗言《诗》，此《笺》《传》所以瞠若乎其后也”，诗人身份使严粲撰作《诗缉》时能够“逆求情性于数千载之上，而兴寄所在，若见其人而得之”；另外一次是引用林光朝之语，批评郑玄《毛诗传笺》：“郑康成以三《礼》之学笺传古诗，难与论言外之旨。”严粲时常论及诗歌的言外之意，其书提及“言外之意”共计15次，除了在《诗缉·自序》中提及，其余14次均出现在《国风》《小雅》《大雅》中。

“风”之体具有“优柔委曲、意在言外”的特点，意蕴优美，余韵悠长，令人回味无穷，作风诗之人意在言外，故严粲所论诗歌的言外之意在《国风》中最为典型，在解读《国风》时共提及11次，其中两次分别是引用《诗补传》《吕氏家塾读诗记》之说。黄忠慎指出：“严粲的好将‘风’与‘意在言外’相连结，除了说明他重视《诗》教中风刺、风化的作用，也和他对《国风》这一诗体的基本认识有关。”①

除了《国风》，严粲认为《小雅》也具有“优柔委曲、意在言外”的特点，这是由《小雅》杂有“风”之体所决定的。严粲在解读《小雅》时共两次提及“言外之意”。正如司马迁《史记·屈原贾生列传》所云“《小雅》怨诽而不乱”，《小雅》中的怨诽之意常常含蓄蕴藉，意在言外。严粲在解读《毛诗序》

① 黄忠慎《严粲诗缉新探》，台湾文史哲出版社2008年版，第31~32页。

“政有小大，故有《小雅》焉，有《大雅》焉”时指出大、小《雅》之别在于二者的表达方式迥异：“窃谓《雅》之小大特以其体之不同耳。盖优柔委曲、意在言外者，风之体也；明白正大、直言其事者，雅之体也。纯乎雅之体者，为《雅》之大；杂乎风之体者，为《雅》之小。”在此严粲第一次提出《小雅》的特征即“杂乎风之体”，也即感情表达具有“优柔委曲、意在言外”的特点。在解读《頍弁》序“《頍弁》，诸公刺幽王也。暴戾无亲，不能宴乐同姓、亲睦九族，孤危将亡，故作是诗也”时，严粲第二次提及《小雅》“言外之意”的特点，并且指出《国风》与《小雅》的共同之处即在于含蓄蕴藉的感情表达方式相似：“《国风》《小雅》多寓意于言外，或意虽形于言，而优柔纡余，读者不觉也。有言古不言时，而意在刺时者，如《甫田》《采菽》之类；有言乙不言甲，而意在刺甲者，如《叔于田》全述叔段之事，而实刺郑庄，《椒聊》全述沃之盛强，而实刺晋昭；有首章便见意，余章变韵成歌者，此类甚多；有前数章皆含蓄，而末章乃见意者，如《载驱》之类；有首尾全不露本意，但中间冷下一二语，使人默会者，如《硕人》《猗嗟》之类；有言轻而意重者，如《凯风》言‘母氏劳苦’，而不言欲嫁；有先从轻处说起，渐渐说得重者，如《四月》忧世乱，而先叹征役之劳，《頍弁》刺危亡，而先说不宴乐同姓。读《诗》与他书别，唯涵泳浸渍乃得之。”但是严粲并没有对《小雅》中具有“言外之意”的诗歌进行具体论述，只举《頍弁》一诗为例予以说明。

此外，严粲在解读《大雅》时提及一次，说明《大雅》中的一些诗歌也含有言外之意。例如，严粲解读《大雅》中的

《荡》一诗："殷之鉴戒甚不远，惟在夏后之世，谓殷当鉴夏，今又当以殷为鉴，意在言外也。"

2. 对具有言外之意的诗歌进行分类并总结其作用

黄忠慎把严粲所论具有言外之意的诗歌分为"讽刺"与"风化"两种类型："严粲的'言外之意'解释策略，对于《诗序》的'美刺'说具有一定的调解作用，如诗文本身言美，但《序》却言刺，或诗文言刺，《序》文却言美，此时其策略就产生了效果。此外，严粲更常将'言外之意'与'风'字相结合，强调'讽刺'与'风化'的作用。因此，二《南》之诗多风化，十三国之诗多讽刺。"① 并且指出："严粲在拿《春秋》来解说《诗经》时，是把二者放在等同的位置看待，将诗与史视为具有等同的鉴戒作用，注重'刺'的作用。而用'言外之意'的解释策略来解说《诗序》的'美刺'时，强调的是'感化'的作用，强调'温柔敦厚'的体会方式。前者较为生冷刚硬，而后者则较为温厚柔软。这种说《诗》方式才是严粲与人印象最深的解《诗》方式，也最能表现严粲的《诗》教观。"② 在黄忠慎之说的基础上，本书把严粲所论诗歌的言外之意分为情感、教化、讽谏三种类型。

第一种是蕴含在诗歌中的情感方面的言外之意，并无"讽刺""风化"之意，这一类诗歌最少，严粲明确提及者仅见《河广》一例。严粲以为《河广》所谓"谁谓河广？一苇杭之。谁谓宋远？跂予望之"并非真打算前往宋国，只不过是为了表

① 黄忠慎《严粲诗缉新探》，台湾文史哲出版社 2008 年版，第 30~31 页。

② 黄忠慎《严粲诗缉新探》，台湾文史哲出版社 2008 年版，第 28 页。

达无以言表的思子之情而已："夫人义不可以往宋，而设为或人以远沮己，己为辞以解之。谁谓河水广而令我勿渡乎？但以一束芦苇浮之水上，则可以杭渡而过，不为广也。谁谓宋国远而令我勿往乎？我跂其足，则可以望之，不为远也。欲往之切，故谓远为近，若真欲往宋者，思子之情隐然于言外矣。"

第二种是蕴含在诗歌中的教化方面的言外之意，严粲明确提及的这一类诗歌共三例。如黄忠慎所说，这一类诗歌均为二《南》中的美诗。严粲认为由《葛覃》一诗所云"葛之覃兮，施于中谷，维叶萋萋。黄鸟于飞，集于灌木，其鸣喈喈"可以看出"文王齐家之道"："葛生覃延，而施移于谷中，其叶萋萋然茂盛。当是之时，有黄鸟飞集于丛生之木，闻其鸣声之和喈喈然，我女工之事将兴矣。黄鸟飞鸣，乃春葛初生之时，未可刈也，而已动女工之思，见念念不忘也。先时感事，乃豳民艰难之俗；今以后妃之贵，而志念如此，岂复有一毫贵骄之习邪？味诗人言外之意，可以见文王齐家之道矣。"由《螽斯》之"螽斯羽，诜诜兮。宜尔子孙，振振兮"可知："此诗之意，全在'宜尔'二字，风人意在言外，见后妃子孙众多，但言宜其如此，使人自思其所以宜者何故，而不明言之，谓由不妒忌而致此也。"《鹊巢》一诗亦提及"意在言外""见于言外"："兴也。鹊巢冬架春成，用力劳矣，而鸠乃居之，譬国君之致爵位非一日之故，其积累难矣，而是子之嫁乃以车百两迎之，安然来居夫人之位。风人意在言外，凡言人之贤，但称其服饰之美。此言夫人之德，亦但称其坐享成业，是其有德以称之，自见于言外矣，非文王齐家之化，何以致此？"

第三种是蕴含在诗歌中的讽谏方面的言外之意，这一类诗歌比较常见，既有《国风》中二《南》之外的诗歌，也即变《风》，又有大、小《雅》中的诗歌，均为刺诗。在解读《猗嗟》时，严粲特别强调变《风》之体意在言外的情况最为显著："变《风》之体，意在言外，有全篇首尾皆托之他辞，乍读之，茫然不觉所谓，但中间冷下一二语，自然使人默会。如此诗，极言其人容貌、威仪、技艺之美，而以叹息之辞发之，是其人所不足者必有在于容貌、威仪、技艺之外矣。方此诗采得于齐，未有序说，不知所刺何人，所言何事，中间有'展我甥兮'一句，只一'甥'字便见得是刺鲁庄公，只一'展'字便见得是人以鲁庄为齐侯之子。诗人设为讳护之辞以讥之，读者既默会其意，乃再讽咏之，方见得自'猗嗟'而下，句句称美处，节节是叹息不满处，辞不急迫而意深切矣。"严粲认为《猗嗟》与《南山》《敝笱》委曲含蓄的创作手法非常相似，均为为尊者讳的春秋手法："文姜之事，齐襄大恶也。《南山》既归咎于鲁桓，《敝笱》又刺鲁桓不能防闲其妻，《猗嗟》又刺鲁庄不能防闲其母，皆归咎于他人，盖不忍斥言其君之恶者，齐臣子之情也。"

严粲在阐释《君子偕老》一诗时申说此意："此诗惟述夫人服饰之盛，容貌之尊，不及淫乱之事，但中间有'子之不淑'一言，而讥刺之意尽见。《硕人》惟述庄姜之美，不言庄公不见答，但中间有'大夫夙退'二语。《猗嗟》惟述鲁庄之美，不言不能防闲其母，但中间有'展我甥兮'一语。三诗体同，皆中间冷下一二语，而首尾不露其意也。"严粲以为《君子偕老》中的"瑳兮瑳兮，其之展也，蒙彼绉絺，是绁袢也。子之清扬，扬且之颜也，展如之人兮，邦之媛也"这几句诗具有非常明显的言外之意："宣姜服展衣之礼服，而又目视清明，眉上扬起；

眉上既扬起，而又额角丰满。如此人，乃邦之美女。叹惜不满之意，见于言外矣。”

根据《毛诗序》“刺奔也。卫之公室淫乱，男女相奔，至于世族在位，相窃妻妾，期于幽远，政散民流，而不可止”，《桑中》是一首“刺奔”的诗，严粲引用《吕氏家塾读诗记》之说予以阐释：“《诗记》曰：‘《桑中》《溱洧》诸篇，几于劝矣，夫子取之，何也？曰：《诗》之体不同，有直刺之者，《新台》之类是也；有微讽之者，《君子偕老》之类是也；有铺陈其事，不加一辞而意自见者，此类是也。或曰：后世狭邪之乐府，冒之以此诗之序，岂不可乎？曰：仲尼谓“《诗》三百，一言以蔽之，曰：思无邪”，诗人以无邪之思作之，学者亦以无邪之思观之，闵惜惩创之意隐然自见于言外矣。’”在阐释《蝃蝀》时，严粲引用《诗补传》之说：“不必言小人，意自见于言外也。”

为了解读《毛诗序》“《鸡鸣》，思贤妃也。哀公荒淫怠慢，故陈贤妃贞女夙夜警戒相成之道也”之说，严粲曰：“变《风》自懿王始，《豳》前此矣，其始懿，何也？君臣相疑，则几于变矣。成王悟而周公归，于是乎有《雅》《颂》制作之盛，而变《风》之迹泯矣。由懿以降，变而不复正也；宣号兴复，无能改于《风》之变也。齐哀之荒淫，罪也；受谮而烹之，非政也。上下交失，变之始也。此诗直刺荒淫，序言‘思贤妃’者，诗人言外之意也。”

严粲指出《山有枢》一诗的创作目的即讽刺晋昭公，希望晋昭公能够“会其言外之意”：“兴也。桓叔有伐晋之谋，昭公祸在朝夕而不悟，国人难察察言之，故但言山则有枢，隰则有榆，不待外求，犹国之有衣裳车马也。今昭公有衣裳而不曳娄之以优游娱适，有车马而不驰驱之以快意肆志，宛然坐见其死，则他人取之以为愉乐矣。此非劝昭公为乐也，谓可惜此衣裳车马之物将为他人所有，将以唤醒昭公，使之觉悟，托言何不曳娄驰驱耳。昭公若会其言外之意，必矍然知惧，汲汲然思所以为防患之计，何暇曳衣裳、驱车马、事钟鼓瑟琴以为乐乎？”

《葛屦》：“纠纠葛屦，可以履霜？掺掺女手，可以缝裳？要之襋之，好人服之。好人提提，宛然左辟，佩其象揥。维是褊心，是以为刺。”此诗两次出现“好人”，严粲释曰：“尊贵之人，其容止提提然安徐而审谛，其辞让而左辟也，其仪宛然而逊顺，又以象骨为搔首之揥而佩之。其威仪、服饰之美无可讥者，独其中之褊急为可刺耳。‘好人’泛言尊贵者，不欲斥其君也。”另有《椒聊》一诗，前文已经提及，兹不赘述。

第四节　运辞宛转曲折

从语言表达方面看，严粲的解《诗》语言既深入浅出，通俗易懂，又生动形象，含蓄隽永，富有旨趣，充满了浓郁的诗性，表达方式独具一格，故姚际恒《诗经通论·论旨》称：“严坦叔《诗缉》，其才长于诗，故其运辞宛转曲折，能肖诗人之意。”

一、深入浅出，通俗易懂

古书训诂归根结底是为了阐释清楚训诂的对象晦涩的语言

而已。严粲的解读语言深入浅出，通俗易懂，富有口语化色彩，极为方便初学者接受。

如果所认可的某家之说不太容易被理解，严粲则在列出其说之后进一步阐释，以达到能够解说明白透彻之目的。如《君子偕老》“象之揥也”，严粲对于所引用的“疏曰：以象骨搔首，因以为饰”进一步阐发：“《传》云‘揥所以摘发’，盖摘音剔，故《疏》以搔首释之，非音摘也。若音摘，为摘取之义，则今之镊子矣，非也。搔首之摘因以为饰者，若今之篦儿也。”《七月》“万寿无疆”，严粲在“传曰：疆，竟也”的基础上进一步生发其说：“今曰：有疆境，则有限止；无疆境，则长远无限止也。”《六月》“吉甫燕喜，既多受祉”之“祉”，严粲先引用“传曰：祉，福也”，在此之后特别指出“即王之赏赐也”，其解说可谓一目了然。《云汉》“鞫哉庶正”之“鞫”，严粲引用“笺曰：鞫，穷也”予以阐释，但是仍然不好理解，故联系《南山》一诗出现的“鞫”字进行补充说明：“‘鞫’与《南山》‘曷又鞠止’之‘鞠’字异音义同，皆穷极也。《南山》言淫乱之极，此诗言劳苦之极。”此段文字不仅说清楚了《云汉》与《南山》“鞫”字之义，而且对比出来“鞫”字在不同语境中的细微差别。为了解释清楚《载驰》“我思不闷”的意思，严粲先引用《毛传》之说“闷，闭也”，之后进一步详细解说：“粲曰：闭塞，言不通也。我之所思，其说非闷而不通也。丁宁上章之意，欲言而未言也。”《小旻》“何日斯沮”句中“沮”之义，严粲先引用“笺曰：沮，止也”，之后具体说明为何而停止：“沮，有所惮而止也。”《出车》“执讯获丑”之“丑”，严粲在引用“笺曰：丑，众也”之后特别指出：“丑，谓徒党来降者。”《四月》“我日构祸”，严粲在引用“笺曰：构，犹合集也”之后指出：“合集，犹言结也。”此诗“尽瘁以仕”，严粲先引用“笺曰：瘁，病也”，之后指出：“尽其劳瘁也。”《頍弁》“死丧无日”，严粲在引用“笺曰：无有日数”之后指出：“言不久矣。”《隰桑》“心乎爱矣，遐不谓矣”，严粲先引用“笺曰：遐，远也”，之后指出：“今曰：谓，相与语也。”《下武》“绳其祖武”之“绳”，严粲先引用“苏氏曰：绳，约也”，之后指出：“今曰：以为准绳而取正焉。”对于《生民》“载谋载惟”之“惟”，严粲引用“笺曰：惟，思也”，同时指出这里不用“思”字是因为“惟”为“思之专也”，故又引用“李氏曰：欲其无所不谨，无所不备也”予以补充说明。

严粲有时会引用当时的俗谚或俗语、古语进行训释，帮助读者加深理解。“《七月》‘上入执宫功’，以由田野入都邑为上；此以由家居赴道涂为上，今俗谚犹云上路也。”《东山》“敦彼独宿”，严粲先引用朱熹之说“敦，独处不移之貌”，接着引用俗谚予以解读：“今曰：谚云：‘敦敦不动。’”《天作》“大王荒之”，严粲先引用“苏氏曰：荒，治也。李氏曰：始荒而辟之”两家之说予以阐释，之后引用俗谚曰：“今曰：治荒为荒，犹治乱为乱也。今谚言‘开荒’即始辟之意也。”为了准确解读《十亩之间》“十亩之间”的夸张手法，乃是甚言其国之削小，而并非写实，严粲引用“得州如斗大”进行阐释：“场圃之地止有十亩，甚言其削小也。地狭民稠，故采桑者无所可采，徒闲闲然往来，闲暇相呼，行与俱归，言无所得桑而空归也。〇旧说一夫百亩，今止十亩，然古者百亩以为田，田中安得植桑？或谓井庐、邑居各二亩半，合为五亩之宅，合八家则在井者二十亩，在邑者亦二十亩，一处本共有二十亩之桑，今止有十亩，是削其半。要之，诗人情性之言，特甚言之，未必尽拘名数也。若屑屑求合，则意味索然矣。以十亩言之，犹言弹丸黑志之地也。后世言郡之小者，云'得州如斗大'，皆甚言其小也。"严粲通过引用一系列的古语把《皇矣》"诞先登于岸"解为"济难"："登岸为济难无疑也。以济川喻济难，古人常语，曰'民坠涂炭'，曰'若涉渊水'，曰'若游大川'，曰'拯民于水火之中'，是也。"

为了把诗歌解读得清楚明白，易于理解，严粲时常运用当时的表达方式或者当时的白话进行训诂，如其文中常常采用"今言""今称""今人言""今人称"等句式进行说明。如严粲引用俗语"师老"释《皇矣》"上帝耆之"之"耆"字："笺曰：耆，老也。〇欧阳氏曰：迟久也。言天意迟久之，谨其所择。〇今曰：今称'师老'亦久之意。"又如《蜉蝣》"衣裳楚楚"，严粲先引用"传曰：楚楚，鲜明貌"，之后采取当时的言说方式进一步详细解说："今曰：楚楚，犹今言济楚也，《宾之初筵》言'笾豆有楚'同。"对于《大叔于田》"抑磬控忌"，严粲曰："今人称马缰为磬控。"《陟岵》"夙夜无寐"，严粲曰："无寐，犹今人言醒睡也。"《采芑》"振旅阗阗"，严粲曰："阗阗，众盛也，犹今人言骈阗也。"《灵台》"不日成之"，严粲曰："今曰：不日，不多日也。今人言不久为不日。"《七月》之"女桑"，严粲曰："小桑树也，郭说甚明。物之小者称女，犹今称女墙也。"为了省文，在很多情况下，严粲并不会使用"今言""今称""今人言""今人称"等字眼，而是直接解说，如对于《墙有茨》"中冓之言"中"言"字的阐释就较有代表性："今曰：言，话也，谓此一段话也。"《陟岵》"上慎旃哉"之"上"，严粲曰："上，犹赴也，谓赴役也，如赴官曰上官，赴工曰上工。"《采苓》"苟亦无然"之"然"，严粲曰："然，如此也。"《月出》"月出皓兮"之"皓"，严粲曰："皓，月光之白也。"《匪风》"怀之好音"之"好音"，严粲曰："好音，犹好语也。"《白驹》"皎皎白驹，在彼空谷"之"空谷"，严粲曰："今曰：空谷，言寂寥无人之所也。"《北山》"或尽瘁事国"，严粲曰："事国，从事于国也。"《大田》"大田多稼"，严粲曰："大田，犹甫田，谓天下田也。"《野有死麇》"有女怀春，吉士诱之"，严粲曰："有女子怀春而欲嫁，善良之士何不以礼娶之？乃诱之乎无礼者，岂是吉士？但美其称以责之，言'汝本善良，何乃为此'，犹今责人者言'谨厚者亦复为之'。"《无将大车》"无思百忧，祇自疷兮"，严粲曰："君子推挽小人，小人既进，则谮害于君子，如人推挽大车，大车既进，则尘污于人，故君子悔之也。小人进而害君子，则可忧多端，不必更思之，是我自取其病，悔无及矣，犹今人言：'勿复更说，是我误也。'"《凫鹥》"公尸燕饮，无有后艰"，严粲曰："今曰：后艰，犹后患也。"《假乐》"不解于位"，严粲曰："今曰：解，怠也。"

二、生动形象，含蓄隽永

严粲对一些句子的解读颇为生动形象，如《大田》"既坚既好"，严粲曰："禾虽已坚实，或大风所偃，或淫雨所腐，或早霜所杀之类，则损坏而不好。""彼有不获稚"，严粲曰："长乐刘氏曰：稚，谓穗之低小，刈获之所不及者。〇今曰：亦以稚禾其熟迟晚，未可刈也。”《卷阿》“飘风自南”，严粲曰：“南，温厚之气。风自南则得温厚之气，故能长养万物。”《江汉》“江汉浮浮”，严粲曰：“浮浮，水满而流貌。”《北风》“惠而好我”，严粲曰：“以恩惠相与也。”《扬之水》“白石凿凿”，严粲先引用“传曰：凿凿然，鲜明貌。○曹氏曰：石非浮物，终无可转徙之理。”在此基础上继续阐发曰：“石以白言，又称凿凿然鲜明，皓皓然洁白，盖石在水中，为水所荡涤，故其白如此。末章言‘粼粼’，亦谓水清石见。”严粲对《狼跋》一诗“跋胡”“疐尾”的阐发来自对生活场景的细腻观察，故格外真切：“狼，猛健之兽，虽善兵者御之，亦不能免。平时不至跋疐，其老者虽项下垂胡，若在平地，亦无跋之之理。所言‘跋胡’‘疐尾’者，谓其落机阱之时，进退求脱不能耳。”

严粲对一些描写人物的身份、品行、性格、语言、动作、感情、状态的词语的阐释尤为具体、生动、形象，如《角弓》“民胥然矣”，严粲曰：“民犹人也，指族人也。《诗》《书》称‘先民’，皆训人。”《假乐》“率由群匹”，严粲曰：“群耦，谓众同德之臣也。”《抑》“戎虽小子”与《板》“小子蹻蹻”中的“小子”，严粲曰：“小子，指用事之人也。……旧说以此诗‘戎虽小子’及《板》诗‘小子蹻蹻’皆指王，小子非君臣之辞，今不从。二诗皆戒责同寮，故称小子耳。”

为了解释清楚《斯干》“如跂斯翼”一句，严粲先引《毛传》“如人之跂竦翼耳”，又引孔《疏》“竦此臂翼然”，之后引《论语》“翼如也”之“翼”作为补充，以为“人举踵则竦臂翼然，如鸟舒翼也”。严粲通过引用《毛传》与孔《疏》、《论语》的解说，加上极为生活化的场景与大多数人都会有的个人体验阐发“如跂斯翼”之义，既形象生动，又通俗易懂。《行苇》“既挟四鍭”，严粲之解尤为具体可感：“《仪礼》乡射、大射皆云‘搢三，挟一个’，又云‘挟乘矢’，注云：‘方持弦矢曰挟。弦纵而矢横为方。’凡挟矢于二指之间横之，谓左手执弓把，见矢镞于把外，右手大指钩弦，二指挟持其矢，故弦纵而矢横，弦与矢作十字，故方也。凡两物夹一物曰挟，此矢在弦之外、二指之内，故曰挟。”《陟岵》“夙夜必偕”，严粲曰：“传曰：偕，俱也。○今曰：必与同役者俱，毋失伍也。”把《谷风》“黾勉”解为“犹勉强也。力所不堪，心所不欲，而勉强为之，皆谓之黾勉。此诗言勉力耳”。对《静女》“搔首踟蹰”中的“踟蹰”一词，严粲先形象地解作“行不进”，在此基础上进一步用近义词“踌躇”解读：“踌躇，犹豫也。踟蹰亦踌躇之意。”严粲先引用“《释文》曰：涟涟，泣貌”解释《氓》“泣涕涟涟”，之后进一步详细解说：“涟涟，涕出接续之貌。”《河广》“跂予望之”，严粲曰：“跂，举踵也，脚跟不着地。”《伯兮》“首疾”，严粲直接解为“头痛也”。《著》“履我即兮”之“履”，严粲曰：“履训践。践其迹而从之，故为随也。”《信南山》“是剥是菹”，严粲曰：“是剥，谓以刀剥瓜，削治之也。是菹，谓以瓜为菹，淹渍之也。”《蓼萧》“我心写兮”，严粲以为“心有忧则郁而不泄，如倾写器中之物则舒快矣”。《小宛》“壹醉日富”，严粲的解读颇为形象：“壹，专也。壹醉，专务酣饮也。”《天作》“彼作矣”之“作”与“彼徂矣”之“徂”，严粲的解读相当中肯：“‘作’谓旧民之乐迁，如‘百堵皆作’‘庶殷丕作’之‘作’也。‘徂’谓新民之归往，如‘其子焉往’之‘往’也。”严粲以为《泽陂》“涕泗滂沱”即“涕泗如雨”之意：“《渐渐之石》‘俾滂沱矣’，《疏》以为雨盛，此言涕泗如雨也。”《云汉》“旱既大甚，则不可推”，严粲曰：“‘不可推’如《孟子》言王无罪岁、宋景公不欲移灾于股肱之意。”《巷伯》“骄人好好”，严粲曰：“好好，甚言其好也。”《抑》“以谨罔极”，严粲曰：“无有穷极，谓无所不至也。”

严粲在阐释《民劳》“无纵诡随”之“诡随”时，首先指出《民劳》“诡随”为“诡，诈也，怀诈面从也”，但是仍然觉得不易理解，故继续申说：“诡随者，心知其非，而诈顺从之，此奸人也，《书》所谓‘面从’，《孟子》所谓‘面谀’也。人见诡随者无所伤拂，则目为善良，不知其容悦取宠，皆为自利之计，而非忠于所事，实非善良之士也。”之后对此诗中这类带有贬义的词语进行总结：“此诗五章，言‘无良’‘惛怓’‘罔极’‘丑厉’‘缱绻’，皆极小人之情状，而总之以‘诡随’。盖小人之媚君子，其始皆以诡随入之，其终无所不至，孔子所谓‘佞人殆’也。召公称厉王而告之，言我欲使尔如玉，无瑕可指，故用此大谏于王也。谓其戒同列者，即所以谏王，上行而下效故也。”

第五节　考证尤为精核

严粲解《诗》考证精核，训诂切当，实事求是，包含着科学求真的精神。林希逸《叙》称《诗缉》：“知其钩贯根叶，疏析条绪，或会其旨于数章，或发其微于一字，出入穷其机综，排布截其幅尺，辞错而理，意曲而通。……至于音训疑似、名物异同、时代之前后、制度之纤悉，订证精密，开卷了然。”《四库全书总目》赞曰：“考证尤为精核。”严粲主要通过比较、归纳等方法进行考证。黄忠慎已经对严粲的考辨法进行过论述，本书在其说基础上对严粲运用的比较法、归纳法进行了分类。

一、比较法

严粲善于运用比较法，在条分缕析中比较诗歌之间、字词句之间的不同之处。

（一）不同诗歌的主旨或者思想感情、时代背景与创作风格的对比分析

严粲对两种类型的诗歌进行比较，例如，把正风与变风进行对比分析之后指出：“夫妇之经，万化之原。《关雎》《鹊巢》为三百篇纲领，风之正也；反乎此者，变也。”由正风可以看出夫妇之正为万化之原、王道之端、君臣之伦：“《诗经》首二《南》，见夫妇之伦焉，见王道之端焉。二《南》系周、召，见君臣之伦焉，见文王心术之微，盛德之至焉。”由变风则可以知道夫妇不正会导致诸侯擅相并、宗社倾覆的后果：“《邶》《鄘》《卫》皆卫风也，卫祸基于衽席，覃及宗社，居变《风》之首，二《南》之变也。王道盛，则诸侯不得擅相并。”严粲对《小雅》与《大雅》两种类型的诗歌进行比较后否定了“以政之小大为二《雅》之别”的观点，认为“然二《雅》之别，先儒亦皆未有至当之说。窃谓《雅》之小大特以其体之不同耳。盖优柔委曲、意在言外者，风之体也；明白正大、直言其事者，雅之体也。纯乎雅之体者，为《雅》之大；杂乎风之体者，为《雅》之小”。

严粲把《关雎》与《车舝》的主旨进行对比分析后指出二诗美刺不同："说者多谓诗人思得淑女以配君子，如《车舝》之意，非也。《车舝》恶褒姒，故思得贤女以代之；太姒已为文王妃，何待诗人思得之乎？"为了解释清楚《小弁》"踧踧周道，鞫为茂草"，严粲结合《皇矣》"串夷载路"进行阐释，指出两者分别形容周代之兴、周代之衰，其间有明显不同："言周之兴者，以归往之众，曰'串夷载路'，曰'岐有夷之行'；言周之衰者，以行人之稀，曰'鞫为茂草'也。"此处所采用的比较法，可谓极为精当。严粲对《采薇》与《出车》两诗所描述的战争背景进行比较后指出《采薇》为北戍时作，《出车》为西伐时作："《采薇》言往自周，北戍之时也；此诗言往自朔方，西伐之时也。《采薇》言来，初期归时也；此诗言来，自西戎归而在道之时也。下章言春，乃至家耳。"

《蓼萧》《湛露》《彤弓》三首诗前后相接出现在《诗经》中，尽管有比较一致的创作背景与创作主旨，"皆天子燕飨诸侯之乐歌"，但是严粲以为"其用有别。《湛露》《彤弓》以'显允君子，我有嘉宾'称诸侯之美，则为燕飨诸侯无疑也。《蓼萧》之诗以'零露'喻王泽，以'既见君子'称天子，其下皆称赞天子之辞，若天子用之以燕诸侯，不应自称己之美，而不称诸侯之美。苏氏谓人君以《鹿鸣》五诗燕其臣，群臣以《天保》答其歌，于其燕也皆用之。今以《蓼萧》之诗亦诸侯答《湛露》《彤弓》之歌，故本序不言燕诸侯，而云'泽及四海也'。诸侯以萧草自喻，君臣之辞也。《笺》以为四夷之长，则拘矣"。

严粲对《杕杜》与《汝坟》二诗所蕴含的思想感情进行比较后得出《杕杜》为上之人体其情而作、《汝坟》为下之人明其义而作的结论："《汝坟》勉其夫以正，则曰'父母孔迩'，盖谓不必忧家也；此诗望其夫之归，则曰'忧我父母'，盖谓父母思之，当早归也。《汝坟》则下之人明其义，此诗则上之人体其情，各尽其道也。"

虽然《东山》与《杕杜》均为劳归士、还役的诗，表现归士思家、家人望归的主题颇为相似，但是严粲认为二者语言一详一略，风格不同："《东山》，周公所作以劳归士，犹《杕杜》劳还役也。《后序》言大夫美之，非也。《杕杜》述家人望归之情，《东山》述归士思家之情，其意则一；然《杕杜》之辞简，《东山》之辞详。盖周公与归士居东三年，患难同之，情之缱绻，言之谆复，宜与《杕杜》不同也。"《采芑》与《六月》的语言一缓一急，风格有别："《六月》之诗，事势急迫；《采芑》之诗，辞气雍容。盖北伐则四夷交侵，初用兵也；南征则北方已服，中国粗定，方叔乘北伐之威以临蛮荆也，下篇《车攻》则中兴之功成矣。"尽管《卷阿》与《公刘》《泂酌》创作背景一致，但是语言风格并不相同，其中《卷阿》最为委曲宛转，寓意深长："我陈诗之意初无多说，只为此一事耳，维王歌咏之，深味乎吾言可也。康公三诗皆作于成王将莅政之初，《公刘》《泂酌》皆直述之辞，唯《卷阿》宛转反覆，使人再三歌咏而后悟，盖其深意所寓实在此篇也。"

即使是同一首诗，各章的语言风格也有差异，例如《沔水》三章的语言表达各具特色："一章言'载飞载止'，喻诸侯或朝或不朝者；二章言'载飞载扬'，喻诸侯跋扈不朝者；此章言'率彼中陵'，喻诸侯循道而来朝者。飞止者，已无固志；飞扬者，未有回心；率彼者，盖仅有之所当绥怀以劝来者。……诸侯之叛在谗言耳，首章之含蓄，次章之忧危，至末章结句始发之。”《頍弁》共三章，但是语言表达愈益急迫：“上二章言族人以未见王为忧，既见王为喜，其辞犹缓也。末章言国亡无日，族人纵得见王，其能几乎？当急与族人饮酒相乐于今夕，盖王今维宜宴而已。言‘今夕’，谓未保明日之存亡；言‘维宴’，谓天下之事已无可为，惟须饮耳，其辞甚迫矣，所以警告于王者至剀切矣。族人之情迫切如此，岂真望王宴乐之哉？”

（二）同一词语或诗句在不同语境中的不同意义的对比分析

严粲特别注意对同一词语在不同语境中的不同意义运用随文解之的方式进行对比分析。例如《云汉》一诗中“宁”字出现多次，但是其意义并不相同，故严粲曰：“此诗多用‘宁’字，或训曾，或犹偏，或为愿辞，或训安，不可执一，今随文解之。”

“瞿”字为象形字，如鹰隼睁大眼睛惊视之状，引申为人受惊之义。“瞿瞿”一词在《诗经》中共出现两次，其一为《东方未明》“狂夫瞿瞿”，严粲引用《毛传》与朱说为注，“传曰：瞿瞿，无守之貌。朱氏曰：瞿瞿，惊顾之貌”；其二为《蟋蟀》“良士瞿瞿”，严粲引用朱说为注，“朱氏曰：瞿瞿，惊惧之貌。”具体说来，《东方未明》与《蟋蟀》中的“瞿瞿”之义有细微的差别。严粲在前说的基础上，继续进行更加细致的对比分析：“《蟋蟀》‘瞿瞿’言良士，则惊惧之谓也。此诗‘瞿瞿’言狂夫，则惊愕之谓也。《西汉·吴王濞传》：‘胶西王瞿然骇。’师古云：‘瞿然，无守之貌。’又《檀弓》：‘曾子闻之瞿然。’”

《葛生》与《防有鹊巢》中均出现了“予美”二字，严粲指出其所指对象不同：“《陈·防有鹊巢》云‘谁侜予美’，国人指贤者；此诗‘予美亡此’，妇人指其夫。”在《防有鹊巢》一诗中同样指出：“《唐·葛生》言‘予美’，则妇人称其夫；此诗‘予美’，则诗人称贤者也。”

《大东》与《崧高》中均出现了“私人”一词，严粲首先引用毛、孔之说阐释《大东》“私人之子”一句中的“私人”二字：“传曰：私人，私家人也。○疏曰：谓本无官职，卑贱之属，非家臣也。”在此基础上，严粲把此诗与《崧高》中的“私人”进行对比，认为二诗所指对象有别：“《崧高》‘迁其私人’为家臣，与此别。”

《诗经》中多次出现“罔极”一词，尽管均有无穷极之意，但是在不同语境中其具体意义有细微差别，严粲在《氓》中论“士也罔极”曰：“曹氏曰：‘罔极，言不可测知。’……女未尝差爽其所守，而士自贰其行，士心无极，不可测知，由其德二三不专一故也。‘士也罔极’，所谓‘怨灵修之浩荡也。’○‘罔极’为无穷极之意，善恶皆可言之。《魏·园有桃》谓‘我士也罔极’，为志念无穷极；《蓼莪》‘昊天罔极’，为父母之德无穷极；《青蝇》‘谗人罔极’、《桑柔》‘民之罔极’与此‘士也罔极’，皆为反复无穷极。”

《诗经》中“德音”一词亦出现多次，在不同语境中其具体意义可以为教令、声名，也可以为言语，侧重点有所不同。严粲论《假乐》之“威仪抑抑，德音秩秩”时曰：“成王之威仪抑抑然谨密，其德音言语秩秩然有常。……德音，有德之声音也。言语、教令、声名，皆可称德音。此诗‘德音秩秩’可以为言语、教令，不可以为声名；《皇矣》‘貊其德音’可以为教令、声名，不可以为言语；《南山有台》‘德音不已’‘德音是茂’及《有女同车》‘德音不忘’、《车舝》‘德音来括’皆声名也；《小戎》‘秩秩德音’、《鹿鸣》‘德音孔昭’、《日月》‘德音无良’、《邶·谷风》‘德音莫违’皆言语也。”严粲把《邶·谷风》“德音莫违”与《日月》“德音无良”联系在一起进行阐发，认为二者意思完全一致：“皆妇人言其夫待己之意耳，故为声音言语。”

《山有扶苏》之“子都”与《孟子》之“子都”之间有些许不同：“世称美好之人为子都，《孟子》所称子都以貌之美，此诗所称子都以德之美，犹美人之名，或称美貌，或称美德。……若以此‘子都’为美貌，则与‘狂且’意义不贯。郑氏以狂为丑，其说牵强。此诗子都、子充，皆指贤人耳。都，美好也；充，充实也，非有人名子都、子充也。”

《公刘》与《緜》两诗中均出现了“乃宣”，但是其义有所差别，严粲指出：《公刘》一诗是称赞公刘之语，故为倡导下情，而《緜》是指田亩，故为倡导沟洫：“称公刘佩服之美者，承上文‘而无永叹’，述斯民喜之之情也。《緜》‘乃宣’兼‘乃亩’言之，则为宣导沟洫；此‘乃宣’承‘既顺’言之，下云‘而无永叹’，则为宣导下情。”

《生民》“实方实苞”中的“方”，严粲以为与《大田》中的“方”义不同：“《大田》言‘既方既皂’，郑氏以方为孚甲始生；此诗言‘实方实苞’，郑氏以方为齐等，二‘方’字异义，何也？盖《大田》言‘既方既皂’‘既坚既好’，皆言谷之成熟，故方为孚甲始生；此诗言‘实方实苞’‘实发实秀’，发方生茎，秀方吐华，故方为齐等，言苗生之齐，未有孚甲也。”《生民》“实种实褎”中的“种”，严粲以为与《大田》中的“种”义不同：“《大田》言‘既种既戒’，郑氏以种为择其种；此诗言‘实种实褎’，郑氏以种为生不杂，二‘种’字异义，何也？盖《大田》言‘既种既戒’，在未耕之前，故为择其种；此诗前言‘种之黄茂’，已是择种，继言‘实种实褎’，在方苞之后，故为生不杂也。”

在《诗经》中的《采蘩》《七月》《甫田》《大田》《韩奕》等数首诗中出现的“祁祁”一词，或为舒迟之意，或为众多之意，其意义并不相同。在阐释《七月》“采蘩祁祁”时，严粲进行了对比分析：“《采蘩》‘被之祁祁’，传云‘祁祁，舒迟也’；《甫田》‘与雨祁祁’，传云‘徐也’；《韩奕》‘祁祁如云’，传云‘徐靓也’，皆为舒迟之意。此《七月》及《出车》‘采蘩祁祁’，《玄鸟》‘来假祁祁’，皆为众多。”同时，对于《大田》“兴雨祁祁”，严粲引用毛氏、郑氏与王氏三家之说来说明“祁祁”一词为徐之意的原因：“传曰：祁祁，徐也。笺曰：古者，阴阳和，风雨时，其来祁祁然而不暴疾。王氏曰：云欲盛，盛则雨；雨欲徐，徐则入土。”

《黍离》“彼黍离离，彼稷之穗”，严粲先引用毛说阐释“穗”字：“传曰：穗，秀也。”为了避免使读者对《毛传》“秀”字产生误解，尽管诗歌中未出现“秀”字，但也引用朱说，与《毛传》“秀”字进行对比分析：“朱氏《〈论语〉解》云‘吐华曰秀’，是秀为未穗。今毛氏所谓‘秀’，则已成穗而秀茂，与彼‘秀’别。”

虽然《诗经》中“杞”这一意象出现了很多次，但是其所指称的对象有所不同："《诗》有三杞，《将仲子》'无折我树杞'，柳属也；《有台》'南山有杞'，《湛露》'在彼杞棘'，山木也。此诗'集于苞杞'，《雅·杕杜》《北山》'言采其杞'，《四月》'隰有杞桋'，枸杞也。"

严粲对于《诗经》中出现的两种棘进行分析。其一，《楚茨》"言抽其棘"与《青蝇》"止于棘"中的"棘"均为荆棘："《补传》曰：棘，荆棘也。……此诗以棘配茨，及《青蝇》以棘为樊，非彼酸枣也，旧不指为何物。今按：《释草》云：'苿，刺。'苿音策。郭璞云：'草刺，针也。'释云：'《方言》：凡草木刺人，北燕、朝鲜之间谓之苿，自关而西谓之刺，江湘之间谓之棘。'"《青蝇》中的"棘"为荆棘，故可为藩："以棘为藩，谓荆棘之棘，解见《楚茨》。"其二，《凯风》"吹彼棘心""棘心夭夭"与《园有桃》"园有棘"中的"棘"均为酸枣："《凯风》'棘心'，传笺及疏皆不指为何木，唯'园有棘'毛氏以为枣，陆农师以为酸枣。又《释木》'枣'注引《孟子》赵岐注云：'樲棘，小枣，所谓酸枣也。'朱氏《集解》云：'樲棘，小枣，非美材也。'"

在《谷风》一诗中，严粲对于《诗经》中出现的具有荼这一名称的三种植物进行分析，对比其不同，指出其各自的特点："经有三荼：一曰苦菜，二曰委叶，三曰英荼。此诗'谁谓荼苦'及《唐·采苓》云'采苦采苦'、《绵》'堇荼如饴'之荼，皆苦菜也。《良耜》'以薅荼蓼'之荼，委叶也，解见《良耜》。《郑·出其东门》'有女如荼'，英荼也，解见《出其东门》。《鸱鸮》'予所捋荼'，《传》云'萑苕'，《疏》云'蓟之秀穗'，亦英荼之类。"

严粲阐释《小弁》“弁彼鸒斯”之“鸒”为雅乌，为了帮助读者把雅乌与其他种类的乌区分开，严粲对三种类型的乌进行了辨析：“乌有三种，《广雅》云：‘纯黑而反哺者，谓之乌；小而腹下白，不反哺者，谓之鸦乌；白项而群飞者，谓之燕乌，《尔雅》所谓白脰乌也。’”

《诗经》中出现鸠次数较多，种类不一，易于混淆，故严粲在阐释《关雎》篇“关关雎鸠”时做了详细考证，指出其不同之处：“郯子五鸠，备见《诗经》：雎鸠氏司马，此诗是也；祝鸠氏司徒，鹁鸠也，《四牡》《嘉鱼》之鵻是也；鸤鸠氏司空，布谷也，《曹风》之鸤鸠是也；爽鸠氏司寇，《大明》之鹰扬是也；鹘鸠氏司事，鸴鸠也，《小宛》之鸣鸠与《氓》诗食桑葚之鸠是也。欧阳氏以居鹊巢之鸠非鸤鸠，则又在五鸠之外也。”

虽然《郑风·风雨》《邶风·北风》《邶风·谷风》《小雅·谷风》《小雅·桑柔》等很多诗歌中均出现了风雨的意象，多用以喻暴乱、暴怒，但是严粲指出在不同诗歌中比兴的含义并不完全相同，其具体的含义有细微差别：“‘北风其凉’喻虐，‘风雨凄凄’喻乱，‘风雨漂摇’喻危，‘大风有隧’喻贪，故《风》《雅》二《谷风》，《邶》下文言‘以阴以雨’喻暴怒，犹‘终风且曀’喻州吁之暴也；《雅》下文言‘维风及雨’喻恐惧，犹后人以震风凌雨喻不安也。”同时，严粲否定关于《邶风·谷风》中“谷风”的旧解：“旧说谷风为生长之风，以谷为縠，固已不安，又以习习为和调，喻夫妇和同，说此诗犹可通；至《小雅·谷风》二章言‘维风及颓’，颓，暴风也，非和调也；三章言草木萎死，非生长也，其说不通矣。”《小雅·谷风》中的谷风为盛怒之风：“来自大谷之风，大风也，盛怒之风也，又习习然连续不断，继之以雨，喻遭变恐惧之时，犹后人以震风凌雨喻不安也。当处变之时，且恐且惧，维予与女同其忧患；及得志之后，且安且乐，女反弃我，交道薄矣。”《桧风·匪风》一诗“匪风发兮”“匪风飘兮”中的风是比喻世乱，严粲批评“旧说匪风，非有道之风；匪车，非有道之车”，赞同张子之言：“人之不安，常如在风中车上。”之后严粲进一步申说其意：“此桧国之人忧及祸难，言非风之大作也，非车之疾驱也。我回首反顾昔日周道之盛，心自伤怛也。言生于乱世，非风非车，自如风中车上之不得安，伤今而思古也。晋王尼暮宿车上，常叹曰：‘沧海横流，处处不安。’以车上不安，喻世之乱也。”

严粲对同一诗句在不同诗歌或文本中的不同意义进行对比分析。尽管《邶风·燕燕》与《邶风·雄雉》两诗中均有“下上其音”一句，但严粲以为出现在不同的语境中其意亦相应有所不同：“诗人之言，不必尽同。《燕燕》言‘下上其音’，谓双燕相追逐而飞鸣也；此（《雄雉》）言雄雉‘下上其音’，则止是一雉之音或下或上也。”诗歌句子完全相同，意思却略微有所差别，可谓同中有异。《干旄》与《东方之日》两诗中均出现了“彼姝者子”一句，但是严粲根据诗歌不同的创作背景把前诗“彼姝者子”译为“彼姝美之贤者”，把后诗“彼姝者子”译为“今有姝美之女子”，并且总结其差别：“《诗》‘彼姝者子’两出，一为贤者，一为女子也。”

（三）对具有近似字形的汉字的比较

汉字包括字音、字形与字义。严粲比较注重把具有近似字形的汉字放在一起进行比较，辨析其不同字义，以免读者混淆。

“登”与“登”读音一样，字形相似。《生民》“于豆于登”之“登”，严粲释曰：“传曰：瓦曰登，大羹也。笺曰：祀天用瓦豆，陶器，质也。疏曰：《释器》云：‘瓦豆谓之登。’今曰：登升之登无丿，豆登之登有丿。”

“冽”与“洌”只是偏旁差一点，读音一样，故极易混淆。严粲在阐释《下泉》“冽彼下泉”之“冽”时特别强调两字偏旁与字义均不同：“洌，旁三点者，从水也，清也，洁也。旁二点者，从冰也，寒也。《易》‘井洌寒泉食’为洁，当从水。此‘冽彼下泉’及《大东》‘有洌氿泉’，《传》皆训寒，则当从冰；今字乃从水，当为清也，与《大东》‘有洌氿泉’异也。”

“镳”与“麃”“儦”读音一样，字形相似。严粲释《硕人》“朱幩镳镳”曰：“镳，谓马衔外铁也，一名扇汗。镳镳，非一镳也。《清人》‘驷介麃麃’，武貌，无边旁；《载驱》‘行人儦儦’，众貌，从立人旁；此‘镳镳’，从金旁，义各异。”

《文王》“维周之桢”，《毛传》曰：“桢，榦也。”严粲区别“榦”与“幹”曰：“《释诂》云：‘桢、翰、仪，榦也。’舍人云：‘桢，筑墙所立两木也。’‘王后维翰’及‘维周之翰’，《传》皆云：‘榦也。’疏云：‘榦者，筑墙所立之木。’然则桢也，翰也，榦也，一物也，字当作‘榦’，传写误作‘幹’。郑以此为幹事之臣，失之矣。”

“軓”与“轨”读音不一样，字形也不一样，只有“车”字偏旁一样。严粲释《匏有苦叶》“济盈不濡軓”之“軓”曰：“旧音宄，非也。音宄者，车旁从九，谓车辙也，法也。音犯者，车旁从㔾，车轼前也。《少仪》云：‘祭左右范。’注云：‘范，轼前也。’彼軓作范。”

严粲精于考辨名物制度，经常进行对比分析，例如曾经指出“蜴”与“蜥”之间的不同。《正月》“胡为虺蜴”之“蜴”，严粲既指出陆德明“蜴”字又作“蜥”的观点错误，“陆于此‘蜴’，星历反，字又作‘蜥’，是以蜴为蜥也，误矣”，又根据《尔雅·释鱼》《说文》《方言》等记载，得出在草泽中的名蝾螈与蜥蜴而在壁者名蝘蜓与守宫的结论：“《释鱼》曰：蝾螈，蜥蜴。蜥蜴，蝘蜓，守宫也。……《说文》云：‘在草曰蜥蜴，在壁曰蝘蜓。’《方言》云：‘秦、晋、西夏谓之守宫，其在泽中者谓之蜥蜴，南楚谓之蛇医，或谓之蝾螈。’东方朔云：‘非守宫，则蜥蜴。’案此诸文，是在草泽中者名蝾螈、蜥蜴，在壁者名蝘蜓、守宫也。《博物志》云：‘以器养之，食以真朱，捣万杵，以点女人体，终身不灭，耦则落，故号守宫。’”严粲对近似名物的不同特性进行了细致的辨别。

二、归纳法

归纳法是对收集到的许多个别事例抽丝剥茧地进行分析，从中获得一个概括性的结论。演绎法是从既有的普遍性结论或一般性事理，推导出个别性结论的一种方法。归纳法与演绎法两者之间有辩证关系，既互相依存，相辅相成，又各有优失：演绎推理通常要依赖归纳推理来提供一般性知识，归纳推理依靠演绎推理来验证结论。在宋代诸多《诗经》解经著作中，严粲的总结归纳式解经特色比较突出。当然，这种归纳的方式主要是归类总结，故黄忠慎指出：“严粲采用归纳的方式解经，主要是说他采取整理归结的工夫，与一般我们常说的归纳论证法仍有些许差异。”①

（一）关于某一字词的字义、词义的归纳总结

严粲经常把《诗经》中前后出现的字义、词义相同的某一字词联系起来，归纳总结其同一义项或者固定用法、特定含义，如严粲阐释《昊天有成命》“肆其靖之”之“肆”时总结出“肆”用作发语辞时的特定含义：“今曰：书凡发语‘肆’字，皆训故。”严粲对于《诗经》中某一字词在语法方面的固定用法的归纳总结较多，详见本书第五章第三节。严粲归纳总结某一字词同一义项的例子颇多，下文仅略举数例以窥斑知豹。

严粲时常运用统计的方式进行归纳，如统计了《诗经》中《汝坟》《风雨》《唐风·扬之水》《车邻》《出车》《蓼萧》《頍弁》《隰桑》《菁菁者莪》9首诗共出现“既见君子”22次，并且在阐释《菁菁者莪》“既见君子，乐且有仪”之“既见”时总结此句是说见到君子心情特别喜悦：“说者多以‘乐且有仪’指君子，非也。‘既见’者，幸辞也，喜见之也。今考《诗》中‘既见君子’重言二十有二，见于九诗，《汝坟》《风雨》《唐·扬之水》《车邻》《出车》《蓼萧》《頍弁》《隰桑》及本诗，或妻见其夫，或国人见贤者，或臣见其君。凡‘既见君子’之下，其接句皆述喜之之情，谓见君子者喜，非所见者喜也。若以‘乐且有仪’为君子，则‘既见’二字无所归。”

据严粲统计，《诗经》中总共出现4次“四牡骙骙”，即《小雅·采薇》《小雅·六月》《大雅·桑柔》《大雅·烝民》，严粲曰：“经‘四牡骙骙’凡四出。”在阐释《采薇》“四牡骙

① 黄忠慎《严粲诗缉新探》，台湾文史哲出版社2008年版，第36页脚注38。

骙”时，严粲指出《诗经》中的“骙骙”其义相同，并且总结说：“今曰：传于此云‘骙骙，强也’，于《桑柔》云‘不息也’。《经》‘四牡骙骙’凡四出，今皆以为不息。”

“服”字在《诗经》中出现多次，严粲对其中具有相同意义的“服”字进行了考察，在阐释《文王》“侯于周服”之“服”时，严粲总结说：“旧说以侯为君，谓为君于周九服之中，此解‘侯于周服’则顺，解‘侯服于周’则不通。今考《释文》云：‘服，事也，用也。’故为臣而见用谓之服，言服行其职也。《曲礼》云：‘艾服官政。’《酒诰》云：‘服休服采。’《多士》云：‘有服在百僚。’《多方》云：‘有服在大僚。’《多士》《多方》皆诰殷士，而谓之‘有服’，言其见用之意，即此诗所谓‘商之孙子’‘侯于周服’也。”

严粲对于《鱼丽》中“维其时矣”之“时”出现的场合进行了归纳，认为“时”一般出现在祭祀、宴饮等礼仪场合，故其意为“适其时之宜”：“《诗经》说礼，多言时，《鱼丽》‘维其时矣’，《楚茨》‘孔惠孔时’，《頍弁》‘尔殽既时’，《宾之初筵》‘以奏尔时’，《生民》‘胡臭亶时’。盖时者，适其时之宜，三时不害，而奉酒醴以告神，《鱼丽》《楚茨》《生民》所谓时也；君子之食，惟其时物，不时不食，《頍弁》《宾之初筵》所谓时也。虽所言有广狭，皆谓适其宜也。”

严粲通过归纳法判定是非，推求结论。对于《闵予小子》“陟降庭止”中的“庭”，严粲先引用“传曰：庭，直也”，接着引用“张子曰：周道如砥，其直如矢，圣人之心至平至直，不难行，人自多邪曲耳”“李氏曰：文王俯仰之间皆尽其直道。《文王》之诗云：‘文王陟降，在帝左右。’文王之心俯仰无间，无有愧怍，洋洋乎如在其上，如在其左右，而武王之所以继志述事者亦本于此。《易》曰：‘敬以直。’内能敬则莫不直矣”，从正面说明“庭”即“直”之意。但是针对另外一种解为庭院的观点，严粲总结了《诗经》中其他诗歌中出现的带有“庭”字的诗句，古注皆训为直，故解为庭院不能成立：“说者以‘陟降庭止’为若见文王陟降于庭，然下篇‘绍庭上下’，其义难通。《大田》‘既庭且硕’，《韩奕》‘干不庭方’，《周官》‘四征弗庭’，庭，古注皆训为直。庭之为直，见于经多矣，不必易也。”

严粲以为既然《毛传》将《巧言》“奕奕寝庙”与《韩奕》“奕奕梁山”中的“奕奕”均释为“大貌”，则《车攻》“四牡奕奕”中的“奕奕”亦当为大之义：“此‘奕奕’字，毛、郑不解，孔氏以为闲习，朱氏以为连络布散之意。然‘奕’本训大，毛于‘奕奕寝庙’‘奕奕梁山’皆训大，则此亦当为大。”

《草虫》有“我心则夷”，《风雨》有“云胡不夷”，《那》有“亦不夷怿”，故严粲把三首诗联系起来归纳总结“夷”字之义。严粲释《草虫》“我心则夷”曰：“《风雨》传云：‘悦也。’人喜悦则心平夷，其意一也，《那》颂所谓‘夷怿’也。”

严粲引用《毛传》“肃肃，疾貌”解释《小星》“肃肃宵征”之“肃肃”，同时联系《小雅·鸿雁》与《唐风·鸨羽》两诗之“肃肃”，指出其义相同：“《鸿雁》‘肃肃其羽’，《唐风》‘肃肃鸨羽’，皆疾也。”

为了阐释《郑风·大叔于田》“两服上襄”之“上襄”，严粲不仅引用郑《笺》与朱熹之说“笺曰：两服，中央夹辕者。襄，驾也。上驾，言为众马之最良也。朱氏曰：马之上者为上驾，犹史所谓上驷也”，而且联系《大东》“终日七襄”予以说明。当然，严粲在解读《大东》“终日七襄”时，也联系《郑风·大叔于田》之“两服上襄”。《出车》“玁狁于襄”之“襄”则不同于上文“襄”字之义，严粲指出此处的“襄”与《鄘风·墙有茨》之“襄”义同：“如字，或作攘。传曰：襄，除也。今曰：如‘不可襄也’之‘襄’。”

《出车》“胡不旆旆”，严粲联系《生民》“荏菽旆旆”与《左传》“建而不旆”进行阐释：“继旐曰旆。旐以全帛为之，续旐末为燕尾者名之为旆，言旆之本体也。《左传》‘建而不旆’，言张旆也。此‘胡不旆旆’乃飞扬之貌，《生民》‘荏菽旆旆’亦扬起也。”

《敬之》“佛时仔肩”，“佛，毛如字，郑音弼。笺曰：佛，辅也”。“辅谓之佛者，言正救其失，不专顺从之也。《学记》云：‘其求之也佛。’佛，不顺也，犹《孟子》所谓‘法家拂士’也。”

《伐木》“有酒湑我”之“湑”不太容易理解，严粲引用《毛传》“以薮曰湑”“莤之也”、《经典释文》所引《左传》“缩酒”进行解释：“传曰：湑，莤之也。莤音缩。《释文》曰：与《左传》‘缩酒’同义，谓以茅泲之而去其糟。泲音济，子礼反。今曰：即毛氏上文‘以薮曰湑’也。”

严粲把《泽陂》“硕大且卷”、《卫风》“硕人”、《车舝》“辰彼硕女”放在一起进行阐释，得出“《诗》以硕大称妇人多矣”的结论，用以否定《泽陂》为慕贤之诗的观点：“或疑硕大非妇人之称，遂疑此为慕贤之诗。观《卫风》以‘硕人’称庄姜，《车舝》称‘辰彼硕女’，则《诗》以硕大称妇人多矣。”

严粲归纳出《诗经》中出现的士均指男子，通贵贱之称，故阐释《都人士》时曰："士若专以为民，则'万民所望'非庶民之事；若专以为士大夫，则下章'台笠'非士大夫之服，故士者，通贵贱之称。凡《诗》中以士对女者，皆谓男子耳，'女也不爽，士贰其行''有依其士，思媚其妇''维士与女''以谷我士女'皆是也。此'都人士'，对'君子女'言之，亦指男子。"

《生民》"实方实苞"，《毛传》传曰："苞，本也。"郑玄《毛诗传笺》曰："苞，亦茂也。"严粲以为二人之说本质上是一致的，均为"苗生成丛"之义："《禹贡》：'草木渐包。'注云：'丛生相包。一本作苞。'毛以为本，郑以为茂，其意则一，言苗生成丛也。《诗》中凡言'苞'并同。"

《溱洧》"伊其将谑"之"将"，严粲以为与《小雅·谷风》"将安将乐"之"将"义同："将，相将也，方且也，犹'将安将乐'之'将'。"《椒聊》"硕大且笃"之"笃"，严粲指出与《大雅·公刘》"笃公刘"之"笃"义同："传曰：笃，厚也。今曰：笃，如'笃公刘'之'笃'。笃厚则福庆未艾也。"《月出》"舒窈纠兮"之"舒"，严粲以为与《召南·野有死麇》"舒而脱脱兮"之"舒"义同："传曰：舒，迟也。窈纠，舒之姿也。今曰：舒而脱脱兮。"《天保》"俾尔单厚"之"俾尔"，严粲指出与《大雅·卷阿》"俾尔弥尔性"之"俾尔"义同："今曰：俾尔，犹《卷阿》言'俾尔弥尔性'。"《节南山》"弗问弗仕"及其下文"膴仕"，严粲总结说："今曰：仕，谓官使之也。下文有'膴仕'，一章二'仕'字，当归一。"《我将》"仪式刑文王之典"之"典"，严粲曰："典，毛于《维清》传云‘法也’，于此云‘常也’，郑以为常道。法者，道之所寓，其实一也。”

（二）关于表达方式不同而字义、词义、句义相同的字词句的归纳总结

严粲将《诗经》中前后出现的字义、词义、句义相同的不同字词句联系起来，前后照应，进行归纳总结。

《诗经》中一些名物的名称不同，如蒹、葭、萑等不同名称，指称一物的不同生长阶段，其实均指称一物，因此严粲在阐释《蒹葭》“蒹葭苍苍”之“蒹葭”时曰：“曰：蒹也，葭也，萑也，三物共十一名。○‘蒹’曰：小者蒹、薕、荻也，一物而三名也。《释草》云：‘蒹，薕。’释云：‘蒹，一名薕。’郭璞云：‘江东呼为薕荻，似萑而细，高数尺。’陆玑云：‘蒹，水草也。牛食之，令牛肥强。’山阴陆氏曰：‘今人以为薕箔，因此得名。蒹，萑之小者。菼，苇之小者。’○‘葭’曰：大者葭、芦、苇也，又名华，一物而四名也。解见《豳·七月》。○‘萑’曰：中者菼、薍、萑也，又名鵻，一物而四名也。解见《豳·七月》。菼，覃之上浊。薍，顽之去。萑音完。○今曰：此诗蒹葭，举小与大者言之；《豳风》萑苇，举中与大者言之。三物皆待霜凝戾而后可用。三物共十一名，说者多混而难考，故辨之。”严粲这段考辨文字令人信服，故黄忠慎《严粲诗缉新探》赞曰：“严粲对于这些名称相近或相关的事物，往往不轻易放过，仔细地分别其间的异同。这种态度与眼光，和后来的清代汉学家极为相似，就以清代晚期专门治《尔雅》的著作而论，严粲对‘蒹、葭、萑、苇’的分别，除了引用的资料较缺少之外，整个论述的过程与分辨的细腻、眼光的独到等未必

就亚于清人”①，“阅读《诗缉》这类型的文字有时会让人误以为严粲是汉代或清代传统的治经学家，而不是生长在宋代那种新潮学风下的学者”②。

严粲结合孔《疏》之文，信从郑玄的观点，指出《大车》中出现的菼即鵻、薍，同时特别提醒菼并非芦，否定《毛传》关于菼是指称芦之初生时的观点：“毛氏云：‘菼，鵻也，芦之初生也。’郑氏云：‘菼，薍也。’孔氏云：‘孙炎、郭璞以芦、薍为二草，李巡、舍人、樊光以芦、薍为一草。毛意同李巡之辈。郑易传为薍，又言‘青者如鵻’，鵻鸟青，非草名。盖毛所指鵻者，草也；郑所指鵻者，鸟也。今从郑，芦、薍为二草。’”

《晨风》中出现的苞栎与《唐·鸨羽》中出现的苞栩，均为柞栎，即橡斗，严粲在阐释《晨风》“山有苞栎”时曰：“栎，柞栎也，橡斗也。今曰：《诗》有二柞栎，《唐·鸨羽》苞栩亦曰柞栎，其子曰皂斗，与此相似。”

《诗经》中出现的仓庚、黄鸟等名称均指黄莺，除此之外，还有抟黍、黄栗留等其他称呼。严粲在阐释《葛覃》“黄鸟于飞”时一一罗列其不同名称：“黄鸟，黄莺也。传曰：抟黍也。抟音团。《释鸟》曰：皇，黄鸟。郭璞曰：俗呼黄离留。陆玑云：或谓之黄栗留，幽州人谓之黄莺，一名仓庚，一名黧黄，一名楚雀，常以葚熟时，来在桑间，关西谓之鹂黄。郭云：其色黧黑而黄，因名之。”《七月》“有鸣仓庚”，严粲指出：“仓庚，黄鸟也。”在《小雅·黄鸟》篇，严粲曰：“黄鸟，莺也，

① 黄忠慎《严粲诗缉新探》，台湾文史哲出版社2008年版，第61页。

② 黄忠慎《严粲诗缉新探》，台湾文史哲出版社2008年版，第66页。

人所爱玩。集木啄粟，未为侵害于人。”

严粲先引用《毛传》、孔《疏》、长乐刘氏之文，用以解释《车攻》“决拾既佽”之“决”的作用、材质，之后指出“决”即《卫·芄兰》所谓“佩韘”：“传曰：决，钩弦也。拾，遂也。佽，利也。〇疏曰：决，着于右手大指，所以钩弦开体。遂，著于左臂，所以遂弦。《夏官·缮人》注：‘抉，天子用象骨。拾，韝扞也，著于左臂里，以韦为之。’决，《缮人》作抉。〇长乐刘氏曰：决，谓护大指以钩弦；拾，谓护左臂以利弦者也。〇今曰：决，即《卫·芄兰》所谓‘佩韘’也。”

《七月》“亟其乘屋”中的“屋”，即《信南山》“中田有庐”中的“庐”，为田事繁忙时农人所居。《七月》“亟其乘屋”与“塞向墐户”显然并不是指同一处地方，严粲引用“笺曰：急当治野庐之屋”解释“亟其乘屋”，又引用“疏曰：上文‘塞向墐户’是都邑之屋”解释“塞向墐户”，联系上下文，指出两处房屋所在地方之别。严粲又把《信南山》与《七月》两诗的诗句与郑《笺》关于两诗的阐说文字联系起来，前后照应，互为补充，更加有助于读者理解。《七月》笺所谓的“野庐之屋”，再加上《信南山》“中田有庐”笺所交代的“农人作庐于田中，以便田事”，则农人在田中作庐的原因一目了然，而且通过孔《疏》使读者明白“野庐之屋”是与“塞向墐户”的都邑之屋相对而言，在田事繁忙时农人居野庐之屋，在田事结束后农人则居都邑之屋。严粲之解可谓言简意赅，要言不烦。

《鸡鸣》“予子”与《秦风》“予美”、《大雅》“予侯”，乃“爱而称之之辞”，均为同一种表达方式，故严粲在阐释《鸡鸣》“无庶予子憎”之“予子”时曰：“予子，吾子也，称其所昵也，爱而称之之辞也。《秦风》妇爱其夫，称‘予美’；《大雅》商人爱武王，称‘予侯’。”

严粲以为《丘中有麻》“彼留子嗟，将其来施施”与《唐·有杕之杜》“彼君子兮，噬肯适我”、《白驹》“所谓伊人，于焉逍遥”意思一样，故联系在一起进行阐释。《丘中有麻》“彼留子嗟，将其来施施”意谓：“彼留氏子嗟庶几施施然舒行而来以从我也，犹《唐·有杕之杜》‘噬肯适我’、《白驹》‘于焉逍遥’之意。夫贤者放逐于外，而使国人私致其爱慕，欲其相与游从而已，知庄王不能复用之矣。”《白驹》“所谓伊人，于焉逍遥”意谓：“伊人犹言彼人，谓其人不在此而想象之称，非觌面之称也。《唐·有杕之杜》刺不能求贤，曰‘彼君子兮，噬肯适我。中心好之，曷饮食之’；《丘中有麻》言贤人放逐，曰‘彼留子嗟，将其来施施’，皆望其来而不可得之辞，与此诗之意一也。”严粲指出《蓼萧》的“万福攸同”与“《采菽》言‘万福攸同’，《瞻彼洛矣》言‘福禄既同’，与此一也”。《思文》“莫匪尔极”与“《康衢》所咏‘尔极’，《洪范》所谓‘汝极’，《天保》所谓‘尔德’，《君牙》所谓‘惟尔之中’，其意一也”。

严粲阐释《小雅·节南山》时指出“秉国之均”“昊天不佣”“式夷式已”“君子如夷”“既夷既怿”“昊天不平”与此诗中的“赫赫师尹，不平谓何”等诗句意思大体相同，都是说明大臣做事唯在公正平均的道理：“《礼》言‘冢宰均邦国’，《书》言‘冢宰均四海’，大臣之事，唯在均平公溥也。此诗原幽王之乱由于师尹，究师尹之恶在于不平而已。下言‘秉国之均'‘昊天不佣'‘式夷式已'‘君子如夷'‘既夷既怿'‘昊天不平'，皆此意也。”《皇皇者华》“周爰咨诹”，严粲以为“《释诂》曰：诹，谋也。……诹、谋、度、询皆访问之意，不必分咨事、咨难之类”。《天保》前三章曰：“天保定尔，亦孔之固。俾尔单厚，何福不除？俾尔多益，以莫不庶。天保定尔，俾尔戬谷。罄无不宜，受天百禄。降尔遐福，维日不足。天保定尔，以莫不兴。如山如阜，如冈如陵，如川之方至，以莫不增。”严粲认为这三章使用的一些词语具有很强的相似性：“此诗曰‘厚'、曰‘益'、曰‘谷'，皆以‘俾尔'言之，祝君之德也；曰‘除'、曰‘庶'、曰‘宜'、曰‘兴'、曰‘增'，皆以‘无不'‘莫不'言之，祝君之福也。‘俾尔单厚'，则欲其每事皆厚；‘俾尔多益'则欲其每事皆益；‘俾尔戬谷'，则欲其每事皆善。谓有一之未厚、未益、未善，则不足为君德之全。”

（三）关于诗歌艺术特色的归纳

严粲特别注重归纳诗歌的意境之美，如阐发《伐檀》第一章的景色描写云：“君子不得进仕，自伐檀木，其用力之声坎坎然，置之河之干涯，欲以为车之轮辐而自给也。伐檀，则供劳贱之役；河干，则在寂寞之滨。贤者不得其所矣，然其心无入而不自得，故当伐檀置河干之时，见河水既清，又且风行吹水成文而为涟，玩而乐之，悠然成趣，不戚戚于得丧也。盖其心休休自得，则随寓之景，皆见其可乐，此其长往无闷，岂复以穷达婴怀者？”

严粲以为《东山》第四章男主人公新婚之喜悦与当时景色之美好恰融合相会：“末章述到家之乐以慰悦之，言在途遇雨则劳，自途至家则喜。至家之时，适及仲春，仓庚之飞，其羽鲜明，人情和悦，与景相会。我军士未受室者，可以及时而昏姻。此女子之归于夫家，其马有皇有驳。女之母亲结其帨巾，其仪多也。其新昏者甚美矣，其旧昏相见之欢当如何哉？”

严粲以为《出车》第六章的意境极美：“上章言其未归也，室家望之；此章言其既归也，室家喜之。春初在道，春深乃至，故言：春日迟迟然阳气舒缓，草木萋萋然茂美，黄鹂喈喈然和鸣，采蘩以生蚕者祁祁然众多。于此之时，执其魁首之可问者，又获其丑众之降服者，乃赫赫然显盛之南仲平猃狁而还归也。叙景物之暄妍，称将率之功伐，皆喜而道之也。”

严粲解说《灵台》次章“王在灵囿，麀鹿攸伏。麀鹿濯濯，白鸟翯翯。王在灵沼，于牣鱼跃”的意境之美颇有代表性：“次章言既作台而游焉。台下有囿有沼，文王游于灵囿，则牝鹿乳其子，伏而不动，又濯濯然肥泽，其白鸟翯翯然洁白。文王游于灵沼，则其沼中之鱼充满而皆跳跃。凡夸言其鸟兽鱼鳖之美者，皆民欢乐之之辞也。○车马羽旄，一也，有见之而欣欣喜色者，有见之而疾首蹙额者，由人心之乐不乐也。文王之鸟兽鱼鳖何以异于人哉？特民心乐之耳。《孟子》最善说《诗》，只‘民乐其有麋鹿鱼鳖’，一语道尽诗意。毛氏以为灵道行于囿沼，今鹿养之久则自驯，白鸟未有不洁，鱼未有不跃者，岂皆灵道之行乎？后之说《诗》者，推广毛意，其辞愈美而去诗意愈远矣。”

严粲比较关注诗歌的语言表达之美，认为对于诗句的理解不能够太拘守，既不可泥于名数求之，又不可据实求之，如《鱼丽》“多著鱼名，以见鱼之多，非谓止有此六鱼也”，《南山有台》“台、莱、桑、杨、杞、李、栲、杻、枸、楰，多其名者，喻贤之多，而皆有用也。得贤之盛，则邦之荣怀，而福寿名誉之所归也”，《采芑》“兵车一乘，甲士三人，步卒七十二人，又二十五人将重车在后。三千乘则甲士九千，步卒二十一万六千，将重车七万五千人，通三十万人矣。天子六军，出于六乡，万二千五百人为军，六军止七万五千人，无三千乘之数。孔氏谓羡卒尽起，王氏谓合诸侯之师。要之，诗人之辞不可泥名数以求之。其车三千，极言其兵车之盛耳，况兵有先声后实，项羽兵四十万，号百万，岂一一如其数哉？朱氏谓孔氏、王氏以文害辞，其说是也”。

严粲也会归纳诗歌的形式之美，如诗歌重章叠句很多情况是“变文成章”，如《无衣》第二章“言六者，变文成章耳”，《葛生》“下章变‘野’言‘域’”，《鱼丽》一诗“变嘉言旨，旨即嘉也。旨而偕，则无不美也”。严粲在阐释《蓼莪》时总结说：“诗人取义多在首章，至次章则变韵以成歌。此举蔚以言蒿之粗大耳，犹《王风·扬之水》一章言戍申，二章、三章言戍甫、戍许，借甫、许以言申，止是戍申，不戍甫、许也。”

（四）关于一首诗的主题或者某些诗的共同主题、共同背景的归纳总结

严粲对每一首诗的主题进行了归纳总结，例如指出《沔水》“规其（宣王）听谗而诸侯携贰也”，《正月》是“忧乱之作也”，《十月之交》“刺用七子以致灾变也”，“《小旻》刺不能听谋，将致乱也”，“《小宛》刺不能自强而昏于酒，下不能抚其子，上不能绍其先也”，“《甫田》述彻法兴甿、秋报春祈及省耕仓箱之事”，“《大田》述耕种以致坚好，稚穧以惠寡妇及省敛祭方之事”，《雨无正》“刺刑罚不中，忠言不用，遂致人心

离散，所谓‘众多如雨’也”。

严粲对某些诗的共同主题、共同背景也进行了归纳总结，例如二《南》“皆文王诗”，也有其共性：“《诗经》首二《南》，见夫妇之伦焉，见王道之端焉。二《南》系周、召，见君臣之伦焉，见文王心术之微，盛德之至焉。”严粲对《邶风》《鄘风》《卫风》等变风的概括则与二《南》完全不同：“夫妇之经，万化之原。《关雎》《鹊巢》为三百篇纲领，风之正也；反乎此者，变也。《邶》《鄘》《卫》皆卫风也，卫祸基于衽席，覃及宗社，居变《风》之首，二《南》之变也。王道盛，则诸侯不得擅相并。”严粲以为《匏有苦叶》《新台》《墙有茨》《君子偕老》《鹑之奔奔》这些诗歌有着共同的创作动机：“《匏有苦叶》《新台》《墙有茨》《君子偕老》《鹑之奔奔》诸诗，著卫灭之由也。”《桧风》与《曹风》均为思周道而作：“《桧》《曹》，思周道，疾乱也。”严粲总结了《小弁》《巧言》《何人斯》《巷伯》四首诗的共同背景：“《小弁》《巧言》《何人斯》《巷伯》之诗作，而内外上下皆困于谗矣。”严粲指出《公刘》《泂酌》《卷阿》三诗背景相同：“《公刘》《泂酌》《卷阿》三诗，皆成王莅政，康公作之以戒王也。”在《昊天有成命》篇归纳总结《颂》的共同特点：“颂者，成功告神，必言子孙勉力保守，以慰神祇祖考之意。《维天之命》曰：‘曾孙笃之。’《天作》曰：‘子孙保之。’《我将》曰：‘于时保之。’此所谓‘缉熙’，亦成王自勉之辞。旧说以‘缉熙’为文、武。味诗之意，嗟叹而更端言之。所谓‘肆其靖之’，即‘于时保之’之意。其者，期之之辞也，非言文、武矣。”

严粲善于总结不同诗歌相同主题之间的内在联系，例如

《采蘋》即在《采蘩》基础上推进一步："《采蘋》，《采蘩》之推也。王氏谓：'所荐之物，所采之处，所用之器，所奠之地，皆有常而不变，所谓"能循法度"。'此犹未尽诗之意。盖法度者，仪物也；能循者，敬也。非敬，则仪物之常何足为美乎？"严粲指出："《小星》，《樛木》之化也"，"《有狐》之诗，《桃夭》《摽有梅》之变也"。《天保》前面排有五首诗，据《毛诗序》，其主题分别为《鹿鸣》"燕群臣嘉宾"，《四牡》"劳使臣之来"，《皇皇者华》"君遣使臣"，《常棣》"燕兄弟"，《伐木》"燕朋友故旧"。这五首诗的主题比较一致，皆为"君能下下以成其政"，《天保》紧随其后，表现的主题是"臣能归美以报其上"，故严粲认为《天保》与前面五首诗密切相关："此报上之乐歌也，谓答上篇五诗以相成也。"严粲以为《南有嘉鱼》《南山有台》均为燕贤之乐歌："《南有嘉鱼》《南山有台》皆燕贤之乐歌，故曰'乐与贤''乐得贤'，言以乐乐之也，犹《射义》言'《驺虞》者，乐官备也；《采蘋》者，乐循法也；《采蘩》者，乐不失职也'，皆以播之乐歌，为乐之也。《嘉鱼》谓之'与贤'，以诗言有酒燕宾，是与之相亲也；《有台》谓之'得贤'，以诗言'邦家之基''为民父母'，因以致福寿名誉，是得之为用也。"

严粲指出《蓼莪》与《凯风》主题相同，均为"孝子自怨其身"："此孝子自怨其身之辞也，与《凯风》言棘非美材，仅堪为薪之意正同。"严粲指出《雄雉》与《兔爰》主题一样："此诗及《兔爰》'雉离于罗'，皆言从军之人，故以善斗之雉兴之。大夫久役，其妻怨旷。"《泉水》与《竹竿》主题相同："《泉水》《竹竿》俱卫女思归。"《齐风》中的《南山》与《敝笱》的主题均为齐国臣子归咎于鲁桓公："《南山》《敝笱》意同，皆归咎于鲁桓，齐臣子之情也。"《魏风》中的《园有桃》《十亩之间》主题相同："《园有桃》《十亩之间》皆言国之侵削。"《唐风》中的《杕杜》《羔裘》《鸨羽》均为刺时之作："《唐风》刺时者三，皆为昭公，以时事可忧也。"《东山》叙述归士在途思家之情，与《采薇》《出车》言在途之事正同："《采薇》《出车》言'今我来思'，皆言在途之事，与此正同。"

严粲不仅指出《楚茨》《信南山》为"一体之诗，《楚茨》先从伤今说起，而后思古；《信南山》便从思古说起，即所以伤今矣"，而且进一步联系另外两首诗《甫田》《大田》进行总结："《楚茨》《信南山》《甫田》《大田》四篇，唯《楚茨》首章二句言当时所见，余皆全述古事，形容其田野修治，年谷丰穰，祭祀礼乐之备，燕饮威仪之美，言之反覆而不厌者，盖诗人遐想太平之盛，田家之乐，惆怅羡慕，恨不生乎其时，所以伤今而思古也。《补传》曰：四诗非有序以发之，人以为正《雅》矣。"

严粲实事求是、详加考证的解经特点，使《诗缉》持之有故，言之有物，有很强的说服力，成为其治《诗》最常用的方法之一，也是其治《诗》最显著的特色之一，在宋代治《诗》学者中独树一帜。黄忠慎指出："严粲最擅长运用的解经法，辨析诸家之说或诸种可能的解释。所以，除了归纳之外，还有判断，而判断的依据并不是个人的好恶或主观识见，而是将搜集到手的相关资料予以统整，并澄清概念。因此，搜集整理、分析考辨成了严粲解经方式的特点，也是区分他与宋代治《诗》

学者最明显的标志"①，"我们已可见出严粲一贯的解经精神，即讲求客观实证，无论是判断或推理，也是以旧有的说法、资料为基础，然后一步步地索解。在解释的过程中，先从搜集整理资料开始，然后仔细加以辨析，所以《诗缉》中常出现这样的叙述，某物在《诗》中共有几种，或者某物一物具有几名等等，对于相近、相似的名物更要作比较分析。在整理、辨析的过程中，其实已经透露出严粲征实、客观的解经方式"②，"解经倾向在于分辨、判别，与清儒广搜资料再进行研判的功夫不尽相同。当然，跟多数宋儒相比，严粲解经所掌握的资料不可谓不多了，他往往罗列许多可能的说法，或者尽力搜集相关文献，从中判别对错，或者统整出新说。这种解经的功夫，是一般宋代新派说《诗》者所欠缺的"③。尽管严粲运用的考辨法长于宋代其他治《诗》的学者，但值得注意的是其考证仍然比较简单粗疏，因此黄忠慎指出："笔者说严粲的考证方式比起清代朴学家而言，相对地较为粗疏，其理由大约有二。第一为其所掌握、运用的资料较少，第二为运用的方法较为简单，大致上只是比较整理，从而进行简略的分析而已"④，"对于考证各种名物的方法，要到清代才发展完全，也许严粲的考证方法仍嫌不够细腻、完整"⑤。

---

① 黄忠慎《严粲诗缉新探》，台湾文史哲出版社 2008 年版，第 58~59 页。

② 黄忠慎《严粲诗缉新探》，台湾文史哲出版社 2008 年版，第 66 页。

③ 黄忠慎《严粲诗缉新探》，台湾文史哲出版社 2008 年版，第 52 页。

④ 黄忠慎《严粲诗缉新探》，台湾文史哲出版社 2008 年版，第 59~60 页脚注 71。

⑤ 黄忠慎《严粲诗缉新探》，台湾文史哲出版社 2008 年版，第 55 页。

第七章　严粲解《诗》思想研究

第一节　严粲的“赋比兴”观

《诗经》的文学阐释伴随《诗经》文本一直存在，正如汪祚民《〈诗经〉文学阐释史（先秦—隋唐）》一书所持观点：“文学阐释是《诗经》的本体性阐释，在先秦至隋唐由文学创作与文学评论所构成的文学活动中，《诗经》的文学阐释一直是相对独立的演进与发展。由此，颇具说服力地纠正了以宋明为标志来勾勒《诗经》阐释‘从经学到文学’的发展轨迹的论说，大大地开拓了《诗经》文学阐释的理论视野。”① 严粲的文学思想主要体现在其语境观、情志观、“赋比兴”观三个方面。关于严粲的语境观，详见第五章第一节。关于严粲的情志观，详见本章第二节“三、诗出于情之真”。下文对严粲的“赋比兴”观略做阐释。

一、“六义”中的风、雅、颂

元代学者揭祐民为胡一桂《诗集传附录纂疏》作《序》

① 汪祚民《〈诗经〉文学阐释史（先秦—隋唐）》，人民出版社 2005 年版。

云："近世《诗》解甚多，如李迂仲、吕伯恭皆善言，惟华谷严氏独能诣风、赋、比、兴之趣，识其正体。"由此可见严粲的"六义"观的确有独特之处。

严粲指出《诗经》中同时存在风、雅、颂、赋、比、兴，甚至一首诗可能同时兼而有之，故其引用张子之论曰"一诗之中有兼见风、雅、颂之意，赋、比、兴亦然"，又引用程子所云"六义随篇求之，有兼备者，有偏得其一二者"及《诗补传》之言"国风、雅、颂，盖于六义之中取其体之大者而名之"。从性质上说，严粲以为"六义"中的风、雅、颂，当如程子所云为"《诗》之义"，而并非指"《诗》之名"："诗之名三，曰风、雅、颂。此以风、雅、颂偕赋、比、兴言之，谓三百篇之中有此六义，非指诗名之《风》《雅》《颂》也。"严粲否定了孔氏之说："孔氏谓风、雅、颂皆以赋、比、兴为之，非也。《大序》之六义，即《周官》之六诗。如孔氏说，是风、雅、颂三诗之中，有赋、比、兴之三义耳。"

严粲从区别"六义"中的风、雅、颂的角度指出："何名六义、六诗哉？凡风动之者，皆风也；正言之者，皆雅也；称美之者，皆颂也，故得与敷陈之赋、直比之比、感物之兴并而为六也。吕氏言得风之体多者为《国风》，得雅之体多者为二《雅》，得颂之体多者为《颂》，风非无雅，雅非无颂。其说是也。若谓三诗之中止有三义，则比兴之外，余皆为赋，然'不忮不求，何用不臧'，此于六义为雅，不当谓之赋；'称彼兕觥，万寿无疆'，此于六义为颂，亦不当谓之赋。程子曰：《国风》、二《雅》、三《颂》，《诗》之名也；六义，《诗》之义也。风者，谓风动之也。……雅者，正言之。颂者，称美之。"

在区别“六义”中的风、雅、颂的基础上，严粲进一步论证《诗经》为什么分为《风》《雅》，以及《小雅》《大雅》有什么区别。严粲首先指出风、雅之别：“盖优柔委曲、意在言外者，风之体也；明白正大、直言其事者，雅之体也。”其次，严粲进一步区别《小雅》《大雅》，其论点尤为世人所称道：“以政之小大为二《雅》之别，验之经而不合。李氏以为：‘《大序》者，经师次辑其所传授之辞，不能无附益之失。’其说是也。然二《雅》之别，先儒亦皆未有至当之说。窃谓《雅》之小大特以其体之不同耳。盖优柔委曲、意在言外者，风之体也；明白正大、直言其事者，雅之体也。纯乎雅之体者，为《雅》之大；杂乎风之体者，为《雅》之小。今考《小雅》正经，存者十六篇，大抵寂寥短简，其首章多寄兴之辞，次章以下则申复咏之，以寓不尽之意，盖兼有风之体。《大雅》正经十八篇，皆舂容大篇，其辞旨正大，气象开阔，不唯与《国风》夐然不同，而比之《小雅》，亦自不侔矣。至于变《雅》亦然，其变《小雅》中固有雅体多而风体少者，然终有风体，不得为《大雅》也。《离骚》出于《国风》，其文约，其辞微，世以《风》《骚》并称，谓其体之同也。太史公称《离骚》曰：‘《国风》好色而不淫，《小雅》怨诽而不乱。若《离骚》者，可谓兼之。’言《离骚》兼《国风》《小雅》，而不言其兼《大雅》，见《小雅》与《风》《骚》相类，而《大雅》不可与《风》《骚》并言也。咏‘呦呦鹿鸣，食野之苹’，便会得《小雅》兴趣；诵‘文王在上，于昭于天’，便识得《大雅》气象，《小雅》《大雅》之别则昭昭矣。臣考《菁莪》毓材、《棫朴》官人，所言之事同也。然《菁莪》之诗，惟反覆吟咏于菁菁之莪，是有风体，而不纯乎雅，故为《小雅》；至《棫朴》之诗，言‘左右奉璋’‘髦士攸宜’‘周王于迈，六师及之’‘周王寿考，遐不作人’‘勉勉我王，纲纪四方’，皆正言其事，其辞旨气象与《菁莪》大有间矣，故为《大雅》。此《小雅》《大雅》正经之别，其余皆可类推也。以变《雅》言之，《六月》《采芑》《常武》《江汉》皆述宣王征伐之事，而《六月》《采芑》其体与《采薇》《出车》《杕杜》不甚相远，比之《江汉》言‘江汉浮浮，武夫滔滔。匪安匪游，淮夷来求’，《常武》言‘赫赫明明，王命卿士。南仲太祖，太师皇父’，气象小大自是不同。季札观乐，至歌《小雅》，曰‘怨而不言’；至歌《大雅》，曰‘广哉，熙熙乎’。此善言二《雅》之气象者也。至以《大雅》为曲而有直体，却正说着《小雅》。《小雅》兼有风体，故曲而有直体。若《大雅》之体，安有所谓曲？杜预知其说之不通，乃曰：‘此论其声，盖谓非论其体也。’”其说既新颖别致，又有理有据。

二、严粲的“赋比兴”观

严粲采纳了程子对“赋比兴”的定义，在解释《毛诗序》“故《诗》有六义焉：一曰风，二曰赋，三曰比，四曰兴，五曰雅，六曰颂”时，引用程子之论曰：“赋者，谓铺陈其事也。比者，直比之。兴者，因物而起。”李莉褒的硕士论文《严粲〈诗缉〉之研究》总结了严粲的“赋比兴”观：“而粲基本上则以‘敷陈之赋’‘直比之比’‘感物之兴’三者以区分赋、比、兴之释例涵义。综言之，诗人乘兴而起，赋为诗歌，欲于有限之文字中推敲其诗意，实不易也；而严粲于赋比兴之诠解观点，乃就诗篇涵意及诗歌语言特色予以分析，并结合《序》言为之辅释，以明《诗》之所以作也。”①

（一）唯二《南》举赋比以见例

郑玄云：“赋之言铺。”晋挚虞《文章流别论》云：“赋者，敷陈之称也。”在“赋比兴”三者中，赋即铺陈其事，比较容易判断，较少歧义。严粲把《关雎》分为“三章，一章四句，二章八句”，在阐释《关雎》第二章时指出：“赋也。唯二《南》举赋比以见例，余无疑者不书。”为了节省文字，除了二《南》中的诗歌，严粲不再特别指出“赋也”“比也”。严粲指出《兔罝》《芣苢》《汝坟》《采蘩》《采蘋》《甘棠》《羔羊》《驺虞》《终南》与《关雎》第二章共十首诗为“赋也”，除了《终南》，均为二《南》中的诗歌。

有时赋与兴容易混淆，故严粲在《终南》末章章旨中阐释了二者之间的区别：“今考《诗》中，凡一句各指一物者，兴也。盖兴则意在于物，故每句中专指其一，以寓丁宁之意，如‘山有榛，隰有苓’之类是也。凡一句叠言二物者，皆赋也。盖赋则敷陈其物之多，意在有之一字，而不在于所指之物，故叠言之，如‘有熊有罴’，但言兽之多；‘有鳣有鲔’，但言鱼之多；‘有骊有黄’，但言马之多，别无兴也。”《诗经》中一句叠言二物用以渲染铺陈物类之多者皆为赋，一句各指一物用以寄寓丁宁之意者皆为兴。

赋与比有时也难以界定，下文结合由汉至宋代学者的比兴观，对比朱熹与严粲二人对于赋、比的不同态度。由汉至宋代

① 李莉褒《严粲〈诗缉〉之研究》，台湾中兴大学中国文学研究所 1998 年硕士学位论文。

学者对于“比兴”的观点有所不同。郑玄在给《周礼·春官·大师》“教六诗：曰风、曰赋、曰比、曰兴、曰雅、曰颂”作注时曾引用郑众的“比兴”观：“时礼乐自诸侯出，颇有谬乱不正，孔子正之，曰比、曰兴。比者，比方于物也。兴者，托事于物。”① 但是，郑玄关于“比兴”的观点主要采纳郑众说法中的错误部分，在郑众所谓的“时礼乐自诸侯出，颇有谬乱不正，孔子正之，曰比、曰兴”的基础上继续生发其说：“比，见今之失，不敢斥言，取比类以言之。兴，见今之美，嫌于媚谀，取善事以喻劝之。”② 郑玄的“比兴”观有比较明显的局限性：“这种意见一是美刺言诗的痕迹太重，这也是它受到后人诟病的主要原因，二是比‘取比类以言之’与兴‘取善事以喻劝之’，如果不考虑善恶的褒贬色彩，那在方法上又有什么区别呢？”③ 后世学者多不从郑玄之说。刘勰、孔颖达等均采纳了郑众“比者，比方于物也。兴者，托事于物”这一“比兴”观。刘勰《文心雕龙·比兴》曰：“且何谓为比？盖写物以附意，扬言以切事者也。故金锡以喻明德，珪璋以譬秀民，螟蛉以类教诲，蜩螗以写号呼，浣衣以拟心忧，席卷以方志固。凡斯切象，皆比义也。至如‘麻衣如雪’‘两骖如舞’，若斯之类，皆比类者也。”孔颖达以为“郑司农云‘比者，比方于物’，诸言‘如’

① 〔汉〕郑玄注，〔唐〕贾公彦疏《周礼注疏》卷二三，《十三经注疏》上，上海古籍出版社 1997 年版，第 796 页。

② 〔汉〕郑玄笺，〔唐〕孔颖达等正义《毛诗正义》卷一之一，《十三经注疏》上，上海古籍出版社 1997 年版，第 271 页。

③ 胡晓军《宋代〈诗经〉文学阐释研究》，贵州大学出版社 2013 年版，第 180 页。

者，皆比辞也。司农又云‘兴者，托事于物’，则兴者，起也，取譬引类，起发己心，诗文诸举草木鸟兽以见意者，皆兴辞也”。现代学者大多采纳孔颖达关于“比”的观点。夏传才指出“比”有两种类型：“一种是纯乎比体的诗，只有《硕鼠》《鸱鸮》《螽斯》《鹤鸣》数篇；一种是为起修辞作用而在赋句和兴句中用比喻，这样的例子俯拾皆是。”① 程俊英认为“比就是比喻”②。宋代学者朱熹曰：“兴者，先言他物以引起所咏之词也”，“比者，以彼物比此物也”。朱熹的“比兴”观与刘勰、孔颖达等学者相同的地方是，朱熹对于纯乎比体的诗如《硕鼠》《鸱鸮》《螽斯》《鹤鸣》等，在每章均标明为“比也”；有所不同的地方是，对于起修辞作用而运用的比喻标注为赋。朱熹对《诗经》中的诗歌进行阐释时“将那些‘在一句或两句中起作用’、‘俯拾皆是’的比喻句从‘比’中排除出去，这样的例子在《诗集传》中随处可见”③，为此受到了陈启源等学者的批评。

一方面，严粲受朱熹的观点的影响，认为起修辞作用而运用的比喻并不是“比”，而是赋。比如有学者认为《都人士》篇的“绸直如发”为比，严粲却以为赋，引用了《解颐新语》中的一段话进行说明：“说者以‘绸直如发’为女子情性密致，

① 夏传才《诗经语言艺术新编》，语文出版社 1998 年版，第 132 页。

② 程俊英《〈诗经〉的比兴》，见《文学评论丛刊》第一辑，中国社会科学出版社 1978 年版，第 98 页。

③ 张万民《从朱熹论“比”重新考察其赋比兴体系》，《复旦学报》（社会科学版）2014 年第 1 期。

操行正直，如发之本末无隆杀，颇为穿凿，且女子性情操行岂外人所能知？下章‘卷发如虿’‘发则有旟’则不能为说，安有一诗三言发，而以一为比，二为赋，可乎？”严粲认为《都人士》第二章“绸直如发”、第四章“卷发如虿”与第五章“发则有旟”三次提到头发，不可能“绸直如发”用比，其他地方为赋，只能是三句都为赋。对于其他诗歌的比喻，严粲也持同样的观点。《简兮》“有力如虎，执辔如组”，朱熹《诗集传》标明“赋也”①，严粲指出“此章述贤者才艺之美。有力如虎，言其才武也；执辔如组，文之齐比，言其艺能也”，未标明“比也”；《大叔于田》“大叔于田，乘乘马。执辔如组，两骖如舞”，朱熹《诗集传》标明“赋也”②，严粲以为是“叔之从公往田也，驾一乘之马，矜其多能，代御人御，自执马辔，如组文之齐比，其两骖之马，如舞者之中于乐节，皆见其善御也”，未标明“比也”。《谷风》“既生既育，比予于毒”，朱熹《诗集传》标明“赋也”③，严粲解释为“今既生育矣，乃反比我于毒螫，恶而弃之。此妇人有子而被弃也”，同样未标明“比也”。《日月》篇出现的日月意象，朱熹《诗集传》标明“赋也”④，很显然是比喻，故严粲引用李氏之说曰：“自古多以日比君，月比夫人”，未标明“比也”。《硕人》第二章一连串的比喻“手如柔荑，肤如凝脂，领如蝤蛴，齿如瓠犀，螓首蛾眉”，朱熹

① 〔宋〕朱熹《诗集传》，上海古籍出版社 1980 年版，第 23 页。
② 〔宋〕朱熹《诗集传》，上海古籍出版社 1980 年版，第 49 页。
③ 〔宋〕朱熹《诗集传》，上海古籍出版社 1980 年版，第 22 页。
④ 〔宋〕朱熹《诗集传》，上海古籍出版社 1980 年版，第 17 页。

《诗集传》标明“赋也”①；严粲解释为“庄姜其手如茅荑之柔，其肤滑白如脂膏之凝。颈白而长，如木中蝤蛴之虫；齿白而整，如瓠中之子。首如螓虫之首，额广而且方也；眉如蚕蛾之眉，勾曲如画，细而长也。其巧笑，则倩兮美好；其美目，则盼兮白黑分明。庄姜容貌之美如此，君何为不答乎”，同样未标明“比也”，据前文所说，严粲认为是赋，其说不可从。

另一方面，严粲与朱熹对于现代学者所认定的纯乎比体的《硕鼠》《鸱鸮》《螽斯》《鹤鸣》等诗歌是否运用“比”有一些歧义，其观点有所不同。朱熹把这类纯乎比体的诗篇每章均标明为“比也”。严粲把这些诗篇明确分为三类：其一，有些朱熹以全诗均为比的如《硕鼠》《鸱鸮》等，严粲以为赋，笔者以为朱熹之说可从；其二，有些朱熹以全诗均为比的如《鹤鸣》《兔爰》《北风》等，严粲标注为“兴”，即以为“兴兼比”，笔者以为严粲之说可从；其三，有些朱熹以全诗均为比的如《螽斯》《甫田》等，严粲与朱熹没有歧义，均标注为比，其观点可从。

（二）比不兼兴

在解释《毛诗序》“故《诗》有六义焉，一曰风，二曰赋，三曰比，四曰兴，五曰雅，六曰颂”时，严粲引用程子之论曰：“比者，直比之。”按照严粲的观点，《诗经》中的“比”一般分为两类：第一类是兴兼比，这一类例子特别多，数不胜数；第二类是比不兼兴，即纯粹的“比”，这一类例子较少，全书仅见严粲标出四例，其中三例是受朱熹影响而以为“比也”。对于朱熹以全诗均为比的如《螽斯》等，严粲与朱熹没有歧义，均

① 〔宋〕朱熹《诗集传》，上海古籍出版社1980年版，第36页。

标注为比，其观点可从。

《甫田》共三章："无田甫田，维莠骄骄。无思远人，劳心忉忉。无田甫田，维莠桀桀。无思远人，劳心怛怛。婉兮娈兮。总角丱兮。未几见兮，突而弁兮！"朱熹在每章之后均标注为"比也"。严粲明确说自己接受朱熹的观点，并且指明自己不从毛氏之说："比也。毛氏以为兴，今从朱氏。言人无得耕治大田，耕大田而力不给，则莠草茂盛，有骄傲之状矣。公无得思远人，思远人而不至，则劳心忉忉然忧劳矣。甫田非不可耕，远人非不可致，今言'无田''无思'者，盖言襄公求之者非其道耳。若谓'以若所为，求若所欲'，则必不可得，徒劳其心也，非谓甫田不可田，远人不可思也。思远人，谓求诸侯也。"严粲标注为"比也"，以此诗为讽刺齐襄公，如同茂盛的莠草一样有骄傲之状，故思远人而不至，劳心忉忉然忧劳。

《螽斯》共三章："螽斯羽，诜诜兮。宜尔子孙，振振兮。螽斯羽，薨薨兮。宜尔子孙。绳绳兮。螽斯羽，揖揖兮。宜尔子孙，蛰蛰兮。"朱熹在每章原文之后均标注"比也"①。严粲接受朱熹的观点，在首章之后标注为"比也"，按照其例，后两章同。严粲对此诗详细解读曰："比也。螽蝗生子最多，信宿即群飞，因飞而见其多，故以羽言之，喻子孙之众多也，归其自于后妃曰：宜乎尔后妃之子孙振振然而盛也。此诗之意，全在'宜尔'二字，风人意在言外，见后妃子孙众多，但言宜其如此，使人自思其所以宜者何故，而不明言之，谓由不妒忌而致此也。"严粲以为此诗借螽蝗生子多，赞美后妃不妒忌，故子孙众多。

---

① 〔宋〕朱熹《诗集传》，上海古籍出版社 1980 年版，第 4 页。

《园有桃》共二章，每章十二句："园有桃，其实之肴。心之忧矣，我歌且谣。不知我者，谓我士也骄。彼人是哉，子曰何其？心之忧矣，其谁知之？其谁知之，盖亦勿思！园有棘，其实之食。心之忧矣，聊以行国。不知我者，谓我士也罔极。彼人是哉，子曰何其？心之忧矣，其谁知之？其谁知之，盖亦勿思！"严粲同意朱熹"或云比也"的观点："桃可以为核，而不可以为肴；魏君不能用其民，而愈趋于陋。诗人以为，推此气象，则园中有桃，将取其实以为肴矣。'其'者，将然之辞，言其必至于此，忧之之辞也。桃取之自己园囿之内，见不能用其民也。我心忧之，至于歌而又歌，以舒写其心之抑郁，而不知我之忧者，谓我乃士也，而为骄汰。君犹俭，而士乃骄，此见责之辞也。骄与吝对俭而讥之，则疑于骄汰也，于是答见责者曰：'尔以我为非矣，然则彼魏君之所行，果为是乎？子之所言何谓如此也？'于是自叹：'我心之忧，其谁知之？'重言'其谁知之'者，深叹举国之人莫察其心也，然此之可忧较然易知，彼特未之思耳。朱氏曰：或云比也，园有桃则食其实，国有民则用其力。或云赋也。诗固有一章而三义者，在人观之如何耳。"今本《诗集传》在两章之后均标注为"兴也"①，并无"或云比也"之语。由此可知，朱熹前期对于此诗的注解虽然标注为"兴也"，但是又怀疑也有可能是比，故加上"或云比也"之说，后期则完全放弃了此说。严粲则以此诗借用桃讽刺魏君不能用其民为比。

---

① 〔宋〕朱熹《诗集传》，上海古籍出版社1980年版，第64页。

只有《野有死麇》一诗，朱熹在前两章均标注为“兴也”①，而严粲却标注为“比也”。严粲对此诗详细解读曰：“比也。俗有淫奔者，此诗述闻者恶之之辞。言野外有死麇，人欲取其肉而食之，犹以白茅包裹之，恐为物所污。有女子怀春而欲嫁，善良之士何不以礼娶之？乃诱之乎无礼者，岂是吉士？但美其称以责之，言‘汝本善良，何乃为此’，犹今责人者言‘谨厚者亦复为之’。”

综上所述，严粲受朱熹影响而以三诗为比，对于另外一首虽然与朱熹观点不同，不过也是受其影响而标注为比。严粲以此四诗为纯粹的“比”，是因为这四首诗直接通过田野莠草、草中螽斯、园中之桃、野外死麇等具体的事物来寄托作者赞美或者讽刺主人公之意，就物来说事，把物比作人，并没有兴的意思在里面，并非“因物而起”，也即程子所云“比者，直比之”，故其说可从。

（三）兴兼比

胡晓军《宋代〈诗经〉文学阐释研究》一书指出：“宋人论兴，可以说是挚虞‘兴者，有感之辞也’的形象而更精致的注脚了。从以上诸多例子中，我们可以将宋人关于‘兴’的特征的讨论归纳为以下几个特征：其一，‘兴’是偶然的；其二，‘兴’是外物触动的，或是‘触物’，或是‘触境’；其三，‘兴’肯定是有所感的；其四，‘兴’之所触之情与所见之物并不必然联系。”②

① 〔宋〕朱熹《诗集传》，上海古籍出版社1980年版，第13页。

② 胡晓军《宋代〈诗经〉文学阐释研究》，贵州大学出版社2013年版，第184页。

在阐释《诗经》中的“兴”义时，严粲引用程子之论，指出“兴”即“因物而起”。孙立《严粲〈诗缉〉“兴之不兼比者”辨》云：“赋比兴之说起自《周礼》，成于毛诗。研究比兴，不能完全抛开毛诗一派意见。事实上，战国以迄唐代，兴之兼比是《诗经》学者的共论。拆分兴、比，虽不始于朱熹，但成于朱熹。对这一做法，《诗经》学者并非没有异议，其中影响较大的就是南宋末的严粲。其所著《诗缉》，在入宋以来废《序》的思潮中，体现了折衷的倾向，既坚持兴多兼比，又提出兴也有不兼比。”① 需要特别指出的是，首先把《诗经》中的诗歌分为“兴多兼比”“兴之不兼比者”两种类别的是吕祖谦。在阐释《诗经》首篇《关雎》时，严粲引用了吕祖谦《吕氏家塾读诗记》之说作为阐释《诗经》“比兴”时贯穿全书的纲领：“凡言‘兴也’者，皆兼比。兴之不兼比者，特表之。《诗记》曰：风之义易见，惟兴与比相近而难辨。兴多兼比，比不兼兴。意有余者，兴也；直比之者，比也。兴之兼比者，徒以为比，则失其意味矣；兴之不兼比者，误以为比，则失之穿凿矣。毛氏特言‘兴也’，为其理隐故也。今从毛氏例，书‘兴’以别之。”严粲采纳了吕说，指出《诗经》兴多兼比，同时也极少有兴不兼比的情况。根据上文所引，严粲在书中标注为“兴也”之处，均为兴兼比。严粲对诗歌“兴”意的阐发绝大部分合情合理，被后世学者所接受。

严粲的“比兴”观在一定程度上受到朱熹影响，如《简兮》第三章“山有榛，隰有苓。云谁之思？西方美人。彼美人

① 孙立《严粲〈诗缉〉“兴之不兼比者”辨》，《学术研究》2015年第1期。

兮，西方之人兮”，严粲云：“兴也。传不言兴，今从朱氏。……谓山则有榛，隰则有苓，山泽之生草木，犹盛朝之出人物也。今我所思者谁乎？唯思西周之美人也。”严粲与朱熹的“比兴”观也有不同之处，严粲所标注的“兴也”，也即兴兼比，朱熹所云“比也”或者“兴也”是纯粹的比或者兴，比如《兔爰》《北风》《终风》《绿衣》《柏舟》《燕燕》等诗，朱熹以为是“比也”，严粲却标注为“兴也”，也即兴兼比。笔者以为严粲之说可从。《兔爰》一诗曰：“有兔爰爰，雉离于罗。我生之初，尚无为；我生之后，逢此百罹，尚寐无吪。有兔爰爰，雉离于罦。我生之初，尚无造；我生之后，逢此百忧，尚寐无觉。有兔爰爰，雉离于罿。我生之初，尚无庸；我生之后，逢此百凶，尚寐无聪。”朱熹在此诗三章之后均标注为“比也”，严粲既以兔、雉具有兴起下文的作用，下文是“因物而起”，又以兔、雉具有比喻的作用，比喻乱世中周人的困境：“兴也。兔阴狡，善逸；雉耿介，善斗。有兔爰爰然缓，喻郑人纵恣自如，而无如之何也。有雉离于罗网之中，喻周人为王力战而受祸也。我生之初，天下庶几无事；及我生之后，逢此百忧，有生不如无生，庶几寝寐而不讹动，死为愈也。”《北风》曰：“北风其凉，雨雪其雱。惠而好我，携手同行。其虚其邪？既亟只且！北风其喈，雨雪其霏。惠而好我，携手同归。其虚其邪？既亟只且！莫赤匪狐，莫黑匪乌。惠而好我，携手同车。其虚其邪？既亟只且！”朱熹在此诗三章之后均标注为“比也”。严粲既认为风雪具有兴起下文、烘托环境的作用，下文的携手同车离国即在此背景之下发生，又以风雪具有比喻的作用，比喻卫之无道乱、卫君暴虐：“兴也。卫之虐政，如北风之寒凉，而又雨下其雪，雱然而盛，其虐甚矣。我将与所亲厚之人，以恩惠相好者，携手同行，去而避之也。是尚可少宽乎？尚可少缓乎？既急也哉，不可不速去也。‘其虚其邪’，则犹有眷恋故国之意；‘既亟只且’，则暴虐已甚，不复可以少留矣。至此而后，决为去计。”《终风》曰：“终风且暴，顾我则笑，谑浪笑敖，中心是悼。终风且霾，惠然肯来，莫往莫来，悠悠我思。终风且曀，不日有曀，寤言不寐，愿言则嚏。曀曀其阴，虺虺其雷，寤言不寐，愿言则怀。”朱熹在每章之后均标注为“比也”，严粲解读为“兴也。庄姜言州吁之暴，如终日之风，既无休息，而又暴疾也。彼之气习如此。视我则以为笑侮，戏谑放浪，笑敖不敬。我见其如是，则亦自伤悼而已，无如之何也”。

严粲运用程子“比兴以类”的原则对诗歌进行阐释。诗歌的“兴”义最难精准阐释，但是也有一定的规律可循，“比兴以类”即其一。“比兴以类”即“香草譬君子，恶鸟譬小人”之类，故严粲在《狼跋》篇引用了程子“比兴以类”之论：“程子曰：先儒以狼跋疐不失其猛，兴周公不失其圣。奚若虎豹，胡独取狼也？古之诗人比兴以类也，是以香草譬君子，恶鸟譬小人，岂有以豺狼兴圣人乎？且以上二句言‘跋’、言‘疐’，安有几几不瑕之义？但此诗体与他诗不同，故不通耳。”虽然《狼跋》篇为“比兴以类”之外的特例，但是程子在此概括了“比兴”的一般规律。在对诗歌的“比兴”之义进行索隐发微时，严粲即以“比兴以类”为准则。《邶风·柏舟》以“泛彼柏舟，亦泛其流”开篇，兴起下文，严粲指出此为“兴也”，“舟以喻国，流于水中以喻国之靡所底止”，并且进一步揭示出流于水中的柏舟的“兴”义与下文“如有隐忧。微我无酒，以敖以游”之联系：“柏，美材也。以柏为舟，美言之也。《诗经》有柏舟、松舟、杨舟，皆言舟耳，义不在柏与松、杨也。泛，谓浮于水。流，谓听其自流而无以制之。此仁人忧国之言：谓舟必有人以维楫之，而后能有所济；今浮舟于水，而无其人以维楫之，则亦浮泛而流去耳，其将何所止泊乎？所谓渡江河，亡维楫，中流而遇风波，船必覆矣。喻卫国无贤人以维持之，则亦听其自为败坏耳，其将何所底止乎？犹言‘譬彼舟流，不知所届’也。此仁人所以忧国之将败，而儆儆然不能寐，如有隐痛之忧也。我非无酒可以敖游，而此忧非饮酒敖游之所能释也。……故舟以喻国，流于水中以喻国之靡所底止，为此而不寐，为此而隐忧，然后见仁人之心也。《采菽》言‘泛泛杨舟，绋缅维之’，《棫朴》言‘淠彼泾舟，烝徒楫之’，皆言舟之有待于维楫也。”此即“比兴以类”，屈原《离骚》“恐皇舆之败绩”也是此意。严粲对柏舟“兴”义之阐释既合情合理，又新颖别致，故《四库全书总目·〈诗缉〉提要》特别称赏此说：“《邶》之《柏舟》，旧以为贤人自比，粲则以柏舟为喻国，以泛泛为喻无维持之人。……凡若此类，皆深得诗人本意。”《中谷有蓷》首章曰：“中谷有蓷，暵其干矣。有女仳离，嘅其叹矣。嘅其叹矣，遇人之艰难矣。”严粲亦解为“兴也”，蓷草湿生旱死，以“兴饥馑则贫者先悴”：“兴也。蓷草生海滨池泽，湿则生，旱则死。谷中之地阴润，其蓷草宜难旱也，今暵燥其干者矣。旱则干者先燥也，兴饥馑则贫者先悴也。有女见弃，与其夫别离，慨然发其叹声。所以慨然而叹者，自伤遇斯人之艰难穷厄也，谓见弃者非其夫之得已，特以饥馑不能相养故尔。曾氏曰：无怨怼过甚之辞，厚之至也。”严粲之说既有新意，又无懈可击，故《四库全书总目·〈诗缉〉提要》赞其说曰："《中谷有蓷》，旧以蓷之暵干，喻夫妇相弃，粲则以岁旱草枯，由此而致离散。凡若此类，皆深得诗人本意。"在解读《蓼莪》一诗"蓼蓼者莪，匪莪伊蒿"时，严粲指出此为"兴也"，之后引用《释草》之文"蘩之丑，秋为蒿"进行详细解读："言蘩、萧、蔚、莪之类，春始生，气味既异，故其名不同，至秋老成，则皆蒿也。此说莪、蒿甚明，以莪形蒿，莪美而蒿恶，莪始生，香美可食，至秋高大为蒿，则粗恶不可食，故菁莪以喻人材，而蒿止为鹿食也。"

在"比兴以类"的原则下，严粲善于总结一些与"兴"即兴兼比相关联的事物、动物、植物或者环境描写的共通之处或者相似之处。例如严氏在考察了《郑风·风雨》《邶风·北风》《邶风·谷风》《小雅·谷风》《小雅·桑柔》等诗歌中出现的风雨意象后指出"《诗》多以风雨喻暴乱"的共同规律，总结其中大体相同的比兴含义："《诗》多以风雨喻暴乱。'北风其凉'喻虐，'风雨凄凄'喻乱，'风雨漂摇'喻危，'大风有隧'喻贪，故《风》《雅》二《谷风》，《邶》下文言'以阴以雨'喻暴怒，犹'终风且曀'喻州吁之暴也；《雅》下文言'维风及雨'喻恐惧，犹后人以震风凌雨喻不安也。"《诗经》中的风雨多喻暴虐、暴怒、危乱、恐惧，李莉褒《严粲〈诗缉〉之研究》总结说："因《诗》中多托物以兴人事，然《诗》中'风雨'多涵有'人事暴乱'之意象，粲于此中，则有所解释与辨正。"① 具体说来，《邶

① 李莉褒《严粲〈诗缉〉之研究》，台湾中兴大学中国文学研究所 1998 年硕士学位论文。

风·谷风》中出现的“习习谷风”，是以大谷盛怒之风喻女主人公丈夫之暴怒：“兴也。来自大谷之风，大风也，《桑柔》诗‘大风有隧，有空大谷’，盛怒之风也，宋玉《风赋》：‘大风盛怒于土囊之口。’注曰：‘土囊，谷口也。’又习习然连续不断，所谓‘终风’也；又阴又雨，无清明开霁之意，所谓‘曀曀其阴’也，皆喻其夫之暴怒，无休息也。我黾勉尽力于家事，与尔同心，尔不宜以暴怒加我如此也。人之处事，宁无小小违误，如葑菲常食之菜，不可以其近地黄腐之茎叶，遂弃其上而不采，犹夫妇之间亦不当以小过而弃其善，当期好音无违，至于偕老。今尔心有所溺而厌于我，则我小有违误，无往不逢其怒，是以恶而弃其善也。”《桑柔》诗中出现的“大风有隧，有空大谷”与《谷风》相似，故严粲把两诗结合起来进行阐释。《小雅·谷风》中的风亦为盛怒之风：“来自大谷之风，大风也，盛怒之风也，又习习然连续不断，继之以雨，喻遭变恐惧之时，犹后人以震风凌雨喻不安也。当处变之时，且恐且惧，维予与女同其忧患；及得志之后，且安且乐，女反弃我，交道薄矣。”《桧风·匪风》“匪风发兮”“匪风飘兮”则是比喻世乱：“此桧国之人忧及祸难，言非风之大作也，非车之疾驱也。我回首反顾昔日周道之盛，心自伤怛也。言生于乱世，非风非车，自如风中车上之不得安，伤今而思古也。晋王尼暮宿车上，常叹曰：‘沧海横流，处处不安。’以车上不安，喻世之乱也。”《诗经》中的大水意象具有同样的作用，《沔水》“沔彼流水，其流汤汤”，严粲指出：“水满而汤汤然，犹《书》‘汤汤洪水方割’，喻诸侯强大而放恣也。”又如，“今考《邶·谷风》‘有洸有溃’，溃，怒也；《小旻》‘是用不溃于成’，《召旻》‘草不溃茂’，溃，遂也；《召旻》‘溃溃回遹，无不溃止’，溃，乱也。项氏云：‘水之溃者，其势横暴而四出，故怒之盛者为溃怒，遂之盛者为溃遂，乱之盛者为溃乱，皆一理也。’”

（四）兴之不兼比者

严粲受到郑樵的影响，提出“兴之不兼比者”的观点。李莉褒的硕士论文《严粲〈诗缉〉之研究》对此问题有详细的论述：“严氏尝于《小雅·鸳鸯》注中提及‘兴之不兼比者也’之原理，其曰：‘孔氏谓举一物以兴其余，兴之不兼比者也。’（卷二十三，页十八）是见其之‘兴之不兼比者’，乃是所取兴者，不必具有特定之象征意义，而是诗人偶然见物有感而起兴也。又郑樵《六经奥论》云：‘凡兴者，所见在此，所得在彼，不可以事类推，不可以义理求也。’此即以为三百篇中之‘兴句’与‘应句’并无意义之关联，仅是取韵之需求而已，后人谓兴为‘趁韵’之说，乃发端于此。考粲于兴中特别标出‘兴之不兼比者’之一类，亦受于郑樵之影响者也。”① 孙立《严粲〈诗缉〉“兴之不兼比者”辨》一文则指出所谓“兴”是汉人在继承孔门诗教基础上阅读《诗经》的方法，而严粲《诗缉》亦秉持汉人治《诗》的基本理论内涵并加以修正：“因为提出‘兴诗’的概念，并认为‘兴’与‘比’有关系的是毛诗，其目的是发掘诗句文字以外的意义，起到某种教育功用。这是经学的做法，也是《诗》能成为经的基础。我们研究‘兴诗’不能离开这一基础，因为所谓‘兴’，是汉人在继承孔门诗教基础

① 李莉褒《严粲〈诗缉〉之研究》，台湾中兴大学中国文学研究所 1998 年硕士学位论文。

上总结的阅读《诗经》的方法，而不是后人所理解的作诗方法。但如果离开经学范围，客观地就诗论诗，仅从文学创作角度去研究《诗经》，那么，毛诗所揭橥的 116 首‘兴诗’中，确实有少数‘兴诗’与‘比’是没有关系的。我们今天研究‘兴诗’，是彻底抛开提出者进行新阐释呢？还是应该坚守其基本理论内涵，再略加修订呢？我的答案是后者。严粲《诗缉》所持的也基本上是这样的立场。”在列举了《诗缉》中 7 个“兴之不兼比者”的案例之后，此文指出仅有 3 例合乎实际：“在《诗经》学史上，南宋严粲对‘兴’与‘比’的关系持折衷态度，既不固守毛诗一派‘兴皆兼比’的意见，也不完全接受朱熹‘兴’与‘比’没有关联的论断，他认为毛诗所标识的‘兴’诗大多与‘比’有关，但也有 7 首没有关系。笔者经过逐首辨析后认为，严粲所认定的‘兴之不兼比者’7 个案例仅有 3 例合乎实际，4 例有误。这从侧面印证了毛诗学者所论述 116 首‘兴诗’含有‘比’义的结论基本准确。”① “《诗缉》在处理‘兴’诗时也基本承续了汉唐以来的主流意见，凡标‘兴’处，均指‘兴而比者’。而且有些毛传未标‘兴’的地方严氏也标为‘兴也’，所以《诗缉》在‘兴’诗的总数上超过了毛传。严粲‘兴多兼比’的意见是符合《诗经》兴诗基本情况的，毛传所标 116 首兴诗，只有极少数是兴不兼比的，大多为兴中有比的兴诗。《诗缉》中特意标出‘兴而不兼比者’的诗仅《葛覃》《卷耳》《殷其雷》《旄丘》《东门之杨》《杕杜》《大东》

---

① 孙立《严粲〈诗缉〉“兴之不兼比者”辨》，《学术研究》2015 年第 1 期。

《鸳鸯》等 8 首而已，恰可印证他前面所说的‘兴多兼比’一语。”[①] 严粲所列举的《诗经》“兴之不兼比者”的例子格外少，全书仅八例而已，其中《殷其雷》一诗采纳了朱熹的观点，笔者以为这八例“兴之不兼比者”均可以成立。判断“兴”是否兼“比”，其实最主要的就是看外部之事与物是否能够与下文构成比喻关系。如果诗歌上文是环境衬托，以景或某一事物引起下文，或者是以景物表示时间的推移，与下文不构成比喻关系，一般而言，便只是“兴”，而不是“比”。

第一种情况是环境衬托。严粲以为《葛覃》一诗是“兴之不兼比者也。述后妃之意，若曰：葛生覃延，而施移于谷中，其叶萋萋然茂盛。当是之时，有黄鸟飞集于丛生之木，闻其鸣声之和喈喈然，我女工之事将兴矣。黄鸟飞鸣，乃春葛初生之时，未可刈也，而已动女工之思，见念念不忘也。先时感事，乃豳民艰难之俗；今以后妃之贵，而志念如此，岂复有一毫贵骄之习邪？味诗人言外之意，可以见文王齐家之道矣”。葛生覃延，蔓延谷中，其叶茂盛，黄鸟飞集。诗歌作者以春天生机勃勃的葛藤兴起下文女工之事，与下文中出现的诗歌主人公不构成比喻关系，只是“兴”，而不是“比”。严粲认为《卷耳》是“兴之不兼比者也。此言使臣在途，归必劳之，后妃主酒浆之事，豫采卷耳以为曲糵，故因见采卷耳者而念使臣之劳。谓卷耳易得之草，顷筐易盈之器，今采卷耳者，非难且劳之事也，采之又采，尚不盈顷筐。嗟乎！我矜念使臣，今在道路，其跋踄之劳当如何耶！”女子采摘卷耳，兴起下文相思之情，无比喻关

① 孙立《严粲〈诗缉〉“兴之不兼比者”辨》，《学术研究》2015 年第 1 期。

系，只是“兴”，而不是“比”。《殷其雷》“兴之不兼比者也。传不言兴，今从朱氏。召南大夫之妻，感风雨将作，而念其君子。言殷然之雷声，在彼南山之南，何为此时违去此所乎？盖以公家之事而不敢遑暇也，所谓‘劝以义也’。遂称振振信厚之君子，归哉归哉！冀其毕事来归，而不敢为决辞，知其未可以归也。从事独贤而无怨，唯信厚者能之”。此诗以殷殷然之雷声，兴起下文从事公务之繁忙，不敢遑暇，是一种环境衬托，并不构成比喻关系，故只是“兴”，而不是“比”。《大东》亦为“兴之不兼比者也。周之盛时，侯国富足，其簋中之飧饛然而满，其鼎有棘木之匕捄然而长，此由周道如砺石之平，如箭之直，言赋役均也。其在上君子则履行之，不敢违异以过取；其在下小人则瞻视之，莫不仰望而依赖。此事在上世已往矣，今回首反顾之，为之潸然出涕，伤今不如古也”。诗歌上下文不构成比喻关系，故只是“兴”，而不是“比”。严粲以为《鸳鸯》一诗也是“兴之不兼比者也。先王之时，入泽设罻皆有时，杀胎覆巢皆有禁，合围掩群皆所不为，故其民渐被仁政，皆有仁心。鸳鸯之鸟，待其长大能飞，乃执毕以掩之，有得有不得焉；又张罗以网之，待其自入，皆不尽物之意也。德及禽兽如此，宜其寿考而受福禄也。毛氏谓之兴，孔氏谓举一物以兴其余，兴之不兼比者也”。诗歌中出现的鸳鸯与下文不构成比喻关系，因此只是“兴”，而不是“比”。

第二种情况是以景物表示时间的推移。《东门之杨》亦为“兴之不兼比者也。秋冬为昏姻之时，今东门之杨木，其叶牂牂然盛，则春莫而昏姻失时矣。亲迎以昏为期，而至明星煌煌然大明，夜已深而竟不至，淫风行而女有他志也”。

李莉褒的硕士论文《严粲〈诗缉〉之研究》指出："此论直述其事而起兴之意象，将写景、叙事之句相连，而予以诠释之。"① 孙立《严粲〈诗缉〉"兴之不兼比者"辨》一文也指出："就诗论诗，此诗（按：指《陈风·东门之杨》）诚如严氏所说，属'兴而不兼比者也'，与《秦风·蒹葭》《郑风·野有蔓草》的兴例相仿，系以景托兴，引领下句。"② 本诗以杨树起兴，与下文不构成比喻关系，故只是"兴"，而不是"比"。《旄丘》亦为"兴之不兼比者也。黎臣子之初至卫，见旄丘之上，有葛初生，其节甚密，及其后也，葛长而节阔，故叹云：何其节之阔也？感寄寓之久也。尊称卫臣而问之曰：叔兮伯兮，何其多日而不见救也？君臣一体，不斥其君，而责其臣，婉辞也"。诗以葛节生长之阔，感慨等待时间之长，上下文不构成比喻关系，只是"兴"，而不是"比"。《杕杜》"兴之不兼比者也。戍役来归，追述未还之时，室家思望之情以劳之，示上之知其劳也。言杕然特生之杜，有睆然之实，是秋冬之交，妇人感时物之变，而思其君子之未得归，故言：'王事不可不坚固，我征夫行役以日继日，无有休息之期，以至日月阳止，岁将莫矣。'妇人之心忧伤矣，征夫闲暇可归矣，望之之辞也。言'日月阳止'者，以采薇遣戍之初，期以岁亦阳止而归也"。诗歌同样是以杕然特生之杜，兴起下文女主人公感时物之变而思夫未得

---

① 李莉褒《严粲〈诗缉〉之研究》，台湾中兴大学中国文学研究所 1998 年硕士学位论文。

② 孙立《严粲〈诗缉〉"兴之不兼比者"辨》，《学术研究》2015 年第 1 期。

归，不构成比喻关系，只是“兴”，而不是“比”。这三首诗具有共性，皆以景物暗示时间的推移，以兴起下文。

严粲对《诗经》“比兴”的阐发颇能够掘发《诗经》的文学价值。胡晓军《宋代〈诗经〉文学阐释研究》一书在引用钱锺书《管锥编·毛诗正义》第十五条“《彦周诗话》此节，陈舜百《读风臆补》全袭之。前引《项氏家说》讥说《诗》者多非‘词人’，《朱子语类》卷八〇亦曰：‘读《诗》且只做今人做底诗看。’明万时华《诗经偶笺·序》曰：‘今之君子知《诗》之为经，而不知《诗》之为诗，一蔽也。’贺贻孙《诗触》、戴忠甫《读风臆评》及陈氏之书，均本此旨。诸家虽囿于学识，利钝杂陈，而足破迂儒解经窠臼。阮葵生《茶余客话》卷十一：‘余谓“三百篇”不必作经读，只以读古诗、乐府之法读之，真足陶冶性灵，益人风趣不少。’盖不知此正宋、明以来旧主张也”之后，加以评论说：“阮葵生对自己以诗解《诗》津津乐道，而钱锺书却颇不以为。确实，明、清两代学者《诗经》文学阐释的‘辉煌’，不应忘记宋人开拓之时的筚路蓝缕之功。没有宋人的奠基，明、清的《诗经》文学研究又怎么会‘突然’兴起呢?”① 严粲的《诗缉》正可谓明、清《诗经》文学研究的奠基之作。

---

① 胡晓军《宋代〈诗经〉文学阐释研究》，贵州大学出版社 2013 年版，第 12 页。

第二节　严粲的《诗序》观及其诗教思想

一、宋代《诗序》观的发展与演变

《毛诗序》究竟作于何时，出自何人之手，自汉代以来一直聚讼纷纭，《四库全书总目》称为“说经之家第一争诟之端”①。夏传才《诗经学四大公案的现代进展》将“《毛诗序》的作者和尊废问题”列为《诗》学四大公案之一，并且指出“关于它的聚讼最纷杂，头绪最繁多，争执最激烈，时间最长久”②。现存的先秦两汉史料鲜有论及《毛诗序》作者的，仅《汉书·艺文志》提及“又有毛公之学，自谓子夏所传”③，汉末郑玄率先论证《毛诗序》的作者问题，追溯其根源，最早提出子夏作《序》说，其中《大序》是子夏作，而《小序》是子夏与毛公合作，陆德明《经典释文》载有其说：“沈重云：‘案郑《诗谱》意，《大序》是子夏作，《小序》是子夏、毛公合作，卜商意有不尽，毛更足成之。’”④ 王肃同样认为《序》乃子夏所作：“子夏所叙《诗》意，今之《毛诗序》是。”《经典释文·序录》同时载录有毛公作《序》的观点：“或曰毛公作《序》。”三国时东吴陆玑另立新说，最早提出卫宏作《序》说，《毛诗草

① 〔清〕永瑢等《四库全书总目》，中华书局 1965 年版，第 119 页。

② 夏传才《诗经学四大公案的现代进展》，《河北学刊》1998 年第 1 期。

③ 〔汉〕班固《汉书》，中华书局 1962 年版，第 1708 页。

④ 〔唐〕陆德明《经典释文》，中华书局 1983 年版，第 53 页。

木鸟兽虫鱼疏》云："时九江谢曼卿亦善《毛诗》，乃为其训。东海卫宏从曼卿受学，因作《毛诗序》，得风雅之旨。"[①] 刘宋时范晔《后汉书·儒林传》赞同吴说。唐魏徵《隋书·经籍志》折衷各家之说指出："《序》，子夏所创，毛公及敬仲又加润益。"[②] 中唐时期韩愈提出子夏不曾作《序》说，刘毓庆、唐婷《韩愈颠覆"子夏作〈序〉"与宋代〈诗〉学格局的确立》一文指出韩愈"颠覆'子夏作《序》'，就对宋代的《诗》学研究有深远的影响"[③]。

著名学者陈寅恪说："华夏民族之文化，历数千载之演进，造极于赵宋之世。"宋代经学被学者称为"宋学"，皮锡瑞称此时期为"经学变古时代"。宋代学者治《诗》超迈前贤，极具特色。近年来很多学者从不同角度对宋代的《诗经》学进行研究，如谭德兴《宋代诗经学研究》、郝桂敏《宋代〈诗经〉文献研究》、陈战峰《宋代〈诗经〉学与理学》、李冬梅《宋代〈诗经〉学专题研究》、胡晓军《宋代〈诗经〉文学阐释研究》、种村和史《宋代〈诗经〉学的继承与演变》等，但关于宋代《诗序》观的总体状况，鲜有论及者。宋代治《诗》学者关注的焦点之一即《诗序》的作者、存废及其价值问题。针对宋代学者的《诗序》观，目前学者大体上划分为废《序》、守《序》

① 〔吴〕陆玑《毛诗草木鸟兽虫鱼疏》，《四库全书》第70册，上海古籍出版社1987年版，第18页。

② 〔唐〕魏徵等《隋书》，中华书局1997版，第918页。

③ 刘毓庆、唐婷《韩愈颠覆"子夏作〈序〉"与宋代〈诗〉学格局的确立》，《南京师大学报》（社会科学版）2016年第1期。

（或称为存《序》派、遵古派）两派，还有学者再加上疑《序》派、名物训诂派。其实，所谓“废《序》”派并非主张全部废弃《诗序》不用，所谓“守《序》”派也并非全部遵循《诗序》，因此并不能简单地以“废《序》”“守《序》”来定义宋代学者的《诗序》观。

在疑古思潮背景下，北宋学者在《诗序》观上不再因循守旧，束手束脚，而是表现出大胆质疑的精神、开放明辨的思想，可谓革新派。到了南宋，一些学者在继承北宋革新派《诗序》观的同时，又更进一步，表现出更为激切的思想，可称之为激进派。南宋一些学者认为激进派的《诗序》观矫枉过正，通过反思，以客观冷静、实事求是的态度对待《诗序》，故为保守派。革新派、激进派、保守派三个派别大体上反映了宋代《诗序》观的发展态势及其演变过程。

（一）北宋革新派的《诗序》观

北宋时期一些《诗》学上的革新派学者如欧阳修、王安石、苏辙等解《诗》时既有所承袭，一定程度上采纳汉唐章句注疏之学，又大胆怀疑经典传疏旧说中的不合理之处，以己意解经，尤其是在《诗序》观上体现出鲜明的时代特征，为《诗》学注入了一股鼎新革故之风。

宋仁宗在位期间，锐意进取，政治清明，任用范仲淹，实施“庆历新政”。与当时的政治改革相辅相成，在学术上范仲淹、孙复、石介、胡瑗等有识之士提倡发明儒经微义，提出重新注解经典的主张，并且以其主张付诸实践，故“庆历之际，学统四起”。范仲淹、孙复书信往来，在阐明六经、讲求微义上有着共同追求。孙复《寄范天章（范仲淹）书二》谓：“专主王弼、韩康伯之说，而求于《大易》，吾未见其能尽于《大易》者也。专守《左氏》《公羊》《谷梁》杜预、何休、范宁之说，而求于《春秋》，吾未见其能尽于《春秋》者也。专守毛苌、郑康成之说而求于《诗》，吾未见其能尽于《诗》者也。专守孔安国之说，而求于《书》，吾未见其能尽于《书》者也。”宋代以义理说经之风气由此开始出现。宋神宗一朝，在《诗》学领域逐渐形成以义理解经的思潮，打破了自汉以后说《诗》宗毛、郑的传统模式。《诗序》的作者问题，以及对待《诗序》的态度问题，成为宋代治《诗》学者首先要解决的学术问题。欧阳修、王安石、苏辙、程颢、程颐等学者纷纷抛开汉唐诸儒的观点，重新审视《诗序》，既肯定《诗序》有可取之处，取用其说，又认为《诗序》存在一些问题，指摘其失，均为《诗序》观上革新派的中坚力量。对于《诗序》的作者，欧阳修提出非子夏所作说，王安石提出诗人所自作说，张载提出周人所作说、国史所作说。

欧阳修著有《诗本义》，一方面通过详细考证，从总体上肯定《序》说；另一方面，认为《序》“时有小失”，故在有失之处予以改正。关于《诗序》的作者问题，欧阳修否定子夏作《序》说，《诗本义・序问》记载：“或问：‘《诗》之《序》，卜商作乎？卫宏作乎？非二人之作，则作者其谁乎？’应之曰：‘《书》《春秋》皆有《序》，而著其名氏，故可知其作者。《诗》之序不著其名氏，安得而知之乎？虽然，非子夏之作，则可以知也。’”既然《诗序》不著作者名氏，无从得知其作者，欧阳修认为就没有必要纠缠于此，也不必循规蹈矩，笃信其说，以本义推求即可。自《诗本义》成书后，《诗》学风气大变，故四库馆臣曰："自唐以来，说《诗》者莫敢议毛、郑。虽老师宿儒，亦谨守《小序》。至宋而新义日增，旧说几废。推原所始，实发于修。"① 欧阳修成为北宋《诗序》观革新派的先锋，如同风向标，引导了此后很多学者在《诗序》观方面的革新思潮。

王安石在变法过程中改革科举制度，立《三经新义》为官学，以为士子考试之准，"先儒传注，一切废而不用"，罢废汉唐注疏。在《诗》学领域，王安石主持编纂的《诗经新义》不循前儒旧注，辨析《诗序》的不当之处。关于《诗序》的作者问题，王安石的观点与欧阳修相近，怀疑子夏作《序》说，辑佚本《诗经新义·诗大序》曰："世传以为言其义者子夏也。观其文辞，自秦汉以来诸儒，盖莫能与于此。然传以子夏，臣窃疑之。《诗》上及于文王、高宗、成汤，如《江有汜》之为美媵，《那》之为祀成汤，《殷武》之为祀高宗。方其作诗，无义以示后世，则虽孔子亦不可得而知，而况于子夏乎？"王安石提出一种全新的观点，即诗人自制《诗序》说，范家相《诗渖》曾引其说："《诗序》者，诗人所自制。"值得注意的是，王安石站在客观立场上，指出虽然《诗序》的作者不可得知，但是《诗序》的价值不容抹杀，王安石《答韩求仁书》云："盖序《诗》者不知何人，然非达先王之法言者，不能为也。故其言约而明，肆而深，要当精思而熟读之尔，不当疑其有失也。"

苏辙同样怀疑子夏作《序》说，《诗集传·自序》曰："今《毛诗》之叙何其详之甚也？世传以为出于子夏，予窃疑之。子夏尝言《诗于》仲尼，仲尼称之，故后世之为《诗》者附之。要

① 〔清〕永瑢等《四库全书总目》，中华书局1965年版，第121页。

之，岂必子夏为之？其亦出于孔子或弟子之知《诗》者欤？然其诚出于孔氏也，则不若是详矣。"① 苏辙采纳成伯玙之说，把《小序》分为两部分，认为非一人之作，故仅取《小序》首句"为毛公之学"，开后世弃《小序》后序风气之先。《四库全书总目》指出："唐成伯玙作《毛诗指说》，虽亦以《小序》为出子夏，然其言曰'众篇之小序，子夏惟裁初句耳。《葛覃》后妃之本也，《鸿雁》美宣王也，如此之类是也。其下皆大毛公自以诗中之意而系其词'云云，然则惟取序首。伯玙已先言之，不自辙创矣。厥后王得臣、程大昌、李樗皆以辙说为祖，良有由也。"②

北宋程颐遵《序》，《程氏经说》记载其说云："学《诗》而不求《序》，犹欲入室而不由户也。"③ 程颐最先提出《大序》孔子所作、《小序》国史所作说，以为《大序》与《小序》作者不同："《诗大序》，孔子所为，其文似《系辞》，其义非子夏所能言也。《小序》，国史所为，非后世所能知也。"④ 《大序》为孔子作，蕴含孔子的思想，故程颐以为学《诗》应当"只在《大序》中求"⑤。同时，程颐指出《小序》先于《大序》而存

---

① 〔宋〕苏辙《诗集传》，《四库全书》第70册，上海古籍出版社1987年版，第315页。

② 〔清〕永瑢等《四库全书总目》，中华书局1965年版，第121页。

③ 〔宋〕程颢、程颐著，王孝鱼点校《二程集》第三册，中华书局1981年版，第1046页。

④ 〔宋〕程颢、程颐撰，潘富恩导读《二程遗书·伊川先生语十》，上海古籍出版社2000年版，第369页。

⑤ 〔宋〕程颢、程颐撰，潘富恩导读《二程遗书·伊川先生语四》，上海古籍出版社2000年版，第280页。

在，是当时国史所作：“《诗小序》便是当时国史作。如当时不作，虽孔子亦不能知，况子夏乎？如《大序》，则非圣人不能作。”① 与苏辙一致，程颐把《小序》分为两部分，《小序》首句为一部分，其后的续申之词为一部分；但与苏辙不同的是，程颐以《小序》首句为国史作，中间经过了孔子对其中“有害义理处”进行删改，续申之词则为说《诗》者之辞：“得失之迹，刺美之义，则国史明之矣。史氏得《诗》，必载其事，然后其义可知，今《小序》之首是也，其下则说《诗》者之辞也。”如果国史不作《小序》，即使是孔子也不可能知道诗的得失之迹与美刺之意：“盖国史得诗于采诗之官，故知其得失之迹。如非国史，则何以知其所美所刺之人？使当时无《小序》，虽圣人亦辨不得。”② 程颐以为孔子对《小序》“有害义理处”进行过删改：“曰：‘圣人删诗时，曾删改《小序》否？’曰：‘有害义理处也须删改；今之《诗序》却煞错乱，有后人附之者。’”③ 但是程颐并不盲从《序》说，亦言《序》之误。

北宋革新派学者从汉唐诸儒章句注疏之学中解放出来，既以平心论之，采纳《序》说中的合理成分，又决不盲从，否定其中的讹误部分，遵古而不泥古，为《诗》学注入了一股清新的空气。

---

① 〔宋〕程颢、程颐撰，潘富恩导读《二程遗书·伊川先生语五》，上海古籍出版社 2000 年版，第 310 页。

② 〔宋〕程颢、程颐撰，潘富恩导读《二程遗书·伊川先生语四》，上海古籍出版社 2000 年版，第 280 页。

③ 〔宋〕程颢、程颐撰，潘富恩导读《二程遗书·伊川先生语四》，上海古籍出版社 2000 年版，第 280 页。

（二）南宋激进派的《诗序》观

南宋治《诗》学者对《诗序》呈现出两种截然不同的态度：其一，有些学者比较激进，舍《序》言《诗》；其二，相对而言，有些学者比较保守，依《序》解《诗》。在北宋革新派学者革新思想的影响下，南宋涌现出了一批激进派学者，对待《诗经》旧注旧说态度激切，尤其是对《诗序》大加挞伐，批判不遗余力。郑樵、王质、王柏、朱熹、杨简等均主张废弃《诗序》，为激进派的典型代表。

郑樵为激进派之先锋。受欧阳修《诗本义》之启发，郑樵否定子夏作《序》说。《诗辨妄》云："设如有子夏所传之序，因何齐、鲁间先出，学者却不传，反出于赵也？《序》既晚出于赵，于何处而传此学？"郑樵直斥《序》为"村野妄人所作"。王质、朱子皆认同其说。郑樵攻《序》力度之大可谓空前，故《四库全书总目》称："盖南宋之初，最攻《序》者郑樵。"① 徐有富《读〈郑樵诗辨妄辑本〉》一文以为郑樵"动摇了《诗序》的权威地位"②。

对于郑樵的《诗序》观，南宋一直不乏响应者，并且声势愈来愈浩大，形成了影响极大的激进派。王质、王应麟、朱熹、杨简、王柏等学者均受郑樵影响，进一步扩大了废弃《诗序》的声势。郑振铎《关于诗经研究的重要书籍介绍》指出通过尚存于世的王质撰作的《诗总闻》，"可以看出他攻击《诗序》的

---

① 〔清〕永瑢等《四库全书总目》，中华书局 1965 年版，第 122 页。

② 徐有富《读〈郑樵诗辨妄辑本〉》，《南京大学学报》（哲学·人文科学·社会科学版）1998 年第 2 期。

主张”①。杨简疑古颇有力，认为《小序》为卫宏作，有穿凿之弊端，其中的讹舛之处不可胜数，不足信，其《慈湖诗传》曰："今所谓《毛诗序》者，是奚知此旨，求诸诗而无说，故委曲迁就，意度穿凿，殊可叹笑"，"《毛诗序》差误既多既甚，理难尽信"。程大昌著有《诗论》一卷，以为《序》非子夏作："子夏之生去诗亡甚远，安能臆度而补著之欤？"程大昌继承苏辙之说，以为卫宏作《序》："今传之序为宏所作，何疑也？"又云："诗之古序非宏也，古序之与宏序今混并无别，然有可考者：凡诗发序两语，如'《关雎》，后妃之德也'，世人之谓小序者，古序也；两语以外，续而申之，世谓大序者，宏语也。"程大昌虽然否定子夏作《序》说，但是不同于郑樵等激进派之处在于对待《诗序》较为客观，认为《序》不可废："《序》之发明于《诗》为不少矣，而又可废乎？"

朱熹本与属于保守派的吕祖谦态度一致，依《序》解《诗》，后来受郑樵影响，主张"信《诗》不必信《序》"，故去《序》说《诗》，著《诗序辨说》论《序》之失。朱熹《诗集传》虽然不信《诗序》，但不是完全舍弃不用，仍然有所采获，张舜徽云："宋儒之学，集大成者为朱熹，然熹推服汉儒及郑学甚至，观其言论之载于《文集》《语类》者可知也。他若王应麟、黄震辈，皆淹博笃实，亦无排斥汉儒意，与夫空谈心性之士固大不同，未可混为一谈也。"② 尽管如此，朱熹《诗集

① 郑振铎《关于诗经研究的重要书籍介绍》，见《郑振铎文集》第五卷，人民文学出版社 1988 年版，第 30 页。

② 张舜徽《清人笔记条辨》，华中师范大学出版社 2004 年版，第 16~17 页。

传》却是激进派中影响最大的代表作，故郑振铎称“此书为攻击《毛诗序》的最重要的著作。郑樵、王质、程大昌诸人虽也努力攻击《诗序》，但他们的著作或散佚、或流传不广，俱无大势力。独熹此书则为后世童而习之的书，为后来说诗者辩论的焦点，影响极大”①。

（三）南宋保守派的《诗序》观

面对南宋激进派对《诗序》的强势攻击局面，从南宋初，到南宋末年，一直有学者尊《毛诗序》，如周孚、范处义、吕祖谦、严粲等学者，坚持实事求是、客观公正的治学理念，通过审慎严谨的考证认可《诗序》之说。近代著名学者甘鹏云《经学源流考》对此问题进行了论述，不仅概括了宋代尊《序》派的学术特点：“宗《序》者，笃守古说，长于考证，与文士说《诗》专求其义、讲学家说《诗》务绳以理者绝不同”②，而且列举了宋代尊《序》派的代表人物：“当南宋初，有范处义，最号称尊《诗序》；复有林岊，亦阐之甚力；薛季宣《诗说》，亦不以弃《序》为然；陈傅良《毛诗解诂》，亦深以考亭为病，仍藏其说不与辨；吕祖谦亦力宗毛、郑，而有《家塾读诗记》之作。厥后戴溪续之，段昌武《集解》仿之，严粲《诗缉》亦主之。”③ 除此之外，另有南宋前期学者周孚，撰有《非诗辨妄》，以四十二事批驳郑樵之说。

① 郑振铎《关于诗经研究的重要书籍介绍》，见《郑振铎文集》第五卷，人民文学出版社 1988 年版，第 31 页。

② 甘鹏云《经学源流考》，台湾广文书局 2012 年版，第 91 页。

③ 甘鹏云《经学源流考》，台湾广文书局 2012 年版，第 90 页。

南宋时期范处义所著《诗补传》、吕祖谦所著《吕氏家塾读诗记》、严粲所著《诗缉》相继成书，在南宋《诗》学史上独树一帜。三著颇多相似之处，均尊崇《诗序》，注解征实，迥异于激进派，扬之水《诗经别裁·前言》曰："宋人也还有遵古的一派，却也不很迂腐，范处义《诗补传》，吕祖谦之《吕氏家塾读诗记》，严粲的《诗缉》，都以疏解平实见长。"① 三著表现出来的《诗序》观比较相似，在依《序》解《诗》方面，范处义《诗补传》可谓启其端者，吕祖谦《吕氏家塾读诗记》乃继其后者。严粲生活于南宋后期，得以遍观与反思宋代丰硕繁富的《诗》学成果，广采众说，融通百家，择善而从，其《诗缉》被张舜徽誉为"宋人治《诗》之集其成者"②，继范处义《诗补传》、吕祖谦《吕氏家塾读诗记》之后，成为总其成者。近代学者马一浮曾称："严氏《诗缉》宗《毛传》，用《小序》。"③

受程说影响，范处义大力推崇《诗序》，认为《诗序》经过圣人润色，故不可废，反对郑樵关于《诗序》的激进观点。《诗补传原序》云："曰圣人删《诗》定《书》，《诗序》犹《书序》也，独可废乎？况《诗序》有圣人为之润色者，如《都人士》之序记礼者以为夫子之言，《赉》之序与《论语》合，《孔丛子》所记夫子读《二南》及《柏舟》诸篇，其说皆与今《序》义相应，以是知《诗序》尝经圣人笔削之手，不然

① 扬之水《诗经别裁·前言》，江西教育出版社 2000 年版，第 8 页。

② 张舜徽《清人笔记条辨》，华中师范大学出版社 2004 年版，第 31 页。

③ 马一浮《马一浮全集》第一册（上），浙江古籍出版社 2012 年版，第 114 页。

则取诸圣人之遗言也。故不敢废《诗序》者，信六经也，尊圣人也。”① 范处义撰作《诗补传》即以《诗序》为宗旨，《诗补传·自序》又云：“《补传》之作，以《诗序》为据，兼取诸家之长。”②《四库全书总目》称：“盖南宋之初，……最尊《序》者则处义矣。……处义笃信旧文，务求实证，可不谓古之学者欤？至《诗序》本经师之传，而学者又有所附益，中间得失盖亦相参，处义必以为尼山之笔。”③

在南宋保守派《诗》学著作中，尤以吕祖谦《吕氏家塾读诗记》与严粲《诗缉》两书最为卓越，可谓尊《序》派的双璧，黄焯《毛诗郑笺平议·序》指出：“惟其间犹有宗法毛、郑，不为新说所夺，如吕祖谦《读诗记》、严粲《诗缉》之类，盖有可取者。”④ 吕祖谦以实事求是、客观公正的治学态度遵《序》为说，否定苏辙止存其首一言而尽去其余的做法：“《关雎》，正风之首，三家者乃以为刺，余可知矣，是则《毛诗》之义最为得其真也。间有反覆烦重，时失经旨，如《葛覃》《卷耳》之类，苏氏以为非一人之辞，盖近之。至于止存其首一言而尽去其余，则失之易矣。”朱熹曰：“人言何休为‘《公》《谷》忠臣’，某曾戏伯恭为‘毛、郑之佞臣’。”《四库全书总目》谓其为“坚守毛郑”。相比之下，严粲比吕祖谦遵《序》

① 〔宋〕范处义《诗补传》，《钦定四库全书荟要》第25册，吉林出版集团有限责任公司、海天出版社2005年版，第2~3页。

② 〔宋〕范处义《诗补传》，《钦定四库全书荟要》第25册，吉林出版集团有限责任公司、海天出版社2005年版，第2页。

③ 〔清〕永瑢等《四库全书总目》，中华书局1965年版，第122页。

④ 黄焯《毛诗郑笺平议·序》，武汉大学出版社2008年版，第4页。

更甚，遵《序》的举措更多。至严粲《诗缉》，宋代遵《序》达至高峰，却极其理智，从而得到了后世学者的认同。至此，南宋的保守派与激进派可谓势均力敌，平分秋色。

宋代学者的《诗序》观仿佛一个循环，先是北宋时期革新派学者大胆质疑《诗序》的作者及其价值问题，其后南宋激进派学者以激切的思想主张舍《序》言《诗》，由此引起保守派学者的不满，通过依《序》解《诗》的实际行动矫正其弊。北宋革新派、南宋激进派和保守派三个派别大体上反映了宋代《诗序》观的发展与演变过程。

二、严粲的《诗序》观

在南宋《诗》学领域废《序》说占据主流地位时，严粲继范处义、吕祖谦之后，依《序》解《诗》，成为总其成者。严粲既信从《诗序》，以《序》为其解《诗》纲领，又客观分析，不愚信盲从。其《诗序》观正如张舜徽所谓“集其成者”，不仅融合了汉唐成果，保有汉唐《诗》学质朴谨严的特质，而且吸收了宋代义理类《诗》学成果，融入了宋代《诗》学自由活泼的新风，具有融会贯通的学术价值取向与理念追求。在南宋保守派《诗》学著作中，严粲遵《序》举措最为突出，遵《序》方式最为多样。从学术内涵和本质上看，严粲的《诗序》观表现出了兼容性、开放性的特征。

（一）严粲的《大序》观

严粲把《诗序》分为《大序》、《小序》首序、《小序》后序三个部分予以阐释。严粲将《毛诗序》中的《大序》、《小序》首序作为其解《诗》的依据与总纲。关于《大序》内容的界定，陆德明《经典释文》否定区分《关雎》小序与《大序》文字起讫之旧说"起此至'用之邦国焉'，名《关雎》序，谓之《小序》；自'风，风也'讫末，名为《大序》"，并且提出："今谓此《序》，止是《关雎》之《序》，总论《诗》之纲领，无大小之异。"① 严粲采用陆德明《经典释文》所引旧说，以为"《关雎》，后妃之德也"至"用之邦国焉"乃是《关雎》一篇之小序，不属于《大序》；"风，风也"是《大序》之始。但是严粲之说与陆氏所引旧说的不同之处在于：旧说《大序》讫于文末，严粲以为《大序》讫于"正始之道，王化之基"，"是以《关雎》乐得淑女，以配君子，忧在进贤，不淫其色，哀窈窕，思贤才，而无伤善之心焉，是《关雎》之义也"仍然是《关雎》一篇之小序，故严粲曰："此序'乐得淑女'以下，经师因孔子之言而增益之耳。"② 严粲置《大序》于全书正文前，与郑玄、孔颖达等学者一致，由此可见其尊崇《大序》之态度，此为其继承汉学最为显著的表现方式之一。

1. 严粲对《大序》作者之认定

在对比分析了关于《毛诗序》作者的种种观点之后，严粲综合程颐、苏辙、董逌、李樗等的说法形成了自己的《诗序》观。严粲承袭程氏之《诗序》观，认为《大序》出自孔子之手；与程氏不同的是，严粲接受苏辙的观点，认为《大序》的形成乃是一个渐进的过程，并非完全由孔子创制而成。严粲引用苏辙《诗集

① 〔唐〕陆德明《经典释文》，中华书局1990年版，第53页。

② 〔宋〕严粲《诗缉》，《钦定四库全书荟要》第27册，吉林出版集团有限责任公司、海天出版社2005年版，第119页。

传》之说："苏氏曰：《大序》其文反覆烦重，类非一人之辞者，凡此皆毛氏之学，而卫宏之所集录也。《后汉·儒林传》云：'卫宏从谢曼卿受学，作《毛诗序》，善得风雅之旨，至今传于世。'《隋·经籍志》云：'先儒相承，谓《诗序》，子夏所创，毛公及卫敬仲又加润益。'"① 严粲接受苏氏"《大序》其文反复烦重，类非一人之辞"的观点，认为《大序》的形成乃是一个渐进过程，在毛公初创之后，卫宏等又有所润益。严粲在引李氏所云"《大序》者，经师次辑其所传授之辞，不能无附益之失"之后，肯定李说，以为"其说是也"②，强调《大序》并非成于一人之手，因此会出现一些附益之失。严粲否定《大序》全由卫宏撰作之说，故引董氏之说曰："宏固不能及此，或以师授之言论著于书耳。"③ 严粲综合苏说、董说、李说之后，提出《大序》并非一蹴而就，并非成于一人之手，而是孔子首作，其后经过卫宏等诸多经师不断增益，"次辑其所传授之辞"而成。

2. 严粲对《大序》之态度

严粲尊崇《大序》，置《关雎》小序、《大序》于全书正文前，以《大序》为其解《诗》之依据与总纲。《关雎》小序为第一节，在《关雎》小序之后，总共析《大序》为十四节，即第二节至第十五节，第十六节仍为《关雎》小序。十六节内容

① 〔宋〕严粲《诗缉》，《钦定四库全书荟要》第 27 册，吉林出版集团有限责任公司、海天出版社 2005 年版，第 114 页。

② 〔宋〕严粲《诗缉》，《钦定四库全书荟要》第 27 册，吉林出版集团有限责任公司、海天出版社 2005 年版，第 117 页。

③ 〔宋〕严粲《诗缉》，《钦定四库全书荟要》第 27 册，吉林出版集团有限责任公司、海天出版社 2005 年版，第 114 页。

分别为：论《关雎》之化、论名风之义、论诗出于人情之真、论声音与政通、论诗贯幽明、论先王用诗以化天下、论六义、论风之正变、论变《风》变《雅》之所以作、又独论变《风》、论《风》《雅》之别、论大小《雅》之别、论《颂》、论四始、论二《南》分系、论《关雎》之义。

严粲对《大序》逐节论述，层层分析，轮廓清晰，释义简明，新意迭出。如对于《大序》所云“《诗》有六义焉：一曰风，二曰赋，三曰比，四曰兴，五曰雅，六曰颂”，严粲反对孔颖达“谓风、雅、颂皆以赋、比、兴为之”之说，这是因为“《大序》之六义，即《周官》之六诗”①。其“论大、小《雅》之别”的观点有理有据，新颖别致，更为人称道。严粲反对旧说“以政之小、大为二《雅》之别”，认为“先儒亦皆未有至当之说”，故提出新说：“窃谓《雅》之小、大特以其体之不同耳。盖优柔委曲、意在言外者，风之体也；明白正大、直言其事者，雅之体也。纯乎雅之体者，为《雅》之大；杂乎风之体者，为《雅》之小。……咏‘呦呦鹿鸣，食野之苹’，便会得《小雅》兴趣；诵‘文王在上，於昭于天’，便识得《大雅》气象，《小雅》《大雅》之别则昭昭矣。”② 严粲以为《大雅》与《小雅》的区别在于其体不同，优柔委曲、意在言外者为风之体，明白正大、直言其事者为雅之体，纯粹都是雅之体者为

① 〔宋〕严粲《诗缉》，《钦定四库全书荟要》第 27 册，吉林出版集团有限责任公司、海天出版社 2005 年版，第 115 页。

② 〔宋〕严粲《诗缉》，《钦定四库全书荟要》第 27 册，吉林出版集团有限责任公司、海天出版社 2005 年版，第 117~118 页。

《大雅》，间杂风之体者为《小雅》，并且引用司马迁"《国风》好色而不淫，《小雅》怨诽而不乱。若《离骚》者，可谓兼之"作为证据，又以《小雅·鹿鸣》《大雅·文王》两首诗为例进行对比分析。《四库全书总目》给予严粲此说高度评价："旧说有未安者，则断以己意。如论大、小《雅》之别，特以其体不同，较《诗序》政有大小之说，于理为近。"① 后世学者亦多信从此说，以为允当。

对于《大序》中的很多观点，如《大序》的变《风》与变《雅》说、教化观等，严粲均予以详细阐发，并且有所发展。严粲接受《大序》中正《风》、变《风》与正《雅》、变《雅》的产生是由于"王道衰，礼义废，政教失，国异政，家殊俗，而变《风》、变《雅》作矣"的观点，从社会发生论的角度解读变《风》、变《雅》产生的原因，以为"王道以礼义为大端，而政教之所自出也。自文、武、成、康之道衰，礼义既废，政教遂失，王政不行，不能一道德而同风俗，于是变《风》、变《雅》始作矣"，探索诗歌"风刺其上""通达古今之变，而思其先王之旧"的美刺作用，强化了文学批评中诗歌的社会功能。

针对《大序》所提出的"先王以是经夫妇，成孝敬，厚人伦，美教化，移风俗"的教化思想，严粲进行了更加深入详细的阐释："《诗》首二《南》，故先言'经夫妇'。夫妇之道，贵乎有常，以《诗》经之；子事父以孝，臣事君以敬，秉彝之心，欲其勿亏，以《诗》成之。三纲正，则人伦厚，故教化美而风俗移。《诗》教皆为人伦设也。"严粲认为《诗经》里面的诗歌

① 〔清〕永瑢等《四库全书总目》，中华书局1965年版，第125页。

有美有刺，具有特别有效的教化功用，能够正人事之得失，感动人之善心，提高君子的道德修养："诗出于情之真，其感也深，故正人事之得失，使人舍非而从是，与夫动天地，感鬼神，无有近于诗者。吾心有此理，在人，在天地，在鬼神，亦同此理。以此理之同者，正之，动之，感之，何远之有？"① 诗歌不仅能够感动人之善心，而且能够改变人之气习："风有二义：风之优柔，以感动其善心；教之谆勤，以变化其气习。"②严粲不仅在理论上阐释《大序》的教化观，而且把《大序》的教化观运用于解读诗歌的具体实践中，格外突显诗歌的教化功能，强化诗歌经纬人伦的作用。

（二）严粲的《小序》观

《经典释文》载录有郑玄《诗谱》关于《小序》为子夏、毛公合作的论断："卜商意有不尽，毛更足成之。"③ 郑玄的《小序》非一人之作的观点，对唐代成伯玙、宋代苏辙等学者均有所影响。唐代成伯玙《毛诗指说·解说》曰："其余众篇之小序，子夏唯裁初句耳，至'也'字而止。……其下皆是大毛自以诗中之意而系其辞也。……一句之下，多是毛公所加，非子夏明矣。"④ 北宋苏辙受成说启发，首次明确把《小序》分为首

---

① 〔宋〕严粲《诗缉》，《钦定四库全书荟要》第27册，吉林出版集团有限责任公司、海天出版社2005年版，第114~115页。

② 〔宋〕严粲《诗缉》，《钦定四库全书荟要》第27册，吉林出版集团有限责任公司、海天出版社2005年版，第114页。

③ 〔唐〕陆德明《经典释文》，中华书局1983年版，第53页。

④ 〔唐〕成伯玙《毛诗指说》，《四库全书》第70册，上海古籍出版社1987年版，第174页。

序、后序，并且独存首句，“厥后王得臣、程大昌、李樗皆以辙说为祖”①。严粲信从苏辙之说，以《小序》首句为划分标准，分《小序》为首序、后序两部分，首句为首序，首句后的文字为后序，故《诗缉条例》曰：“题下一句，国史所题，为首序；其下说《诗》者之辞，为《后序》。”②

严粲笃信《小序》之首序，故置《小序》首序于目录部分每首诗篇题之后，同时置《小序》首序、后序于此书正文每首诗之前，并且以《小序》首序作为解读每首诗之依据。郑玄开创了把《小序》冠于每首诗正文之前的先例，孔颖达作《正义》时因循其例。严粲沿袭郑玄、孔颖达对于《小序》的处理方式，置于每首诗正文前，由此可见其尊崇《小序》之态度，此乃其继承汉学最为显著的表现方式之二。

1. 严粲对《小序》首序与后序作者之认定

关于《小序》的作者，郑玄指出《小序》是子夏与毛公合作，并且附有高子之说，首先提出《小序》并非成于一人一时。程颐认为《小序》最初由国史创作，中间经过了孔子对其中“有害义理处”进行删改，最终添入说《诗》者之辞而成。《大序》提出国史出于讽谏上层统治者的目的而创作变诗：“国史明乎得失之迹，伤人伦之废，哀刑政之苛，吟咏情性，以风其上，达于事变而怀其旧俗者也。”孔颖达《毛诗正义》释曰：“言国之史官，皆博闻强识之士，明晓于人君得失善恶之迹，礼义废

① 〔清〕永瑢等《四库全书总目》，中华书局1965年版，第121页。

② 〔宋〕严粲《诗缉》，《钦定四库全书荟要》第27册，吉林出版集团有限责任公司、海天出版社2005年版，第110页。

则人伦乱，政教失则法令酷，国史伤此人伦之废弃，哀此刑政之苛虐，哀伤之志郁积于内，乃吟咏己之情性，以风刺其上，觊其改恶为善，所以作变诗也。国史者，《周官》大史、小史、外史、御史之等皆是也。”① 程颐借鉴《毛诗序》国史作变诗说，认为国史从采诗之官那里得诗之后创作了《小序》：“《小序》，国史所为，非后世所能知也。”② 程颐认为孔子曾经对《小序》“有害义理处”进行过删改：“曰：‘圣人删诗时，曾删改《小序》否？’曰：‘有害义理处也须删改；今之《诗序》却煞错乱，有后人附之者。’”③ 南宋前期儒者范处义受程说影响，也认为《诗序》经过圣人润色，故笃信《诗序》，依《序》解《诗》。《诗补传原序》云：“《补传》之作，以《诗序》为据，兼取诸家之长。”④ 又云：“曰圣人删诗定《书》，《诗序》犹《书序》也，独可废乎？况《诗序》有圣人为之润色者，如《都人士》之序，记礼者以为夫子之言，《赉》之序与《论语》合，《孔丛子》所记夫子读《二南》及《柏舟》诸篇，其说皆与今《序》义相应，以是知《诗序》尝经圣人笔削之手，不然则取诸圣人之遗言也。故不敢废《诗序》者，信六经也，尊圣

① 〔汉〕郑玄笺，〔唐〕孔颖达等正义《毛诗正义》卷一之一，《十三经注疏》上，上海古籍出版社1997年版，第272页。

② 〔宋〕程颢、程颐撰，潘富恩导读《二程遗书·伊川先生语十》，上海古籍出版社2000年版，第369页。

③ 〔宋〕程颢、程颐撰，潘富恩导读《二程遗书·伊川先生语十》，上海古籍出版社2000年版，第280页。

④ 〔宋〕范处义《诗补传》，《钦定四库全书荟要》第25册，吉林出版集团有限责任公司、海天出版社2005年版，第102页。

人也。”①《四库全书总目》称：“盖南宋之初，最攻《序》者郑樵，最尊《序》者则处义矣。”②

严粲综合程氏、范氏二家之说，认为《小序》首序、后序作者不同，首序最初的作者是国史，其后经过孔子修订，在后世流传过程中，又辑入经师（严粲有时称为“讲师”）之说，形成后序，故《小序》的形成乃是一个渐进的过程，经过了三次历史嬗变，并非一蹴而就、一人之作。严粲以为仅首序首句为国史所作，指出“国史所称，此一语而已”，曾引用程说：“程子曰：国史知得失之迹，载其事于篇端，然后其义可知，今《小序》之首是已，其下乃说《诗》者之辞，而后人所附，或有失诗之意者，或谓国史自作诗，亦或有如此者，不必尽是自作，要之诗皆国史主之也。”严粲以为国史作《小序》的原因在于“古者有采诗之官，其巡守也，命太师陈诗以观民风，采得之后，属之国史。国史明得失之迹，谓知诗人所言之意也。知其意在于哀伤人伦刑政之失，发于情性而吟咏之，以风刺其上，盖通达古今之变，而思其先王之旧也。此皆诗人之意，唯国史能明之，故题其事迹于篇端也”③。严粲认为国史作《小序》最先发生，也最可信，即使是孔子也深受《小序》首序影响，故在《雨无正》篇，严粲引用范氏《诗补传》之说：“诗之命名

① 〔宋〕范处义《诗补传》，《钦定四库全书荟要》第25册，吉林出版集团有限责任公司、海天出版社2005年版，第2~3页。

② 〔清〕永瑢等《四库全书总目》，中华书局1965年版，第122页。

③ 〔宋〕严粲《诗缉》，《钦定四库全书荟要》第27册，吉林出版集团有限责任公司、海天出版社2005年版，第116页。

皆摘取诗中之语，独《雨无正》《巷伯》《常武》《酌》《赉》《般》六篇特出诗人之意，非有序以发之，虽孔子亦不能知其为何诗也。”在《东门之枌》篇，严粲指出《小序》首序来源久远，故不可废弃：“《首序》之传，源流甚远，方作诗之时，非国史题其事于篇端，虽孔子无由知之。或欲并首序尽去之，不可也。古说相传，犹不之信，千载之下，一一以胸臆决之，难矣。”①

严粲笃信首序不仅是“国史所题”，而且在国史作成首序之后，孔子又加以修订。既然《小序》首序“经圣人之手”，里面包含有圣人关于人伦风教与美刺褒贬之深意，故严粲对《小序》首序极为尊崇，“常常运用圣人的视界，从圣人《诗》教的角度去解说诗旨”②。在论述《狡童》诗旨时，严粲既引用首序“《狡童》，刺忽也”，又引用郑玄《毛诗传笺》“祭仲专也”，但是在接下来的篇题解说中除了表明赞同前者的态度，还进一步指出：“狡童，或以为指忽，或以为指祭仲。《春秋》书‘忽’，乃圣人笔削以示褒贬；首序称忽，亦国史所题，经圣人之手。”③《素冠》首序曰“刺不能三年也”，严粲在引用范氏说“桧当夷、厉之时已如此，则孔子、孟子之世可知也”后指出：“自夷、厉之时，上下相习而废礼久矣。孔子存此序，即他日所

---

① 〔宋〕严粲《诗缉》，《钦定四库全书荟要》第 27 册，吉林出版集团有限责任公司、海天出版社 2005 年版，第 285 页。

② 黄忠慎《严粲诗缉新探》，台湾文史哲出版社 2008 年版，第 20 页。

③ 〔宋〕严粲《诗缉》，《钦定四库全书荟要》第 27 册，吉林出版集团有限责任公司、海天出版社 2005 年版，第 226 页。

以告宰予者，其关于人伦风教者大矣。”① 显然，严粲此举深受程氏《诗序》观影响。

严粲认为后序乃后来的讲师所作，故其内容常常有失去诗意之处：“后序附益讲师之说，时有失诗之意者，一断之以经可也。”② 例如《关雎》小序“《关雎》，后妃之德也，风之始也，故用之乡人焉，用之邦国焉。……是以《关雎》乐得淑女，以配君子，忧在进贤，不淫其色，哀窈窕，思贤才，而无伤善之心焉，是《关雎》之义也”，严粲认可《关雎》小序之首序“后妃之德也”，但是对于后序中的“‘乐得淑女’以下”，认定为未得诗意，“经师因孔子之言而增益之耳，所谓‘不淫其色，哀窈窕’，皆非诗之旨也”③。

2. 严粲对《小序》首序与后序态度有别

《诗缉》目录与正文部分两次出现《小序》之首序，前后呼应，显示出严粲对《小序》首序的充分认可。严粲对《小序》首序笃信与尊崇的态度，亦可在《硕人》《椒聊》等篇窥见其端倪。在《硕人》篇小序“闵庄姜也。庄公惑于嬖妾，使骄上僭。庄姜贤而不答，终以无子，国人闵而忧之”之后，严粲针对首序之“闵庄姜”生发议论：“此诗无一语及庄姜不见答之事，但言其族类之贵，容貌之美，礼仪

① 〔宋〕严粲《诗缉》，《钦定四库全书荟要》第 27 册，吉林出版集团有限责任公司、海天出版社 2005 年版，第 294 页。

② 〔宋〕严粲《诗缉》，《钦定四库全书荟要》第 27 册，吉林出版集团有限责任公司、海天出版社 2005 年版，第 285 页。

③ 〔宋〕严粲《诗缉》，《钦定四库全书荟要》第 27 册，吉林出版集团有限责任公司、海天出版社 2005 年版，第 119 页。

之备，又言齐地广饶，士女佼好，以深寓其闵惜之意而已。唯‘大夫夙退，无使君劳’二语，微见其意，而辞亦深婉，风人之词大抵然也。然当时卫人知其事者，一读其诗，便已默悟矣。首序题以‘闵庄姜’，有《左传》可证。说《诗》若不用首序，则以此诗为美庄姜，可乎？”① 严粲赞同《椒聊》首序“刺晋昭公”之说：“此诗言桓叔之强，而不及昭公，其意则忧昭公之弱，而非主桓叔，言在此而意在彼也。说《诗》不用首序，则以此诗为美桓叔亦可矣。”② 首序乃“国史所题”，又经过孔子修订，故严粲坚决反对当时社会上流行的尽去《小序》的观点。

严粲屡次引用《春秋》《诗补传》等典籍论证《小序》首序之合理性与可信性。《清人》首序云“刺文公也”，严粲引用《春秋》印证其说：“《春秋》经书‘郑弃其师’，罪文公也，与首序合。”③《有女同车》首序曰“刺忽也”，严粲亦引用《春秋》之文印证其说：“突挟宋之援以逐忽，故国人惜忽之无援而作此诗也。《春秋》桓五年，经书‘郑忽出奔卫’，以其失国，故不称子；十五年，经书‘郑世子忽复归于郑’，以其归国，故称世子；以其终失国，出入皆不称郑伯。此首序称忽，《击鼓》

① 〔宋〕严粲《诗缉》，《钦定四库全书荟要》第 27 册，吉林出版集团有限责任公司、海天出版社 2005 年版，第 190 页。

② 〔宋〕严粲《诗缉》，《钦定四库全书荟要》第 27 册，吉林出版集团有限责任公司、海天出版社 2005 年版，第 261 页。

③ 〔宋〕严粲《诗缉》，《钦定四库全书荟要》第 27 册，吉林出版集团有限责任公司、海天出版社 2005 年版，第 219 页。

称州吁，《墓门》称陈佗，皆用《春秋》书法，知经圣人之手矣。”① 对于《将仲子》一诗，在引用《诗补传》之说“《将仲子》之序与左氏合，信乎《诗序》经圣人之手，而左氏之好恶与圣人同也”后，严粲生发己说：“公固非不忍者，然《春秋》乃圣人褒贬之法，变《风》乃国人讽谏之辞，不可以并论也。此诗止以公与祭仲有杀段之谋，故设为公拒祭仲之辞，以天理感动之，公论开悟之耳，如此则不失诗人温柔敦厚之旨。”②

严粲对《小序》首序、后序区别对待，态度迥异。在《叔于田》《东门之枌》等篇章中着重对比了首序、后序可信度之不同，从而表明其信从首序之态度。例如，对于《叔于田》首序“刺庄公”及后序“国人说而归之”，严粲的态度截然不同：“二《叔于田》皆美叔段之材武，无一辞他及，而首序以为刺庄公，盖与《春秋》书‘郑伯克段’讥失教之意同，首序经圣人之手矣。说《诗》不用首序，则二《叔于田》皆为美叔段，《椒聊》为美桓叔。叔段、桓叔可美也乎哉？此诗言段出田，而京邑之党相媚说以从之耳。后序谓‘国人说而归之’，非也。郑师临其境，京人亦叛之矣。”③ 又如，针对《东门之枌》小序“疾乱也。幽公淫荒，风化之所行，男女弃其旧业，亟会于道路，歌舞于市井尔”，严粲指出：“后序附益讲师之说，时有失

---

① 〔宋〕严粲《诗缉》，《钦定四库全书荟要》第 27 册，吉林出版集团有限责任公司、海天出版社 2005 年版，第 223 页。

② 〔宋〕严粲《诗缉》，《钦定四库全书荟要》第 27 册，吉林出版集团有限责任公司、海天出版社 2005 年版，第 215 页。

③ 〔宋〕严粲《诗缉》，《钦定四库全书荟要》第 27 册，吉林出版集团有限责任公司、海天出版社 2005 年版，第 216 页。

诗之意者，一断之以经可也。《首序》之传，源流甚远，方作诗之时，非国史题其事于篇端，虽孔子无由知之。或欲并首序尽去之，不可也。古说相传，犹不之信，千载之下，一一以胸臆决之，难矣。《桑中》《溱洧》之诗，或谓淫者自言其如此，此诗亦为男女聚会而赋其事以相乐。盖不用首序刺奔、刺乱、疾乱之说耳，如此则凡刺诗之作，皆淫人动于淫思，发为淫辞，非止乎礼义者矣。圣人何取淫人之言，著之为经，而使天下后世讽诵之邪？故凡刺诗皆作者刺淫者，非淫者自作也。味此诗，'不绩其麻'正是诮责之辞，非相乐之辞，首序未易尽去也。"①

对于《小序》之后序，严粲针对不同情况进行客观分析，详加甄别。有些诗篇之后序，如《常棣》，严粲以为后序之说切当征实，可以信从，故云"读此诗，知后序亦有不可废者矣"②；严粲以为《吉日》后序"能慎微接下，无不自尽，以奉其上焉"能够举一反三："诗美田猎耳，后序举三隅言之。"严粲认为《北山》之后序"役使不均，己劳于从事，而不得养其父母焉"与《孟子》"是诗也，劳于王事，而不得养父母"之言合。有些诗篇之后序，如《卷耳》《螽斯》《萚兮》《东山》，严粲则以衍说、附益、过分、非诗意、失诗之意、支离等论断予以否定，以为不可信据。《卷耳》后序曰："《卷耳》，后妃之志也。又当辅佐君子，求贤审官，知臣下之勤劳，内有进贤之志，

---

① 〔宋〕严粲《诗缉》，《钦定四库全书荟要》第27册，吉林出版集团有限责任公司、海天出版社2005年版，第285~286页。

② 〔宋〕严粲《诗缉》，《钦定四库全书荟要》第27册，吉林出版集团有限责任公司、海天出版社2005年版，第324页。

而无险诐私谒之心，朝夕思念，至于忧勤也。”严粲以其说为衍：“言后妃之志者，谓因备酒浆，念及臣下之勤劳耳。后序以诗之周行为列位，遂支离其说，非诗之旨也。求贤审官，妇人何预？果若序言，开后妃与政之渐矣。‘朝夕思念，至于忧勤’，于义为衍。”①《螽斯》后序曰：“言若螽斯不妒忌，则子孙众多也。”严粲以为螽斯只是昆虫，跟不妒忌毫无瓜葛：“后序谓‘若螽斯不妒忌’，非也。螽斯，微虫，何由知其不妒忌乎？”②严粲在阐发《荡》篇序文“召穆公伤周室大坏也。厉王无道，天下荡荡，无纲纪文章，故作是诗也”时引用苏氏的观点，指出此诗后序非诗之意：“《荡》之所以为‘荡’，由诗有‘荡荡上帝’也。《诗序》以为‘天下荡荡，无纲纪文章’，则非诗之意也。”有些诗篇之后序，如《载驰》，严粲以为既有是，又有非，故应当根据其状况予以具体分析，“味诗之意，夫人盖欲赴愬于方伯以图救卫，而托归唁为辞耳。窦氏女抚膺太息曰‘恨我不为男子，救舅氏之患’，与夫人之意正同。后序言‘自伤不能救’，得之矣；又以为真欲归唁，则非也。戴方露处漕邑，岂女子归唁之时乎？”《伐木·序》云：“《伐木》，燕朋友故旧也。自天子至于庶人，未有不须友以成者，亲亲以睦，友贤不弃，不遗故旧，则民德归厚矣。”严粲认为：“后序之言无害于理，而以说此诗则支离矣。”

---

① 〔宋〕严粲《诗缉》，《钦定四库全书荟要》第 27 册，吉林出版集团有限责任公司、海天出版社 2005 年版，第 123 页。

② 〔宋〕严粲《诗缉》，《钦定四库全书荟要》第 27 册，吉林出版集团有限责任公司、海天出版社 2005 年版，第 125 页。

《周南·葛覃·序》云："《葛覃》，后妃之本也。后妃在父母家，则志在于女功之事，躬俭节用，服浣濯之衣，尊敬师傅，则可以归安父母，化天下以妇道也。"严粲云："本者，务本也。国史所题，此一语而已。其下则说《诗》者之辞，如言在父母家，则志在女功之事，非诗意也。"《小雅·鱼丽·序》云："《鱼丽》，美万物盛多，能备礼也。文、武以《天保》以上治内，《采薇》以下治外，始于忧勤，终于逸乐，故美万物盛多，可以告于神明矣。"严粲云："文、武无逸乐之事，逸乐亦非文、武之心，所谓'终于逸乐'，后序衍说也,开后世人主怠政之渐矣。或曰：始终通言周兴之本末，始于忧勤，言其心谓初创造之艰难也；终于逸乐，言其效，谓其后功成治定，遗后人以太平也。所谓《既醉》太平、《凫鹥》守成，皆成王之事，而文、武忧勤之效也。文、武之时，颂声未作，此诗燕飨之乐歌，非告神明之诗，而曰'可以告'，亦要其后而言之耳。然周公戒成王以无皇耽乐，是人主虽当逸乐之时，不可有逸乐之心，况治未及成周者，可不兢兢业业乎？"

在南宋《诗》学领域废《序》说占据主流地位之时，严粲依循范处义、吕祖谦尊崇《诗序》之举措，笃信《诗序》，依《序》解《诗》。张舜徽以为："宋人治《诗》之集其成者，无逾严粲《诗缉》。"① 严粲的《诗序》观亦可谓集其成者，不仅融合了汉唐成果，保有汉唐《诗》学质朴谨严的特质，而且吸收了宋代义理类《诗》学成果，融入了宋代《诗》学自由活泼的新风，具有融会贯通的学术价值取向和理念追求。在南宋保

① 张舜徽《清人笔记条辨》，华中师范大学出版社 2004 年版，第 31 页。

守派《诗》学著作中，严粲遵《序》举措最为突出，遵《序》方式最为多样。从学术内涵和本质上看，严粲的《诗序》观表现出了兼容性、开放性的特征。

三、诗出于情之真

严粲曾经将吕祖谦《吕氏家塾读诗记》作为教授其两子《诗经》的课本，由于“二儿初为《周南》《召南》，受东莱义，诵之不能习”，故撰作《诗缉》三十六卷，“缉诸家说，句析其训，章括其旨，使之了然易见”。基于“便家之童习”的创作目的，严粲提出“诗出于情之真”，并且以此作为其诗教观“诗教皆为人伦设”的理论基石，运用《诗经》中蕴含的忠君爱国之情、君臣父子之义、兄弟姊妹之情、夫妻恋人之爱等细腻、深厚、真挚的思想感情，对其子进行道德伦理教育，以期培养出健全的人格。

童庆炳先生《谈谈文学性》一文指出“文学的特性是审美”，而“审美，最简明的概括，就是情感的评价。……文学是作家以自己的情感去评价生活，作品里面所描写的生活都经过了作家的情感过滤、渗透和评价，这才能让读者觉得那生活不是冰冷的，是带有诗人、作家的情感体温的”①。《诗经》为中国最古老的反映现实生活的一部诗歌总集，蕴含着诗人之情感与志意。中国自古以来就有诗言情、诗言志之说。《礼记·乐记》云：“凡音之起，由人心生也。人心之动，物使之然也。感

① 童庆炳《谈谈文学性》，《语文建设》2009 年第 3 期。

于物而动，故形于声。”① 《毛诗序》提出：“情动于中而形于言。”② 此后，关注诗歌情性的学者愈来愈多，《汉书·翼奉传》曰：“故诗之为学，情性而已。”③ 陆机《文赋》云：“诗缘情而绮靡。”④张舜徽《清人笔记条辨》指出：“古今虽遥，而人情不远，在学者之善审度之。故治《诗》贵能以情度情，而超出于名物、度数、训诂之外，慎思以通其意，此则宋贤之所长，而清儒之所短也。”⑤ 在宋代以情感解《诗》者不乏其人，如欧阳修考察诗本义时往往以情解《诗》，不过考察的诗歌较少，毕竟不成系统；朱熹亦关注诗歌之情，可惜仍旧以淫诗之说搅混其中。因此，严粲成为宋代以情感解《诗》者中比较典型的学者。

在前人言情说的基础上，严粲指出诗歌皆是出于诗人的真情实感而作：“诗出于情之真。”又曰：“盖诗由所感而作，不能自已，出于人情之真而非伪也。举手而舞，动足而蹈，身为心使，不自觉也。虚一而静者，心也。言心之所主，则谓之志；言心之感于物而有喜怒哀乐之殊，则谓之情。”严粲还进一步指出诗歌情志之关系：“言心之所主，则谓之志；言心之感于物而有喜怒哀乐之殊，则谓之情。”无论古今，性情相似，正如孔子

---

① 〔汉〕郑玄注，〔唐〕孔颖达等正义《礼记正义》，《十三经注疏》上，上海古籍出版社 1997 年版，第 1527 页。

② 〔汉〕郑玄笺，〔唐〕孔颖达等正义《毛诗正义》卷一之一，《十三经注疏》上，上海古籍出版社 1997 年版，第 270 页。

③ 〔汉〕班固《汉书》，中华书局 1962 年版，第 3170 页。

④ 陆机著，张少康集释《文赋集释》，人民文学出版社 2002 年版，第 99 页。

⑤ 张舜徽《清人笔记条辨》，华中师范大学出版社 2004 年版，第 30 页。

所云“性相近”①，故严粲《自序》称：“诗之兴几千年于此矣，古今性情一也。”②

既然诗出于情之真，那么解读诗歌首先就要理解诗歌的思想感情。严粲特别注重挖掘诗歌之真性情，故以情感论《诗》贯穿《诗缉》始终。严粲认为寻求诗歌真性情的有效方法即孟子所提出的“以意逆志”。《诗缉条例》曰：“要在以意逆志，优而柔之，以求吟咏之情性而已。”③《自序》称：“人能会孟氏说《诗》之法，涵泳三百篇之性情，则悠然见诗人言外之趣。”④ 通过以意逆志的方式，严粲认为诗歌是诗人内心志意的表达，是其内在情感的自然流露，解《诗》以探求诗人情感为旨归，以情度情。严氏同时代学者袁甫称其“独能深得诗人优柔之意”⑤。严粲善于阐发诗歌之情，认为《蓼莪》是一首孝子因行役而不得养其父母最终却痛失父母的诗：“孝子行役而丧其亲，故写其中心之哀。千载之下读之者犹感动也”，“此曲尽父母爱子之情也。父母之恩如此，欲报之以德，而父母之恩如天之无穷，不知所以为报也。今我不及报之，痛当奈何也？呜呼！

---

① 杨伯峻《论语译注》简体字本，中华书局 2006 年版，第 257 页。

② 〔宋〕严粲《诗缉》，《钦定四库全书荟要》第 27 册，吉林出版集团有限责任公司、海天出版社 2005 年版，第 109 页。

③ 〔宋〕严粲《诗缉》，《钦定四库全书荟要》第 27 册，吉林出版集团有限责任公司、海天出版社 2005 年版，第 110 页。

④ 〔宋〕严粲《诗缉》，《钦定四库全书荟要》第 27 册，吉林出版集团有限责任公司、海天出版社 2005 年版，第 109 页。

⑤ 〔宋〕严粲《诗缉》，《钦定四库全书荟要》第 27 册，吉林出版集团有限责任公司、海天出版社 2005 年版，第 109 页。

读此诗而不感动者，非人子也”。李辉则举《东山》为例指出：“从诗艺表达的特性出发，探求诗人吟咏之性情，揣摩诗人微妙的表达意图与效果。……以‘情之真’作为诗歌评解的键钥，与经师讲章之习气有鲜明的不同，故常能妥帖人情，言人所未言，时出新意，探得诗人性情表达之微妙。”①

诗歌虽出于性情之真，但严粲认为思想感情的抒发应当温柔敦厚，怨而不怒，并且合于礼制、不逾规矩，不可以毫无节制，嬉笑怒骂。《诗经》产生于周代礼乐文化的背景下，带上了周礼的烙印，是周礼最形象的记录、最真实的再现。《诗经》中的诗歌不仅生动细腻地表现了各种各样的感情，而且真实再现了处理各种感情的正确方式，尤其强调对感情的适度节制，以礼节情，具有使人走向理性的巨大力量，正如《毛诗序》所云“发乎情，止乎礼义”②。严粲继承《毛诗序》之说，注重通过《诗经》教育其子以礼节情：“变风发乎喜怒哀乐之情，以风刺其上，出于性也，言性动而之情也；其言止乎礼义，而不失其性之德，则由于先王教化之泽沦浃于人心者未泯也。夫人之怨怒哀思，易为血气所乱，往往流于情之过，而失其性之正，非教化入人者深，何以能止于礼义邪？”③ 严粲通过《诗经》中的《关雎》阐发其教育理念：“孔子言‘《关雎》乐而不淫，哀而

---

① 〔宋〕严粲著，李辉点校《诗缉·前言》，中华书局2020年版，第7~8页。

② 〔汉〕郑玄笺，〔唐〕孔颖达等正义《毛诗正义》卷一之一，《十三经注疏》上，上海古籍出版社1997年版，第272页。

③ 〔宋〕严粲《诗缉》，《钦定四库全书荟要》第27册，吉林出版集团有限责任公司、海天出版社2005年版，第117页。

不伤'，谓过于乐则淫，过于哀则伤。"① 严粲谓"过于乐则淫，过于哀则伤"，完全立足于情感表达适度这一角度，贴近人情。在阐释《淇奥》时，严粲寄寓其谆谆教诲之意："人于谨言之时，鲜有过失；至于戏谑笑谈之际，从容相忘，易以自纵，言语之过，常必由之。今于戏谑之际而不为虐，见和而不流，非以戏谑为美也。"② 即使是在戏谑笑谈之际，也需要抑制自己的欲望，克制自己的感情，不可以放任自流，不可以为所欲为。思想感情的抒发当以温柔敦厚、怨而不怒为标尺，就如同《将仲子》一诗情感表达之内敛含蓄、温柔敦厚："此诗止以公与祭仲有杀段之谋，故设为公拒祭仲之辞，以天理感动之，公论开悟之耳，如此则不失诗人温柔敦厚之旨。"③ 在对诗歌的具体阐释中，严粲进行形象、有效的情感教育，表现出培养其两子成为温柔敦厚的谦谦君子的殷切期盼，流露出其深厚的舐犊之情。

严粲的以礼节情思想来自《毛诗序》，虽然有一定的积极意义，但也有一定的局限性，正如胡晓军《宋代〈诗经〉文学阐释研究》一书所云："有学者以为欧阳修《诗本义》文学阐释的表现之一便是能'求诸人情'，把握住了文学的特性。但是笔者以为欧阳修《诗本义》中的'人情'固然也有今天所谓'情感'的含义，但更多的时候却是'事理'之'理'。这样的理

① 〔宋〕严粲《诗缉》，《钦定四库全书荟要》第 27 册，吉林出版集团有限责任公司、海天出版社 2005 年版，第 119 页。

② 〔宋〕严粲《诗缉》，《钦定四库全书荟要》第 27 册，吉林出版集团有限责任公司、海天出版社 2005 年版，第 189 页。

③ 〔宋〕严粲《诗缉》，《钦定四库全书荟要》第 27 册，吉林出版集团有限责任公司、海天出版社 2005 年版，第 215 页。

解也符合欧阳修乃至整个宋代‘情理’论诗的诗学背景。古人论诗，都看到了诗歌‘发乎情’的创作动机，但却从来没有忘记‘止乎礼义’的最后归宿。就以欧阳修为例，其《诗本义》卷十四说：‘诗之作也，触事感物，文之以言，美者善之，恶者刺之，以发其揄扬怨愤于口，道其哀乐喜怒于心，此诗人之意也。’如果只看到‘触事感物’，就会觉得欧阳修与今人的文艺观无异，授予其《诗经》文学阐释之首功的荣誉似也无可厚非，但看到‘美者善之，恶者刺之’时，又会觉得欧阳修分明还没有‘逃脱出政治教化和伦理道德的樊囿’，并没有彰显‘《诗经》的真义’”①严粲同样具有文中所概括的欧阳修解《诗》之弊端。

四、严粲的诗教思想

严粲的诗教思想可以一言以蔽之曰：“诗教皆为人伦设。”严粲提出“诗教皆为人伦设”的主张，强调《诗经》经纬人伦的教育作用与“温柔敦厚”的感化意义，阐发《诗经》修身、齐家、治国、平天下的社会功能价值，分析《诗经》中的夫妇父子之情、君臣之礼、圣贤之义、治国安邦之道，对其子进行道德伦理教育，使其子具有理想人格。李辉指出：“严粲尊《序》立场的出发点和归结点，皆在发扬圣人《诗》教之旨。”②严粲“诗教皆为人伦设”的诗教思想不但发展了儒家诗论，同时也深化了对诗歌艺术本质的体认，具有积极的时代意义。

---

① 胡晓军《宋代〈诗经〉文学阐释研究》，贵州大学出版社2013年版，第6页。

② 〔宋〕严粲著，李辉点校《诗缉·前言》，中华书局2020年版，第4页。

《礼记·经解》记载孔子第一次提到“《诗》教”一词：“入其国，其教可知也。其为人也，温柔敦厚，《诗》教也。……其为人也，温柔敦厚而不愚，则深于《诗》者也。”黄忠慎指出：“整个《诗》教确实可用这代表儒家的理想性情的四个字来作贯穿，而且这也是儒者长久以来所致意的学《诗》之道。”① 在传统诗学“性情”说的核心理论基础上，严粲提出“诗出于情之真”，并且以此作为其诗教观的基石，运用《诗经》所蕴含的细腻、深厚、真挚的思想感情，如忠君爱国之念、君臣父子之义、兄弟姊妹之情、夫妻恋人之爱、朋友之情等，阐释其政治观念、道德伦理观念，进行情感方面的教育，以期培养其子健全的人格，从而发展其道德感。其教育方式与教育理念有着极强的现实借鉴意义。方朝晖《“中学”与“西学”——重新解读现代中国学术史》一书指出：“以儒家学说为主导的中国古代学术，从本质上说是一种以践履为特征的、信仰性质的学说，它的主要任务是通过严厉、持久而漫长的人格训练来确立道德的理想和人格的伟大信念。”②严粲解《诗》既有义理化的特点，又格外突出伦理化色彩。严粲以为诗教皆为人伦而设，故能够正三纲、厚人伦、美教化、移风俗、化天下，上关乎国家政治兴衰，下关乎百姓道德伦理。其说正与《郭店楚墓竹简·性自命出》“凡古乐龙心，益乐龙指，皆教其人者

---

① 黄忠慎《严粲诗缉新探》，台湾文史哲出版社2008年版，第14页。

② 方朝晖《“中学”与“西学”——重新解读现代中国学术史》，河北大学出版社2002年版，第23～24页。

也”① 的诗教观念一致。在解释《毛诗序》“经夫妇”时，《诗缉》云：“《诗》首二《南》，故先言‘经夫妇’。夫妇之道，贵乎有常，以《诗》经之；子事父以孝，臣事君以敬，秉彝之心，欲其勿亏，以《诗》成之。三纲正，则人伦厚，故教化美而风俗移。诗教皆为人伦设也。”② 如果国君罔顾人伦，则国家危殆，《小弁》就是讽刺周幽王不顾夫妻、父子之伦，废申后、放太子宜臼，宠爱褒姒，改立太子，以至于身死国灭之诗：“周东迁之祸基于此，人伦废而后夷狄乘之。”③ 具体来说，诗教的内容在人伦方面的教化作用主要体现在修身、齐家、治国平天下三个方面。

在修身方面，诗歌出于诗人的真情实感，所以能够正人事之得失，感动人之善心，有助于君子道德修养的提高与精进：“诗出于情之真，其感也深，故正人事之得失，使人舍非而从是与。夫动天地，感鬼神，无有近于诗者。吾心有此理，在人，在天地，在鬼神，亦同此理。以此理之同者，正之，动之，感之，何远之有？”④ 严粲从诗歌创作层面出发，提出诗歌之真性情可以感发启沃人之善心，使之走上正途，舍弃恶念，从而起到正人事之得失的作用。严粲认为诗歌不仅能够感动人之善心，而且能够改变人之气习：“风有二义：风之优柔，以感动其善

① 荆门市博物馆《郭店楚墓竹简》，文物出版社 1998 年版，第 180 页。

② 〔宋〕严粲《诗缉》，《钦定四库全书荟要》第 27 册，吉林出版集团有限责任公司、海天出版社 2005 年版，第 115 页。

③ 〔宋〕严粲《诗缉》，《钦定四库全书荟要》第 27 册，吉林出版集团有限责任公司、海天出版社 2005 年版，第 395 页。

④ 〔宋〕严粲《诗缉》，《钦定四库全书荟要》第 27 册，吉林出版集团有限责任公司、海天出版社 2005 年版，第 114~115 页。

心；教之谆勤，以变化其气习。”① 严粲不仅在理论上对《诗经》的教育意义和感化作用进行宏观方面的阐发，而且切实运用到对具体诗篇的阐释中。严粲认为君子立身行事要像山上乔高之松木一样端正质直，挺特秀拔。针对《山有扶苏》一诗，严粲有感而发：“山有乔高之松木，挺特而秀拔，喻特立之君子，此美也；隰有放纵之龙草，纵横而乱生，喻纵恣之小人，此非美也。……李德裕言：‘正人如松柏，特立不倚；邪人如藤萝，非附他物，不能自起。’游龙正堪与藤萝为伍耳。”② 君子问学以成德必须日积月累，切磋琢磨，精益求精，如同《淇奥》中“如切如磋，如琢如磨”的卫武公：“匪然文章之武公，如切磋琢磨以成其器。骨象玉石虽美材，非磨砻不成器，亦犹人有美质，必问学以成德。问学之功必积渐致之，故取治骨象玉石用工之深者喻之。”③ 《郑风·羔裘》一诗赞美古之君子不仅“直而且美，则养其刚大而至于充实矣”，而且“可以司国之直，谓敢行礼义，不畏强御”④。《鸤鸠》：“鸤鸠在桑，其子七兮。淑人君子，其仪一兮。其仪一兮，心如结兮。鸤鸠在桑，其子在梅。淑人君子，其带伊丝。其带伊丝，其弁伊骐。鸤鸠在桑，

---

① 〔宋〕严粲《诗缉》，《钦定四库全书荟要》第 27 册，吉林出版集团有限责任公司、海天出版社 2005 年版，第 114 页。

② 〔宋〕严粲《诗缉》，《钦定四库全书荟要》第 27 册，吉林出版集团有限责任公司、海天出版社 2005 年版，第 225 页。

③ 〔宋〕严粲《诗缉》，《钦定四库全书荟要》第 27 册，吉林出版集团有限责任公司、海天出版社 2005 年版，第 188 页。

④ 〔宋〕严粲《诗缉》，《钦定四库全书荟要》第 27 册，吉林出版集团有限责任公司、海天出版社 2005 年版，第 220 页。

其子在棘。淑人君子，其仪不忒。其仪不忒，正是四国。鸤鸠在桑，其子在榛。淑人君子，正是国人。正是国人，胡不万年。”“此诗以鸤鸠均养起兴，刺为政之不均，而言威仪、带弁，何也？盖夫人容貌、服饰之间，皆可以觇其心之所存；其心平，则见于起居动作之间皆有常度。曾子所贵乎道者三，皆以验其中之所养，非徒曰容貌、颜色、辞气而已也。《都人士》‘衣服不贰，从容有常，以齐其民’，与此诗之意同。”

孔子曰：“诗，可以兴，可以观，可以群，可以怨。迩之事父，远之事君；多识于草木鸟兽之名。”① 徐复观指出：“一直到孔子‘《诗》可以兴，可以观，可以群，可以怨，迩之事父，远之事君，多识于草木鸟兽之名’的提出，《诗》对人生社会政治的功用，才完全显现出来。《诗》的所以有此功用，乃来自《诗》得以成立的由个体感情通向群体感情的激动。”② 严粲继承孔子“迩之事父，远之事君”的诗教观，以为孝友乃是立德之本，释《六月》“张仲孝友”时曰：“孝友者，德之本。”③《蓼莪》一诗表现出来的孝堪为典则：“此曲尽父母爱子之情也。父母之恩如此，欲报之以德，而父母之恩如天之无穷，不知所以为报也。今我不及报之，痛当奈何也？呜呼！读此诗而不感动者，非人子也。”④《采蘩》一诗“形容夫人孝敬宗庙，周旋中

① 杨伯峻《论语译注》简体字本，中华书局2006年版，第262~263页。

② 徐复观《徐复观论经学史二种》，上海书店出版社2005年版，第11页。

③〔宋〕严粲《诗缉》，《钦定四库全书荟要》第27册，吉林出版集团有限责任公司、海天出版社2005年版，第352页。

④〔宋〕严粲《诗缉》，《钦定四库全书荟要》第27册，吉林出版集团有限责任公司、海天出版社2005年版，第410页。

礼，其德可见矣”①。严粲在《下武》篇提出：“夫孝者，善继人之志，善述人之事者也。”

修身离不开忠君爱国，严粲特别注重《诗经》忠君爱国方面的教化意义，如释《汝坟》篇曰：“文王三分有二，不替事殷之小心，故当时化之，虽汝坟妇人，亦勉其夫以从王事，此文王道化之盛也。”② 即使不遇于君，遭遇朝廷之上小人在侧的人生困境，君子也要怀抱忧国忧民之心、爱国报国之志，就如同《柏舟》中“耿耿不寐，如有隐忧”的仁者形象：“卫衰世也，而有柏舟之仁人，非无贤也，不遇合耳，虽仕其朝，而不得行其志也。君子不遇合，则小人亲近而得志矣，其势相为消长也。此诗皆忧国之言，身虽不遇而惓惓于国。今诵其诗，犹想见其蔼然仁人之气象也。”③ 严粲在《荡》一诗中阐释君臣大义曰：“伤者，伤悼其将亡，甚于刺也。臣子作诗，皆发于忧国之忠，欲以感悟其君，虽弊坏已极，犹庶几其改图，君臣大义无所逃于天地之间也。此诗托言文王叹商，特借秦为喻耳。”④《瞻卬》描述幽王为政暴虐，刑罚无伦，妇寺致乱，善人逃去，而凡伯面对这样的政局依然忠心耿耿：“幽王苟能改图而为善，庶几不

① 〔宋〕严粲《诗缉》，《钦定四库全书荟要》第 27 册，吉林出版集团有限责任公司、海天出版社 2005 年版，第 135 页。

② 〔宋〕严粲《诗缉》，《钦定四库全书荟要》第 27 册，吉林出版集团有限责任公司、海天出版社 2005 年版，第 129 页。

③ 〔宋〕严粲《诗缉》，《钦定四库全书荟要》第 27 册，吉林出版集团有限责任公司、海天出版社 2005 年版，第 146 页。

④ 〔宋〕严粲《诗缉》，《钦定四库全书荟要》第 27 册，吉林出版集团有限责任公司、海天出版社 2005 年版，第 530 页。

辱其祖宗。‘往者不可谏，来者犹可追’，所谓‘式救尔后’也。幽王大坏至此，凡伯尚欲救之，拳拳之忠不能自已也。”①严粲借助一些有代表性的诗篇讽刺弑君背国者，并且归因于君臣之道废弛、人伦缺失，如解《无衣》曰：“圣人致严于名分之际，征伐不出天子，政逮于大夫，盖屡叹之。陈成子之事，至沐浴而请讨，盖以人伦之大变，天理之所不容，人人得而诛之，其亦必不与武公也已。《无衣》之诗不删者，所以著世变之穷而伤周之衰也。……愚于武公亦云：‘故曰《无衣》美武公者，特其大夫之意耳。’”②

生活在朝廷偏安江南、边境不平、屡被侵扰的境况下，严粲通过解读《诗经》展现其内心深处对时局危殆的忧患意识，对社会现实的关注，体现出坚贞的爱国情怀与强烈的民族精神，以感发其子的忠君爱国之志。针对《驷驖》所描述的东周之初秦襄公时秦国的强势崛起，严粲发出“平王以秦之救周而命之，异时诸夏之忧反生于所救，事之倚伏可预料邪？是故御戎以自治为上策”③的感喟；对于《黍离》抒发的国破之痛、迁都之恨，严粲感慨无限：“周东迁而遂微，置丰镐于度外，盖秋风禾黍之感不接于目，日远日忘也。其大夫过故国而悲歌，徒重千载之太息而已。圣人于夷夏之大

① 〔宋〕严粲《诗缉》，《钦定四库全书荟要》第 27 册，吉林出版集团有限责任公司、海天出版社 2005 年版，第 570 页。

② 〔宋〕严粲《诗缉》，《钦定四库全书荟要》第 27 册，吉林出版集团有限责任公司、海天出版社 2005 年版，第 266 页。

③ 〔宋〕严粲《诗缉》，《钦定四库全书荟要》第 27 册，吉林出版集团有限责任公司、海天出版社 2005 年版，第 271 页。

变，盖三致意焉。”

在齐家方面，严粲不仅以二《南》中的夫妇之伦作为齐家之典范，而且以为由此可以见王道之兴废：“《诗经》首二《南》，见夫妇之伦焉，见王道之端焉。二《南》系周、召，见君臣之伦焉，见文王心术之微、盛德之至焉。”① 治天下从齐家始，家齐而后国可治，国治而后天下可平。对于《芣苢》一诗，《诗缉》曰：“天下和平为后妃之美，家齐而国治，国治而天下平矣。”②《葛覃》突出表现的是后妃身份尊贵依然勤劳节俭之品性：“以后妃之贵而志念如此，岂复有一毫贵骄之习邪？味诗人言外之意，可以见文王齐家之道矣。”③《草虫》是一首“自后妃及夫人，自夫人及大夫妻，皆文王齐家之化”④ 的诗，《鹊巢》亦是“言夫人之德，亦以见文王齐家之化行于诸侯”⑤。由《关雎》可知大姒之贤与文王齐家之道：“言大姒之贤而文王齐家之道可见矣。”⑥《关雎》可以作为齐家之典范，故严粲着重

① 〔宋〕严粲《诗缉》，《钦定四库全书荟要》第27册，吉林出版集团有限责任公司、海天出版社2005年版，第119页。

② 〔宋〕严粲《诗缉》，《钦定四库全书荟要》第27册，吉林出版集团有限责任公司、海天出版社2005年版，第127页。

③ 〔宋〕严粲《诗缉》，《钦定四库全书荟要》第27册，吉林出版集团有限责任公司、海天出版社2005年版，第122页。

④ 〔宋〕严粲《诗缉》，《钦定四库全书荟要》第27册，吉林出版集团有限责任公司、海天出版社2005年版，第135页。

⑤ 〔宋〕严粲《诗缉》，《钦定四库全书荟要》第27册，吉林出版集团有限责任公司、海天出版社2005年版，第133页。

⑥ 〔宋〕严粲《诗缉》，《钦定四库全书荟要》第27册，吉林出版集团有限责任公司、海天出版社2005年版，第120页。

阐发其中的教化作用："美后妃之德，所以见文王之德也，故又言此文王风化之始，所以风天下而正夫妇，皆主文王言之，非专美后妃也。治天下自齐家始，善则天下阴蒙其福而人不知，否则国家潜受其蠹而主不悟。夷考千载理乱之故，常必由之。诗首《关雎》，渊乎哉！"①《关雎》中的夫妇之伦常、后妃之贤德乃是齐家之始，进而可以治国平天下，这是颠扑不破的规律。

如果遵循这一规律，国家可治理好；如果违背这一规律，国家必然大乱。《二子乘舟》反映的就是卫宣姜与朔谮伋，导致卫宣公欲杀伋，伋与寿争相赴死之事，严粲曰："卫自宣公杀伋、寿，以朔为世子，代立，是为惠公。左右公子怨朔之谗杀太子伋，乃作乱，立黔牟，惠公奔齐。其后，诸侯复纳惠公，黔牟奔周。惠公怨周之容黔牟，与燕伐周，立子颓为王，惠王奔温。及惠公卒，子懿公立，百姓大臣犹以杀伋之故皆不服。狄乘其衅，杀懿公而灭卫。呜呼！卫之乱极矣！父子、兄弟、君臣之间，相戕相贼，不惟流毒子孙，启侮夷狄，以之杀身亡国，其余殃所渐，且稔王室之祸，盖纲常道尽，天地几于倾陷矣。推原乱根，始于夫妇之不正，衽席之祸，一至此邪！以是知《诗》首《关雎》，圣人之意深远矣。"②《绿衣》之作源于卫庄公"溺爱乱常，实胎卫祸。圣人存《绿衣》，以明夫妇治道

① 〔宋〕严粲《诗缉》，《钦定四库全书荟要》第 27 册，吉林出版集团有限责任公司、海天出版社 2005 年版，第 113 页。

② 〔宋〕严粲《诗缉》，《钦定四库全书荟要》第 27 册，吉林出版集团有限责任公司、海天出版社 2005 年版，第 171～172 页。

之原，申二《南》之义，以垂世戒，非取女子之怨也”①。《燕燕》与《绿衣》创作的时代背景相似：“风人含不尽之意，此但叙离别之恨，而子弑国危之戚皆隐然在不言之中矣。”②《君子偕老》同样是“刺卫夫人”之诗，严粲以为“此诗惟述夫人服饰之盛，容貌之尊，不及淫乱之事，但中间有‘子之不淑’一言，而讥刺之意尽见”。

在治国方面，严粲认为国君需要尊贤、亲亲、爱民，曾经引用《中庸》篇阐释其治国理念：“正《小雅》二十二篇，皆《中庸》尊贤、亲亲、体群臣、柔远人、怀诸侯，为天下国家之大经，非政之小也。”③严粲借助《鹿鸣》一诗表达所向往的上下交而为泰的君臣关系：“古者上下交而为泰，于《鹿鸣》诸诗见之。《仪礼》注云：‘《鹿鸣》君与臣下及四方宾燕之乐歌也，故《序》以群臣嘉宾兼言之。’诗不言群臣，唯言嘉宾，则总谓群臣为嘉宾，以礼待臣之厚也。诗中求规益，《序》所谓‘尽心’，谓忠告无隐也。上下之情不通，则忠臣嘉宾虽欲尽心以告君，而其势分隔绝，有不可得者。义在得字，非为必待燕而后尽其心也。杜甫云‘圣人筐篚恩，实欲邦国活’，得古人用诗之意矣。”严粲在阐发《荡》篇序文“召穆公伤周室大坏”之意时指出忠臣之忠体现在进谏其君方面：“伤者，伤悼其将亡，甚

① 〔宋〕严粲《诗缉》，《钦定四库全书荟要》第27册，吉林出版集团有限责任公司、海天出版社2005年版，第148页。

② 〔宋〕严粲《诗缉》，《钦定四库全书荟要》第27册，吉林出版集团有限责任公司、海天出版社2005年版，第150页。

③ 〔宋〕严粲《诗缉》，《钦定四库全书荟要》第27册，吉林出版集团有限责任公司、海天出版社2005年版，第319页。

于刺也。臣子作诗，皆发于忧国之忠，欲以感悟其君，虽弊坏已极，犹庶几其改图，君臣大义无所逃于天地之间也。此诗托言文王叹商，特借秦为喻耳。或谓伤者，伤嗟而已，非谏刺之比。如此，殆类后世词人吊古之作，非当时臣子惓惓之义也。《大序》言‘伤人伦之废，吟咏情性，以风其上’，伤何妨于风刺乎？”在《桑扈》一诗中，严粲引用长乐刘氏之说阐发君臣上下当有礼文的道理：“君臣，以言其朝廷也；上下，以言其风俗也。朝廷、风俗之礼而谓之文者，尊卑异位也，亲疏异情也，长幼异序也，内外异宜也，往来异守也。动而相交，合而相纪，莫不成文而中于义理。序其品，则曰人伦也；序其义，则曰礼文也。朝廷所以纲天下之风俗，不可以一日无之也。”严粲指出《干旄》是赞美“臣子好善，文公之化”的诗歌：“有贤者来自他国，至卫国浚邑之郊。文公臣子之在浚者，闻其贤而争先睹之。有建孑孑然干首之旄，出郊见之者，以素丝为缕，缝纰旌旗之縿，乘良马而来，已四辈矣，见好善者多也。”① 君主所用贤才应当谦恭有礼，威仪有节，严粲在阐释《小宛》“各敬尔仪，天命不又”时曰：“故戒群臣以‘各敬尔威仪’，恐天命一去，不复来也。……或疑饮酒小节，未必系天命之去留。殊不知荡心败德，纵欲荒政，疏君子而狎近幸，玩寇雠而忘忧患，皆自饮酒启之。”君主所用贤才必须有德，严粲释《南有嘉鱼》曰：“成周大平持守之时，所用之人必先有德，《立政》之书、《卷阿》之诗皆曰‘用吉士’。”

---

① 〔宋〕严粲《诗缉》，《钦定四库全书荟要》第27册，吉林出版集团有限责任公司、海天出版社2005年版，第182页。

严粲认为君主治国必须任用贤才，才能够建功立业，故在《南山有台》篇曰：“贤者为立治之本。”① 君主用贤治国方能惠泽于民，得到民心：“得贤则泽及于民，而民亲戴之，称颂之。”同时，严粲认为君主对于贤才需要多方勤求：“人君之于贤，始则多方勤求之，继则礼貌以招延之，其后则贤者闻风自至，如翩翩然飞者，是孝鸟鹁鸠，群然而自来也。”君主对于贤才也需要屈己下贤：“成王屈己下贤，则贤者得以上进固结而不可解也。绥之，谓燕饮以安之。醴酒不设而穆生去，盖礼貌衰则不能安贤者之心也。”君主还要听得进贤才之言。在《板》一诗中，严粲阐发明君需要宽柔，能够容纳贤哲之谏言：“厉王刚愎拒谏，观其监谤，气象可见，故告以有荏染然柔忍之木，乃缗被之以丝弦而为弓；亦犹温温然宽柔之恭人，乃为德之基本。盖人主必宽柔，然后能容受直言，而德日进也。其维贤哲之人，告之以善言，则顺其德而行之；其维愚蔽之人，反谓我言为僭躐。人各有意见，何得以汝所见为是，而强王之从也？武公以诸侯庶子，而论国家之理乱，发义理之精微，故愚人以为后生僭躐也。”严粲阐释《南山有台》篇时曰：“知贤当力荐之，既用当力主之，庶贤者得展所蕴。今不我力，则貌敬而情疏，贤者之迹不安矣，安能当群小之攻乎？”“君子立于衰乱之朝，亦非所乐也。……君子虽自韬晦，亦未必能避患也。然君子不专为一身之安危，其忧心惨惨然愁戚者，唯念国之行虐政，而民罹其害耳。”

君主需要远离奸佞小人。在《荡》诗中，严粲引用曹萃中

---

①〔宋〕严粲《诗缉》，《钦定四库全书荟要》第 27 册，吉林出版集团有限责任公司、海天出版社 2005 年版，第 343 页。

之说阐发小人当政就会引起社会动荡的历史规律："曹氏曰：治生乎君子，乱生乎小人，而君子、小人之生，昔人以为各有天命，将治则生君子，将乱则生小人。"《候人》一诗反映了曹国"贤人为候人之属，掌道路送迎宾客，何揭其戈与祋，供劳贱之事。彼小人乃有三百人，皆服赤色之芾"，展现出"曹蕞尔国，而小人众多如此，君子何所容"① 的社会状况，故"为君在辨君子、小人而已"②。在《巧言》一诗中严粲详细描述了小人以谗言说其君之情状："小人之言先务谀说其君，甘言卑辞以入之，使人君如嗜甘物而不厌，此乱之所以日益进也。为人臣止于敬，此谗人非止于敬，徒为王之邛病耳"，"盖小人蛇蛇然舒迟安闲，敢为大言而无忌惮，惟其口之所出，非由中之言，无真实也。其言之巧，如笙簧之可听，然皆不根之谈，以诬善人，而不知耻，其颜厚矣。人有愧于心，必形于色，中心达于面目也。今小人面皮厚，故无愧耻之色"。《考槃》一诗讽刺国君不用贤者，从而导致"贤者退而穷处"："前人用贤，以建功业；弃而不用，则不能继之矣。"③《白驹》是一首刺宣王不能任贤之诗："当时贤能布列，白驹一贤之去，若未关大体，诗人已为宣王惜之，盖见几也。"由于宣王不能够纳谏，贤能离去，所以才会有千亩之败，故变《雅》里面的《祈父》一诗冀望宣王改

① 〔宋〕严粲《诗缉》，《钦定四库全书荟要》第 27 册，吉林出版集团有限责任公司、海天出版社 2005 年版，第 298 页。

② 〔宋〕严粲《诗缉》，《钦定四库全书荟要》第 27 册，吉林出版集团有限责任公司、海天出版社 2005 年版，第 224 页。

③ 〔宋〕严粲《诗缉》，《钦定四库全书荟要》第 27 册，吉林出版集团有限责任公司、海天出版社 2005 年版，第 189 页。

图振起："变《雅》讽刺其上，庶其觉悟，使宣王闻而改图，未必有千亩之败也。"《白驹》与《唐风·有杕之杜》《丘中有麻》均为期待君主求贤、任贤而作："《唐·有杕之杜》刺不能求贤，曰'彼君子兮，噬肯适我。中心好之，曷饮食之'；《丘中有麻》言贤人放逐，曰'彼留子嗟，将其来施施'，皆望其来而不可得之辞，与此诗之意一也。"如果不用贤人，最严重的后果是邦国覆灭，如《邶风·柏舟》即反映出"卫国无贤人以维持之，则亦听其自为败坏"① 的社会现实。

任用贤才、远离小人之外，君主还要"亲亲"，严粲在释《葛藟》篇时强调"亲亲"的重要性："亲亲，周道也。弃其九族，则周道衰矣。"② 治国依礼义可长治久安，暴力强武则国祚短暂，因此暴秦二世而亡其实有其必然性："襄公僻处一隅，陷溺于夷狄之俗，不闻中国之礼义。"秦国在统一六国后不久，随即走向灭亡，原因在于严粲解读《蒹葭》时所云："周弱而绵，秦强而颠，由其礼之存亡异焉耳。"③ 君主治国要以民为本："王者事业，以民为本。"④ 在阐释《匪风》第三章"谁能亨鱼？溉之釜鬵。谁将西归？怀之好音"时，严粲提到了无为而治的

① 〔宋〕严粲《诗缉》，《钦定四库全书荟要》第 27 册，吉林出版集团有限责任公司、海天出版社 2005 年版，第 147 页。

② 〔宋〕严粲《诗缉》，《钦定四库全书荟要》第 27 册，吉林出版集团有限责任公司、海天出版社 2005 年版，第 207 页。

③ 〔宋〕严粲《诗缉》，《钦定四库全书荟要》第 27 册，吉林出版集团有限责任公司、海天出版社 2005 年版，第 275 页。

④ 〔宋〕严粲《诗缉》，《钦定四库全书荟要》第 27 册，吉林出版集团有限责任公司、海天出版社 2005 年版，第 360 页。

观点："治民若亨小鲜。谁能亨鱼而溉涤其釜鬵乎？谁将西归镐京而安我以好音乎？言唯周道平易，人若归之是好消息，将有平治之望也。《匪风》作于夷、厉之时，周犹都镐，故言西归。"严粲还认为国君需要具有忧患意识："《七月》陈豳民农桑之事，而首序谓之王业，犹《孟子》谓之王道也。盖周以农事开国，而豳者，丰镐之基也。周公因管、蔡流言，将坏成业，念先公之初，避狄居豳，艰难积累，历十数世之久，以致今日，何忍一旦坏之？所以感悟成王也。《七月》之诗，一言蔽之曰'豫'而已。凡感节物之变，而修人事之备，皆豫为之谋也。"

严粲提出"诗教皆为人伦设"主张的根本目的在于经世致用，因此在训释一些诗歌时，常常融入自己的政治见解和切身体会，寄托其社会理想，从而为时所用。注《节南山》"勿罔君子"时，严粲指出君子与小人境遇之不同："旧说以君子指王，非也。此君子正对下文小人言之，谓人之邪正也。君子所见者远，若迂阔，若迟钝，世每讪笑之，以为不可用，不知用之则安富尊荣；小人所见者近，敏捷可以集事，谀佞可以悦意，世主每甘心焉，不知小人用则国危矣。勿诬罔君子，以为不可用；勿信任小人，以自取危殆。文意了然。权奸欲摈斥君子，君子无罪可指，唯以好名无实排之，所以罔君子者，千载一揆也。"同时，此诗"君子如届"与"式夷式已""君子如夷""既夷既怿"这些诗句"皆言君子"，而"既夷既怿"这句亦"规之以善"。与此相关联，君子与小人境遇之不同是由最高统治者所决定的，因此诗中的"不惩其心"与"式讹尔心"均"承'我王'言之，指王心也。旧说'不惩其心'指尹氏，'式讹尔心'乃指王，今以为皆指王"。

严粲从经世致用的目的出发，以“诗出于情之真”为其理论基石，提出“诗教皆为人伦设”的主张，希冀通过《诗经》进行教化，起到振三纲、宣人伦、垂世教的作用，维护君君、臣臣、父父、子子的封建秩序，强调《诗经》经纬人伦的教育作用与“温柔敦厚”的感化意义，注重以“润物细无声”的方式阐发《诗经》修身、齐家、治国、平天下的社会功能价值，分析《诗经》中的夫妇父子之情、君臣之礼、圣贤之义、治国安邦之道，对其子进行道德伦理教育，以期使其子具有理想人格。严粲“诗教皆为人伦设”的诗教思想不但发展了儒家诗论，同时也深化了对诗歌艺术本质的体认，实现了《诗》学史上一次重要的理论认识的飞跃，具有积极的时代意义。

第三节 严粲的“《诗》即史”思想

一、以史论《诗》的相关成果举例

在周代周备的史官制度、浓郁的礼乐文化背景下结集成书的《诗经》，先天带有历史留下的烙印、礼乐文化影响的痕迹，故闻一多《文学的历史动向》指出：“诗似乎也没有在第二个国度里,像它在这里发挥过的那样大的社会功能。在我们这里，一出世，它就是宗教，是政治，是教育，是社交，它是全面的生活。维系封建精神的是礼乐，阐发礼乐意义的是诗，所以诗支持了那整个封建时代的文化。”① 并且在《歌与诗》里说：“原来《诗》本是记事的，也是一种史。”② 正是由于《诗》与史有先天的联系，因此“那种以史读《诗》的观点，确乎是有着一段历史背景的”③。

在《诗经》结集成书之后，无论是春秋时期蔚为大观的赋诗言志，还是各种典籍的广泛征引，都表明先秦时期已经出现了以史说《诗》的现象。《左传》和《国语》等征引《诗经》比较频繁，其中多条涉及《诗经》中一些诗歌的本事、人物、事件、时世，如以《常棣》与《思文》为周文王之诗，以《宾之初筵》为卫武公之诗。《左传·隐公三年》载有《硕人》一诗创作的历史背景：“卫庄公娶于齐东宫得臣之妹，曰庄姜，美而无子，卫人所为赋《硕人》也。又娶于陈，曰厉妫，生孝伯，早死。其娣戴妫生桓公，庄姜以为己子。公子州吁，嬖人之子也，有宠而好兵，公弗禁，庄姜恶之。石碏谏曰：‘臣闻爱子，教之以义方，弗纳于邪。骄、奢、淫、佚，所自邪也；四者之来，宠禄过也。将立州吁，乃定之矣；若犹未也，阶之为祸。夫宠而不骄，骄而能降，降而不憾，憾而能眕者，鲜矣。且夫贱妨贵，少陵长，远间亲，新间旧，小加大，淫破义，所谓“六逆”也；君义，臣行，父慈，子孝，兄爱，弟敬，所谓“六顺”也。去顺效逆，所以速祸也。君人者，将祸是务去，而速之，无乃不可乎？’弗听。其子厚与州吁游，禁之，不可。桓公

---

① 《闻一多全集》第一册，生活·读书·新知三联书店 1982 年版，第 202 页。

② 《闻一多全集》第一册，生活·读书·新知三联书店 1982 年版，第 187 页。

③ 《闻一多全集》第一册，生活·读书·新知三联书店 1982 年版，第 188 页。

立，乃老。”① 《左传·隐公四年》还记载了卫桓公姬完最终被州吁所弑的结局。《左传》的记载反映了《硕人》的时代背景，正与诗中所流露出来的思想感情一致。《毛诗序》对《硕人》主旨的概括也借鉴了《左传》之意：“《硕人》，闵庄姜也。庄公惑于嬖妾，使骄上僭。庄姜贤而不答，终以无子，国人闵而忧之。”清代学者劳孝舆以为历史与诗歌可以互证：“孰谓《春秋》非诗史哉？”② 劳氏指出《左传》经常标出《诗经》之关时事者：“左氏传《春秋》，学最博，而尤好说《诗》，《诗》之关时事者，往往标出。”③ 《左传》开以史解《诗》之先河。战国中期孟子所提出的“知人论世”的观点为后世以史说《诗》提供了方法上的支持：“颂其诗，读其书，不知其人，可乎？是以论其世也。”④ 孟子不仅在理论方面主张诵诗读书要“知人论世”，而且在实践方面具体考察《诗经》结集时间的下限，提出“王者之迹熄而《诗》亡，《诗》亡然后《春秋》作”⑤，并且在解《诗》时密切联系诗歌的历史背景，如《孟子·滕文公下》记载：“周公兼夷狄，驱猛兽而百姓宁。……《诗》云：‘戎狄是膺，荆舒是惩，则莫我敢承。’无父无君，是周公所膺

---

① 〔晋〕杜预注，〔唐〕孔颖达等正义《春秋左传正义》卷三，《十三经注疏》下，上海古籍出版社 1997 年版，第 1724 页。

② 董运庭《春秋诗话笺注》，中国社会科学出版社 2013 年版，第 52 页。

③ 董运庭《春秋诗话笺注》，中国社会科学出版社 2013 年版，第 68 页。

④ 〔汉〕赵岐注，〔宋〕孙奭疏《孟子注疏》，《十三经注疏》下，上海古籍出版社 1997 年版，第 2746 页。

⑤ 〔汉〕赵岐注，〔宋〕孙奭疏《孟子注疏》，《十三经注疏》下，上海古籍出版社 1997 年版，第 2727 页。

也。”①上海博物馆藏《战国楚竹书》之《孔子诗论》展现了儒者评论《诗经》的风格特点和思想内容，其中一些竹简记载了诗歌创作的历史背景，如第十五简“及其人，敬爱其树，其褒厚矣”② 与第十六简“邵公也”③，表明《甘棠》所涉主人公及其创作背景。由《孔子诗论》所反映的先秦说《诗》情况，也可以看出先秦时期已经把《诗》与史密切联系起来。

汉代“三家《诗》”与《毛诗》在传授过程中，均或多或少采用了以史说《诗》的方式，揭示《诗经》时世，阐释诗歌的历史背景，探寻诗歌本事，由此催生了后世“六经皆史”的观点。班固对“三家《诗》”即《齐诗》《鲁诗》《韩诗》进行比较后评曰：“汉兴，鲁申公为《诗》训故，而齐辕固、燕韩生皆为之传。或取《春秋》，采杂说，咸非其本义。与不得已，鲁最为近之。”④ 此段文字反映出“三家《诗》”已经具有诗史结合的特点。虽然绝大多数的“三家《诗》”材料已经不可得见，但可据存世的《韩诗外传》考察《韩诗》以史论《诗》的情况，徐复观《两汉思想史》总结了《韩诗外传》史与诗互相证成之成就：“《外传》表达的形式，除继承《春秋》以事明义的传统外，更将所述之事与《诗》结合起来，而成为事与诗的

---

① 〔汉〕赵岐注，〔宋〕孙奭疏《孟子注疏》，《十三经注疏》下，上海古籍出版社 1997 年版，第 2715 页。

② 马承源《上海博物馆藏战国楚竹书 · 孔子诗论》（一），上海古籍出版社 2001 年版，第 144 页。

③ 马承源《上海博物馆藏战国楚竹书 · 孔子诗论》（一），上海古籍出版社 2001 年版，第 145 页。

④ 〔汉〕班固《汉书 · 艺文志》，中华书局 1962 年版，第 1708 页。

结合，实即史与诗互相证成的特殊形式，亦由《荀子》发展而来。”① 值得注意的是，通过对“三家《诗》”佚文的考察，可以发现“三家《诗》”解《诗》时着重阐发微言大义，与历史背景结合较少，不太成系统。

与“三家《诗》”相比，《毛诗》学派以史论《诗》已经形成系统。《毛诗序》《毛传》以史说《诗》于前，郑玄撰作的《毛诗谱》《毛诗传笺》继踵于后，由此建构了一套以史解《诗》的完整系统。《毛诗序》采取题解的方式，指明诗歌或美或刺的主题，简略说明诗歌时世和历史背景，确立了《毛诗》学派以史说《诗》的方向。关于《毛诗序》的以史说《诗》，宋代叶适《习学记言》予以肯定：“作诗者必有所指，故集诗者必有所系。无所系，无以诗为也。其余随文发明，或记本事，或释诗意，皆在秦汉之前。虽浅深不能尽当，读诗者以其时考之，以其义断之，惟是之从可也。专溺旧文，因而推衍，固不能得诗意。欲尽去本序，自为之说，失诗意愈多矣。”② 朱自清《经典常谈》指出：“这样的以史证诗的思想，最先具体地表现在《诗序》里。”③ “以史证诗，似乎是《小序》的专门任务。……可是《小序》也还是泛说的多，确指的少。”④ 徐复观

① 徐复观《两汉思想史》第三卷，九州出版社 2014 年版，第 7 页。

② 〔宋〕叶适《习学记言》卷六《诗序周南召南至豳》，上海古籍出版社 1992 年版，第 42 页。

③ 朱自清《经典常谈》，生活·读书·新知三联书店 1980 年版，第 32～33 页。

④ 朱自清《经典常谈》，生活·读书·新知三联书店 1980 年版，第 33～34 页。

《两汉思想史》也论述了《毛诗序》以史说《诗》的特点："许多诗，赖《诗序》述其本事，而使后人得缘此以探索诗的历史背景、政治社会背景，更为对诗义的了解，提供一种可以把握的线索。"《毛传》在解《诗》时既以《诗》还原历史，也通过历史阐释诗歌背景，与《毛诗序》以史说《诗》的传统一脉相承，具有承上启下的作用。朱自清《经典常谈》曰："传里虽也偶然提及，却总以训诂为主，不过所选取的字义，意在助成序说，无形中有个一定方向罢了。"① 郑玄撰作的《毛诗谱》和《毛诗传笺》，以图谱形式呈现出诗歌时世，并运用史部典籍考察诗歌的历史背景，进一步发展了《毛诗序》《毛传》以史说《诗》的做法，把《诗经》与历史更紧密地结合起来，由此确立了以史解《诗》的体系，推动了以史说《诗》走向成熟。王国维指出："及北海郑君出，乃专用孟子之法以治诗。其于诗也，有谱、有笺。谱也者，所以论古人之世也；笺也者，所以逆古人之志也。"② 朱自清《经典常谈》也总结说："到了郑玄，才更详密地发展了这个条理。他按着《诗经》中的国别和篇次，系统地附合史料，编成了《诗谱》，差不多给每篇诗确定了时代；《笺》中也更多地发挥了作为各篇诗的背景的历史。以史证诗，在他手里算是集大成了。"③ 在汉末到魏初的一段时间内，儒生均信从郑学，王粲以为"世称伊、洛以东，淮、汉以北，康

---

① 朱自清《经典常谈》，生活・读书・新知三联书店 1980 年版，第 33~34 页。

② 王国维《〈玉溪生诗年谱会笺〉序》，见《王国维文集》，线装书局 2009 年版，第 161 页。

③ 朱自清《经典常谈》，生活・读书・新知三联书店 1980 年版，第 33~34 页。

成一人而已。咸言先儒多阙，郑氏道备”①。马宗霍也总结说：“汉魏之交，郑学之势几奔走天下。”②

魏、晋时期的王肃，字子雍，东海郡剡县人，与郑学立异，由此形成新的经学派别——王学，并且被魏末晋初司马氏集团确立为官学，同郑学一起设置博士。王肃在申毛难郑时体现出以史说《诗》的特色，张可礼举例说：“如他解说《大雅·生民》‘厥初生民，时维姜嫄’句，就否定了郑玄圣人感天而生的迷信说法。”③ 在“王学”与“郑学”两派的论辩中，“王学”随世变而衰微，东晋时期朝廷减省博士，只留《毛诗》一家。

隋代学者开始把《诗》与史联系起来进行理论阐释。隋代著名学者王通在《中说·王道》中明确指出《尚书》《诗经》《春秋》均为圣人述史之书：“昔圣人述史三焉。其述书也，帝王之制备矣，故索焉而皆获；其述诗也，兴衰之由显，故究焉而皆得；其述春秋也，邪正之迹明，故考焉而皆当。此三者，同出于史，而不可杂也，故圣人分焉。”葛荣云《浅论历代“六经皆史”说》一文指出唐代著名史学家刘知几首“开‘六经皆史’论之先河”：“他冲破了儒家经书的神圣观念，开‘六经皆史’论之先河”，“例如《史通》的第一篇《六家》，其中前三家：《尚书》《春秋》《左传》，本皆属经传，而却被刘知几作为史书来看待。……不仅如此，他还认为《易》《诗》《礼》亦属

---

① 〔宋〕欧阳修、宋祁《新唐书·儒学传下》，中华书局 1975 年版，第 5692 页。

② 马宗霍《中国经学史》第七篇，上海书店出版社 1990 年版，第 61 页。

③ 张可礼《三国时期〈诗经〉学者著述叙录及其启示》，《山东大学学报》（哲学社会科学版）2003 年第 2 期。

史籍，把孔子所整理的经书统统归为‘史籍’”①。

到了唐代，为了适应政治上大统一，以及由隋朝沿袭而来的科举制度的需要，唐太宗李世民既诏颜师古考定《五经》文字，又诏孔颖达与诸儒撰定《五经》义疏，其中即包含《毛诗正义》。《毛诗正义》也表现出以史说《诗》的特点，“史部引用了《国语》《战国策》《史记》《汉书》《后汉书》等主要的史学著作和传注，以及其他著述28种之多”②，“除了经部外，其他三个门类，史部所占比例最多，引书种类为9%，出现频率为6.3%，这是因为，经史关系密切，引用史书也能很好地起到证经的作用”③。

宋代学者更加关注《诗》与史之间的关系。宋朝疑古思潮的兴盛，使致力于《诗经》学的学者不仅富有怀疑的精神，同时还具有实证的态度、文学的眼光，“在《诗经》研究上能够扫除前人迷雾，对于某些诗的解释比较接近本来面目，这有以下几个原因：一、他们初步懂得要用文学的眼光来研究《诗经》。……二、注意考证事实。……三、注重涵泳本文”④。刘兆祐《历代诗经学概说》以为“宋朝《诗经》学有两个特点：(一) 怀疑的风气：因为怀疑，所以开始怀疑《小序》，怀疑《毛传》、郑《笺》。甚至于对整个《诗经》三百零五篇也开始

---

① 葛莱云《浅论历代“六经皆史”说》，《青岛职业技术学院学报》2005年第2期。

② 韩宏韬《〈毛诗正义〉研究》，中国社会科学出版社2009年版，第135页。

③ 韩宏韬《〈毛诗正义〉研究》，中国社会科学出版社2009年版，第136页。

④ 胡念贻《论汉代和宋代的〈诗经〉研究及其在清代的继承和发展》，《古代文学研究集》，中国文联出版社1985年版，第100~103页。

怀疑，进而开始删诗，改窜篇章秩序。（二）实证的态度：因为讲求实证，特别重视《诗经》的文字、名物、地理，进而著重《诗经》资料的搜集，开始辑佚的工作，偏重于三家《诗》的辑佚，是前人所未有的”①。“宋朝人特别注重实证，所以考古学非常发达，有关这方面的著作也很多，影响所及，研究《诗经》也从事考据。”②

邵雍（1011—1077）《伊川击壤集》卷十八中有《诗史吟》，从宏观角度解读诗史关系：“史笔善记事，长于炫其文。文胜则实丧，徒憎口云云。诗史善记事，长于造其真。真胜则华去，非如目纷纷。天下非一事，天下非一人。天下非一物，天下非一身。皇王帝伯时，其人长如存。百千万亿年，其事长如新。可以辨庶政，可以齐黎民。可以述祖考，可以训子孙。可以尊万乘，可以严三军。可以进讽谏，可以扬功勋。可以移风俗，可以厚人伦。可以美教化，可以和疏亲。可以正夫妇，可以明君臣。可以赞天地，可以感鬼神。规人何切切，诲人何谆谆。送人何恋恋，赠人何勤勤。无岁无嘉节，无月无嘉辰。无时无嘉景，无日无嘉宾。樽中有美禄，坐上无妖氛。胸中有美物，心上无埃尘。忍不用大笔，书字如车轮。三千有余首，布为天下春。”陈国球《煅炼物情时得意，新诗还有百来篇：邵雍〈击壤集〉诗学思想探析》一文概括了邵雍的诗史观：“某单一史实的传达或者再现并非诗歌艺术最所关切的对象，重要的反而是事件背后的普遍意义。……诗中所讲的‘天下非一事’

---

① 林庆彰《诗经研究论集》，台湾学生书局1983年版，第482页。

② 林庆彰《诗经研究论集》，台湾学生书局1983年版，第486页。

'非一人''非一物''非一身'等，都是就普遍意义立说。"①张晖《中国"诗史"传统》一书指出："'诗史'涉及诗歌和历史作为不同的文体之间的沟通和综合。邵雍的观点涉及诗歌和历史的本体论，探询'诗史'能够成立的根本问题。"②

宋代陈傅良为徐得之《左氏国纪》所撰序肯定了《诗》能够起到史书的作用："古者事、言各有史，凡朝廷号令，与其君臣相告语为一书，今《书》是已；被之弦歌，谓之乐章为一书，今《诗》是已；有可藏焉，而官府都鄙邦国习行之为一书，今《仪礼》若《周官》之《六典》是已；自天子至大夫氏族传序为一书，若所谓《帝系》书是已。而他星卜医祝，皆各为书，至编年则必序事如《春秋》，三代而上，仅可见者《周谱》，他往往见野史、《竹书》《穆天子传》之类。"陈氏明确联系《诗经》论述《左氏国纪》的学术价值："余读《国纪》，周平、桓之际，王室尝有事于四方，其大若置曲沃伯为侯，诗人美焉，而经不著；师行非一役，亦与《王风》刺诗合，而特书伐郑一事；王子颓之祸，视带为甚，襄书而惠不书也。学者诚得《国纪》伏而读之，因其类居而稽之经，某国事若干，某事书，某事不书，较然明矣。于是致疑，疑而思，思则有得矣。"葛荣云《浅论历代"六经皆史"说》一文指出："陈氏明确提出了六经皆史的说法。虽然还没有摆脱曲解和臆测，但较之一味寻觅微

---

① 陈国球《煅炼物情时得意，新诗还有百来篇：邵雍〈击壤集〉诗学思想探析》，《岭南大学中文系系刊》1998年第5期。

② 张晖《中国"诗史"传统》修订版，生活·读书·新知三联书店2016年版，第53页。

言大义的研究，陈氏毕竟更走近了历史的真实。”①

生活在南宋后期的严粲不仅把《诗》与史密切联系起来阐释《诗经》，而且在理论上明确提出“《诗》即史”的观点。严粲在《候人》《鼓钟》中两次论及“《诗》即史”这一观点。《候人》第一章章指曰：“彼贤人为候人之属，掌道路送迎宾客，何揭其戈与祋，供劳贱之事。彼小人乃有三百人，皆服赤色之芾，何为者也？曹蕞尔国，而小人众多如此，君子何所容乎？晋文公入曹，数之以不用僖负羁，而乘轩者三百人。《诗》即史也。事见《左传·僖二十八年》。”《鼓钟》第一章章指曰：“说者以史无幽王东巡之事，遂谓淮水为害，幽王作乐而不恤，其说亦通，然古事亦有不见于史而因经以见者，《诗》即史也。”从背景来说，严粲此段概括《鼓钟》第一章章指之文字盖为驳斥欧阳修、李樗、黄櫄之说而发；从学术意义来说，严粲这两段“《诗》即史”的文字非常明确地指出《诗》与史之间密不可分的关系。

到了元明清时期，更多学者在理论上认可以《诗》为史的观点，例如明孙慎行《诗说》曰：“古所谓‘诗史’，诗谏者也。”② 明代末年黄宗羲《姚江逸诗序》曰：“孟子曰：‘《诗》亡然后《春秋》作。’是诗之与史，相为表里者也。”到了清代，钱谦益《胡致果诗序》云：“孟子曰：‘《诗》亡然后《春

---

① 葛荣云《浅论历代“六经皆史”说》，《青岛职业技术学院学报》2005 年第 2 期。

② 〔明〕孙慎行《诗说》，见〔清〕黄宗羲编《明文海》，中华书局 1987 年版，第 1070 页。

秋》作。’《春秋》未作以前之诗，皆国史也。人知夫子之删《诗》，不知其为定史。人知夫子之作《春秋》，不知其为续《诗》。《诗》也，《书》也，《春秋》也，首尾为一书，离而三之者也。”① 章学诚明确指出：“六经皆史也。古人不著书，古人未尝离事而言理，六经皆先王之政典也。”② 清张之洞以为“由小学入经学者，其经学可信；由经学入史学者，其史学可信”③。钱穆《释诗言志》阐释章氏之说曰：“中国古代文学，大体是一种政治性的贵族文学，《诗经》三百首，亦不例外。所以章学诚要说六经皆史，这实在是一极大的发明。章氏所谓六经皆史，殊不如我们所想像，认为六经皆可作史料看。当知章氏所谓六经皆史之史字，乃指当时的官书言。在章氏本意，只说六经皆是当时的王官学而已。此在章氏原书《文史通义》中，说得很明白很详细。”④

二、严粲以史解《诗》之表现

在理论上，严粲两次在《诗缉》中提及“《诗》即史”的思想，非常明确地指出《诗》与史之间的密切关系。在解说诗歌的具体过程中，严粲以史解《诗》贯穿全书，其表现主要包

① 钱谦益《胡致果诗序》，见〔清〕钱谦益著、〔清〕钱曾笺注、钱仲联标校《牧斋有学集》，上海古籍出版社 1996 年版，第 800-801 页。

② 章学诚《文史通义》卷一《易教上》，上海书店 1988 年版，第 1 页。

③ 范希曾编，方霏点校整理《书目答问补正》附录二《国朝著述诸家姓名略序》，江苏古籍出版社 2000 年版，第 303 页。

④ 钱穆《中国文学论丛》，生活·读书·新知三联书店 2016 年版，第 276~277 页。

括四个方面：其一，将郑玄《毛诗谱》附于卷一、卷三、卷七等卷首，将《大序》置于正文之首，将《小序》置于每首诗之前，此为其以史解《诗》之纲领；其二，根据毛亨《毛传》、郑玄《毛诗传笺》、《春秋》、《左传》、《国语》、《史记》、《汉书》、《后汉书》、《宋书》、《资治通鉴》等典籍中的相关记载阐明诗歌具体的历史文化背景与名物制度，此为其以史解《诗》之主要依据；其三，联系相似的史实阐发诗歌的历史背景与深刻意蕴；其四，考证诗歌的历史背景与名物制度。

（一）《小序》《毛传》《毛诗传笺》《毛诗谱》为其以史解《诗》之纲领

严粲置《大序》于正文之首，置《小序》于每首诗之前，本章第一节已有论述，兹不赘述。严粲对一些诗歌创作产生的具体时世的判断即主要依据《小序》而定。根据《柏舟》序所云"《汝坟》，道化行也。文王之化行乎汝坟之国，妇人能闵其君子，犹勉之以正也"，严粲曰："文王三分有二，不替事殷之小心，故当时化之，虽汝坟妇人，亦勉其夫以从王事，此文王道化之盛也。"根据《柏舟》序所云"《柏舟》，言仁而不遇也。卫顷公之时，仁人不遇，小人在侧"，严粲曰："卫顷公诗，夷王时。"根据《绿衣》序所云"《绿衣》，卫庄姜伤己也。妾上僭，夫人失位而作是诗也"，严粲曰："卫庄姜诗，平王时。"并且进一步说明："庄公溺爱乱常，实胎卫祸。"

《后序》云《日月》与《终风》均为卫庄姜伤己之作，未曾论及两首诗歌具体的创作时世，故严粲依据《毛传》之说以为"卫州吁诗，桓王时"，其文曰："国史题《日月》《终风》二诗，止曰'卫庄姜伤己'，不言为何时诗也。《后序》以为作于州吁之时，或者以为作于庄公之时，且《后序》有毛公所不及见者，固不可尽据。然‘莫往莫来’，传云‘人无子道以来事己，己亦不得以母道往加之’，是毛公以为州吁诗矣。姑从毛氏。”

郑玄《毛诗谱》不仅比较概括地梳理了诗歌的产生发展过程，在宏观的文化背景下探索时世背景，而且以国别或类别作单位具体考察诗歌时世，采用图谱方式呈现每一首诗所产生的时世。尽管《毛诗谱》完帙不复存在，其中的图谱已经亡佚，但是留存在《毛诗正义》中的《毛诗谱》佚文颇多，被严粲纳入《诗缉》中。严粲在书中卷一、卷三、卷七、卷八、卷九、卷十、卷十一、卷十二、卷十三、卷十四、卷十五、卷十六、卷十七、卷三十二、卷三十五及卷三十六之卷首录载《毛诗谱》，并且结合郑玄《毛诗谱》，具体阐释《国风》《小雅》《大雅》《周颂》《鲁颂》《商颂》相关世次情况。值得注意的是，如果《小序》未曾提及诗歌时世，严粲则寻找其他文献去论述诗歌的时世，其中最主要的依据即《毛诗谱》。如《小序》不曾论及《魏风》所有诗歌的时世，如《葛屦》序曰：“《葛屦》，刺褊也。魏地狭隘，其民机巧趋利，其君俭啬褊急，而无德以将之。”在这种情况下，严粲采纳郑玄《毛诗谱》的观点把《魏风》所有诗歌的时世定为平、桓之世：“《魏风》莫知其世次，而郑《谱》以平、桓当之。鲁闵之元，庚申。晋献灭魏，实惠王时也，惠十六。前乎惠为庄、僖，《谱》不以当之，乃越庄、僖而系之平、桓，岂亦有据而云邪？郑以《葛屦》等五篇刺俭为一君；《伐檀》《硕鼠》刺贪为一君，盖《魏风》非一世之作。自桓王之时，秦人围魏，癸酉，鲁桓四，桓王十二。其国迫而侵削久矣，故《谱》以为平、桓之世也。”在论述完毕之后，又引用“曹氏曰：魏、晋皆有俭啬之风，然其诗若作在献公并吞以后，则其俗渐已荒侈，此诗每刺勤俭，知其在未并于晋以前也”予以补充说明。

（二）以《左传》《史记》《汉书》等史籍为其以史解《诗》之依据

在解说诗歌时，严粲依据孟子“知人论世”的观点考察诗歌的时世，确定诗歌创作的时代或者相关名物制度，此为其解《诗》方法与解《诗》形式及相关历史背景之说明。《严粲诗缉新探》曰：“他还根据《春秋》书法、《左传》史实加以证明。笔者以为严粲对《诗》史关系的重视，最终的关怀仍在于《诗》之经典神圣意义，即《诗经》的教化作用。”严粲所引《国语》《左传》《史记》《汉书》《后汉书》《宋书》《资治通鉴》较多，或者解读名物制度，进行训诂，或者解读历史事件，或者寄寓其对社会现实的看法，以为世用，表现出以史解《诗》、诗史互证的倾向。

为了解读《小序》“《采蘩》，夫人不失职也。夫人可以奉祭祀，则不失职也”之“可以”二字，严粲引用《左传》进行说明：“夫人之职在于奉祭祀，言‘可以’者，谓有夫人之德也。《左氏传》云：‘苟有明信，涧溪沼沚之毛，蘋蘩蕴藻之菜，可荐于鬼神。’所谓‘可’者，不在物，而在人也。”严粲在阐释《击鼓》“死生契阔”之“契阔”二字时，引用《汉书》及注进行训释：“《汉书》‘间何阔’，注云‘久阔不相见’，则‘契阔’为间阔之义也。传以‘契阔’为‘勤苦’，今不从。”

对于《小宛》“握粟出卜”，严粲引用《史记·日者列传》所云“卜而有不审，不见夺糈”，用以说明自古以来就有“以粟问卜”之俗。严粲在《蒹葭》篇引用《史记·商君列传》阐释秦国不用周礼之失：“伊人，指襄公也。在水一方，谓水中别一所在也。喻襄公僻处一隅，陷溺于夷狄之俗，不闻中国之礼义也。将使之逆流而上，以往求攸济欤？则路险阻而且长远。喻其狃于功利，以道为远而难致，必不能强勉而行之也。将使之顺流以涉，而听其所止欤？则宛然唯在水之中央。喻由今之道，无变今之俗，终夷狄而已矣。道本非远，而秦人以为远，所谓‘安能邑邑，以待数百十年而为帝王也’。”

（三）联系相似的史实或者诗句阐释诗歌并且总结历史规律

严粲联系一些诗歌的历史背景，或相似的史实或者诗句阐释其深刻意蕴，总结历史规律，期冀能够起到经世致用的作用。

为了说明《关雎》后妃不妒忌，严粲列举极有代表性的樊共姬之例进行论证：“楚庄王夫人樊共姬曰：‘妾备扫除十有一年矣，私捐衣食求美人而进于王。妾所进九人，今贤于妾者二人，与妾同列者七人。妾岂不欲擅爱专宠哉？不敢以私废公也。’樊姬之求美人，即太姒求左右之意。”

严粲以为《绿衣》的创作主旨是“刺庄公不能正嫡妾之分”，诗歌所云“絺兮绤兮，凄其以风”，即“絺绤，暑服，今当凄然寒风之时，喻不适时而见弃”之意，是由于“庄公溺爱乱常”所致。为了加强读者对这两句的理解，严粲另举班婕妤“常恐秋节至，凉风夺炎热。弃捐箧笥中，恩情中道绝”为例：

“犹班婕好秋扇捐箧之意。”

严粲详细说明《燕燕》一诗首章章指：“庄姜抚戴妫之子，平时与戴妫恩信相亲。及庄公既没，嫡妾相依，如双燕之飞，其羽差池，相为先后，而常相随逐也。今戴妫大归，而已独留，不复得如双燕矣。我远送于野而与之别，稍稍更远，瞻望不及，令人念之泣涕如雨之倾也。风人含不尽之意，此但叙离别之恨，而子弑国危之戚，皆隐然在不言之中矣。”之后引用广汉张氏之文所举晋褚太后之处境进行类比，深刻表达对历史人物的感怀之情：“盖家国之事，有不可胜悲者。晋褚太后批桓温废立诏云‘未亡人不幸罹此百忧，感念存没，心焉如割’，有合于诗人之情欤！”

在解读《兔爰·序》“闵周也。桓王失信，诸侯背叛，构怨连祸，王师伤败，君子不乐其生焉”时，严粲先引用朱熹之说：“朱氏曰：《左传》隐三年云：‘郑武公、庄公为平王卿士。王贰于虢。郑伯怨王。王曰：“无之。”周、郑交质。桓王即位，将卒，畀虢公政。郑祭足帅师取温之麦，又取成周之禾。’桓五年云：‘王夺郑伯政，郑伯不朝王。以诸侯伐郑，郑伯御之。战于繻葛。王卒大败。祝聃射王中肩。’”之后阐发此诗创作的背景：“《春秋》之例，王师不书。此繻葛之战，书三国从王伐郑，盖伐郑不服也。王卒既败，自是王命不行矣。”

严粲在《车邻》篇阐释曰：“秦，反周之政者也。秦兴而帝王之影响尽矣，《车邻》其滥觞也，世道兴衰升降之机在是欤?”《驷驖》：“平王以秦之救周而命之，异时诸夏之忧，反生于所救，事之倚伏可预料邪？是故御戎以自治为上策。”《蒹葭》：“周弱而绵，秦强而颠，由其礼之存亡异焉耳。”

在解读《小宛》次章时，严粲指出君臣沉湎于酒会导致国家丧亡、天命改易："次章刺沉湎也。人之整肃通达者，其饮酒也，能以温和自克；彼昏昧而不知者，专务酣饮，日以增益，唯酒是务，焉知其余也。以酒丧德，君臣沉湎，则天命将改矣。故戒群臣以'各敬尔威仪'，恐天命一去，不复来也。"只是这一观点未必为人所信服，故严粲进一步列举史实予以证明："或疑饮酒小节，未必系天命之去留。殊不知荡心败德，纵欲荒政，疏君子而狎近幸，玩寇雠而忘忧患，皆自饮酒启之。禹恶旨酒，曰：'后世必有以酒亡国者。'历观前史，其事可监。晋元帝以王导一言而覆杯，其能植立江左，宜哉！"

严粲善于通过《诗经》总结历史规律，例如从《诗经》中选择"赫赫师尹，不平谓何"与"秉国之均""昊天不佣""式夷式已""君子如夷""既夷既怿""昊天不平"等诗句，并且结合《周礼》所言"冢宰均邦国"，《尚书》所云"冢宰均四海"，总结出大臣唯在公正平均这一重要的历史规律。严粲阐释《正月》"赫赫师尹，不平谓何"时曰："《礼》言'冢宰均邦国'，《书》言'冢宰均四海'，大臣之事，唯在均平公溥也。此诗原幽王之乱由于师尹，究师尹之恶在于不平而已。下言'秉国之均''昊天不佣''式夷式已''君子如夷''既夷既怿''昊天不平'，皆此意也。"

（四）考证诗歌的历史背景

严粲基本上考证了每一首诗的历史背景，做到了以史解《诗》、诗史互证。①

---

① 〔宋〕苏洵《嘉祐集》卷九《史论》，《四部丛刊》本。

严粲考证了很多诗歌的创作时间。对于《駉》的创作时间，孔疏曰："此颂之作，在僖公薨后，知者，以大夫无故不得出境。上请天子，追颂君德，虽则群臣发意，其行当请于君，若在僖公之时，不应听臣请王，自颂己德，明是僖公薨后也。文六年行父始见于经，十八年史克名见于传，则克于文公之时为史官矣。然则此诗之作当在文公之世，其年月不可得而知也。《駉》颂序云：'史克作是颂。'广言作颂，不指《駉》篇，则四篇皆史克作。《閟宫》云'新庙奕奕，奚斯所作'，自言奚斯作新庙耳，而汉世文人班固、王延寿之等谓《鲁颂》是奚斯作之，谬矣。文十八年《左传》称季文子使太史克对宣公，知史克，鲁史也。此虽僭名为'颂'，而体实《国风》，非告神之歌，故有章句也。"严粲通过诗中的祈愿语气断定为僖公生前所作，否定孔疏"此颂之作，在僖公薨后"的观点："孔氏考《鲁颂》作于僖公身后，非也。今观《閟宫》等篇，多未有事实，而愿其如此，如曰'俾尔耆艾''黄发儿齿'，晓然为生前祝颂之辞。盖生前作之，后乃闻之天子，以文过耳，未必得请而后作也。"

严粲对于诗歌中提到的时间也相当关注，如《十月之交》"十月之交"，严粲据《诗经》通例以为当为夏正，而并非郑玄所云周正："郑氏以十月为周正，乃夏之八月。《诗》皆夏正，独以此为周正，可乎？'四月维夏''六月徂暑'，夏正之明证也；况此十月日食，在幽王之六年，郑氏失考耳。"

第四节　严粲的地理学思想

宋代一些学者比较重视地理方面的研究。韩毅《传统地理学的发展与宋代社会》一文概况了宋代地理学的成就："中国传统地理学在宋代获得了前所未有的发展，尤其在地理学的理论与实践方面，取得了重要的成就。"① 例如，宋代地图绘制技术进一步发展，韩文"三、地图绘制技术的创新与发展"说道："宋代社会经济、水利、治河的发展和军事的需求，使地图学和地图绘制技术有了突飞猛进的进步。图记、图志的格式逐渐向无图的纯文字论述的'方志'发展，并出现了许多大部头的全国一统的地志。从现有的资料看，宋代的地图学比唐代更为发达。"②

《诗经》与地理密不可分。在宋代地理学繁荣兴盛的背景下，一些学者特别注重《诗经》与地理的关系，如南宋著名的考据学家王应麟以汉末郑玄所著《毛诗谱》为基础撰有《诗经》地理学研究著作《诗地理考》。严粲对《诗经》地理也比较重视，主要表现在两个方面：其一，严粲自绘《十五国风地理图》并加文字说明，附于《诗缉》正文前；其二，在《诗缉》正文部分详细解读《诗经》中出现的地名、山名、水名等，

① 韩毅《传统地理学的发展与宋代社会》，《保定师范专科学校学报》2007 年第 1 期。

② 韩毅《传统地理学的发展与宋代社会》，《保定师范专科学校学报》2007 年第 1 期。

并且在卷一、卷三等卷首附有郑玄《毛诗谱》。

一、绘制地图

在宋代的地理疆域基础上，严粲自绘《十五国风地理图》，附在《诗缉》正文前，这一崭新形式堪称《诗经》地理学之典范。《十五国风地理图》的内容包括：其一，标出《诗经》中所涉及的诸侯国及周边部族山戎、西戎、骊戎、昆夷等所在的地理位置，并在图上附有说明文字，如在鲁国下方有“今兖州仙源县”六字，在齐国下方有“今青州临淄县”六字，在陈国下方有“今陈州宛丘县”六字；其二，标注出《诗经》中一些诗歌所涉及的地名、山名、水名等，地名如标出《氓》“送子涉淇，至于顿丘”之顿丘、《新台》之新台、《桑中》之沬（严粲予以特别注明：纣都，卫邑）等，山名如标出岐山、终南山、梁山、绎山、新甫山、凫山、徂徕山等，水名如标出长江、黄河、汉水、汝水、沱水、泾水、渭水、汾水、溱水、洧水、丰水、沂水、淮水、洽水等。

同时，严粲在此图前面和后面合用一段文字，简明扼要地说明十五国风的地理概况，可以说与《十五国风地理图》是一体的：“周南、召南，地在雍州之域，岐山之阳，于汉属扶风美阳县，皆周之旧土。文王受命后，以赐二公为采地。邶、鄘、卫，河内地，本殷旧都，周分其畿内为三国也。王国东都洛阳，今之河南西京。郑，今河南新郑成皋荥阳颍川之东，高阳之地。齐，青州岱山之阴，潍淄之野。魏，自高陵以东，尽河东、河内，南有陈留。晋，冀州太行常山之西，太原、太岳之野。陈，古豫州之界，今陈州宛丘县。秦，自弘农故关而西，京兆、扶风、冯翊、北地、上郡、西河、安定、天水、陇西，西有巴蜀、广汉、犍为、武都，西北有金城、武威、张掖、酒泉、炖煌，西南有牂牁、越嶲及益州。桧，豫州外方之北，荥波之南，溱洧间，今荥阳密县东北。曹，兖州陶丘之北，菏泽之野，今兴仁府济阴县。豳，今之邠州栒邑。鲁，兖州仙源县，《禹贡》徐州大野蒙羽之野。”这一段文字与《十五国风地理图》密切相关，互为补充，相得益彰。

严粲以宋代的地理疆域为基础，勾画出宋代当时的地图，标注出《诗经》中一些诗歌所涉及的地理位置，以这种解《诗》方式呈现《诗经》地理，堪称创举。对于严粲两位幼子或者其他读者的接受来说，不仅可以按图索骥，图文对照，一一对应每首诗进行学习，极为便捷，而且非常形象直观，特别有效，据此可以深入了解《诗经》的地理概况。

二、对具体诗篇地理方面的阐释与考证

从宏观上看，严粲不仅绘制《十五国风地理图》并附文字说明，而且结合郑玄《毛诗谱》阐释《国风》各部分、《小雅》《大雅》《周颂》《鲁颂》《商颂》相关地理情况，把《诗经》各组成部分的地理情况有机融为一体，呈现出整部《诗经》的地理概貌。具体说来，严粲在此书正文的卷一、卷三、卷七、卷八、卷九、卷十、卷十一、卷十二、卷十三、卷十四、卷十五、卷十六、卷十七、卷三十二、卷三十五及卷三十六的每卷之首，均征引郑玄《毛诗谱》的相关内容，并且在此基础上进行详细阐释。

从微观上看，严粲对《诗经》中一些诗歌所涉及的地名、

山名、水名等进行了阐释与考证。林希逸称赞《诗缉》“音训疑似、名物异同、时代之前后、制度之纤悉，订证精密，开卷了然”，其中当然也包括对《诗经》地理方面的阐释与考证。

严粲对《泉水》“出宿于泲，饮饯于祢”与“出宿于干，饮饯于言”中出现的泲、祢、干、言四个地名进行了详细考证。对于“出宿于泲，饮饯于祢”，首先引“传曰：泲，地名。祢，地名”，确定二者皆为地名，接下来分别引用宋代“曹氏曰：《汉·地理志》东郡临邑有泲庙，师古云泲即济水字”“王氏曰：泲、祢，盖父母之国地名”“朱氏曰：自卫来嫁所经之道”三家之说，确定二者皆为卫地的地名，最后细致分析为何是卫地的地名，并且批评了郑玄之说：“泲、祢，卫之郊也。卫女思归，追念其始来嫁之时，出宿于卫地之泲，饮饯于卫地之祢。……今考卫成公后迁东郡濮阳，泲属东郡，则亦卫地也。祢无所见，与泲并言，亦卫邑可知。《笺》以泲、祢皆为所嫁国适卫之道所经，今不从，不若王氏、朱氏为长。”对于《泉水》“出宿于干，饮饯于言”，严粲先引用“传曰：干、言，所适国郊也”，然后引用“朱氏曰：适卫所经之地”做进一步说明。至于为什么泲、祢为“卫之郊”，而干、言为“所嫁国之郊”，严粲根据《泉水》上下文分析得切中肯綮，极有说服力：“干、言，所嫁国之郊也。上章言自卫来嫁之时，宿饯于卫地之泲、祢。此章言复欲归卫，则亦宿饯于所嫁国之干、言。……泲、祢、干、言，非一时宿饯之地，泲、祢之下，以‘女子有行’言之，则为嫁时曾宿饯之地也；干、言之下，以‘遄臻于卫’言之，则为思归而欲宿饯之地也。言向由泲、祢宿饯而来嫁，今岂不可由干、言宿饯而归宁乎？东郡有发干县，曹氏疑即此干，卫后迁东郡，则亦卫地，然与下文‘还车’意不联属，不若毛氏、朱氏为长。”《诗经》中的多首诗提到漕，如《载驰》“言至于漕”、《击鼓》“土国城漕”、《泉水》“思须与漕”，漕的具体位置已不可考，但是《毛传》指出“漕，卫东邑”，严粲进而依据疏引《郑志》答张逸所云“漕邑在河南也”指出：“漕邑，鄘地也，在河南。”对于《载驰》传为何云“漕，卫东邑”，严粲解释说：“盖以《定之方中》序言‘东徙渡河，野处漕邑’，知为卫东之邑，故疏引《郑志》答张逸云‘漕邑在河南也’。《谱疏》又以《载驰》‘露于漕邑’为《鄘风》，知漕邑在鄘也。然则《击鼓》‘土国城漕’，《泉水》‘思须与漕’，皆为《邶风》者，诗得于邶耳。”

《公刘》“逝彼百泉”，严粲解释说：“百泉，众水也。今地理家言众水所聚为得水也。曹氏据杜佑云：‘百泉在汉为朝那县，属安定郡；在唐为百泉县，属平凉郡。魏于其地置原州，唐因之，当是其地因《诗》百泉而得名，犹因杜诗‘不夜月临关’，后人遂置不夜关耳。’”

在解读《绵》诗时，因为“沮、漆，名称相乱”，故严粲引用诸家观点，选择其中比较可信的说法。首先，从源头上进行追溯，引用“《水经》云‘沮水出北地郡直路县，东过冯翊祤县北，东入于洛’”之后，指出“此沮水之源流也”；分别引用班固《汉志》的记载“扶风有漆县，漆水在县西，东入渭”、阚骃《十三州志》的记载“漆水出漆县西北，至岐山东入渭”，指出“此漆水之源流也”。接下来，严粲详细论述典籍中所记载的沮、漆两河的不同之处：“沮出北地入洛，漆出扶风入渭，沮自沮，漆自漆也。至孔氏引《水经》云‘沮水，俗谓之漆水，又谓之漆沮'，此则名称相乱矣。诸家《书》解以出扶风之漆水与出北地之漆水为二，谓扶风之漆水至岐山入渭，在澧之上游；而《书》言渭水会澧、会泾之后乃过漆沮，则漆沮在澧水、泾水之下游，故以《书》之漆沮为出北地之漆沮，与《诗》扶风之漆别也。但《水经》出北地者，止是沮水，而谓之漆沮耳。如上所言，则《诗》之漆沮自是二水，《书》之漆沮止是一水，即《诗》之沮也。然《水经》之沮入洛，《书》之漆沮则入渭，沮水若为漆沮，一名洛水，则漆沮即洛也，而又云入洛，何也？姑阙之，以俟知者。”最后，严粲结合不同诗作的时代背景与地理位置，择善而从，得出结论，认为沮、漆两条河流源远流长，有上流，有下流，中间流经区域众多，《绵》诗中所涉及的时代较早，乃周大王时期所处的地理位置豳，是沮、漆的上流，后来周大王所迁居之地周原，是沮、漆的下流，故“此诗言沮漆，指豳国，是漆沮之上游也；下文言周原，《传》以为漆沮之间，指岐周，是漆沮之下流也”；而《吉日》与《潜》则作于西周，处在当时的京都镐京，故诗中所云漆沮的位置显然与《绵》不同：“《吉日》及《潜》颂言漆沮，指镐京，当亦去岐周不远也。《疏》云‘漆、沮二水在豳地’，但二水东流亦过周，其说是也。”

严粲把《崧高》诗中的“郿”与《江汉》诗中的“周”联系在一起进行阐释，结合两诗的上下文，以为“周”指丰，在镐京之西。周代时王必至丰地文王之庙进行册命。关于《崧高》中“郿”的所在地，严粲采纳了孔疏的观点：“疏曰：郿，于汉属右扶风，在镐京之西也。申在镐京之东南，自镐适申，涂不经郿。”同时，严粲对孔疏的观点进行补充说明：“时王至丰册命申伯于文王之庙，故行饯送之礼于郿。……郿、丰皆在镐京之西，其地相近，王命申伯为州牧，改邑于谢，必册命于文王之庙，故告庙毕而饮饯于郿也。《祭统》云：‘赐爵禄必于太庙。’《召诰》：‘王朝步自周，则至于丰。’注云：‘文王之庙。’在丰命诸侯，必至丰告庙。……郿，即董卓所筑郿坞。”在解读《江汉》一诗“锡山土田，于周受命”中的“周”所在地时，严粲否定郑玄以为岐周及钱氏以为镐京的观点，指出“周”当指丰：“此周当指丰也，文王之庙在焉。笺以为岐周，疏申笺义，以为岐周有别庙。钱氏以为镐京。今皆不从。”

《诗经》中提到“京”的诗篇相当多，但是意义并不相同。严粲从毛、郑之说，以为《定之方中》“景山与京”与《公刘》“乃觏于京”的“京”都不是岐周地名之京，而是指高丘。严粲在《定之方中》篇引“传曰：京，高丘也”，并且进一步申说：“《诗经》言‘京’，毛氏止以为丘之高者。”在《公刘》篇引“笺曰：绝高为之，京”，并且进一步进行申说：“此‘乃觏于京’，非岐周地名之京，故郑氏以为‘绝高为之，京’，谓高丘耳。”《文王》“祼将于京”，严粲指出“京”当是大：“此诗‘祼将于京’及《大明》‘曰嫔于京’‘于周于京’，毛氏皆以为大，取公羊众大之说，谓京师也；又以《思齐》‘京室之妇’为王室，亦京师也。郑氏唯‘祼将于京’从毛说，其余以为周地之小别名。《皇矣》‘依其在京’，毛以为大阜，郑还以为周地名。《公刘》‘乃觏于京’‘京师之野’‘于京斯依’，毛以为大众所宜居之地，郑以为丘之绝高者。公刘居豳所言京，自是高丘，非岐周地名之京。若周都称京师，则因岐周地名之小别而称之。《大雅》作于成王之时，皆用王者之礼，从后称为京师也。”《大明》篇“来嫁于周，曰嫔于京”之“京”，严粲以为是实指，即京师：“毛以京为大，谓京师。郑以为周国之地小别名，盖谓王季时其居未得称京师也，然《大雅》作于成王之时，皆用王者之礼，从后称周京耳。”

严粲解释《公刘》篇“于邑于谢”的“谢”之所在地时，先引用“传曰：谢，周之南国也”，之后引用“疏曰：申伯先受封于申国，本近谢，今命为州牧，故改邑于谢”，阐明申伯为什么被命为谢之州牧，最后通过《汉书·地理志》与《后汉书·郡国志》具体说明申、谢所在地：“《西汉·地理志》申国在南阳宛县，《后汉·郡国志》谢城在南阳棘阳县东北百里，申、谢其地相近。”

《斯干》是“宣王考室”之诗：“镐京临大水，对终南，故宣王作室之地，在秩秩然整齐之干岸，面对幽幽然深远之南山，言地势之壮也。其盘基之厚，如竹之丛生；其结架之密，如松之茂盛，言宫室之美也。于是颂祷之，愿其入居此室之后，兄弟各相和好，无有相图者矣。《西京赋》言长安‘于前则终南太一’，犹此诗言‘幽幽南山’；‘于后则据渭踞泾’，犹此诗言‘秩秩斯干’。《西京赋》祖述《斯干》也。镐在上林苑中，此所言干，谓大水之傍，必镐水也。旧说宣王作室于山涧之间。《释文》云‘涧，山夹水也’，亦沟涧，然则涧是水之小者。称美天子之宫室，必举山水之大者言之，无由举小涧为发端之辞。”

在《玄鸟》篇，严粲不仅详细阐明商代都城之变迁，而且说明其具体位置：“今考自汤至盘庚五迁，汤迁亳，仲丁迁嚣，河亶甲居相，祖乙迁耿，盘庚又迁亳。亳、嚣皆在河南，相、耿皆在河北。自盘庚之后，传三世至武丁，又传四世至庚丁，凡八世皆居亳。庚丁之子武乙，始去亳，徙河北。此诗所言河，正指亳也。亳有三：蒙为北亳，谷熟为南亳，偃师为西亳。汤自南亳迁西亳，盘庚所迁即西亳偃师是也。”

严粲考察了《唐风》中的唐国，以为当从郑玄《毛诗谱》为晋阳：“尧都有四：《地理志》太原晋阳，太原郡晋阳县。注云‘故《诗》唐国，晋水所出’，一也；河东平阳，河东郡平阳县。注云‘尧都也，在平河之阳’，二也；中山唐县，中山国。张晏注云‘尧为唐侯，国于此’，三也；河东彘县，顺帝改曰永安，臣瓒于晋阳下注云‘所谓唐，今河东永安是也，去晋四百里’，师古云‘瓒说是也’，四也。《诗》之唐国，其说有三：《诗谱》以为尧始居晋阳，后乃迁平阳，于《诗》唐国为晋阳；皇甫谧以为尧始封于中山唐县，后徙晋阳，及为天子，都平阳，于《诗》唐国为平阳；臣瓒又以唐国为永安。今考尧都虽有四，而《诗》之唐国当从《诗谱》为晋阳，何以明之？盖成王封弟叔虞于尧之故墟，曰唐侯；其子燮以晋水所出，改为晋侯。晋阳实晋水所出，则唐叔虞之始封在晋阳矣。唐以尧得名，晋以水得名，其地一也。晋之迁徙不一，历历可考。自叔虞始封于晋阳，其后三世至成侯，叔虞曾孙，自晋阳徙曲沃，即河东闻喜县。”严粲还逐一确定了《唐风》中的诗歌创作的具体地点：“《蟋蟀》刺成侯之曾孙僖公，则都曲沃时诗也。八世至穆侯，僖侯之孙。自曲沃徙绛，即河东绛县。前都绛时无诗。十世至昭侯，穆叔之孙。自绛徙翼，在平阳绛邑县东。《山有枢》《扬之水》《椒聊》《绸缪》《杕杜》《羔裘》刺昭公，《鸨羽》刺大乱五世，皆都翼时诗也。自昭公以曲沃封桓叔，至其孙武公并晋，又自曲沃徙绛，《无衣》美武公，《有杕之杜》刺之，《葛生》《采苓》刺献公，则皆后都绛时诗也。”

严粲指出《终南》一诗“终南何有”的终南山的具体位置：“《前·地理志》终南在武功县东。张衡《西京赋》云：‘于前则终南太一。’李善云：‘终南，南山之总名。太一，一山之别号耳。’是终南在长安之南也，丰镐在长安之西而近。李善引《说文》云：‘镐在上林苑中。’故长乐刘氏云：‘终南在镐京之南也。以其在南，故云南山。’班固《西都赋》云：‘表以太华终南之山。’太华虽高而在东，不若终南在前，举头则见，故周诗多以南山言之。”并且论述了此诗为何出现终南山：“周都丰镐，面对终南，故《天保》祝君、《斯干》考室、《节南山》刺师尹，皆指此山也。平王以岐西之地赐襄公，岐西之地其名山莫如终南，举终南则可以该岐西。北终南山其中何所有乎？有条，又有梅。地有名山，山多材木，夸言雍州之为上腴隩区也。”

严粲不仅通过形象直观又便捷有效的绘制地图的方式，结合宋代当时的地图对《诗经》所涉及的地理情况进行标注，而且在此书正文的卷一、卷三等每卷之首通过郑玄《毛诗谱》阐释《国风》《小雅》《大雅》《周颂》《鲁颂》《商颂》的相关地理情况，呈现出整部《诗经》地理的总体概貌，其宏观设计可谓高屋建瓴；同时，严粲对《诗经》中具体诗篇所涉及的一些地名、山名、水名等进行了颇为具体的阐释与精核的考证。总之，严粲在《诗经》地理方面的成就值得肯定。

第八章　严粲解《诗》之不足

严粲治《诗》有一些不足之处，一些学者对其治《诗》之缺失有过多方面的评价。对此类评语，我们应当有清醒的认识，既不能苛责古人，求全责备，又要实事求是，客观评价。清初王士禛曾经引用孙承泽（字耳北，一作耳伯，号北海，又号退谷，一号退谷逸叟、退谷老人、退翁、退道人，明崇祯四年进士）批评严氏解《诗》方式太巧之论："吕氏集众说，不甚成片段；严氏太巧，只似诗人伎俩，非解经身分。"张宗柟不以孙氏之说为然，《带经堂诗话》卷十"指数类上"张宗柟附识之语云："《诗缉》三十六卷，原本旧说，时出新意，读之心目开明，然遽云'在欧、苏、王、刘、东莱诸儒之上'，过矣。近退谷孙公则谓严氏太巧，只似诗人伎俩，非解经身分。窃谓《诗》学自为一宗，视他经稍别，唯虚与委蛇，妙协情事，如林氏序言'会其旨于数章，发其微于一字'，亦以意逆志之法也，巧何有焉？必绳以解经身分，是又艾轩先生所云：'郑康成以三礼之学笺传古诗，难与论言外之旨矣。'又按，严氏解《诗》，间引唐宋之作，退谷所訾，此或其一端。董子云'诗无达诂'，如其与经旨比附，即以凡情证圣解也可。矧汉魏已来称诗者，类皆鼓吹风雅、性情一也，顾可画古今而二之耶？前贤持论，各有所主，平心味之，得失自见。”① 据此，李辉指出：“孙退谷绳之以解经身分，诮其太巧，自然难识严粲‘逆求性情’‘以诗言《诗》’的真正价值。张宗柟谓‘《诗》学自为一宗’，抓住千古风雅流衍、性情相通的特征，可谓严氏知音。明清时期，‘以诗言《诗》’蔚然成风，如戴君恩《读风臆补》、黄佐《诗传通解》、牛运震《诗志》等，都是严氏《诗缉》之流裔，足见严书及其解《诗》之法在《诗经》学史上的地位。”② 因此，从另一个角度来说，非但不需要批评严氏解《诗》之巧，相反，孙承泽之论正道出严粲解《诗》之特色。不过，严粲治《诗》的确有一些不足之处，主要表现在盲从、犹疑、未尽、立异四个方面，下面予以简要分析。

第一节　严粲解《诗》之盲从

严粲解《诗》的总体风格偏于保守，对于一些《诗经》注解尤其是《诗序》过于遵信。

姚际恒《诗经通论·论旨》明确指出《诗缉》囿于《诗序》之说：“第总囿于《诗序》，间有龃龉而已，惜其识小而未及远大。”严粲信从《毛诗序》之说，采用了以史说《诗》的方式，揭示《诗经》时世，阐释诗歌的历史背景与相关的历史

---

① 王士禛著，郭绍虞、张宗柟纂集，戴鸿森校点《带经堂诗话》，人民文学出版社2006年版，第224页。

② 〔宋〕严粲著，李辉点校《诗缉》，中华书局2020年版，第12页。

事件。但是，并非每首诗均有本事可供考察。顾颉刚曰："对于《诗经》的作者和本事决不能要求知道得清楚，因为这些事已经没有法子可以知道清楚了。"① 对于一些不可考的诗歌，严粲却依然选择根据《毛诗序》关联某人某事，甚至穿凿附会，这种做法实不足取，故黄忠慎称："若以新派、旧派的二分法来区隔宋代的研《诗》学家，严粲属于'旧中带新'者，'旧中带新'依然是旧，加以他对《诗序》首句全盘接受，诗旨的理解已先被说教型的旧说局限住，则其以文学说《诗》的格局与气象自然不可能太大，这已是预料中事了。"②

严粲《诗缉》中有时出现引用别家之说不妥当的情况，对于某些字词和诗句、诗旨的阐释也相应出现错讹。《有客》"既有淫威，降福孔夷"，严粲既引用《诗补传》所云"天道福善祸淫，王者体天而行赏罚，使淫人惧焉，善人劝焉"，又引用什方张氏所云"自管、蔡以武庚禄父叛，周公诛之，故于微子之来见也，则告之曰'昔者既有淫威矣，而今也降福孔夷，盖逆顺之理如此。凡吾之威福，非苟而已也'"，之后严粲在二说基础上阐发章旨曰："昔纣、武庚为乱，我周既有罚淫之威；今锡福于微子，则又甚易而不吝。此以见微子之贤，而且示吾之威福，一出于公也。"严粲理解有误，引用不当，故导致上下文意扞格不通，阐释错讹。相比之下，《毛传》之解更加文从字顺，合乎诗意，《毛传》曰："淫，大；威，则。""淫威"之"淫"

① 顾颉刚《诗经在春秋战国间的地位》，见《古史辨》第三册，朴社 1931 年版，第 314 页。

② 黄忠慎《严粲诗缉新探》，台湾文史哲出版社 2008 年版，第 118 页。

即大，“威”即威德，“淫威”即大德或者很大的威望。根据《毛诗序》所云“《有客》，微子来见祖庙也”，则此谓微子朝周，有大德，上天所降福祉很大。周王既然赋予宋微子崇高的威望，那么他就能够得到神灵的众多赐福。虽然“淫威”今属贬义词，但是在《诗经》中并非贬义，而是指“大的威望”。

关于《大雅·韩奕》“奕奕梁山”与“溥彼韩城，燕师所完”所在地，历史上主要有四种观点：第一种观点以班固《汉书·地理志》之说为最早，以为即夏阳之梁山；第二种观点以王肃之说为最早，以为“涿郡方城县有韩侯城”；第三种观点是《史记正义》所引李泰主持编纂的《括地志》一书所提出的“韩原在同州韩城县西南八里，又韩城在县南十八里，故古韩国也”；第四种观点是清江永《春秋地理考实》所提出的“秦败晋于韩原，其地当在河东”与杨宽《西周史》所提出的“韩建国于汾水以北”。《四库全书总目》肯定王肃之说，批评王应麟“兼持两端，亦失断制”：“又《大雅·韩奕》首章曰‘奕奕梁山’，其六章曰‘溥彼韩城，燕师所完’。应麟引《汉志》‘夏阳之梁山’、《通典》‘同州韩城县，古韩国’，以存旧说。引王肃‘燕，北燕国’，及‘涿郡方城县有韩侯城’，以备参考。不知汉王符《潜夫论》曰：‘昔周宣王时有韩，其国近燕，后迁居海中。’《水经注》亦曰：‘高梁水首受灅水于戾陵堰，水北有梁山。’是王肃之说确有明证。”① 严粲《诗缉》曰：“疏曰：‘梁山，韩国所在。’曹氏曰：‘《汉·地理志》云：《禹贡》梁山在冯翊夏阳县西北，而唐同州冯翊县有韩城，古韩国即少梁也。’

① 〔清〕永瑢等《四库全书总目》，中华书局1965年版，第126页。

李氏曰：‘《禹贡》云“治梁及岐”，今在同州彭城县，其后属晋。春秋时，梁山崩，乃晋望也。《尔雅》云：“梁山，晋望也。”孙炎注云：“晋国所望祭。”则是韩灭之后，故以为晋之望。’”严粲既引孔疏之说，又引曹氏关于《汉书·地理志》之说及李氏所引《禹贡》之说，均是错误的，当从江永、杨宽之说，故清刘灿称“其于时令地理颇有失实”①。

黄忠慎指出严粲偶有误信郑笺之处：“如《鄘风·君子偕老》之‘副笄六珈’句，《毛传》云：‘笄，衡笄也。珈笄，饰之最盛者，所以别尊卑。’《郑笺》云：‘珈之言加也，副既笄而加饰，如今步摇上饰。’严粲以为毛公之说以‘笄’即‘衡笄’，而郑玄于《周礼·天官冢宰·追师》有关于‘衡笄’之注解，将‘衡笄’视为二物，故于此也将‘衡笄’视为‘衡’与‘笄’两种物品。到底‘衡笄’为一物或二物？讲究考证名物的清代朴学家对于这个问题在历经努力之后也未能找出真确的答案，但是倾向于接受毛公之说，以衡笄为一物”②，“陈启源以为严粲误会毛公之意，毛公连引‘衡笄’，是重在说明此处之笄为玉作的，因为衡也是玉作的。《毛诗稽古编》，《皇清经解毛诗类汇编》，页34。马瑞辰以为：‘此《传》以笄为衡笄，则似以衡笄为一，以别于寻常固发之笄。’《毛诗传笺通释》，上册，页171。胡承珙则引伸马瑞辰之说，以为此处之笄与寻常固发之笄名同而实异：‘盖笄为妇人礼服之首饰，而副笄有六珈，其饰更盛，或独为后夫人之所服，故毛以副笄之笄为衡笄耳。’《毛诗后笺》，

---

① 〔清〕刘灿《严氏诗缉补义》，清嘉庆间刊本。

② 黄忠慎《严粲诗缉新探》，台湾文史哲出版社2008年版，第54~55页。

上册，页238—239。马、胡二对衡笄是否为一物，皆不确定，唯有陈启源说严粲误会毛公之意。但精于三《礼》之学的金鹗则以为郑司农注解《追师》'衡笄'时，只解释衡，不解释笄，可见郑司农以'衡笄'为一物。又从《左传》'衡紞'及《周礼·弁师》'玉瑱玉笄'等记载，推知衡即笄，并驳斥郑玄之说。《求古录礼说》，《续经解三礼类汇编》（台北：艺文印书馆，1986年），第1册，页168"①。

严粲《诗缉》中也存在引用出处之误，如在《六月》中引用"李氏曰：栖栖，不安也"。"栖栖，不安也"并非李氏之说，乃是苏辙之说，不过李氏《毛诗李黄集解》卷二十一曾经引用并肯定苏辙之说："'栖栖'，毛氏曰：'简阅貌。'王氏曰：'栖栖然而不静。'苏氏曰：'栖栖，不安也。'苏氏之言为有据。此正与《论语》'丘何为是栖栖者'同。孔氏'栖栖，犹皇皇也'，则知'栖栖'盖言其不安也。"

第二节　严粲解《诗》之犹疑

清刘灿最早指出严粲解《诗》犹疑之弊病："且首篇《关雎》淑女，一指后妃，一指嫔御，亦近鹘突。于《小序》甚确者，或疑其误且衍。"② 刘说可从。唐子恒《〈诗缉〉提要》指出"有学者批评严粲《诗缉》于时令地理偶有失实，对于《小序》怀疑过当等，亦可备一说。清人刘灿为此著《严氏诗缉补

① 黄忠慎《严粲诗缉新探》，台湾文史哲出版社2008年版，第55页脚注65。

② 〔清〕刘灿《严氏诗缉补义》，清嘉庆间刊本。

义》八卷，以补正之，可参阅”①。

黄忠慎亦通过“服”字之例来论证严粲解《诗》之犹疑不定：“对单字词语的意义之解说，如解《大雅·文王》第四章‘侯于周服’云：旧说以侯为君，谓君于周九服之中……今考《释文》云：‘服，事也，用也。’故为臣而见用谓之服，言服行其职也。《曲礼》云‘艾，服官政’、《酒诰》云‘服休、服采’、《多士》云‘有服在百僚’、《多方》云‘有服在大僚’。《多士》《多方》皆诰殷士，而谓之有服，言其见用之意，即此诗所谓‘商之孙子，侯于周服’也。（卷25，页6）用《礼记》与《尚书》多篇文字证明‘侯于周服’的‘服’作‘职位’‘职事’解，以此而谓该句意为商之孙子为周所用，故而反对《郑笺》‘九服’之说。不过，我们发现严粲在此对‘服’的解释仍有犹疑不定的缺失，事实上此句‘侯于周服’与下一章‘侯服于周’一句同意，则二处之‘服’当作同样的解释才对，但是严粲却解释‘侯服于周’之‘服’为‘服职’，服成为动词，与名词的职位解说不同。且所举《曲礼》《酒诰》之‘服’字，也不作‘职位’解释。若从《文王》之上下文意脉络而言，‘侯于周服’乃‘侯服于周’之倒装，以‘服’字与同章之‘止’‘子’‘子’‘亿’押韵，解释为‘臣服’较通，且具有说服力。”②

严粲解《诗》时常出现对两种观点拿捏不准的情况，这时他便会采取“姑兼存之”的方式。如《伐檀》“胡取禾三百亿

① 夏传才、董治安《诗经要籍提要》，学苑出版社2003年版，第105页。

② 黄忠慎《严粲诗缉新探》，台湾文史哲出版社2008年版，第45~47页。

兮”之“亿”，严粲无法断定毛、郑两家之说的是非对错，故“两存之”：“笺曰：十万曰亿。三百亿，谓刈禾之把数。〇今曰：传云：‘万万曰亿。’《楚茨》传同。《丰年》传云：‘数万至万曰亿。’与笺不同，姑两存之。”《扬之水》“扬之水，不流束蒲”，严粲以为毛说与郑说所指事物相同：“毛以为草，郑以为蒲柳，皆蒲草。”

对于《棫朴》“黄流在中”，毛、郑之说迥异，严粲未下断语，而是兼存两说：“传曰：玉瓒，圭瓒也。黄金所以饰流鬯也。……笺曰：黄流，秬鬯也。圭瓒之状，以圭为柄，黄金为勺，青金为外，朱中央矣。殷王帝乙之时，王季为西伯，以功德收此赐。疏曰：瓒者，盛鬯酒之器，以黄金为勺而有鼻口，鬯酒从中流出，故云‘黄金所以饰流鬯也’。汉瓒盘口径一尺，则瓒如勺，为盘以承之也。天子之瓒，其柄之圭长尺有二寸，其赐诸侯盖九寸以下。《孔丛子》子思云：‘王季九命作伯于西，受圭瓒、秬鬯之赐，故文王因之得专征伐。’秬，黑黍也。秬鬯者，酿秬为酒，以郁金草和之，使之芬芳条鬯，故谓之秬鬯。草名郁金，则黄如金色，酒在器流动，故谓之黄流。……今考毛谓以黄金为勺，酒流出而照见其黄。郑谓和以郁金草，故在中流动而黄，非流出也。”

对于《木瓜》“报之以琼琚”之“琼”，在无法辨别毛说与许说两者是非对错的情况下，严粲采用了“姑兼存之”的做法，先引《毛传》云：“琼，玉之美者。”接着引孔疏云：“琼是玉之美名，非玉名也。”其后又引用了许慎《说文》“琼，赤玉”的观点，以为许说与《毛传》、孔疏的观点截然不同，故“姑兼存之”。

对于《硕人》“领如蝤蛴”之“蝤蛴”，严粲同样采取了“两存之”的态度：“《释虫》云：‘蟦，蛴螬。蝤蛴，蝎。’又云：‘蝎，蛣蝠。’又云桑蠹。孙炎及《疏》以为蟦蛴也、蛴螬也、蝤蛴也、蛣蝠也、桑蠹也、蝎也，一虫而六名也，以在木中，白而长，故以比颈。如上所言，皆一物耳。郭璞云：‘蛴螬在粪土中，蝎在木中。’故山阴陆氏以为蟦蛴也，为一物；蝤蛴也，为一物；蝤蛴也，蝎也，蛣蝠也，又为一物。姑两存之，然蝤蛴为蝎则同也。”

《山有枢》“山有栲”，严粲释曰：“《释木》曰：栲，山樗。……疏曰：郭璞云：‘栲似樗，色小白，生山中，亦类漆树。俗语：“櫄、樗、栲、漆，相似如一。”’陆玑曰：山樗生山中，与下田樗大略无异，叶似差狭耳。方俗无名此为栲者，似误也。今所云为栲者，叶如栎木，皮厚数寸，可为车辐，或谓之栲。今曰：姑两存之。”

对于《七月》“七月鸣鶪”的阐释，严粲以为虽然郑玄之说与朱熹之说迥异，却都有一定的道理，故“姑存之”：“《笺》以豳地晚寒，故鶪以七月鸣；曹氏又引王肃之说，‘五’讹为‘七’，义皆未安。《离骚》：‘恐鹈鴂之先鸣兮，使百草为之不芳。’朱氏《集注》云：‘鶪也。盖鴂、鶪声相近，阴气至，则先鸣而草死也。’此与旧说异，姑存之。”

《小毖》“肇允彼桃虫，拚飞维鸟”，严粲释曰：“笺曰：肇，始也。允，信也。传曰：桃虫，鷦也，鸟之始小终大者。鷦音焦。《释鸟》曰：桃虫，鷦，其雌鴱。鴱音艾。郭璞曰：鷦鷯，桃雀也，俗名为巧妇。鷦鷯，小鸟，而生雕鹗者也。鷯音苗。陆玑疏曰：今鷦鷯是也，微小于黄雀，其雏化而为雕，故俗语‘鹪鹩生雕’。山阴陆氏曰：《说苑》云：‘鹪鹩巢于苇苕，系之以发。鸠性拙，鹪性巧，故鹪俗呼巧妇，一名工雀，一名女匠。其喙尖利如锥，取茅秀为巢，巢至精密，以麻紩之，如刺袜然，故一名袜雀。其化辄为雕鹗。’紩音秩，缝紩也。钱氏曰：拚与翻同。张氏曰：犹言‘初为鼠，后为虎’，不必谓桃虫化为鸟也。今曰：此与旧说异，姑兼存之。”

《六月》一诗“炰鳖脍鲤”为何是“炰鳖”，严粲提出了质疑：“《释文》云：‘合毛炙物曰炰。’《楚词·招魂》：‘胹鳖炮羔。’胹，煮也。鳖可煮，不可炰。今云‘炰鳖’，谓火熟之耳，或古不同。”严粲认为鳖可煮，不可炰，虽然以“或古不同”作为阐释的结束，其实还是存有疑问。

第三节　严粲解《诗》之未尽

严粲对于《诗经》中一些字词句的阐释有时并不到位，还存在继续深入阐发的可能，比如“言”字在句中用为语辞时，通“焉”，又通“然”，三字通假。《彤弓》“受言藏之”，严粲曰：“李氏曰：言，语辞也。”《有駜》“醉言舞”，严粲曰：“钱氏曰：言，语助。”《小雅·大东》“眷言顾之，潸焉出涕”，严粲曰：“今回首反顾之，为之潸然出涕，伤今不如古也。”严粲在行文中已经透露“眷言顾之”之“言”为语辞，因为已在《彤弓》与《有駜》中分别引李说、钱说明确指出“言”为“语辞”“语助”，故在此省略。可惜的是，严粲并未把“言”与“焉”“然”联系起来，考察其通假关系，解《诗》未尽，直到清俞樾《群经平议·论语一》考证出三字可通假：“《诗·大东》篇‘眷言顾之’，《荀子·宥坐》篇作‘眷焉’，《后汉书·刘陶传》作‘眷然’，‘焉’与‘然’皆语辞，则‘言’亦语辞。”俞氏之说堪为定论。由此可见，“言”可以用为语助；在句中用为语辞时，“言”“焉”“然”通。高亨《古字通假会典》指出：“【言与焉】《诗·小雅·大东》：‘眷言顾之。’《荀子·宥坐》引言作焉。【言与然】《诗·小雅·大东》：‘眷言顾之。’《韩诗外传》三、《后汉书·刘陶传》引言作然。”① “言”通“焉”，又通“然”，在句中用为语助辞时，三字通假。

又如对于《生民》诗中后稷为何三次被弃，学者异说纷纭，而严粲采取了弃之不论的方式：“稷名曰弃，必是见弃，但不知其见弃之由，阙之可也。”

第四节　严粲解《诗》之立异

严粲《诗缉》中的很多观点非常新颖，令人耳目一新，但是其立异之观点偶有失误。严粲提出了《螽斯》一诗中的“螽斯”之“斯”为语助的新观点：“螽斯，蝗也，蠜也。斯，语助也。即阜螽也，非《七月》所谓斯螽也。”又曰：“今考《尔雅》云：‘阜螽，蠜。’李氏、陆玑、许氏、蔡邕之说阜螽即蝗

① 高亨纂著，董治安整理《古字通假会典》，齐鲁书社1989年版，第178页。

也，蠜也，螣也，同是一物。《尔雅》又云：蜇螽，蜙蝑。’此别是一物，蝗之类也。螽斯即阜螽，非蜇螽也。毛氏误以此螽斯为蜙蝑，孔氏因之，遂以螽斯、斯螽为一物。钱氏云：阜螽群飞齐一，故以为比。斯，语助，犹鷽斯、鹿斯也。言羽，见其飞也。《春秋》书螽，即蝗也。苏氏谓螽斯一生八十一子，朱氏云一生九十九子，今俗言蝗一生百子，不必以定数言之，但以生子多者莫如蝗耳。”虽然后世学者不乏响应者，但是此说并不成立，龙建春《螽斯考》一文有非常详细的考证：“《诗经·周南·螽斯》中的‘螽斯’须考者有二：螽斯是否专有名词？螽斯究竟是什么虫？1. 螽斯是否专有名词，关键在确认其‘斯’是否‘语助’或‘语词’。严粲似率先提出‘斯，语助也’(《诗缉》)。明毛晋《陆氏诗疏广要》赞同严说：‘斯，语助也。犹鷽斯、鹿斯也。’清马瑞辰也说：‘螽斯盖柳斯、鹿斯之比，以斯为语词耳。’(《通释》)今人高亨明确断定：‘斯，之也。即现代汉语中的‘的’字的意思。……本篇的‘螽斯羽’，就是螽之羽，就是说蝗虫的羽翅。’(《诗经续考》)杨树达《词诠》和《汉语大字典》同。上述学者都确认‘斯’是语气或结构助词，《螽斯》所咏是‘螽’而非‘螽斯’。另一派自汉至今，认为‘斯’不是‘语助’或‘语词’，而是构成专有名词的语素，螽斯是专有名词。代表性的传注古有《毛传》、《郑笺》、《陆疏》、《孔正义》、欧阳修《诗本义》、苏辙《诗纪》、朱熹《集传》、蔡卞《名物解》；今有江阴香《国语注解诗经》、袁愈荽和唐莫尧《诗经全译》、蓝菊逊《诗经国风今译》、程俊英《诗经译注》、王守谦和金秀珍《诗经译注》等等。笔者同意这一观点。……上述资料，至少可以充分说明两点：第一，螽斯和斯螽的俗称别名完全相同。……第二，螽斯和斯螽的生态特征也一致。”① 由此可见，《螽斯》一诗中的“螽斯”就是斯螽，“斯”并非语助，严粲之说不能成立。

① 龙建春《螽斯考》，《文史知识》1996 年第 1 期。

参考文献

1. 著作

〔魏〕王弼等注，〔唐〕孔颖达等正义《周易正义》，《十三经注疏》上，上海古籍出版社 1997 年版。

〔汉〕孔安国传，〔唐〕孔颖达等正义《尚书正义》，《十三经注疏》上，上海古籍出版社 1997 年版。

〔汉〕郑玄笺，〔唐〕孔颖达等正义《毛诗正义》，《十三经注疏》上，上海古籍出版社 1997 年版。

〔汉〕郑玄注，〔唐〕孔颖达等正义《礼记正义》，《十三经注疏》上，上海古籍出版社 1997 年版。

〔晋〕杜预注，〔唐〕孔颖达等正义《春秋左传正义》，《十三经注疏》下，上海古籍出版社 1997 年版。

〔汉〕赵岐注，〔宋〕孙奭疏《孟子注疏》，《十三经注疏》下，上海古籍出版社 1997 年版。

〔汉〕许慎撰，〔清〕段玉裁注《说文解字注》，浙江古籍出版社 1998 年版。

〔吴〕陆玑《毛诗草木鸟兽虫鱼疏》，《四库全书》第 70 册，上海古籍出版社 1987 年版。

〔唐〕成伯玙《毛诗指说》，《四库全书》第 70 册，上海古籍出版社 1987 年版。

〔宋〕严粲《诗缉》，“日本宫内厅书陵部藏宋元版汉籍影印丛书”第二辑，线装书局 2003 年版。

〔宋〕严粲《诗缉》，《四库全书》第 75 册，上海古籍出版社 1987 年版。

〔宋〕严粲《诗缉》，《钦定四库全书荟要》第 27 册，吉林出版集团有限责任公司、海天出版社 2005 年版。

〔宋〕严粲《诗缉》，日本天保十五年（1844）姬路藩仁寿馆刻本。

〔宋〕严粲《诗缉》，民国时期复性书院刻本。

〔宋〕严粲《诗缉》，《北京图书馆古籍珍本丛刊》2，书目文献出版社 1988 年版。

〔宋〕严粲《诗缉》，北京大学图书馆藏李盛铎旧藏清抄本。

〔宋〕严粲撰，李辉点校《诗缉》，中华书局 2020 年版。

〔清〕刘灿《严氏诗缉补义》，清嘉庆间刊本。

〔宋〕范处义《诗补传》，《钦定四库全书荟要》第 25 册，吉林出版集团有限责任公司、海天出版社 2005 年版。

〔宋〕李樗、黄櫄《毛诗李黄集解》，《钦定四库全书荟要》第 24 册，吉林出版集团有限责任公司、海天出版社 2005 年版。

〔宋〕朱熹《诗集传》，上海古籍出版社 1980 年版。

〔宋〕苏辙《诗集传》，《四库全书》第 70 册，上海古籍出版社 1987 年版。

〔宋〕吕祖谦《吕氏家塾读诗记》，《丛书集成初编》，中华书局 1985 年版。

〔清〕陈大章《诗传名物集览》，《四库全书》第 86 册，上海古籍出版社 1987 年版。

〔宋〕真德秀《四书集编》，《四库全书》第 200 册，上海古籍出版社 1987 年版。

〔元〕王天与《尚书纂传》，《四库全书》第 62 册，上海古籍出版社 1987 年版。

〔元〕董鼎《书传辑录纂注》，《四库全书》第 61 册，上海古籍出版社 1987 年版。

〔元〕刘瑾《诗传通释》，《四库全书》第 76 册，上海古籍出版社 1987 年版。

〔明〕胡广等《诗传大全》，《四库全书》第 78 册，上海古籍出版社 1987 年版。

〔清〕姚际恒《诗经通论》，《续修四库全书》第 62 册，上海古籍出版社 2002 年版。

〔清〕马瑞辰《毛诗传笺通释》，中华书局 2012 年版。

〔清〕陈澧撰，罗伟豪点校《切韵考》，广东高等教育出版社 2004 年版。

〔清〕万斯同《群经疑辨》，台湾广文书局 1972 年版。

甘鹏云《经学源流考》，台湾广文书局 2012 年版。

〔清〕李清馥撰，徐公喜、管正平、周明华点校《闽中理学渊源考》，凤凰出版社 2011 年版。

〔清〕黄宗羲原著，〔清〕全祖望补修，陈金生、梁运华点校《宋元学案》，中华书局 1986 年版。

扬之水《诗经别裁》，江西教育出版社 2000 年版。

黄焯《毛诗郑笺平议》，上海古籍出版社 1985 年版。

黄忠慎《严粲诗缉新探》，台湾文史哲出版社 2008 年版。

韩宏韬《〈毛诗正义〉研究》，中国社会科学出版社 2009 年版。

胡晓军《宋代〈诗经〉文学阐释研究》，贵州大学出版社 2013 年版。

夏传才《诗经学大辞典》，河北教育出版社 2014 年版。

林庆彰《诗经研究论集》，台湾学生书局 1983 年版。

郝桂敏《宋代〈诗经〉文献研究》，中国社会科学出版社 2006 年版。

许总《宋明理学与中国文学》，百花洲文艺出版社 1999 年版。

漆侠《宋学的发展和演变》，河北人民出版社 2002 年版。

夏传才、董治安《诗经要籍提要》，学苑出版社 2003 年版。

钱穆《论语新解》，生活·读书·新知三联书店 2002 年版。

杨伯峻《论语译注》简体字本，中华书局 2006 年版。

黄侃著，黄焯辑，黄延祖重辑《尔雅音训》，中华书局 2007 年版。

谢纪锋《反切》，商务印书馆 2012 年版。

〔唐〕陆德明《经典释文》，中华书局 1983 年版。

王力《同源字典》，中华书局 2014 年版。

〔汉〕班固《汉书》，中华书局 1962 年版。

〔南朝宋〕范晔《后汉书》，中华书局 1965 年版。

〔唐〕魏徵等《隋书》，中华书局 1973 年版。

〔元〕脱脱等《宋史》，中华书局 1977 年版。

〔北齐〕颜之推《颜氏家训》，中华书局 1994 年版。

〔宋〕陈振孙《直斋书录解题》，上海古籍出版社 1987 年版。

〔宋〕张淏《宝庆会稽续志》，《四库全书》第 486 册，上海古籍出版社 1987 年版。

〔宋〕陈骙《南宋馆阁录》，《四库全书》第 595 册，上海古籍出版社 1987 年版。

〔明〕凌迪知《万姓统谱》，上海古籍出版社 1994 年版。

〔明〕陈让编，杨启德、傅唤民、叶笑凡校注《邵武府志》，方志出版社 2004 年版。

〔明〕王瓒、蔡芳编纂，胡珠生校注《弘治温州府志》，上海社会科学院出版社 2006 年版。

〔清〕王琛等修，张景祈等纂《邵武府志》，台湾成文出版社 1967 年版。

瞿镛编纂，瞿果行标点，瞿凤起覆校《铁琴铜剑楼藏书目录》，上海古籍出版社 2000 年版。

叶德辉著，吴国武、桂枭整理《书林清话》，华文出版社 2012 年版。

〔清〕永瑢等《四库全书总目》，中华书局 1965 年版。

邵懿辰撰，邵章续录《增订四库简明目录标注》，上海古籍出版社 1979 年版。

李盛铎著，张玉范整理《木犀轩藏书题记及书录》，北京大学出版社 1985 年版。

范希曾编，方霏点校整理《书目答问补正》，江苏古籍出版社 2000 年版。

〔清〕章学诚《文史通义》，上海书店 1988 年版。

北京大学图书馆《北京大学图书馆藏古籍善本书目》，北京大学出版社 1999 年版。

吕宗力《中国历代官制大辞典》修订版，商务印书馆 2015 年版。

徐复观《两汉思想史》第三卷，华东师范大学出版社 2001 年版。

顾颉刚《古史辨》第三册，朴社 1931 年版。

张晖《中国“诗史”传统》修订版，生活·读书·新知三联书店 2016 年版。

徐复观《徐复观论经学史二种》，上海书店出版社 2005 年版。

章权才《宋明经学史》，广东人民出版社 1999 年版。

蔡方鹿《朱熹经学与中国经学》，人民出版社 2004 年版。

方朝晖《“中学”与“西学”——重新解读现代中国学术史》，河北大学出版社 2002 年版。

邓广铭《邓广铭治史丛稿》，北京大学出版社 1997 年版。

汪祚民《诗经文学阐释史（先秦—隋唐）》，人民出版社 2005 年版。

许志刚《严羽评传》，南京大学出版社 1997 年版。

〔宋〕欧阳修《六一诗话》，见〔清〕何文焕辑《历代诗话》，中华书局 1981 年版。

〔宋〕郑伯熊、郑伯谦撰，周梦江校注《二郑集》，上海社会科学院出版社 2006 年版。

陈定玉辑校《严羽集》，中州古籍出版社 1997 年版。

〔宋〕程颢、程颐著，王孝鱼点校《二程集》，中华书局

1981 年版。

〔宋〕程颢，程颐撰，潘富恩导读《二程遗书》，上海古籍出版社 2000 年版。

〔宋〕陈思编，〔元〕陈世隆补《两宋名贤小集》，《四库全书》第 1364 册，上海古籍出版社 1987 年版。

〔宋〕吕祖谦《东莱集》，《四库全书》第 1149 册，上海古籍出版社 1987 年版。

〔宋〕陈傅良《止斋集》，《四库全书》第 1150 册，上海古籍出版社 1987 年版。

〔宋〕朱熹《晦庵集》，《四库全书》第 1145 册，上海古籍出版社 1987 年版。

〔宋〕黎靖德编，王星贤点校《朱子语类》，中华书局 1986 年版。

〔宋〕叶适著，刘公纯、王孝鱼、李哲夫点校《叶适集》，中华书局 1961 年版。

〔宋〕周必大《文忠集》，《四库全书》第 1149 册，上海古籍出版社 1987 年版。

〔宋〕戴复古《石屏诗集》，《四库全书》第 1165 册，上海古籍出版社 1987 年版。

〔清〕曹庭栋《宋百家诗存》，《四库全书》第 1477 册，上海古籍出版社 1987 年版。

〔清〕厉鹗《宋诗纪事》，《四库全书》第 1485 册，上海古籍出版社 1987 年版。

〔清〕王士禛《居易录》，《四库全书》第 869 册，上海古籍出版社 1987 年版。

王士禛著，张宗柟纂集，戴鸿森校点《带经堂诗话》，人民文学出版社 1963 年版。

董运庭《春秋诗话笺注》，中国社会科学出版社 2013 年版。

〔清〕钱大昕著，陈文和、孙显军校点《十驾斋养新录》，江苏古籍出版社 2000 年版。

〔清〕钱大昕《潜研堂文集》，商务印书馆 1936 年版。

〔清〕黄宗羲《明文海》，中华书局 1987 年版。

〔清〕钱谦益著，〔清〕钱曾笺注，钱仲联标校《牧斋有学集》，上海古籍出版社 1996 年版。

〔清〕王太岳、王燕绪等《钦定四库全书考证》，书目文献出版社 1991 年版。

〔清〕周中孚《郑堂读书记》，商务印书馆 1959 年版。

〔清〕纳兰性德《通志堂集》，上海古籍出版社 1979 年版。

叶德辉撰，杨洪升点校，杜泽逊审定《郎园读书志》，上海古籍出版社 2010 年版。

钱玄同《钱玄同文集》，中国人民大学出版社 1999 年版。

马一浮《马一浮全集》，浙江古籍出版社 2013 年版。

张舜徽《清人笔记条辨》，华中师范大学出版社 2004 年版。

张舜徽《郑学丛著》，齐鲁书社 1984 年版。

《闻一多全集》，生活·读书·新知三联书店 1982 年版。

朱自清《经典常谈》，生活·读书·新知三联书店 1980 年版。

王国维《王国维文集》，线装书局 2009 年版。

马承源《上海博物馆藏战国楚竹书》，上海古籍出版社 2001 年版。

荆门市博物馆《郭店楚墓竹简》，文物出版社 1998 年版。

钱穆《中国文学论丛》，生活 · 读书 · 新知三联书店 2016 年版。

余冠英等《古代文学研究集》，中国文联出版公司 1985 年版。

陆机著，张少康集释《文赋集释》，人民文学出版社 2002 年版。

王力《古代汉语》校订重排本，中华书局 1999 年版。

郑振铎《郑振铎文集》，人民文学出版社 1959 年版。

陈文采《两宋〈诗经〉著述考》，台湾花木兰文化出版社 2005 年版。

〔清〕皮锡瑞著，周予同注释《经学历史》，中华书局 1959 年版。

〔元〕梁益《诗传旁通》，《四库全书》第 76 册，上海古籍出版社 1987 年版。

2. 期刊、学位、会议论文

吕冀平、陈欣向《古籍中的“破音异读”问题》，《中国语文》1964 年第 5 期。

程俊英《〈诗经〉的比兴》，见《文学评论丛刊》第一辑，中国社会科学出版社 1978 年版。

陈伯海《严羽身世考略》，《上海师范大学学报》（哲学社会科学版）1984 年第 3 期。

邓广铭《谈谈有关宋史研究的几个问题》，《社会科学战线》1986 年第 2 期。

程克雅《朱熹、严粲二家比兴释诗体系比较及其意义》，台湾“中央大学”1991年硕士学位论文。

龙建春《螽斯考》，《文史知识》1996年第1期。

宋晞《宋代学术与宋学精神》，见《宋史研究集》第26辑，台湾编译馆1997年版。

廖群《〈诗经〉有无代言体》，见中国诗经学会编《第三届诗经国际学术研讨会论文集》，香港天马图书有限公司1998年版。

李莉褒《严粲〈诗缉〉之研究》，台湾中兴大学中国文学研究所1998年硕士学位论文。

夏传才《诗经学四大公案的现代进展》，《河北学刊》1998年第1期。

徐有富《读〈郑樵诗辨妄辑本〉》，《南京大学学报》（哲学·人文科学·社会科学版）1998年第2期。

陈国球《煅炼物情时得意，新诗还有百来篇：邵雍〈击壤集〉诗学思想探析》，《岭南大学中文系系刊》1998年第5期。

廖群《“代言”、“自言”与“刺诗”、“淫诗”——有关〈国风〉的两种阐释》，《文史哲》1999年第6期。

张继定《严羽和戴复古身世行迹诸问题考——对〈严羽评传〉的几点商榷性意见》，《南昌大学学报》（人文社会科学版）2001年第4期。

张可礼《三国时期〈诗经〉学者著述叙录及其启示》，《山东大学学报》（哲学社会科学版）2003年第2期。

张继定《石屏诗编选者及序跋作者考述（上）——戴复古交游考之一》，《浙江师范大学学报》（社会科学版）2003年第6期。

刘金文《言外之意探析》，曲阜师范大学 2004 年硕士学位论文。

杨焄《〈毛诗微言〉撰者考略》，《中国典籍与文化》2004 年第 3 期。

葛莱云《浅论历代“六经皆史”说》，《青岛职业技术学院学报》2005 年第 2 期。

黄忠慎《严粲〈诗缉〉新探——从经学、理学与文学三重面向作全方位之考察》，《彰化师大文学院学报》第 4 期。

王水照《〈宋诗选注〉删落左纬之因及其他——初读〈钱锺书手稿集〉》，《文学遗产》2005 年第 3 期。

黄忠慎《严粲〈诗缉〉的以理学说〈诗〉及其在经学史上的意义》，《彰化师大国文学志》第 11 期。

曹红亮《麻姑考辨》，《宗教学研究》2006 年第 1 期。

黄忠慎《严粲〈诗缉〉的解经态度与方法及其在经学史上的意义》，《兴大中文学报》第 19 期。

韩毅《传统地理学的发展与宋代社会》，《保定师范专科学校学报》2007 年第 1 期。

黄忠慎《严粲〈诗缉〉以文学说〈诗〉及其在经学史上的意义》，《逢甲大学人文社会学报》第 14 期。

姜亚林《〈诗经·邶风·击鼓〉本事新证》，《学术论坛》2007 年第 5 期。

宋均芬《〈诗缉〉（明味经堂刻本）音注存在的文字问题考校（上）》，《汉字文化》2008 年第 1 期。

宋均芬《〈诗缉〉（明味经堂刻本）音注存在的文字问题考校（下）》，《汉字文化》2008 年第 2 期。

周东亮、金生扬《论江湖诗人严粲生平及其学术》，《重庆科技学院学报》（社会科学版）2008 年第 2 期。

陈清茂《从〈诗缉〉论严粲〈诗经〉学重要观念》，《中国学术年刊》第 30 期。

刘红花《〈诗缉〉音注泥娘分立》，《艺术百家》2009 年第 7 期。

熊祥军，任菊《论严粲〈诗缉〉的文学思想》，《语文学刊》2010 年第 11 期。

宋均芬《明本〈诗缉〉音注中的术语“韵”“协韵”“从韵”研究》，《汉字文化》2010 年第 1 期。

熊祥军，任菊《论严粲〈诗缉〉的以〈诗〉言〈诗〉》，《昭通师范高等专科学校学报》2010 年第 6 期。

李锦英《严粲〈诗缉〉研究》，山西大学 2010 年硕士学位论文。

丁丹《林希逸与江湖诗人交游考》，《文教资料》2010 年第 18 期。

樊荣《古汉语的注音方法及其影响》，《语文学刊》2010 年第 19 期。

宋均芬《〈诗辑〉概述研究》，《汉字文化》2012 年第 3 期。

周东亮《〈诗缉〉的成书时间及其“以诗解〈诗〉”》，《西南交通大学学报》（社会科学版）2012 年第 1 期。

陆敏珍《笔开象外精神：郑伯熊与永嘉学派》，《浙江社会科学》2012 年第 8 期。

孔德凌《赵府味经堂本与〈四库全书〉本〈诗缉〉版本优劣考辨》，《图书馆理论与实践》2013 年第 9 期。

［日］种村和史《作者の意图から国史と孔子の解说へ：严粲诗经解释における小序尊重の意义》，《庆应义塾大学日吉纪要》2013 年第 6 期。

张万民《从朱熹论“比”重新考察其赋比兴体系》，《复旦学报》（社会科学版）2014 年第 1 期。

孔德凌《赵府味经堂本〈诗缉〉纠谬》，《济宁学院学报》2014 年第 1 期。

周东亮《严粲在宋元〈诗经〉学中的学派归属》，《西南交通大学学报》（社会科学版）2014 年第 3 期。

吴国武《宋代〈诗经〉著述丛考》，见《版本目录学研究》第五辑，北京大学出版社 2014 年版。

［日］种村和史《严粲〈诗缉〉所引朱熹诗说考》，《庆应义塾大学日吉纪要》2014 年第 7 期。

孔德凌《严粲〈诗缉〉版本考》，《图书馆工作与研究》2014 年第 12 期。

黄忠慎《吕祖谦、严粲〈诗经〉学之比较研究》，《东吴中文学报》第 27 期。

孙立《严粲〈诗缉〉“兴之不兼比者”辨》，《学术研究》2015 年第 1 期。

王智慧《严粲〈诗缉〉征引文献考》，鲁东大学 2015 年硕士学位论文。

王智慧《〈诗缉〉征引文献的特点及价值》，《青年文学家》2015 年第 12 期。

夏志刚《郑思岭与南宋永嘉学派郑伯谦试考》，《舟山晚报》2015 年 2 月 15 日。

黄忠慎《南宋〈诗经〉集解体作者解经立场与方法之比较研究——以李樗、严粲为中心的考察》，《成大中文学报》第51期。

熊祥军《严粲〈诗缉〉的诗法研究》，《湖南工业职业技术学院学报》2016年第1期。

熊祥军《论严粲〈诗辑〉解〈诗〉的文学性》，《新余学院学报》2016年第2期。

刘毓庆、唐婷《韩愈颠覆“子夏作〈序〉”与宋代〈诗〉学格局的确立》，《南京师大学报》（社会科学版）2016年第1期。

张继定《石屏诗编选者及序跋作者考述（下）——戴复古交游考之二》，《浙江师范大学学报》2017年第5期。

陈丽丽《戴复古诗学思想与诗歌创作的互融》，《河南社会科学》2018年第3期。

孔德凌《严粲〈诗缉〉研究综论》，《济宁学院学报》2020年第4期。

孙玉安《代言、泛言、设言与托言——论宋代〈诗经〉学的文学性解诗》，《河北师范大学学报》（哲学社会科学版）2021年第4期。

后　记

我与《诗经》结缘可以追溯到 2001 年我在曲阜师范大学读硕士的时候，硕士论文即以《〈诗经〉宴饮诗与周代礼乐文化的变迁》为题，并且在导师郑杰文教授、赵东栓教授的指导下顺利完成。2004 年，我前往山东大学攻读博士学位，此时我与《诗经》有了更深的缘分。在导师郑杰文教授的推荐下，在董治安先生、王承略教授的信任中，我参与了《儒藏》精华编《毛诗正义》的点校工作，目前该成果已经出版。在此基础上，我确立了博士论文题目《郑玄〈诗经〉学研究》，并且顺利通过了博士论文答辩。2007 年博士毕业之后，我进入济宁学院工作。2012 年成功申报国家社科基金后期资助项目，2016 年结项，2021 年由人民文学出版社出版《郑玄〈诗经〉学研究》一书。在此期间，我又参与了郑师主持的《子海》项目，整理出版了《冲虚至德真经四解》《孔子集语集校》两部书。

2011 年，我留意到南宋后期学者严粲撰作的《诗缉》有较高的《诗经》学成就，却未有整理本，于是申请了全国高校古籍整理项目“严粲《诗缉》校注”。在整理《诗缉》的过程中，我不断积累资料，写出了几篇论文，并且成功申报山东省社会科学规划优势学科项目。自从 2019 年 4 月 26 日该项目立项之后，我随即开始撰写此书。写作过程中遇到无数学术方面的困惑，郑师时常为我指点迷津，感谢恩师。前后历经三年时间，终于在 2022 年 4 月初完稿。《严粲〈诗经〉学研究》一书即山东省社会科学规划优势学科项目“严粲《诗经》学研究”（项目编号：19BYSJ62）的结项成果。

在 2022 年 4 月 8 日我把初稿发给张超编辑之后，经过报批等一系列程序，很荣幸拙作可以在齐鲁书社出版。2022 年 5 月，与齐鲁书社签订了出版合同。张编辑非常认真负责，很快就把排好版的校稿寄给我。在我校对的同时，张编辑也逐字审阅，核对每处引文。感谢张编辑为拙作所付出的无数心血。

父母白发苍苍，虽然同城居住，每周却仅探望三两回，时常感慨分身乏术，陪伴短暂。父母养育之恩难报万一，仅以此书回报一二。自从 1998 年结婚，至今已经二十四载，与爱人并肩携手，共同进步，感情弥深。无论出现何种困难，爱人总是陪伴在我身旁，有时鼓励，有时助力解决，有时倾听。与爱人心心相印，又志同道合，实乃人生幸事。小女已经读研，格外体谅我的忙碌。岁月静好，心无旁骛，方能顺利完成此书。

拙作数易其稿，完成过程称得上艰辛。在四十七岁的年龄，按说应该厚积薄发，写出质量上乘之作，怎奈资质鲁钝，不自量力，仅仅能够将一点学习所得勉强成书。学力所限，拙作不当之处在所难免，敬请指正。

孔德凌

2022 年 8 月 31 日